「十四五」國家重點圖書

詞譜要籍整理與彙編（第一輯）

朱惠國◎主編　劉尊明◎副主編

選聲集　記紅集

［清］吳綺◎編著

［清］吳綺　程洪◎編著

陳雪軍　胡曉梅◎整理

華東師範大學出版社

·上海·

圖書在版編目（CIP）數據

選聲集/（清）吳綺編著；陳雪軍，胡曉梅整理.
記紅集/（清）程洪編著；陳雪軍，胡曉梅整理. —
上海：華東師範大學出版社，2022
（詞譜要籍整理與彙編）
ISBN 978-7-5760-2960-4

Ⅰ.①選… ②記… Ⅱ.①吳… ②程… ③陳… ④胡…
Ⅲ.①詞（文學）—作品集—中國—清代 Ⅳ.①I222.849

中國版本圖書館 CIP 數據核字（2022）第 118240 號

上海市促進文化創意產業發展財政扶持資金資助出版

詞譜要籍整理與彙編
選聲集　記紅集

編 著 者　［清］吳　綺　［清］吳　綺　程　洪
整 理 者　陳雪軍　胡曉梅
責任編輯　時潤民
責任校對　龐　堅
裝幀設計　盧曉紅

出版發行　華東師範大學出版社
社　　址　上海市中山北路 3663 號　郵編 200062
網　　址　www.ecnupress.com.cn
電　　話　021-60821666　行政傳真 021-62572105
客服電話　021-62865537　門市（郵購）電話 021-62869887
地　　址　上海市中山北路 3663 號華東師範大學校内先鋒路口
網　　店　http://hdsdcbs.tmall.com

印　　刷　上海盛隆印務有限公司
開　　本　890×1240　32 開
印　　張　22.5
插　　頁　2
字　　數　398 千字
版　　次　2022 年 8 月第 1 版
印　　次　2022 年 8 月第 1 次
書　　號　ISBN 978-7-5760-2960-4
定　　價　178.00 元

出 版 人　王　焰

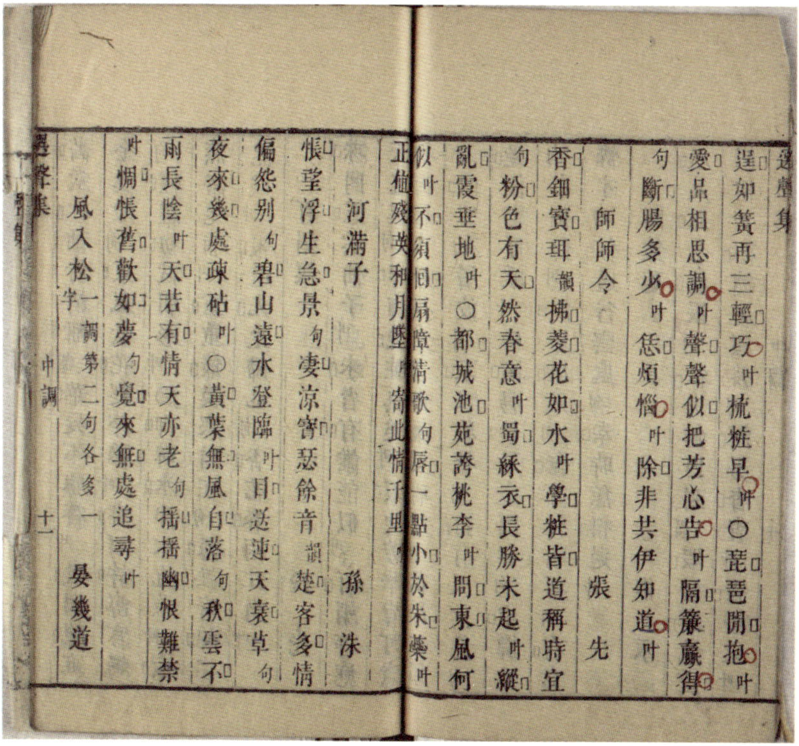
選聲集

逞如簧再三輕巧叶 梳粧早叶 ○ 琵琶閒抱叶
愛品相思調叶 聲聲似把芳心告叶 隔簾贏得
句 斷腸多少叶 恁煩惱叶 除非共伊知道叶

師師令　張先

香鈿寶珥韻 拂菱花如水叶 學粧皆道稱時宜
句 粉色有天然春意叶 蜀綵衣長勝未起叶 縱
亂霞垂地叶 ○ 都城池苑誇桃李叶 問東風何
似叶 不須回扇障清歌句 唇一點小於朱蘂叶
正值殘英和月墜叶 寄此情千里叶

河滿子　孫洙

悵望浮生急景句 淒涼寶瑟餘音韻 楚客多情
偏怨別句 碧山遠水登臨叶 目送連天衰草句
夜來幾處疏砧叶 ○ 黃葉無風自落句 秋雲不
雨長陰叶 天若有情天亦老句 搖搖幽恨難禁
叶 惆悵舊歡如夢句 覺來無處追尋叶

風入松 一調第二句各多一字　晏幾道

選聲集　中調　十一

浙江圖書館藏清大來堂刻本《選聲集》書影

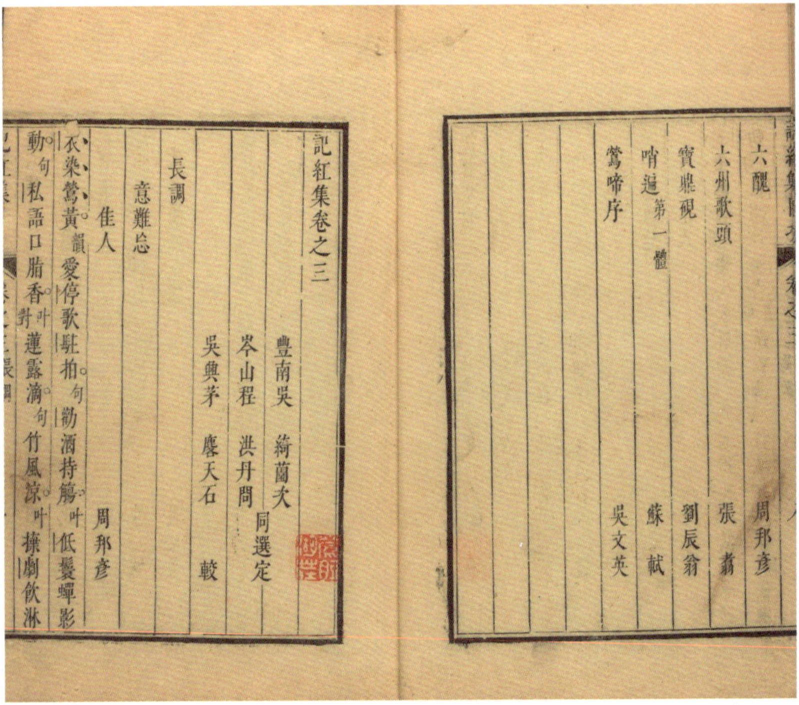
六醜　周邦彥
六州歌頭　張翥
寶鼎硯　劉辰翁
哨遍第一體　蘇軾
鶯啼序　吳文英

記紅集卷之三
豐南吳　綺薗次
岑山程　洪丹問　同選定
吳興茅　麐天石　較
長調
意難忘
佳人　周邦彥
衣染鶯黃。韻愛停歌駐拍。句勸酒持觴。叶低鬟蟬影動。句私語口脂香。叶對蓮露滴。句竹風涼。叶揀劇飲淋

哈佛燕京圖書館藏清康熙二十五年（一六八六）刻本《記紅集》書影

總序

詞譜，這裏主要指格律譜，產生於明中期，是詞樂失傳後，爲規範詞的創作而逐漸發展起來的一種專門性質的工具書。廣義的詞譜包括音樂譜和格律譜，但就明清詞譜而言，除極少數詞譜，如《自怡軒詞譜》、《碎金詞譜》是從《九宫大成》輯録而成，具有音樂性外，一般都是格律譜。

晚清以來，詞譜研究一直處於較少被關注的邊緣位置，相比詞史與詞論，詞譜研究的成果不多，且研究格局也比較狹窄，可以説，至今缺乏整體性、系統性的研究。晚清民初的詞譜研究大多集中在細部的考察和瑣碎的考訂上，對詞譜文獻尚未有全面的整理和系統的考察。民國時期，學者們多撰文專門探討四聲陰陽及詞人用調等問題，亦有一些學者熱心於增補詞調，至於詞譜的全面系統研究，則依然缺乏。一九四九年後，由於時代原因，詞譜以及與之關係密切的詞調與詞律研究長期受到冷落，直到進入新時期，相關研究才零星逐漸復甦，卻也呈現出十分不均衡的面貌：詞調研究成果相對多一些，但總體上缺乏規劃性；詞律、詞韻等方面的研究成果很少，且多見於語言學等外圍學科；詞譜文獻研究有一些進展，但主要是單個詞譜的研究，成果也比較零散；至於詞譜史的研究，不僅成果少，而且多是以史論方式介紹明清以至民國詞譜著作的編撰過程、詞律研究進程及相關學者的詞律思想主張，並没有觸及問題的實質。因此，明清詞譜的研究總體比較冷寂。

一

進入新世紀，尤其是二〇〇八年前後，明清詞譜研究開始受到重視，相關研究也逐步展開，並取得一些成績。在此過程中，有兩方面的研究推進速度較快，取得的成果也比較突出。

其一，重要詞譜的研究取得明顯進展。明清詞譜的研究起步較晚，但一些重要詞譜因爲影響較大，學術地位重要，吸引了一批學者投入較多精力進行研究，並已取得非常明顯的進展。這在《詩餘圖譜》、《欽定詞譜》、《詞繫》三部重要詞譜的研究方面表現得尤其充分。

《詩餘圖譜》是中國真正意義上的第一個詞譜，地位十分特殊，但以往專門的研究並不多。學術界雖然常常提及該譜，事實上對它的認識還比較模糊，其表現主要有兩方面：一是張冠李戴，將之和賴以邠等人的《填詞圖譜》相混淆，將後者的問題算在前者上；二是没有梳理《詩餘圖譜》版本，分不清初刻本和後續版本的區别，將後續版本中出現的問題誤以爲是張綖《詩餘圖譜》初刻本的。這兩種情況在以往的研究文章和著作中經常會遇到，直到張仲謀在臺灣發現《詩餘圖譜》初刻本，才徹底扭轉了局面。此後《詩餘圖譜》各種版本的發掘和梳理，進一步呈現了該詞譜的真實面貌和流傳過程。可以説，由於文獻資料的突破，《詩餘圖譜》的研究在最近十餘年快速推進，形成的成果也與之前有了質的變化。

《欽定詞譜》由於是「欽定」，在清代幾無討論的可能，更談不上去指謬糾誤，清以後，雖然「欽定」的禁忌不復存在，但由於該譜的「權威性」，也很少有人去留意、審視譜中的問題，部分學者也只是重視詞調補遺工作，而非對原譜本身作研究，因此《欽定詞譜》存在的問題也長期得不到糾正。但最近幾十年情況正在發生變化，陸續有學者關注此譜，將其納入研究範圍，而研究的核心内容，就是對其糾誤匡謬。大致而言，對《欽定詞譜》的研究可以分爲三個階段：第一個階段是一九九七年周玉魁發表《略論〈欽定詞譜〉的幾個問題》一文，開始對該譜進行整體性研究，並且研究的方向也十分明確，就是指出其存在的問題。這種思路事實上對《欽定詞譜》之後的研究路徑有明顯的導向作用。但作者發表此文後，再没見到其後續研究成果。第二階段是新世紀以後，主要是二〇一〇年前後，謝桃坊和蔡國强兩位發表了一系列論文，對《欽定詞譜》的問題作進一步討論，其研究思路與周文大致相近。其中謝桃坊偏重於《欽定詞譜》收録詞調標準的討論，也涉及譜中調名、分體、韻位等方面的具體問題，蔡國强則更偏重於調名、韻脚等具體問題的討論。蔡文的許多觀點之後被集中吸收到其考正著作中。第三階段是二〇一七年蔡國强的《欽定詞譜考正》出版，標誌着《欽定詞譜》的研究進入了一個新的階段。三個階段層層推進，進展較快。《詞繫》是最有價值的明清詞譜之一，但由於戰亂以及編撰者秦巘家道中落等原因，一直没有機會刊刻，外界所知甚少，因此相關的研究也就無從談起。直到上個世紀末，該書稿本被重新發現並整理出版後，學界才開始了對該書的研究。研究工作主要圍繞三個方面進行：首先是整體性介紹，由於該譜是第一次整理，這類介紹是必要的，以便於把握該譜的基本特點；其次是價值發現與詞譜史評價，這對於《詞繫》的深度認識以及詞譜史定位尤其重要；第三是文獻的發現與完善。北京師範大學出版社一九九六年出版了《詞繫》一書，是根據收藏在北京師範大學圖書館的未定稿本整理而成，其間唐圭璋、鄧魁英、劉永泰等先生做出重要貢獻。但是該稿本與夏承燾、龍榆生等先生描述的稿本不同，夏承燾等看到的是更加完善的謄清本，此事一度成爲迷案。此後有學者據《中國古籍善本書目》的著録，在北京大學圖書館發現了珍貴的謄清本，國家圖書館出版社於二〇一四年對其進行複製性出版，收入「中華再造善本續編」。至此，《詞繫》的最終面目得以被公諸於世，便於學者作進一步深入研究。《詞繫》的研究，從零到現在大致成熟，其推進速度也比較快。

其二，研究視野有所拓展，對冷僻的詞譜和海外的詞譜開始有所關注。明清詞譜研究之前主要集中在幾部比較著名的詞譜上，但最近十幾年一個明顯的變化，就是開始對冷僻的詞譜有了一定的關注，並取得初步進展。比較典型的例子是對鈔本《詞學筌蹄》、稿本《詞家玉律》、稿本《詞榘》、鈔本《詞海評林》等詞譜的關注與研究，及對稀見詞譜《牖日譜詞選》、《記紅集》、《三百詞譜》、《詩餘譜纂》、《詩餘協律》、《有真意齋詞譜》、《彈簫館詞譜》等的介紹與初步研究。其中對鈔本《詞學筌蹄》、稿本《詞槩》、稿本《詞家玉律》的研究代表了三種不同的類型。

《詞學筌蹄》以鈔本的形式存在，但在很長一段時間内被視爲一部詞選，較少受到關注。唐圭璋《全宋詞》「引用書目」將此書列爲第五類的「詞譜類」，是非常有識見的判斷，此後蔣哲倫、楊萬里編《唐宋詞書録》，也順着唐先生的思路，將其列爲「詞譜、詞韻類」。至此，該書詞譜的身份大體被確認。此書真正受到關注，進入詞譜研究的視野，是在張仲謀二〇〇五年發表《〈詞學筌蹄〉考論》一文之後。文章對該譜作了比較全面的介紹與討論，進一步論證其詞譜性質，以爲是中國現存最早的詞譜。但總體來看，作爲中國最早的詞譜，或者説詞譜的雛形，其産生的過程、背後的深層原因及詞譜學意義等問題，仍有待作進一步深入研究。

《詞槩》的編撰者方成培是有很高造詣的詞學家，其《香研居詞麈》一書向爲學界稱道，但同爲其重要詞學著作的《詞槩》卻未曾刊刻，也久未見著録，只在民國時期《歙縣志》等地方文獻上稍有提及。加上此書稿本長期保存在安徽省博物館，鮮爲人知。直到二〇〇七年鮑恒在《文學遺産》上發表文章介紹《詞槩》的兩個不同稿本，該書才進入學者的研究視野。作者在撰文的同時，還聯合王延鵬開始整理《詞槩》，在文獻比對、字迹辨識等基礎性工作上花費了大量心血。《詞槩》稿本的整理與出版，將對中國明清詞譜史的研究産生重要影響。

《詞家玉律》的情況則有所不同，編撰者王一元並非名家，書稿也只是保存在其家鄉的無錫圖書館，因此幾無人知。二〇一〇年，顔慶餘撰文介紹該稿本，這部詞譜才進入研究者的視野。但此稿的價值究竟如何，是否有整理的必要？仍需作進一步的考察與研究。總體來講，最近十來年，一些之前少有人關注的珍稀詞譜開始受到重視，並被不斷發掘與介紹，這對明清詞譜史的研究具有重要意義。就我們所知，此類詞譜有一定數量，該方面的研究工作將會持續一段時間。

最近十幾年，學者們對域外詞譜也開始加以關注。由於歷史原因，中國周邊的日本、朝鮮半島、越南三個地區在古代均採用漢字書寫系統，漢文詩詞創作十分普遍。詞譜作爲漢詞創作的工具書，也較早流傳到了這些國家。以往的詞譜研究對留存域外的明清詞譜關注不多，對域外國家本土編製的詞譜更是所知甚少。這種情況目前已有所改變，不少學者開始將目光投向域外，並嘗試將域外主要是日本的詞譜納入研究範圍。此方面的研究工作起步不久，大致可以分爲三個方面。第一，是研究流傳到域外的明清詞譜。如上所述，明清時期有不少詞譜流入域外，這些詞譜大部分都能在國内找到相同版本，但也有一些比較特殊的鈔本或批本，是國内所没有的，具有較高的文獻價值。對此已有一些學者開始關注並展開實際研究工作，如江合友《關於張綖〈詩餘圖譜〉的日藏抄本》，詳細介紹了《詩餘圖譜》的兩種日藏抄本；又如日本詞學家萩原正樹《關於〈欽定詞譜〉兩種内府刻本的異同》對日本京都大學一九八三年影印「京都大學漢籍善本」中的一種《欽定詞譜》底本作了介紹，並將其與中國書店一九七九年影印本作了詳細比對與析論。第二，是對域外國家本土編製詞譜的關注與研究。域外國家本土編製的詞譜一般是以中國傳過去的詞譜爲母本，在此基礎上作一些本土化改造。這些詞譜在彼處取得成功，有的甚至還返流回中國，受到中國詞人的喜愛，如日本田能村孝憲編的《填詞圖譜》。目前學界對這些詞譜也有所關注，如江合友《田能村孝憲〈填詞圖譜〉探析——兼及明清詞譜對日本填詞之影響》，朱惠國《古代詞樂、詞譜與域外詞的創作關聯》也涉及這一問題。其三是對域外詞譜學研究的關注，如日本學者萩原正樹近年研究森川竹磎的《詞律大成》，撰有《森川竹磎〈詞律大成〉原文與解題》，該書在整理《詞律大成》的同時，另附《森川竹磎略年譜》和《〈詞律大成〉解題》於書後，頗具資料價值。萩原正樹的著作代表了日本詞譜學的一些特點與最新進展，已引起國內詞學界的注意，有關的資料收集與評價也正在進行。從這三方面的研究看，明清詞譜研究的視野有了明顯的拓展，已進入了一個新的階段。

二

毫無疑問，近十幾年明清詞譜研究的進展是明顯的，但我們也清醒地看到，晚清以來，詞譜研究在詞學研究大格局中所占的比重偏小，積累不够，加上新時期成長起來的新一代學者普遍對詞調、詞律有陌生感，因此目前的明清詞譜研究總體上還存在基礎薄弱、人員短缺等問題。除此之外，研究工作本身也存在一些不足。這些不足主要有以下幾個方面。

一是基礎性、整體性的文獻研究缺乏。詞譜文獻學是目前明清詞譜研究中相對成熟的一部分，取得的成果也比較多，但問題是這些研究比較零散，不成系統。迄今爲止，學界對明清詞譜的整體情況還比較模糊，比如從明中葉《詞學筌蹄》産生以來，總共有過多少詞譜，其中存世的詞譜有多少，有哪些類型，收藏在什麽地方，保存情況如何？這些目前都是未知的，换句話説，時至今日，我們還未系統地摸過明清詞譜的家底。進一步看，這些詞譜各自有哪些編撰特點，作者的背景怎樣，當時是否被廣泛接受與普遍使用，實際評價又如何？對這些方面的研究工作雖然已有了一部分，但涉及的只是部分詞譜。因此説，詞譜文獻的基礎性研究還比較薄弱，很需要在調查研究的基礎上，編出一份相對齊全的明清詞譜收藏目録，如果在目録的基礎上，能撰寫系統性的明清詞譜敘録，或能反映明清詞譜總體情況的學術著作，就更好了。至於對明清詞譜的整理，目前主要集中在幾部著名的詞譜上，如《欽定詞譜》、《詞繫》、《碎金詞譜》等，一些在明清詞譜史上有重要地位的詞譜，如《填詞圖譜》、《嘯餘譜・詩餘譜》等，至今還没有被整理過，可見詞譜文獻研究雖然已取得一些進展，但依然缺乏大規模、集成性的研究成果。

二是大部分研究仍停留在淺層次的階段，没有深入到詞譜本身的内容中去。目前的明清詞譜研究雖然涉及到了詞譜的編製方式、文獻來源，以及與之關係密切的詞調、詞律、詞韻等多個方面，成果數量也已經有了一定的累積，但這些研究大部分停留在表面，缺少對實質性内容的深入思考。如大部分論著多集中在詞譜的作者、版本，以及編纂背景、標注符號、編排方法等外部要素上，而對於最能反映詞譜學本質的句式、律理、分體等問題的探討卻不是很多，即使有一些涉及明清詞譜修訂的論文觸及了詞律問題，也多是專攻一隅，未能系統而全面。换句話説，目前的研究大部分還是在外圍，並没有深入詞譜的實質。事實上，詞譜作爲一種專門工具書，是明清人在詞樂失傳後，爲規範並方便詞的創作而發明的，編譜者所依據的文獻以及對詞調的體認程度無疑會影響到詞譜質量的高下。我們現在能看到的文獻比明清人要全，因此在總結前人研究成果的基礎上，對主要的詞譜進行細致分析，討論其譜式的準確性和合理性，應該是明清詞譜研究的主要内容。此外，除了個别的早期詞譜，絶大多數明清詞譜都不是憑空産生的，編寫者或多或少地借鑒了前人的詞譜，既有繼承，也有發展，因此梳理這些詞譜之間的内在關係，看看後者在前者的基礎上解決了什麽問題，還留下什麽問題，由此分析明清詞譜發展演化的過程與規律，也應該是明清詞譜研究的一項重要内容。而從明清詞譜研究的現狀看，此類研究目前還比較少見，這無疑是一個比較明顯的缺憾。

三是對明清詞譜的學術價值和詞學史地位普遍認識不足。已有的明清詞譜研究大部分是從形式的角度入手，將詞譜視爲技術層面的工具，很少從詞學發展的層面深入探討其歷史地位，也很少從詞譜編製與創作互動的關係來考察其學術價值。對一些深層次問題，如明清詞譜産生的根本原因，詞譜發展的內在動因和規律，詞譜在清詞中興過程中的實際作用等，很少有專門的討論。比如我們在談到詞譜的產生時，較多關注到《詞學筌蹄》和《草堂詩餘》的關係，關注詞譜中標注符號的來源等，至於爲什麽會在這個時候形成這部製作粗糙卻又具有里程碑意義的詞譜，則目前還少有人去考量，而這個問題非常關鍵，是涉及到詞體能否生存、能否繼續發展的重大問題。又如我們現在討論清詞的中興，總結了很多因素，固然都有道理，而清詞的中興和詞譜的發達又有没有關係？這其中的綫索，也較少有人去作深入思考。可見在目前的詞譜研究中，理論的研究和思考還没有跟上去。這些都需要在今後的研究中加以改進，以對詞譜的學術價值有一個更加全面、深入的考量。

四是重要詞譜的校訂工作没有得到應有的重視。以《詞律》、《欽定詞譜》爲代表的明清詞譜從產生之日起，一直是詞創作的重要依據，將來無疑也會如此，因此詞譜的正確與完善對詞的創作至關重要。但如上所述，明清時期由於製譜者在文獻方面的不足和認識上的局限，導致這些詞譜在平仄、句式、韻律、分段等諸方面，都或多或少地存在一些瑕疵以及錯誤，即使明清詞譜中最著名、最權威、最流行的《欽定詞譜》和《詞律》，即通常所説的「譜」、「律」，也存在不少問題。《詞律》的問題在清代已經有學者指出過；《欽定詞譜》由於是「欽定」，在清代無法展開討論，近年雖有學者陸續指出其中存在的各式問題，但是這些工作總體來説比較分散，且没有從詞譜的系統性校訂、完善這一層面來展開，因此對普通的詞譜使用者而言，詞譜中的這些問題和錯誤一直存在，並在不斷地誤導詞的創作。問題的嚴重性還在於，幾乎極少有人想到詞譜有錯誤，更没有想到要去校訂明清詞譜，使之更加準確和完善。很少有一種工具書會像詞譜一樣，幾百年來一直不被加以校訂卻持續爲創作提供依據。即便是詞譜中由於文獻不足，僅依據殘詞製成之譜，如《欽定詞譜》中署名張孝祥的《錦園春》四十二字體，也至今依然被視爲創作的圭臬。因此對明清詞譜中影響最大，至今使用最廣泛的詞譜，如《詞律》、《欽定詞譜》等，在前人研究的基礎上，作一次系統、徹底的校訂，使之更加準確，是完全有必要，也有可能的一項工作，這不僅是明清詞譜研究的重大突破，也是一項功在當代，利在長遠的重大文化工程。

最後是明清詞譜研究缺少規劃，没有系統性。以上四方面問題之所以產生，非常重要的一個原因，就是現有的明清詞譜研究缺少總體規劃，没有系統性。如對明清詞譜基礎性文獻大規模的搜集與著録，對詞譜要籍如《詩餘圖譜》、《嘯餘譜・詩餘譜》、《填詞圖譜》、《詞榘》、《詞繫》等的大規模整理與研究，對重要詞譜如《詞律》、《欽定詞譜》的研究與校訂等，都需要有一定的規劃與統籌，調動相應的人力和資金支持。而現有的研究主要基於學者的個人興趣來展開，因此上述大規模的研究計劃就難以得到實施。

三

目前明清詞譜研究雖有許多工作要做，但其中最爲迫切的是基礎性文獻的整理與研究，只有掌握了明清詞譜的基礎文獻，才能對其基本特點、編製原理、演化軌跡、發展動因和詞學史地位、學術價值等作出準確、詳細、符合歷史事實的描述與闡釋。基礎性文獻的整理與研究主要包括兩個方面：一是對明清詞譜的存世情況進行全面排查與記録，二是在此基礎上選擇一些重要的明清詞譜進行有計劃的整理與研究。「詞譜要籍整理與彙編」叢書就是基於後一點而編撰的一套明清詞譜整理本。

本套叢書，我們計劃挑選二十部左右學術價值較高的明清詞譜進行整理與初步研究，挑選的原則主要考慮四個方面，即代表性、學術性、重要性和珍稀性。

所謂代表性，主要是指挑選的詞譜在譜式體例、時代分佈等方面均有一定代表性。詞譜的種類較多，從大的方面區分，可以分爲圖譜和文字譜，但同是圖譜，在標示符號和標示方式上也有不少差異，如黑白圈、方形框等，在圖和例詞的安排上，有的兩者分開，有的則合二爲一。至於文字譜，在譜式設計上也有不少差異，如有的與工尺合譜，有的則設計出獨特的文字表示不同的句式或體式。這些譜式不可能全部兼顧，但一些有代表性的譜式均在本叢書的考慮之内。時代的代表性，主要是兼顧不同時期編撰的詞譜。明清詞譜產生於明中葉，但在時段的分佈上並不均衡，有的時期如康熙、乾隆朝編撰的詞譜比較多，有的時期如雍正、嘉慶朝就少，除了詞譜本身發展原因外，與該時期的時間長短有關，但作爲一部叢書，還是要儘量兼顧各個歷史時期，以展示不同時期詞譜的特色。

學術性主要是關注詞譜本身的學術含量。詞譜是一種填詞專用工具書，同時也是詞調、詞律、詞韻研究成果的重要載體，體現出編譜者的學術水平和創新程度。作爲一套詞譜要籍整理叢書，詞譜的學術性是入選的一個重要標準。如張綖的《詩餘圖譜》是中國第一個真正意義上的詞譜，奠定了明清詞譜的編譜思路和基本體例，其學術性和創新性不容置疑；又如徐師曾《文體明辨·詩餘》「直以平仄作譜」，是第一個「去圖著譜」的詞譜，也是第一個明確有「分體」意識，調下以「各體别之」的詞譜。這些詞譜有較高的學術性，並在明清詞譜發展過程中具有重要作用，是我們重點予以整理與研究的。詞譜的重要性一般和其學術性相關，但也不能一概而論，有的詞譜儘管並不完美，卻由於各種原因，實際影響力比較大。比如程明善的《嘯餘譜·詩餘譜》，現在研究者普遍認爲是承襲了徐師曾《文體明辨·詩餘》，並非自己獨立創作，而且本身還存在多種問題，但該譜在明清之際非常流行，萬樹甚至以「通行天壤」來形容，實際影響非常之大。又如查繼超等《塡詞圖譜》，萬樹以爲「圖則葫蘆張本，譜則矒捧《嘯餘》」，持議或偏，「參稽太略」，但作爲《詞學全書》的一種，在清初也十分流行，同樣具有重要影響。這些詞譜也是我們重點關注與進行整理的。另外，稀缺性也是我們重點考慮的一個因素。歷史上不少詞譜由於種種原因没有刊刻，一直以稿本或鈔本的形態保存在圖書館或博物館，這些詞譜除了學術價值，還有比較高的文獻價值，如方成培《詞榘》、毛晉《詞海評林》等。對這些詞譜的整理和研究，一定程度上還具有保存文獻的意義。其他稀見詞譜，如李文林《詩餘協律》、吕德本《詞學辨體式》等，雖是刻本，但由於存世數量有限，流傳不廣，也有整理、研究的必要。

綜合上述四方面的考慮，我們初步擬定需整理的詞譜要籍如下：

明代詞譜六種：張綖《詩餘圖譜》(附毛晉輯《詩餘圖譜補略》)、萬惟檀《詩餘圖譜》、顧長發《詩餘圖譜》、徐師曾《文體明辨·詩餘》、程明善《嘯餘譜·詩餘譜》、毛晉《詞海評林》。

清代詞譜十五種：吴綺《選聲集》並吴綺等《記紅集》、賴以邠等《填詞圖譜》、葉申薌《天籟軒詞譜》、孫致彌《詞鵠》、鄭元慶《三百詞譜》、李文林《詩餘協律》、許寶善《自怡軒詞譜》、方成培《詞榘》、禮思鵬《詞調萃雅》、郭鞏《詩餘譜式》、吕德本《詞學辨體式》、朱燮《朱欽山千金譜·詩餘譜》、舒夢蘭《白香詞譜》、錢裕《有真意齋詞譜》。

至於萬樹《詞律》、王奕清等《欽定詞譜》、秦巘《詞繫》這三部大譜，因有專門的研究與考訂計劃，故不置於本套從書中。而《碎金詞譜》偏重音樂性，且已有劉崇德先生整理並譯成現代樂譜，故也不列入整理名單。此外，隨研究深入並根據需要，以上書目也可能調整。

每一種詞譜的整理一般包括兩個方面：文獻整理和基礎研究。文獻整理遵循古籍整理的一般方法，並根據詞譜的特點作相應調整，主要包括有：底本選擇、校勘、標點、附録等。基礎研究主要對編撰者的生平行實、詞學活動進行考證，及對詞譜的編撰過程、基本特點、使用情況、版本與流傳等方面進行闡述，最後用「前言」的形式體現出來。

本叢書以「詞譜要籍整理與彙編」的總名出版。二十餘種詞譜以統一的體例，按時代先後爲序，採用繁體直排的形式，各自成冊。原則上，每一種均包括書影、前言、凡例、正文、附録五個部分。附録主要收録詞譜編撰者的生平傳記資料以及該譜其他版本的序跋、題辭等資料，但不包括後人的研究文章。此項視每種詞譜的具體情况而定，不作强求。

由於本叢書是第一次具規模性地整理詞譜文獻，參與者缺少經驗，加之時間與精力問題，難免會存在各種問題，在此敬祈海内外方家、讀者不吝指正。

朱惠國

二〇二一年三月於上海

總目

記紅集

選聲集

[清]吴綺 編著
陳雪軍 胡曉梅 整理

前言

吳綺，字園次，一作薗次。一説又字豐南，如錢仲聯主編《中國文學大辭典》及尤振中、尤以丁編著《清詞紀事會評》皆云吳綺字豐南；一説又號豐南，如吳修《昭代名人尺牘小傳》、陳恒和《揚州叢刻》本《揚州鼓吹詞序》所附《吳氏小傳》、池秀雲編《歷代名人室名別號辭典》等俱稱吳綺號豐南。兩説皆誤。其實「豐南」係地名，是吳綺的祖籍。吳保琳增補《豐南志》云：「豐南，隸歙之西鄉，一稱豐溪，俗稱溪南，又稱西溪南。崇山環繞，豐水縈迴，因處豐樂水之南而得名曰『豐南』。」故而多種版本的《歙縣志》往往不稱「豐南」，而以「溪南」、「豐溪」、「西溪南」等稱呼代之。吳綺《青玉案・豐溪》詞前小序亦云：「有橋跨溪上，雜植桃柳，映帶於山光水色之間。每至春日，衣香酒氣無有虛夕，吾家世居於此。」因此，吳綺亦自稱「豐溪迂叟」(一)、「豐南槜史」(二)、「豐南外史」(三)、「豐南内史」(四)。古人喜以籍貫稱呼別

(一) 吳綺《林蕙堂全集》卷四《陳北溟詩集序》，《四庫全書》本。
(二) 吳綺《宋金元詩永・凡例》，《故宮珍本叢刊》本。
(三) 閔麟嗣《黄山志定本》卷首吳綺序，《叢書集成續編》本。
(四) 吳綺《林蕙堂全集》卷十一《家茂才聲遠先生傳》，《四庫全書》本。

人，是以同人亦多以「豐南」稱之，如張潮《心齋詩鈔・酒樓飲黄九煙、吳園次先輩》詩云：「生平向慕孰稱最，鍾山之黄豐南吳。」(一)稱呼南京鍾山的黄九煙和豐南的吳綺；又如汪士鋐《嘉平十日送園次先生由新安江過吳門》四首其一云：「爭識豐南舊詩老，壺筋佳日兢相從。」(二)用「豐南舊詩老」稱呼吳綺。晚年「以修短衰健聽之天，以利鈍榮辱聽之人，以是非毀譽聽之千百世，而後流行坎止，吾何心焉，故自號曰『聽翁』」。

安徽歙縣人，隸籍揚州。趙吉士纂《徽州府志》卷十五吳綺本傳云：「吳綺，字園次，號聽翁，歙溪南人，揚州籍。」豐南吳氏宗族自唐代就已移居安徽歙縣，可追溯到唐代左臺御史吳少微，據桐城許楚《清故前翰林院編修天石吳公行狀》云：「吳公以天年考終於歙之豐南里第，……公諱孔嘉，字元會，號天石，繫肇海陽唐左臺吳少微公後，懿宗咸通初諱光者，由海陽遷歙豐南，遂爲豐南始祖。」(三)之後八傳至唐宣議郎吳光。唐懿宗咸通元年庚辰，浙東寇起，攻陷象山，四方騷動。吳光善堪輿，避地擇居，由休寧鳳凰山遷居於豐南，遂爲豐南吳氏始祖。後豐南吳氏又有滔、翼、貫、振四派，吳綺正是豐南吳

(一) 聶先編《百名家詩鈔》，康熙刻本。
(二) 汪士鋐《栗亭詩集》卷五，康熙刻本。
(三) 許楚《青巖集》卷十，康熙刻本。

氏振派吴瑛之弟吴都二十四世孫。[一] 歷三十餘世，其中一支遷徙揚州江都，沙張白《吴園次傳》云：「其先由歙徙揚之江都，遂爲江都人。」[二] 又據吴綺《喜遷鶯·五雲山》詞前小序云：「其山之麓，予高祖之墓在焉。術者謂爲福兆，然亦未有驗也。但吾家自新安而遷者，實始於此。」至吴綺時，豐南吴氏這一支，已經長期定居江都縣，並隸籍江都。故當時文人稱呼吴綺以及吴綺自稱，往往在姓名字號前冠以「豐南」、「黄山」、「新安」、「廣陵」、「揚州」、「江都」。

一、吴綺著作考述

吴綺是明末清初文壇上一位頗爲活躍的文人，他多才多藝，詩詞曲賦皆擅，著述豐富。吴綺逝世後，其次子吴壽潛搜訪遺稿，編成《林蕙堂全集》二十六卷。卷首魯超序云：「余與薗次昔日同選中翰，前後同典大郡，而聲容謦欬，靡間晨夕，固情最親而交最篤也。乃令子彤本（歲己卯）來粤謁余……出袖中書數卷，讀之則其先公之遺文也。余竊怪之，薗次平日喜作文，然不自收拾，輒爲好事者持去。余方惜其文之傳之不全，而今集之傳而全焉。喜而詢之，始知彤本竭數年之精神，搜遺採逸，求之殘編斷

[一] 參見楊燕《吴綺湖州爲官時期文學活動考論》，南京師範大學碩士學位論文，二〇〇七年，第五頁。
[二] 焦循輯《揚州足徵録》卷一，清鈔本。

簡之間，十得六七。又以金往好事者之家購之，抄録成帙，倫次顛末。」康熙己卯，即康熙三十八年（一六九九）。魯序接着説：「閱五月，剞劂告竣，余爲之序。」而落款的時間則爲「康熙庚辰七月既望」，即康熙三十九年（一七〇〇）。這是吳綺作品第一次以全集的面貌刊刻。魯超，號謙庵，是吳綺内閣中書時的同僚。《林蕙堂全集》卷一有《與雲間太守魯謙庵書》，卷六有《雲間魯謙庵太守江左仁聲序》，卷十九有《酬别魯謙庵即用見贈原韻》。據《浙江通志》卷一百六十九：「魯超，廣東名宦，册號謙庵，會稽人，守松江有善政，後爲惠潮道，陞廣西按察司，擢廣東布政使，前後在粤凡七載。」又據《廣東通志》卷二十九：「魯超於康熙三十七年任廣東承宣布政司左布政使。」則此集據首頁所題署「魯謙庵、沈樂存兩先生選，吳園次先生林蕙堂全集，本衙藏板」，應該刻於魯超廣東布政使任上。魯序之後，還依次收録了曾大汕、沈愷曾及陶之典的序言。之後收録了幾篇舊序，即杜濬、尤侗、魏禧、陳維崧、汪洪度、吳留邨、靳治荆等八篇原敘，其中魏禧的序作於康熙十六年（一六七七），吳留邨的序作於康熙二十三年（一六八四），汪洪度、靳治荆的序作於康熙三十年（一六九一）。序後是沙張白撰寫的《吳綺傳》、吳綺自撰的《聽翁自傳》、王方岐撰寫的《吳綺後傳》以及凡例和參訂者、校閲者姓氏。尤其值得關注的是長達八頁、多達三百十四人的參訂者、校閲者名單，其中參訂者包括龔鼎孳、曹溶、彭孫遹在内共二百二十四人。

康熙三十九年（一六九九）吳壽潛刻本（現藏國家圖書館），共十六册，後收入《四庫全書》，但删去了第一卷的上述内容。《四庫全書總目提要》云：

> 《林蕙堂集》二十六卷。國朝吳綺撰。綺有《嶺南風物記》，已著録。王方岐作綺小傳，稱所著有《亭皋集》、《藝香詞》、《林蕙堂文集》諸編。綺没之后，其子壽潛蒐訪遺稿，合而編之。此本一卷至十二卷爲四六，即所謂《林蕙堂集》也；十三卷至二十二卷爲詩，即所謂《亭皋集》也；二十三卷至二十五卷爲詩餘，即所謂《藝香詞》也；二十六卷則以所作南曲附焉。國初以四六名者，推綺及宜興陳維崧二人，均原出徐、庾。維崧泛濫於初唐四杰，以雄博見長；綺則出入於《樊南》諸集，以秀逸擅勝。章藻功《與友人論四六書》曰：「吳園次班香宋艷，接僅短兵；陳其年陸海潘江，末猶強弩。」其論頗公。然異曲同工，未易定其甲乙。其詩才華富艷，瓣香在玉溪、樊川之間。詩餘亦頗擅名，有「紅豆詞人」之號。以所作有「把酒囑東風，種出雙紅豆」句也。所作院本，如《嘯秋風》、《繡平原》之類，當時多被管弦。以各有別本單行，故僅以散曲九闋綴之集末。統而觀之，鴻篇鉅制，固未足抗跡古人，而跌宕風流，亦可謂一時才士矣。

但是《提要》所云「王方岐作綺小傳」，這個小傳並没有收入《四庫》本。

到了乾隆年間，其宗族後人吳琥繡重新校刻《林蕙堂全集》二十六卷，包括《林蕙堂文集》十二卷、

《續集》六卷,《亭皐詩鈔》四卷,《藝香詞鈔》四卷,除了《文集》十二卷刻於乾隆三十九年(一七七四),其他三种皆刻於乾隆四十一年(一七七六)。其中《林蕙堂文集》、《亭皐詩鈔》、《藝香詞鈔》又相對獨立,各自以單行本流通。後陳乃乾輯《清名家詞》以及《全清詞・順康卷》中收録的《藝香詞》就是以吴琥繡刻《藝香詞鈔》爲底本的。《全清詞・順康卷》在《藝香詞》前又收《蕭瑟詞》一卷,最後附以散逸詞作。這個《林蕙堂全集》乾隆刻本,衷白堂藏板,現藏國家圖書館,共十一册。又收入《清代詩文集彙編》第六十八册中。

中國國家圖書館還藏有六卷本的《藝香詞》善本,所收詞作既不同於吴壽潛刻本,也不同於吴琥繡刻本的《藝香詞鈔》。《中國古籍善本書目》、王紹曾主編《清史稿藝文志拾遺》都有著録。這個六卷本的《藝香詞》,前有四明周斯盛、同里後學申淑時所作的序。這六卷其實是六個詞集,即《歌吹詞》、《蕭瑟詞》、《扶醉詞》、《水嬉詞》、《登樓詞》、《鳳鄉詞》,分别歌詠揚州、金陵、杭州、湖州、歙縣和蘇州的名勝古蹟,如《歌吹詞》一卷共三十一首,分别歌詠揚州的文選樓、爭春館、東閣、謝安宅等三十一處勝蹟;《蕭瑟詞》一卷共四十三首,分别歌詠金陵的秦淮河、桃葉渡、烏衣巷、鳳凰臺等四十三處勝蹟;《扶醉詞》一卷共四十首,前有同里後學鄭鍾蔚所作的序,詞分别歌詠杭州的吴山、西湖、孤山、放鶴亭等四十處勝蹟;《水嬉詞》一卷共三十五首,前有同里後學汪國梓所作的序,詞分别歌詠湖州的六客堂、韻海樓、墨妙亭、愛山臺等三十五處勝蹟,其中多首詞作收入《(同治)湖州府志》;《登樓詞》一卷共三十九首，前有閔長虹所作序，分别歌詠歙縣的烏聊山、問政山、煉丹臺、紫陽書院等三十九處勝蹟；《鳳鄉詞》一卷共四十首，分别歌詠蘇州的館娃宫、響屧廊、穹窿山等四十處勝蹟。此六卷六個詞集共收詞二百二十八首，每首詞前各有一序，如《水嬉詞》第一首《思佳客》，歌詠湖州的六客堂，其小序云：「宋孫莘老守湖州，蘇軾來游，共六客宴集署中，因名其堂，後軾復守斯土，亦集六客於此，各賦《定風波》一闋，名後六客堂。余以丙午承乏，適方侍御亨咸、唐内翰允甲、嵇太守宗孟、杜處士濬及家弟觀察甲周偕過，與余共六人，亦各賦《定風波》，郡人因名三六客堂。今往事不可復得，然一時簪裙詩酒之樂，尚留連於清夢間也，作《思佳客》以追昔遊。」交代了六客堂歷史淵源。這類小序憑弔山川，俯仰今昔，間附考證，頗有特色。六個詞集二百二十八首詞，二百二十八個小序，歌詠二百二十八處名勝古蹟，在詞史上實屬罕見。

這六卷六個詞集，晚清許承堯在其《歙事閑譚》也曾有提及：「吴園次詞六卷，余僅見《扶醉詞》、《水嬉詞》二種。」可見至晚清，此刻已不多見。值得一提的是，國家圖書館尚藏有《蕭瑟詞》稿本，前有山陰金鎮所作序。由此看來，此六卷本的《藝香詞》應該也曾以稿本的形式存在過，不知另外五個稿本詞集尚存於世否？

吴綺單行本的詩集則有康熙刻本《藝圃詩爲姜仲子賦》，乃康熙丁巳年七月七日，吴綺作於姜實節園内，共四十首詩歌，前有尤侗、陳維崧駢文序，後有姜實節《酬吴湖州藝圃詩啟》、《刻硯上小序》以及吳綺所作《藝圃詩成姜仲子以文物見贈謝啟》、《紅鵝生別傳》，現藏於國家圖書館和南京圖書館。

此外，其詩集尚有《種字林詩鈔》，爲傳鈔本，似乎並未刊刻，現今多種權威工具書均未提及此詩集的收藏信息，恐怕已經散佚了。據《續修四庫全書總目提要（稿本）》：「既歿前歲，裒其詩什次爲二十卷，名之曰《種字林詩鈔》。別有所謂《林蕙堂全集》二十六卷者，乃其子壽潛所編，已著録四庫，入別集類。《提要》稱『王方岐作綺小傳，……二十六卷則以所作南曲附焉』云云，是集中所存之詩乃只十卷，以此相較，僅得半帙。今以是集壽潛後跋證之，跋謂『先子向有《種字林詩鈔》，爲手自編訂者。詎以家難，稿本亡佚。僅於囊歲收合餘燼，益以文曲詩餘，都爲《林蕙堂集》行世。今幸於故交處得此，乃知爲全稿』云云。是《四庫》所收，乃不全稿也。」另外，《清史稿藝文志及補編》亦著録了《種字林詩鈔》二十卷。㈠ 種字林，乃吳綺晚年所居園林，據其《聽翁自傳》云：「癸亥遊粵東，制府吳留邨贈以買山錢歸，得粉妝巷趙氏之廢圃而移居焉，翁於是有園……園荒無草木，有索公文與詩者，多以樹木花竹爲潤筆費，不數月而成林，因名之曰『種字林』。」

除了詩文詞的創作之外，吳綺還創作了不少戲曲作品，而且影響頗大，深受時人的歡迎，「所作傳

㈠ 章珏、武作成等《清史稿藝文志及補編》，中華書局，一九八二年，第六〇七頁。

奇流傳人間，梨園弟子能演吳太守一劇者，即聲譽出倫輩上」(一)。據王方岐撰《聽翁後傳》曰：「章皇帝命譜楊椒山事，先生按律寫之，忠憤之氣如忠愍復生，每奏一出，上未嘗不稱善也。又譜《嘯秋風》、《繡平原》院本，皆其深情蓄積於內，奇遇薄於外。」因爲吳綺創作了譜寫楊繼盛事跡的《忠愍記》，深得順治皇帝的嘉許，受到褒獎，即以楊繼盛之官官之，由此得以昇兵部武選司員外郎，由此可見吳綺的戲曲創作才能。這裏，王方岐提到了吳綺三個代表性的戲曲作品：《忠愍記》、《嘯秋風》和《繡平原》。但是這三個劇本並没有收入《林蕙堂全集》裏，對此，《四庫全書總目提要》解釋説：「所作院本如《嘯秋風》、《繡平原》之類，當時多被管弦，以各有別本單行，故僅以散曲九闋綴之集末。」但這些單行的劇本似乎並没有流傳下來，只見諸一些戲曲目録的著録，如王國維《曲録》卷五就著録了吳綺傳奇四本：《秦樓月》一本、《嘯秋風》一本、《繡平原》一本、《忠愍記》一本。而《曲海總目提要》卷二十一則稍微作了説明：「《繡平原》，近時人作，記虞卿及平原君等事。唐人李賀詩云『買絲繡作平原君，有酒唯澆趙州士』，蓋甚言平原君之好士，而深致其企想之心也。後人真有以絲繡爲平原君之像者，曰『繡平原』。昆山顧繡人物，由之而起。此劇以爲平原君力薦虞卿於魏、齊，其後力庇魏、齊，不肯以予秦。故借意欲繡平原，以見交友始終相爲者之不易，或其人有托而作也。」

(一) 沙張白《吳綺傳》，康熙本《林蕙堂全集》，頁四。

王國維《曲録》和《曲海總目提要》都提到了《秦樓月》雜劇亦爲吳綺所作，但是據莊一拂《古典戲曲存目匯考》，《秦樓月》乃朱素臣所作，吳綺只是替他作了一個序，並題了一套《題情・感天水生事戲爲代賦》曲。查《古本戲曲叢刊》本《秦樓月》，前有吳綺序，序文之後收有吳綺《題情・感天水生事戲爲代賦》套數。後來，盧前刻《飲虹簃校刻清人散曲二十種》，丙集收録吳綺《林蕙堂填詞》一卷，實際上就是《林蕙堂全集》二十六卷的散曲和《題情・感天水生事戲爲代賦》。《全清散曲》的處理方法同盧前。

此外，吳綺还有《揚州鼓吹詞序》，據《續修四庫全書總目提要（稿本）》曰：「《揚州鼓吹詞序》，所詠揚州古跡詩序也。共文選樓、爭春館、東閣、蕃釐館、謝安宅、董井、石塔寺、斗鴨池……等若干目，而各繫小序，均清麗如不食人間煙火者。如《螢苑》云：『在隋苑東南二里，按大業中帝徵郡縣貢螢，每逢清夜放之，光照山谷。』文章視張宗之實不多讓。或評園次文章云：『園次追步李義山，如何大復之近中唐。大復有藐姑射仙人之目，園次庶幾近之。』」(一) 現收入《叢書集成初編》之《吳船録及其他三種》，又見《筆記小説大觀》第三編第九册。

康熙二十年（一六八一）初夏，吳綺啟程往廣州訪吳興祚，由今江蘇出發，途徑安徽、江西至廣州，回程經湖南、湖北返里。這趟廣州之旅，除了沿途所寫的詩歌之外，還有一大收穫是寫了《嶺南風物

(一)《續修四庫全書總目提要（稿本）》第十七册，齊魯書社，一九九六年，第二十一頁。

記》，《四庫全書》將其收入地理類，《四庫全書提要》云：「《嶺南風物記》一卷，國朝吴綺撰，宋俊增補，江闓删訂。綺本文士，故是書所敘述，率簡雅不支，與范成大《桂海虞衡志》可相伯仲。首二條敘氣候，次十條敘石，次六十條敘草木花竹，次十七條敘鳥，次五條敘獸，次六條敘蟲，次十七條敘鱗介，次三條敘香，次二條敘酒，次四條敘蔬穀，次十五條以雜事附敘於末。其敘硯、敘香特詳核，惟『碣石衛品字石』一條，宜入卷末雜事中，殆分段編次偶失序耳。俊所增補凡七條，皆別識之。其論米芾所賞之石，本出浛洭縣地，秋深水涸之時，於沙坑中取之，謂之脱沙。後浛洭併入英德，遂以英德石當之，實皆贋物，亦前人所未發。惟闓所删者，今不復見，其刊除當否，遂不可考矣。綺有《林惠集》，別著録。俊字長白，山陰人。闓字辰六，貴陽人也。」

除了創作，吴綺還編纂了兩部詩選：《宋金元詩永》二十卷補遺二卷，康熙十七年刻，尚有多種版本存世；《唐近體詩永》十四卷首一卷，康熙二十八年林蕙堂刻本，湖北省圖書館、山西大學圖書館都有收藏。

又據《聽翁後傳》：「所著有《亭皋集》、《藝香詞》、《林蕙堂文集》、《聽翁六懷》、《宋金元詩永》、《四聲寶蕊》、《燃松隸事》、《匯古圖編》諸書。」可見，其著作還有《聽翁六懷》、《四聲寶蕊》、《燃松隸事》、《匯古圖編》等書，不見著録收藏信息，可能已經失傳了。

最後就是本書的兩個主角：刻於康熙初年的《選聲集》三卷附《詞韻簡》一卷，以及刻於康熙二十五年的《記紅集》三卷附《詞韻簡》一卷（與程洪同選）。本次整理《選聲集》以中國人民大學圖書館藏清大來堂刻本爲底本，校以浙圖藏清大來堂刻本，兩者都是頁八行，行十八字，整體形態一樣，應屬同版。而且，從兩者的差異來判斷，浙圖本應該是較早的刻本，人大本則是修改、完善的遞刻本。兩者的差異主要有前者不管上下兩句是否對仗，只標注「句」、「韻」或「叶」，而後者對於上下兩句是對仗的情況，則標注「句對」、「韻對」或「叶對」。又如，浙圖本没有表示停頓的黑點，而人大本則添加了黑點（本次整理沿用黑點來表示「讀」）。此外，還有浙圖本錯刻的字，而在人大本中得到了糾正，如《滿江紅》前段第五句「蝶粉蜂黄都退了」，「蜂黄」浙圖本錯刻成「蜂兼」；後段末韻「最苦是、蝴蝶滿園飛，無心撲」，浙圖本漏刻了「園」，人大本則補刻了進去，以至該行多了一字，顯然是發現錯誤之後挖補的。校勘外，另還摘述《欽定詞譜》中部分可資參考的内容，列入校記首條。

二、《選聲集》與《詩餘圖譜》的關係考述

在《選聲集序》中吳綺雖然對於自己編選《選聲集》時參考了哪些書籍資料没有進行必要的介紹和交代，而後來程丹問在《記紅集序》裏又批評明代張綖《詩餘圖譜》「略而不詳」，但是綜合各種情況來看，吳綺在編選《選聲集》時，顯然吸收了《詩餘圖譜》中的許多長處，當然也有糾正、補漏的地方。下面我們先從兩者入選詞調的角度，來考察一下《選聲集》與《詩餘圖譜》之間的異同。

《詩餘圖譜》三卷，共收詞調一百五十四調，其中卷一小令六十九調，卷二中調四十九調，卷三長調三十六調。《選聲集》三卷，共收詞調二百五十四調，其中卷一小令一百十八調（含單調小令十九調，雙調小令九十九調），卷二中調五十四調，卷三長調八十二調。而《詩餘圖譜》一百五十四調中有多達一百十九調出現在《選聲集》當中，或者説多達百分之七十七點三的詞調出現在了《選聲集》中。又或者從另一個角度來説，《選聲集》收録的二百五十四個詞調，有百分之四十六點九的詞調可能借鑒了《詩餘圖譜》，如果再細緻地統計一下這一百十九調的具體情況，這種可能性或許會有更多的證據。

這一百十九調有兩種大的類型，其一是有多達七十九調，其詞調名和所收例詞，兩者是完全一樣的。其中有三十六個小令詞調、三十二個中調詞調、三十一個長調詞調，《選聲集》與《詩餘圖譜》不僅僅詞調完全一樣的，連所收的詞例也是完全一樣的。也就是説這七十九個詞調，約占詞調總數百分之五十一點三，被《選聲集》繼承下來了。

我們再進一步細緻地比對兩者的卷一，我們發現《詩餘圖譜》六十九個小令詞調，《選聲集》有五十六個是完全同《詩餘圖譜》的，也就是説，《詩餘圖譜》百分之八十一點二的小令詞調被《選聲集》收録進去了；其中不僅詞調相同，連例詞也完全相同的有三十五首，占到《詩餘圖譜》小令詞調的百分之五十點七，詞調相同例詞不同的有二十首。再來看卷二的中調，《詩餘圖譜》四十九個詞調，《選聲集》有三十二個是完全同《詩餘圖譜》的，也就是説，《詩餘圖譜》百分之六十五點三的中調詞調被《選聲集》收録進去了；其中不僅詞調相同，連例詞也完全相同的有二十二首，占到《詩餘圖譜》中調詞調的百分之四十四點九，詞調相同例詞不同的有十首。最後再來看一下卷三長調的情況。《詩餘圖譜》收長調三十六個，《選聲集》有三十一個是完全同《詩餘圖譜》的，也就是説，《詩餘圖譜》百分之八十六點一的長調詞調被《選聲集》收録進去了；其中不僅詞調相同，連例詞也完全相同的有二十首，占到《詩餘圖譜》長調詞調的百分之五十八點三，詞調相同例詞不同的有十首。

我們再進一步考察一下兩者在選入詞人詞作方面的情況。

先來看一下《詩餘圖譜》詞人詞作的收録情況：

有署名或可考補作者姓名，共計七十一人。其中唐五代詞人十六人，包括盛唐的李白，晚唐五代的溫庭筠、韋莊等花間詞人十二家，以及南唐詞人馮延巳、李璟、李煜等三人。以宋代詞人爲主體，凡五十三人，以北宋及南渡詞人爲多，約占三十餘人，南宋詞人僅有十餘人；其中大多爲兩宋大家和名家詞人，如北宋前期的柳永、晏殊、張先、歐陽修，北宋中後期的王安石、晏幾道、王觀、蘇軾、黄庭堅、秦觀、賀鑄、仲殊、晁補之、周邦彦、毛滂，南渡之際的葉夢得、朱敦儒、李清照、吕本中、陳與義、張元幹，南宋的楊无咎、史浩、康與之、陸游、辛棄疾、劉過、史達祖、劉克莊等。還有元代詞人兩家，即劉因和虞集。

從選録各家作品數量來看，唐五代十六家中，只選録一首者僅四家，選録兩首以上者即占十二家，而以韋莊七首、毛文錫七首、李煜五首、溫庭筠三首、魏承班三首、牛嶠三首、顧敻三首、孫光憲三首、馮延巳三首等人數量較多，其餘李白、和凝、李珣等三人皆選録兩首，多爲《花間》詞人之代表，其中溫、韋、馮、李則名居唐五代詞壇四大家之列，其餘也皆屬《花間》名詞人。

兩宋詞人選詞數量之分佈排名如下： 選詞十首以上者共計四人，即秦觀十七首、張先十六首、柳永十三首、晏殊十二首； 選詞在十首以下兩首以上者共計十八人： 即蘇軾九首，周邦彦八首，歐陽修、晏幾道、陸游皆七首，黄庭堅、辛棄疾皆五首，毛滂、康與之皆四首，王安石、葉夢得、朱敦儒、李清照、劉過皆三首，王觀、仲殊、晁沖之、史達祖皆兩首，其餘三十一人皆只選録一首，如賀鑄、晁補之、趙令畤、陳師道、万俟詠、吕本中、蔡伸、陳與義、張元幹、楊无咎、史浩、劉克莊等人只選一首。

綜上，我們來歸納一下《詩餘圖譜》録五首以上詞人的排序情況：
秦觀十七首、張先十六首、柳永十三首、晏殊十二首、歐陽修十一首、蘇軾九首、周邦彦八首、陸游七首、韋莊七首、毛文錫七首、晏幾道六首、李煜五首、黄庭堅五首、辛棄疾五首，共十四人。

而《選聲集》詞人詞作的收録情況如下：
《選聲集》收録了九十六位詞人的二百五十四個詞調。其中唐五代共收二十一人（含無名氏）四十一調。以收調數量多少爲序，依次爲： 韋莊、毛文錫五調，李白、溫庭筠、李後主、和凝各三調，唐玄宗、唐莊宗、牛嶠各兩調，餘下白居易、皇甫松、張泌、張志和、劉禹錫、皇甫嵩、毛熙震、尹鶚、歐陽炯、鹿虔扆、王建、馮延巳等十二人各一調（卷三長調所收皎然《高陽臺》應爲王觀詞，已統計到王觀名下），又無名氏一人一調，合計收唐五代詞人二十一人（含無名氏）四十一調。兩宋共六十四人（含無名氏兩名）二百零一調，其中北宋共收三十四人（含無名氏兩名）一百十七調，以收調數量多少爲序，依次爲：秦觀二十調，柳永十六調，周邦彥十五調，張先十調，蘇軾九調，晏幾道、歐陽修各四調，晏殊、王安石、賀鑄、黃庭堅、毛滂各三調，晁補之、葉清臣各兩調，合計十四人九十八調。餘下向子諲、寇準、韓夫人、趙德仁、陳師道、趙令畤、趙元鎮、李之儀、潘閬、范仲淹、杜安世、孫浩然、孫洙、曾純甫（曾覿）、蘇養直、唐庚等十六人均一人一調共十六調，另有女鬼仙一調，無名氏兩調。南宋共收三十一人八十四調，以收調數量多少爲序，依次爲：辛棄疾十四調，陸游七調，吳文英六調，史達祖五調，李清照、康與之、張元幹、劉過各三調，劉克莊、黃昇、葉夢得、王觀、方千里、程垓、姜夔、胡浩然、馮偉壽等九人皆收兩調，合計十二人六十二調。餘下李公昴、朱敦儒、汪藻、楊无咎、趙長卿、呂聖求、高觀國、馬莊父、尹碉民（濟翁）、鄧光薦、周紫芝、沈端節、蔣捷、張榘、趙彥端、戴石屏、黃機、吳激、黃在軒、蔣子雲、何籀和孫夫人等二十二人均一人一調，共二十二調。此外，還收金元明清共十一人十二調，分別是元代張翥、王竹澗各一調，金代高憲一調，明朝吳鼎芳兩調，范訥、湯顯祖、楊慎、高深甫、徐渭、林章各一調，清朝沈自炳一調。

綜上，我們來歸納一下《選聲集》録五首以上詞人的排序情況：

秦觀二十首、柳永十六首、周邦彦十五首、辛棄疾十四首、張先十首、蘇軾九首、陸游七首、吳文英六首、韋莊五首、毛文錫五首、史達祖五首，共十一人。

録五調以上的，《詩餘圖譜》有十四人，《選聲集》有十一人。對比這兩個排序，我們發現，《詩餘圖譜》中出現的南唐李煜、北宋「二晏」、歐陽修和黄庭堅没有出現在《選聲集》中，而《選聲集》中出現的南宋吳文英、史達祖没有出現在《詩餘圖譜》中。除此之外，《詩餘圖譜》的十三人名單中，有九人也排到了《選聲集》的十一人名單中，而且秦觀都是排在第一，柳永都是排在前三名，其他詞人儘管有詞作數量和排名的差異，但是毫無疑問都是被作爲重點詞人來看待的。由此可見，在重點詞人詞作的選擇上，兩者之間有很大的相似之處。下面我們再將這九位重點詞人收録的詞調來細緻對比一下，列表如下：

詞人	詩餘圖譜獨收	兩者皆收	選聲集獨收	備注
秦觀	浣溪沙、滿庭芳、沁園春	畫堂春、柳梢青（詩餘）、桃源憶故人、鵲橋仙、踏莎行、海棠春（詩餘）、眼兒媚（詩餘）、鷓鴣天（詩餘）、江城子、千秋歲、滿庭芳、水龍吟、金明池（秦觀）、望海潮	搗練子、憶王孫、如夢令、醉桃源、醉鄉春、迎春樂	十四首同，其中有五首《圖譜》署爲「詩餘」，實爲無名氏，下同

續表

詞人	詩餘圖譜獨收	兩者皆收	選聲集獨收	備注
張先	長相思（一作歐陽修）、生查子、玉樹後庭花、少年遊、偷聲木蘭花、醉落魄、行香子、感皇恩	玉聯環、青門引、醉紅妝、繫裙腰、天仙子、師師令、一叢花、謝池春（謝池春慢）	一斛珠、百媚娘	八首同
柳永	金蕉葉、鳳銜杯、瑞鷓鴣、看花回、柳初新、洞仙歌、雪梅香、尾犯、醉蓬萊	燕歸梁、兩同心、剔銀燈、御街行	歸去來、紅牕睡、西施、隔簾聽、佳人醉、柳腰輕、玉蝴蝶、雨霖鈴、多麗、彩雲歸、玉女搖仙佩、笛家	四首同
蘇軾	雨中花、定風波、滿江紅、八聲甘州、念奴嬌	少年遊、南柯子（南歌子）、南鄉子、水調歌頭	西江月、蝶戀花（鳳棲梧）、行香子、洞仙歌、勸金船	四首同
周邦彥	應天長、六麼令、風流子、紅林檎近	早梅芳、意難忘、解語花、齊天樂（詩餘）	月中行、滿路花、瑣窗寒、晝錦堂、拜星月慢、夜飛鵲、解連環、一寸金、大酺、月下笛	四首同
陸游	上西樓、戀繡衾、謝池春、水龍吟	夜遊宮、釵頭鳳	江月晃重山、賣花聲、月上海棠、雙頭蓮、洞庭春色	兩首同
韋莊	訴衷情、小重山、天仙子、江城子、喜遷鶯		思帝鄉、女冠子、歸國遙、謁金門、憶蘿月	皆不同

續表

詞人	詩餘圖譜獨收	兩者皆收	選聲集獨收	備注
毛文錫	戀情深、訴衷情、虞美人、臨江仙、河滿子	醉花間、巫山一段雲	桃花水、紗牕恨、月宮春	兩首同
辛棄疾	金菊對芙蓉	聲聲慢、念奴嬌、沁園春、摸魚兒	相見歡、一痕沙、霜天曉角、減字木蘭花、太常引、破陣子、祝英臺近、雨中花慢、永遇樂	四首同

从上表來看，秦觀在這兩個詞譜中都占據著顯赫的地位，都是入選詞調數量最多的詞人，《詩餘圖譜》共選秦觀詞調十七個，《選聲集》共選秦觀詞調二十個。不僅如此，兩者入選詞調相似最多的也是秦觀，達到了十四首之多，既有小令，也有中調和長調，當然最多的是小令，多達八調。由此可見，在詞學觀上，兩人也有較多的相似之處，在推崇秦觀、推崇晚唐五代、推崇小令等方面具有較高的一致性。

有些看似不同，實則相同的情況，而本質上又不完全一樣，如《應天長》，《應天長》有令、慢二體，張綖《詩餘圖譜》共選四首，分别是韋莊（錯成歐陽修，詳後）、牛嶠兩首屬小令，而葉夢得、周邦彥詞則爲長調，屬於慢詞。吳綺則選了溫庭筠一調。表面看上去，在處理《應天長》一調時，吳綺跟張綖完全不一樣。實際上，情況没有這麽簡單。吴綺秉着「凡一調有數體者，只取一體入譜，既法省而易諧，毋復錯綜之莫定，抑調佳而盡致，不至律吕之相差，識者鑒之」的宗旨，只選了令詞。這也無可厚非。但是在《應天長》這個詞調上，或許因爲受文獻的局限，張綖和吴綺有一些匪夷所思的處理。先來看張綖的問題，首先是作者，錯把著作權給了歐陽修，所據當爲宋吉州刻本《宋歐陽文忠近體樂府》及《六一詞》。但奇怪的是，張綖在詞後又注曰：「此詞又見《花間》。」則張綖應該是參閲了《花間集》的，而《花間集》裏，此詞的作者屬於韋莊。所以，後來毛晉在《宋六十名家詞》裏云：「舊刻三首，考『緑槐陰里黄鸝語』，《花間集》刻韋莊，今删去。」舊刻指宋吉州刻本《宋歐陽文忠近體樂府》，毛晉把這首詞從歐陽修的詞集裏剔除了。張綖不僅將著作權搞錯了，還把詞句弄錯，以至於詞的格律也搞錯了。韋莊詞後段原來是三三五字三句，作：「碧天雲，無定處。空有夢魂來去。」張綖錯成四五字兩句：「碧雲凝合處。空役夢魂來去。」於是，後段少一字，成爲五五六五，四句三韻二十二字，《應天長》第一體成爲了四十九字。不知張綖的文獻依據是什麽？

吴綺將《詩餘圖譜》列在第二的「雙眉淡薄藏心事」一詞列爲第一體，應該是發現了張綖的錯誤，可能是想避開上述有爭議的「緑槐陰里黄鸝語」一詞吧？但是《選聲集》選的所謂溫庭筠「雙眉淡薄藏心事」一詞，實則就是《詩餘圖譜》所選的牛嶠詞。《花間集》作牛嶠詞，《花草粹編》亦作牛嶠詞。這三本書，吴綺都是看到過的，爲什麽要把大家都認可的牛嶠著作權，移用到溫庭筠頭上？不知吴綺的文獻依據又何在？

當然，在詞調、例詞都相同的情況裏，也並不是鐵板一塊，真正完全一樣，其實細分，還有一些不同的情況出現。或者説，吳綺並沒有完全惟《詩餘圖譜》是從，而且根據自己掌握的文獻材料，給予必要的修訂、改正。

如《謝池春》，《詩餘圖譜》處理成一調兩體，第一體雙調六十六字，前後段各六句四仄韻三十三字；第二體雙調九十字，前後段各十句五仄韻。而第二體實際上是《謝池春慢》，應該看成另一個詞調。《選聲集》則分成兩調來處理，他將《謝池春》的第二體叫作《謝池春慢》，而把第一體另外取名，叫《賣花聲》，又單列《風中柳》。實際上《賣花聲》、《風中柳》與《謝池春》爲同一詞調，李石詞名《風中柳》，《高麗史》所載無名氏詞名《風中柳令》，孫道絢詞名《玉蓮花》，黄澄詞名《賣花聲》，不應細分成三個詞調。吳綺這樣處理，既有合理的一面，避免了《詩餘圖譜》混淆兩個不同詞調的弊端；但由於過於細分，又走向了另一個極端，將本爲一個詞調的三個異名，處理成了三個不同的詞調。

又如《賀聖朝》，兩者都選了葉清臣詞作爲例詞。但是個別字句上稍微有差異，主要集中在下闋。如下闋第一句，《詩餘圖譜》作「花開花謝都來幾日」，並在詞後下按語云：「此詞多有參差不同，今惟取《詩餘》所載者爲正，後段起句本是七字，以『幾』字叶，因未成文，羨一『日』字。」其按語所云「《詩餘》所載」，此《詩餘》，即指明洪武本《草堂詩餘》。查洪武本《草堂詩餘》，正與此同，作四字兩句。但是，張綖在圖例前云：「前段五句三韻二十四字，後段同前。」也就是按照詞律，第一句應該是七字句，「日」字屬於衍文，又「幾」字處是韻腳，但是「幾」字顯然與「訴」、「處」不叶。顯然，吳綺看出此句的問題，於是將此句改成「花開花謝花無語」，這樣一來，字數和韻都符合格律要求了。後來萬樹的《詞律》顯然吸收了吳綺的成果，也作「花開花謝花無語」，作爲四十八字的又一體。但是卻在詞後注曰：「後起或作『花開花謝，都來幾日』，或作『都來幾許』，皆可。又一體作『花無語』，與前段相同，故亦收以備一體。」從詞譜的規範性來看，萬樹這樣的處理略顯草率，此亦可而彼亦可，勢必令據譜填詞者無所適從。

三、《選聲集》的基本情況及其譜式特點

江合友在《明清詞譜史》中將《選聲集》定位爲「選體詞譜」，的確如此，吳綺自己在《選聲集序》裏也明確表示：「是譜所列，俾首尾轉換，平仄韻歌，一披楮素，燦若列星。用以縱古横今，旁求博采，失律之誚，庶幾免乎？」可見其選詞訂譜的意識是十分強烈的，故也並沒有僅僅當作詞選來對待。

訂譜，其實就是確定填詞的格律，首要的是確定一個遵循的原則，張綖的《詩餘圖譜》繼承《中原音韻》「調有定格，句有定式，韻有定聲」，在其《凡例》中進一步闡述了詞的定格特徵：「詞調各有定格，因其定格而填之以詞，故謂之填詞。今著其字數多少，平仄韻腳，以俟作者填之，庶不至臨時差誤，可以

協諸管弦矣。」「定格」之「格」，最主要包括字數、平仄和韻脚三個方面。這裏，張綖將《中原音韻》的「句有定式」，修訂爲「字有定數」：「諸調字有定數，而句或無常。蓋取其聲之協調，不拘拘句之長短。」顯然是將字數放在句式前面，作爲優先考慮項，而句式是可以因人而異的。

吴綺顯然是繼承了張綖的字數優先的製譜思路，他在《選聲集序》中說：「自樂府既缺，系以詩餘，孟蜀花間，南塘蘭畹，體稍備矣。第標格未同，新音互出，於是倚聲填詞之制創于待制、屯田，然後調有定格，字有定數，韻有定聲，由崇寧以迄今，茲擬之者，如方圓莫易，銖黍悉稱矣。」也明確表示「調有定格，字有定數，韻有定聲」作爲自己製譜的原則。

在字數優先的製譜思路指導下，最直觀的一個革新就是列調順序的改變。原來詞選的排列順序一般或者以作者爲序，或者以時間爲序，或者以内容題材爲序，至張綖《詩餘圖譜》則以詞調字數多少爲序排列，進而將詞調分爲小令、中調和長調三類。吴綺繼承了張綖詞調的三分法，又稍作革新，進而把小令又細分爲單調小令和雙調小令，其中卷一從《春宵曲》到《望江怨》共十九調爲單調小令，從《定西番》到《漁父家風》共九十九調爲雙調小令；卷二從《臨江仙》到《惜秋華》共五十四調爲中調；卷三從《意難忘》到《閨怨無悶》共八十二調爲長調。這種分類法儘管有其理論上的缺陷，也不一定完全符合唐宋詞的實際情況，以至於後來遭到朱彝尊和萬樹的批評，但是以字數從少到多爲序來排列詞調，成爲後來多數製譜者樂意遵循的體例。

在譜式方面，《選聲集》有自己的獨特之處。他在《凡例》中説：「舊刻平聲用『□』，仄聲用『丨』，可平可仄用『◫』，稍有模糊，反生淆亂。今惟可平可仄者用『□』，其平仄不可動移者原在本文，瞭如指掌，按而求之，耳目爲之一清，矩矱於斯罔易。」吴綺對於《詞學筌蹄》、《詩餘圖譜》等舊譜中繁注平仄的作法是頗爲不滿的，認爲這些符號過於繁瑣，不便觀覽，「稍有模糊，反生淆亂」，因此只注明平仄可以通融之處，當平、當仄之處，自有例詞在，完全依靠例詞本身的自明性。我們試舉《詩餘圖譜》、《選聲集》都選的李白《菩薩蠻》爲例，來比較兩者差異，以窺其餘。

先看《詩餘圖譜》所收李白《菩薩蠻》的譜式：

菩薩蠻　一名「重疊金」　一名「子夜歌」　又與《醉公子》相近

前段四句四韻二十四字

◓◯◓●◯◯●首句七字仄韻起◓◯◓●◯◯●二句七字仄叶◓●●◯◯三句五字平韻換◓◯◓●
◯四句五字平叶

後段四句四韻二十字

◓◯◯●●起句五字仄韻換◓●◯◯●二句字仄叶◓●●◯◯三句五字平韻換◓◯◓●◯四句五字
平叶

平林漠漠烟如織寒山一帶傷心碧暝色入高樓有人樓上愁◯闌干空佇立宿鳥歸飛急何處是歸程長亭更短亭

《詩餘圖譜》的優點十分明顯，開頭一句話將詞調的段數、句數、韻數和字數表達得清清楚楚，然後逐字注明每個字的平仄情況，並創造性地使用直觀的譜圖來排列。下面我們再來對比一下《選聲集》李白《菩薩蠻》詞的譜式：

菩薩蠻　一名《子夜歌》、名《重疊金》

平□林漠□漠烟如織　韻　寒□山一□帶傷心碧　叶織　暝□色入高樓　換韻　有□人樓□上愁　叶樓　◯玉□階空佇立　換韻　宿□鳥歸飛急　叶立　何□處是歸程　換韻　長□亭連□短亭　叶程

兩者對比，《選聲集》更爲簡潔。由此可見，對於「平而可仄」與「仄而可平」，《詩餘圖譜》用◒、◓來區分，《嘯餘譜》則用「可平」、「可仄」來區分，而《選聲集》則統一用「□」來標示。《選聲集》在體例上這個看似小小的變化，實際上達到了簡省字聲類別的效果，由此將原來「平」、「仄」、「平而可仄」、「仄而可平」四類縮減爲「平」、「仄」、「可平可仄」三類。而且由於例詞的自明性，「平」、「仄」不再用符號標注，由此，實際上只剩下一個標注符號了。此外，《選聲集》在詞譜體例上還進行了局部的完善，如在例詞中標注「叶」、「對」，不僅標注韻脚，還在詞譜中提出對仗的要求，這是之前的詞譜所不具備的。

總之，吴綺在編訂《選聲集》時有强烈的訂譜意識，形式上彙聚了按調編排、滙列詞調異名、標注平仄、詳列韻叶等諸多詞譜特徵，呈現出「譜選一體」的特殊形態，體現出選者明確的訂譜意識，是一部典型的清代譜體詞選。而從實際功能上來説，可以説是一部成熟的詞譜，其成書早於《填詞圖譜》，因此完全可以將《選聲集》視爲清代第一部詞譜。《選聲集》既有承襲明代詞譜遺風之處，亦有開啟清代編訂詞譜風氣之功，在詞譜史上具有特殊的地位。

選聲集序

自樂府既缺，系以詩餘，孟蜀花間，南塘蘭畹，體稍備矣。第標格未同，新音互出，於是倚聲填詞之制創于待制、屯田，然後調有定格，字有定數，韻有定聲，由崇寧以迄今，茲擬之者，如方圓莫易，銖黍悉稱矣。夫移宫换羽，輒奉大成，盡態窮妍，漫云小技，倘操觚之家率意短長，任加損益，則是不筏問津，無翼沖舉者也，是譜所列，俾首尾轉换，平仄韻歌，一披楮素，粲若列星，用以縱古横今，旁求博采，失律之誚，庶幾免乎？若夫纏綿悽豔，步秦、柳之柔情；磊落激揚，仿蘇、辛之豪舉。天實生才，人拈本色，此又詞非譜出而譜不盡詞也。菊莊門下，猶蘄清溪；楚女閨中，誓殉淮海，情至文生，一唱三歎，探驪珠者毋忘嚆矢，可矣！

——廣陵吴綺圓次題於燕邸之吴船

選聲集凡例

——是集專取音節諧暢，可誦可歌，以毋失樂府審聲之旨。故凡一調有數體者，只取一體入譜，既法省而易諧，毋復錯綜之莫定，抑調佳而盡致，不至律吕之相差，識者鑒之。

——舊刻平聲用「▯」。仄聲用「丨」，可平可仄用「◫」，稍有模糊，反生淆亂。今惟可平可仄者用「▯」，其平仄不可動移者原在本文，瞭如指掌，按而求之，耳目爲之一清，矩矱於斯罔易。

——古調句讀有不可解者，如《相見歡》、《春雲怨》之類，當時歌部沿流，或參差長短以諧聲，或增損襯字而入誤，以至選家莫辨，繼踵傳疑。此集於可解者已經訂正，間有不可解者，姑仍舊存之，以俟審音君子互相稽討，未敢臆斷，非有誤也。

——各詞名，如《水晶簾》、《桃花水》之類，皆前人集中舊詞可考者，方取登譜，補《草堂》所未備，固非數見不鮮，由往哲之擅場，豈至濫觴弗止，似與近日新番增演，惟取悦目，未暇諧聲者殆分河漢矣。

選聲集目録

中調

(一) 此處調名原作「蝶戀花」,據正文中標名改。

(一) 以下八調原書目録殘缺，據正文補。

長調

(一)「兩」，原文誤作「雨」。
(二)此處調名原作「大江西上曲」，據正文中標名改。

選聲集

廣陵吳綺薗次定
廣陵宗觀鶴問、會稽羅坤弘載參訂

單調小令

春宵曲　即《南歌子》第一體[一]

温庭筠

⊙轉盼如波眼句　娉婷似柳腰韻對　⊙花裏暗相招叶　⊙憶君腸欲斷[二]句　恨春宵叶

【校】

［一］按：據《欽定詞譜》：《南歌子》，唐教坊曲名。此詞有單調、雙調。單調者始自温庭筠詞，因詞有「恨春宵」句，名《春宵曲》。張泌詞本此添字，因詞有「高卷水晶簾額」句，名《水晶簾》，又有「鶯破碧牕殘夢」句，名《碧牕夢》。鄭子聃有《我愛沂陽好》詞十首，更名《十愛詞》。雙調者有平韻、仄韻兩

體。平韻者始自毛熙震詞，周邦彥、楊无咎、僧揮五十四字體，無名氏五十三字體，俱本此添字。仄韻者始自《樂府雅詞》，惟石孝友詞最爲諧婉。周邦彥詞名《南柯子》，程垓詞名《望秦川》，田不伐詞有「簾風不動蝶交飛」句，名《風蝶令》。

按：吴綺《選聲集・凡例》云：「凡一調有數體者，只取一體入譜。」但《春宵曲》、《碧牕夢》、《水晶簾》皆《南歌子》之又一體，吴綺四調皆收，與《凡例》所云不符。又，《欽定詞譜》收雙調九十八字《水晶簾》，前後段各十句，五仄韻。與張泌詞屬不同之調。又：《欽定詞譜》本調名《南歌子》。

摘得新

皇甫松

酌一巵韻　須教玉笛吹叶　錦筵紅蠟燭句　莫來遲叶　繁紅一夜驚風雨[一]句　是空枝叶

【校】

[一] 按：皇甫松別首第五句「平生都得幾十度」，「都」字平聲，「幾」字、「十」字俱仄聲。

碧牕夢　即《南歌子》第二體[一]

張泌

岸柳拖烟緑 句 庭花照日紅 韻對 數聲蜀魄入簾櫳[二] 叶 驚斷碧牕殘夢 句 畫屏空 叶

【校】

[一] 按：《南歌子》第一體即前《春宵曲》。

[二] 張泌別首第三句「綺疏飄雪北風狂」，「綺」字仄聲、「飄」字平聲，平仄同。歐陽炯詞第三句「迢迢永夜夢難成」，「迢」字平聲，「永」字仄聲。

漁父[一]

張志和

西塞山邊白鷺飛 韻 桃花流水鱖魚肥 叶 青箬笠 句 緑簑衣 叶對 斜風細雨不須歸 叶

【校】

[一] 即《漁歌子》。《欽定詞譜》云：「唐教坊曲名。按《唐書・張志和傳》，志和居江湖，自稱江波

釣徒，每垂釣不設餌，志不在魚也。憲宗圖真求其人，不能致。嘗撰《漁歌》，即此詞也。單調體實始於此。至雙調體，昉自《花間集》顧夐、孫光憲。有魏承班、李珣諸詞可校。若蘇軾單調詞，則又從雙調詞脫化耳。和凝詞更名《漁父》，徐積詞名《漁父樂》。」

搗練子［一］　秦觀［二］

心耿耿 句 淚雙雙 韻對 皓▯月清風冷透牕 叶 人▯去秋來宮漏永 句 夜▯深▯無語對銀缸 叶

【校】

［一］按：一名《搗練子令》。因馮延巳詞起結有「深院靜」及「數聲和月到簾櫳」句，更名《深院月》。

［二］《尊前集》作者署馮延巳。

瀟湘神［一］　劉禹錫

湘水流 韻 湘水流 叶重 九▯疑▯雲物至今秋 叶 若▯問二妃何處所 句 零▯陵▯芳草露中愁 叶

【校】

[一] 調始自唐劉禹錫詠湘妃詞，所謂賦題本意也。

桂殿秋[一] 向子諲

秋色裹 句 月明中 韻對 紅旌翠節下蓬宫 叶 蟠桃已結瑶池露 句 桂子初開玉殿風 叶對 末二句不對即《赤棗子》

【校】

[一] 本唐李德裕送神迎神曲，有「桂殿夜涼吹玉笙」句，取爲調名。

謝秋娘 即《憶江南》第一體[一] 白居易

江南好 句 風景舊曾諳 韻 日出江花紅勝火 句 春來江水緑如藍 叶 能不憶江南 叶

【校】

[一] 按：唐段安節《樂府雜録》載此詞乃李德裕爲謝秋娘作，故名《謝秋娘》，因白居易詞更今名，

又名《江南好》。又因劉禹錫詞有「春去也，多謝洛城人」句，名《春去也》。溫庭筠詞有「梳洗罷，獨倚望江樓」句，名《望江南》。皇甫松詞有「閒夢江南梅熟日」句，名《夢江南》，又名《夢江口》。李煜詞名《望江梅》。此皆唐詞單調。至宋詞始爲雙調。王安中詞有「安陽好，曲水似山陰」句，名《安陽好》。張鎡詞有「飛夢去，閒到玉京遊」句，名《夢仙遊》。蔡真人詞有「鏗鐵板，閒引步虛聲」句，名《步虛聲》。宋自遜詞名《壺山好》。丘處機詞名《望蓬萊》。《太平樂府》名《歸塞北》，注大石調。

江南春[一]

寇準

波渺渺 句 柳依依 韻對 孤▯村芳草遠 句 斜▯日杏花飛 叶對 江▯南春▯盡離腸斷 句 蘋滿汀洲人未歸 叶

【校】

[一] 按：萬樹《詞律》云：「或曰此萊公自度曲，他無作者。余謂唐李青蓮詩：『秋風清，秋月明。落葉聚還散，寒鴉棲復驚。相思相見知何日，此時此夜難爲情。』」故一名《秋風清》，又作《秋风引》。刘长卿仄韵词名《新安路》。

法駕導引

此《憶江南》，首句多疊三字[一]　韓夫人

朝元路句 朝元路句 同駕玉華君韻 千乘載花紅一色句 人間遙指是祥雲叶 回望海光新叶

【校】

[一]按：宋陳與義詞序云：「世傳頃年都下市肆中，有道人攜烏衣椎髻女子，買斗酒獨飲，女子歌詞以侑。凡九闋，皆非人世語。或記之，以問一道士。道士驚曰：『此赤城韓夫人所製水府蔡真人《法駕導引》也。』烏衣女子疑龍云。得其三而忘其六，擬作三闋。」又按：此詞與《望江南》相近，但起句下多一疊句耳。按陳詞別首起二句「煙漠漠，煙漠漠」，上兩「漠」字俱仄聲。第三句「海上百花搖」，「海」字仄聲。第四句「十八風鬟雲半動」，「十」字仄聲，「風」字平聲。第五句「月華微映是空舟」，「月」字仄聲。

憶王孫

一名《豆葉黃》、《欄干萬里心》、《一半兒》[一]　秦觀

萋萋芳草憶王孫韻 柳外樓高空斷魂叶 杜宇聲聲不忍聞叶 欲黃昏叶 雨打梨花空掩門叶

【校】

[一]按：此詞單調三十一字者創自秦觀，宋元人照此填。《梅苑》詞名《獨腳令》，謝克家詞名《憶君王》，呂渭老詞名《豆葉黄》。陸游詞有「畫得蛾眉勝舊時」句，名《畫蛾眉》。張輯詞有「幾曲欄干萬里心」句，名《欄干萬里心》。雙調五十四字者見《復雅歌詞》，或名《怨王孫》，與單調絕不同。

一葉落[一]　　莊宗

一葉落 韻 褰珠箔 叶 此時景物正蕭索 叶 畫樓月影寒 句 西風吹羅幕 叶 吹羅幕 重 往事思量着 叶

【校】

[一]按：《欽定詞譜》：「《五代史》云：『後唐莊宗能自度曲。』此其一也，取首句爲調名。」

宮中調笑　一名《調笑令》、《轉應曲》[一]　　王建

團扇·[二]團扇 韻疊 美人並來遮面 叶 玉顔憔悴三年 換韻 誰復商量管弦 叶 弦管弦管 疊上

二字換 韻 春草昭陽路斷 叶上句

【校】

[一] 按：即《古調笑》。白居易詩「打嫌調笑易」，自注：「調笑，抛打曲名也。」戴叔倫詞名《轉應曲》，馮延巳詞名《三臺令》。又按：題注所謂「一名《調笑令》」，誤，宋人《調笑令》與此不同。

[二] 按：此處少一韻。否則後面疊韻無從説起。《詞律》、《欽定詞譜》此處皆標韻。

如夢令

一名《憶仙姿》、《宴桃源》、《比梅》[一]　　秦觀

門外緑陰千頃 韻 兩兩黃鸝相應 叶 睡起不勝情 句 行到碧梧金井 叶 人靜・人靜 疊二字叶

風弄一枝花影 叶

【校】

[一] 宋蘇軾詞後注云：「此曲本唐莊宗製，名《憶仙姿》，嫌其名不雅，故改爲《如夢令》，莊宗作此

詞，卒章云：『如夢。如夢。和淚出門相送。』因取以爲名云。」周邦彥又因此詞首句，改名《宴桃源》。沈會宗詞有疊句：「不見。不見。」名《不見》。張輯詞有「比著梅花誰瘦」句，名《比梅》。《梅苑》詞名《古記》。《鳴鶴餘音》詞名《無夢令》。魏泰雙調詞名《如意令》。

思帝鄉　第二體[一]　韋莊

春日遊 韻 杏花吹滿頭 叶 陌上誰家年少 句 足風流 叶 妾擬將身嫁與・一生休 叶 縱被無情棄 句 不能羞 叶

【校】

［一］按：此調創自溫詞，《欽定詞譜》列溫詞「花花，滿枝紅似霞」爲第一體，若韋詞則本此減字者，此詞起句比溫詞多一字，第六句比溫詞少二字，第七句比溫詞少一字，餘俱同。此所謂本溫詞減字也。吳綺列韋詞而不列溫詞，不收第一體，而收第二體，失其源流矣。

萬斯年曲　即《天仙子》第一體[一]　皇甫嵩

晴野鷺鷥飛一隻[二] 韻 水葓花發秋江碧 叶 劉郎此日別天仙 句 登綺席 叶 淚珠滴 叶 十

二晚峰高歷歷 叶

【校】

［一］按：據段安節《樂府雜録》，《天仙子》本名《萬斯年》，李德裕進，屬龜茲部舞曲。因皇甫松詞有「懊惱天仙應有以」句，取以爲名。此詞有單調、雙調兩體。單調即《萬斯年》，始於唐人，或押五仄韻，或押四仄韻，或押兩仄韻三平韻，或押五平韻。雙調始於宋人，兩段俱押五仄韻，吴綺視爲《天仙子》第二體。

［二］「鷺鷀」，《花間集》作「鷺鷥」。

水晶簾 即《江城子》第一體，一名《江神子》，亦有雙調［一］ 牛嶠

鵁鶄飛起郡城東 韻 碧江空 叶 半灘風 叶 越王宫殿蘋葉藕花中 叶 簾捲水晶漁浪起［二］ 句 千片雪雨濛濛 叶

【校】

［一］按：牛嶠此詞調名，《花間集》作《江城子》。吴綺用此調名，不知所據爲何。宋詞有《水晶簾》

調，爲雙調九十八字，前後段各十句五仄韻，見《翰墨全書》。又按：唐詞爲單調，至宋人始作雙調。晁補之改名《江神子》。韓淲詞有「臘後春前村意遠」句，更名《村意遠》。

[二]「水晶」，《花間集》作「水樓」。不知吴綺此處依據爲何。吴綺將此調命名爲《水晶簾》，應與此句有關。

連理枝[一]

李白

淺畫雲垂帔 韻 點滴昭陽淚 叶 只尺宸居 句 君恩斷絶 句 似遥千里 叶 望水晶簾外 句 竹枝寒守 句 羊車未至 叶

【校】

[一]按：《詩餘圖譜》爲雙調，前段各句字數作五五四四四八五，七句四韻，後段同前。末三句，作八字、五字兩句。又按：《欽定詞譜》作雙調七十字，前後段各七句四仄韻。前段爲：「雪蓋宫樓閉。羅幕昏金翠。斗鴨闌干，香心淡薄，梅梢輕倚。噴寶猊香燼、麝煙濃，馥紅綃翠被。」亦將末三句處理成八字、五字兩句，並認爲舊譜將李白詞分作兩首，係錯誤。

望江怨[一]

范汭

蘭房曉 韻 絡緯繅絲聲未了 叶 一霎愁多少 叶 桐陰斜壓闌干小 叶 人悄悄 叶 羅幙手慵開 句 惟恐驚棲鳥 叶

【校】

[一]按：《花間集》此調有牛嶠一詞，平仄可參校。

雙調小令

定西番[一]

牛嶠

紫塞月明千里 句 金甲冷 句 戍樓寒 韻對 夢長安 叶 ○鄉思望中天闊 句 漏殘星亦殘 叶

畫角數聲嗚咽 句 雪漫漫 叶

【校】

[一] 按：此詞前段四句兩平韻，後段四句兩仄韻，押韻與溫庭筠三首異，而同韋莊「挑盡金燈紅燼」詞。韋詞起句「挑盡金燈紅燼」，「挑」字、「金」字俱平聲。後段起句「斜倚銀屏無語」，「銀」字平聲。第二句「閒愁上翠眉」，「閒」字平聲，「上」字仄聲。第三句「悶煞梧桐殘雨」，「梧」字平聲。

長相思　一名《雙紅豆》、《山漸青》、《憶多嬌》[一]　馮延巳

紅滿枝 韻 緑滿枝 叶對 宿雨懨懨睡起遲 叶 閑庭花影移 叶 ○憶歸期 叶對 數歸期 叶 夢見雖多相見稀 叶 相逢知幾時 叶

【校】

[一] 按：此調以此詞及白居易詞爲正體，其餘押韻異同，皆變格也。

相見歡　一名《上西樓》、《秋夜月》、《憶真娘》、《月上瓜洲》[一]　辛棄疾

江頭醉倒山公 韻 月明中 叶 記得昨宵[二] 句 歸路笑兒童 叶 ○溪欲轉 句 山已斷 句 [三]

兩三松 叶 一段可▯憐 句 風▯月欠詩翁 叶

【校】

[一] 按：此唐教坊曲名。南唐李煜詞有「無言獨上西樓，月如鈎」句，更名《秋夜月》，又名《上西樓》，又名《西樓子》。康與之詞名《憶真妃》。張輯詞有「唯有漁竿明月上瓜洲」句，因名《月上瓜洲》。或名《烏夜啼》。

[二] 按：李煜詞前段各句字數爲六三九，四句三平韻；後段各句字數爲三三三九，兩仄韻兩平韻。吴綺將前後段末句九字拆成四字、五字兩句。然「記得昨宵」、「一段可憐」句意連下，不宜斷句。

[三] 按：李煜、薛昭藴詞後段前兩句換押仄韻，吴綺誤漏兩韻，「轉」、「斷」乃韻脚。

醉太平[一]

劉濬夫

情▯高意真 韻 眉▯長鬢青 叶 小▯樓明▯月調箏 叶 寫▯春風數聲 叶 ○思▯君憶君 叶 魂▯牽夢縈 叶 翠▯綃香▯煖雲屏 叶 更▯那堪酒醒 叶

【校】

［一］按：一名《淩波曲》。孫惟信詞名《醉思凡》。周密詞名《四字令》。《欽定詞譜》云：「宋沈伯時《樂府指迷》論詞中有用去聲字者，不可以別聲替，蓋調貴抑揚，去聲字取其激越也。如此調前後段起二句第三字，孫惟信詞『吹簫跨鸞』、『香銷夜闌』、『衣寬帶寬』、『千山萬山』，周密詞『眉消睡黃』、『春凝淚妝』、『箏塵半床』、『綃痕半方』，俱用去聲。此詞前段『意』字、『鬢』字俱去聲，後段『憶』字入聲，『夢』字去聲。按《中原雅音》，『憶』字作『意』字讀，亦去聲也。前段第三句，戴復古詞『無端惹起離情』，『無』字平聲，『惹』字仄聲。後段第一、二句，顏奎詞『小冠晉人，小車洛人』，兩『小』字俱仄聲。第三句，周密詞『愁心欲訴垂楊』，『愁』字平聲，『欲』字仄聲。第四句，孫惟信詞『更斜陽暮寒』，『斜』字平聲。」

長命女　即《薄命女》［一］

和凝

天欲曉 韻 宮漏穿花聲繚繞 叶 牕裏星光少 叶 ○冷霞寒侵帳額［二］ 句 殘月光沉樹杪 叶
夢斷錦幃空悄悄 叶 强起愁眉小 叶

【校】

[一] 此調爲唐教坊曲名。杜佑《理道要訣》：「《長命女》在林鐘羽，時號平調，今俗呼高平調。」《碧雞漫志》：「《長命女令》，前七拍，後九拍，屬仙吕調。」按仙吕調即夷則羽，皆羽聲也。和凝詞名《薄命女》。又按：馮延巳詞前段第二句「緑酒一杯歌一遍」，「緑」字、「意」字俱仄聲。第三句「再拜陳三願」，「再」字仄聲。後段第一句「一願郎君千歲」，「願」字仄聲，「千」字平聲。第二句「二願妾身長健」，「二」字、「妾」字俱仄聲，「長」字平聲。第三句「三願如同梁上燕，夢斷錦帷空悄悄」，「三」字、「如」字俱平聲。

[二] 按：萬樹《詞律》云：「『霞』字，疑是『露』字，『霞』字不可言冷，亦不可言侵帳也。」又《草堂詩餘》「冷霞」作「冷霧」。又按：宋人無作此調者，唐人只和凝及馮延巳各一首。馮延巳詞後段第一句「長願郎君千歲」，「一」字仄聲，「千」字平聲。據此，「冷霞寒侵帳額」，「冷」字不宜作可平可仄，而「帳」當作可平可仄。

太平時[一]

賀東山

蜀▯錦塵香生▯襪羅 韻 小婆娑 叶 個▯儂無▯賴動人多 叶 見橫波 叶 ○樓▯角雲開風▯捲幕 句 月

侵河 叶 纖纖持酒艷聲歌 叶 奈情何 叶

【校】

[一] 按：即《添聲楊柳枝》。《碧雞漫志》云：「黃鐘商有《楊柳枝》曲，仍是七言四句詩，與劉、白及五代諸子所製並同，但每句下各添三字一句，乃唐時和聲，如《竹枝》、《漁父》，今皆有和聲也。舊詞多側字起頭，第三句亦復側字起，聲度差穩耳。」今名《添聲楊柳枝》，歐陽修詞名《賀聖朝影》，賀鑄詞名《太平時》。又按：此詞有唐宋兩體。唐詞換頭句押仄韻，宋詞換頭句即押平韻。此詞後段第二句仍押平韻，每句添聲俱用「仄平平」，宋詞皆照此填，與唐詞小異。此體見《梅苑》及《樂府雅詞》，皆名《楊柳枝》。賀詞八首名《太平時》，多用前人絕句，添入和聲，蓋即《添聲楊柳枝》也。

一痕沙 即《昭君怨》[一]　辛棄疾

長記瀟湘秋晚 韻 歌舞橘洲人散 叶晚 走馬月明中 換韻 折芙蓉 叶中 ○今日西山南浦 換韻 畫棟朱簾雲雨 叶浦 風景不爭多 換韻 奈愁何 叶多

【校】

[一]按：此調《稼軒詞》作《昭君怨》。朱敦儒詞詠洛妃，名《洛妃怨》。侯寘詞名《宴西園》。

生查子[一]

晏幾道

金鞍美少年 句 去躍青驄馬 韻 牽繫玉樓人 句 翠被春寒夜 叶 ○消息未歸來 句 寒食梨花謝 叶 無處説相思 句 背面鞦韆下 叶

【校】

[一]唐教坊曲名。此調創自韓偓。《尊前集》注雙調。元高拭詞注南吕宮。朱希真詞有「遥望楚雲深」句，名《楚雲深》。韓滮詞有「山意入春晴，都是梅和柳」句，名《梅和柳》；又有《晴色入青山》句，名《晴色入青山》。

點絳唇 一名《南浦月》、《點櫻桃》、《沙頭雨》[一]

何籀

鶯踏花翻 句 亂紅堆徑無人掃 韻 杜鵑來了 叶 梅子枝頭小 叶 ○撥盡琵琶 句 總是相思

調叶 知音少[二] 叶 暗傷懷抱[三] 叶 門掩青春老 叶

【校】

[一] 按：宋王禹偁詞名《點櫻桃》。王十朋詞名《十八香》。張輯詞有「邀月過南浦」句，名《南浦月》。又有「遙隔沙頭雨」句，名《沙頭雨》。韓淲詞有「更約尋瑤草」句，名《尋瑤草》。

[二] 後段第三句「知音」兩字可平可仄。馮延巳詞後段第三句「顰不語」，「顰」字平聲，「不」字仄聲；張炎詞後段第三句「竹西好」，「竹」字仄聲，「西」字平聲。

[三] 後段第四句「懷」字可平可仄。馮延巳後段第四句「意憑風絮」，「風」字平聲；毛滂詞第四句「蜂勞蝶攘」，「蝶」字仄聲。

桃花水　即《訴衷情》第一體[一]　毛文錫

桃花流水漾縱橫 韻 春晝彩霞明 叶 劉郎去 句 阮郎行 叶 惆悵恨難平 叶 ○愁坐對雲屏 叶 算歸程 叶 何時攜手洞邊迎 叶 訴衷情 叶

【校】

[一]按：此調爲唐教坊曲名。《花間集》此調有兩體，單調者或間入一仄韻，或間入兩仄韻，韋莊、顧敻、溫庭筠三詞略同。雙調者全押平韻，毛文錫、魏承班二詞略同。因毛文錫詞有「桃花流水漾縱橫」句，名《桃花水》。

醉花間[一]　毛文錫

深相憶 韻 莫相憶 叶 相憶情難極 叶 銀漢是紅牆 句 一帶遥相隔 叶 ○金盤珠露滴 句 兩岸榆花白 叶 風摇玉珮清 句 今夕爲何夕 叶

【校】

[一]按：《嘯餘譜》注《生查子》調，與《醉花間》調相近。不知《生查子》正體前後段皆五字句起，間有用六字者，變格耳。《醉花間》正體則前必六字、後必五字也。

女冠子　第一體[一]　韋莊

四月十七 句 正是・去年今日 句[二] 別君時 韻 忍淚佯低面 句 含羞半斂眉 叶 ○不知魂

已斷 句 空有夢相隨 叶 除却天邊月 句 没人知 叶

【校】

［一］按：唐教坊曲名。小令始於溫庭筠；長調始於柳永，調名《女冠子慢》。此詞前段起二句間入仄韻，唐詞二十首皆然。《嘯餘譜》不注韻者誤。

［二］按：第一體雙調四十一字，前段五句兩仄韻兩平韻，後段四句兩平韻。吳綺漏注「七」、「日」兩仄韻。

春光好　一名《愁倚欄令》、《鶴沖霄》第二體　第一體第四句作六字［一］　和　凝

蘋葉軟 句 杏花明 韻對 畫船輕 叶 雙浴鴛鴦出緑汀 叶 棹歌聲 叶 ○春水無風無浪 句 春天半雨半晴 叶對 紅粉相隨南浦晚 句 幾含情 叶

【校】

［一］按：此乃唐教坊曲名。《碧雞漫志》載《羯鼓録》云：「明皇尤愛羯鼓、玉笛，爲八音之

領袖。時春雨始晴，景色明麗，帝曰：對此豈可不爲判斷？命取羯鼓，臨軒縱擊，曲名《春光好》。回顧柳杏，皆已微坼。上曰：此一事，不喚我作天工乎？今夾鍾宮《春光好》，唐以來多有此曲，或曰：夾鍾宮屬二月之律，明皇依月用律，故能判斷如神。予曰：二月柳杏坼久矣，此必正月用二月律催之也。」因晏幾道詞有「拚卻一襟懷遠淚，倚闌看」句，改名《愁倚闌令》，或名《愁倚欄》，或名《倚欄令》。

濕羅衣　即《中興樂》第二體[一]　沈自炳

芙蓉池上露初涼 韻 桐花月轉回廊 叶 秋滿蓮籌 句 孤燈漏長 叶 ○夢入花庭畫牆 叶 見蕭娘 叶 覺來枕畔 句 玉釵猶響 句 無限思量 叶

【校】

[一] 按：《中興樂》見《花間集》。牛希濟詞有「淚濕羅衣」句，名《濕羅衣》。第一體前段五句三平韻，兩仄韻，後段五句四仄韻、一平韻，即六仄韻，間入平韻之内。如毛文錫「豆蔻花繁煙艷深」詞。沈詞前段四句三平韻，後段五句三平韻，兩結句亦與毛詞異。牛希濟「池塘暖碧浸晴暉」詞與沈詞同。

浣溪紗　第一體　第二體同，惟首句用仄字不用韻[一]　歐陽修

小院閑牕春色深 韻 重簾未捲影沉沉 叶 倚樓無語理瑤琴 叶 ○遠岫出雲催薄暮 句 細風吹雨弄輕陰 叶 梨花欲謝恐難禁 叶

【校】

[一] 按：唐教坊曲名。張泌詞有「露濃香泛小庭花」句，名《小庭花》。賀鑄名《減字浣溪沙》。韓淲詞有「芍藥酴醿滿院春」句，名《滿院春》；有「東風拂欄露猶寒」句，名《東風寒》；有「一曲西風醉木犀」句，名《醉木犀》；有「霜後黄花菊自開」句，名《霜菊黄》；有「廣寒曾折最高枝」句，名《廣寒枝》；有「春風初試薄羅衫」句，名《試香羅》；有「清和風裏緑蔭初」句，名《清和風》；有「一番春事怨啼鵑」句，名《怨啼鵑》。又按：此調以韓偓詞和此詞爲整體。若薛詞之少押一韻，孫詞、顧詞之攤破句法，李詞之換仄韻，皆變體也。

霜天曉角　一名《月當牕》[一]　辛棄疾

吳頭楚尾 韻 一棹人千里 叶 休説舊愁新恨 句 長亭樹[二]・今如此 叶 ○宦遊吾倦矣[三]

叶 玉人留我醉 叶 明日落花寒食 句 得且住・爲佳耳 叶

【校】

[一] 按：張輯詞有「一片月、當牕白」句，名《月當牕》。程垓詞有「須共踏、夜深月」，名《踏月》。吳禮之詞有「長橋月」句，名《長橋月》。又按：此詞押仄韻者，以林詞、辛詞爲正體，若趙詞、葛詞之多押兩韻，程詞、吳詞之添字，皆變格也。

[二]《嘯餘譜》刻此詞，於「亭」字下落一「樹」字，《圖譜》因之，遂誤作五字，不可從。

[三] 按：此詞換頭五字句，不押短韻，與林逋詞異。

紗牕恨 第二體 第一體與此同，惟後段第四句少一字[一] 毛文錫

雙雙蝶翅塗鉛粉 句 咂花心 韻 倚牕繡戶飛來穩[二] 句 畫堂陰 叶 ○二三月 句 愛隨飄絮 句 伴落花來拂衣襟 叶 更剪輕羅片 句 傅黃金 叶

【校】

[一]按：唐教坊曲名。毛文錫詞有「月照紗窗，恨依依」句，取以爲名。此詞後段第四句較第一體多一字。

[二]「倚牕」，誤。《花間集》作「綺牕」。

歸國遥　第二體　第一體與此同，惟首句用二字起韻[一]　韋莊

春欲暮 韻 滿地落花紅帶雨 叶 惆悵玉籠鸚鵡 叶 單棲無伴侶 叶 ○南望去程何許 叶 問花花不語 叶 早晚得同歸去 叶 恨無雙翠羽 叶

【校】

[一]又名《歸平謡》。按：此與第一體溫庭筠詞同，惟前段起句多一字異。韋詞三首皆然。此調以韋、溫詞爲正體，若顔詞之攤破句法，乃變體也。

卜算子　一名《百尺樓》　第一體　第二體末句作六字[一]　秦湛

春透水波明 句 寒峭花枝瘦 韻 極目烟中百尺樓 句 人在樓中否 叶 ○四和裊金凫 句 雙陸思纖手 叶 擬倩東風浣此情 句 情更濃如酒 叶

【校】

[一]按：蘇軾詞有「缺月掛疏桐」句，名《缺月掛疏桐》。秦湛詞有「極目煙中百尺樓」句，名《百尺樓》。僧皎詞有「目斷楚天遥」句，名《楚天遥》。無名氏詞有「蹙破眉峰碧」句，名《眉峰碧》。

羅敷媚　一名《採桑子》，即《醜奴兒》[一]　黄庭堅

夜來酒醒清無夢 句 愁倚闌干 韻 露滴輕寒 叶 雨打芙蓉淚不乾 叶 ○佳人別後音塵悄 句 瘦盡難拚 叶 明月無端 叶 已過紅樓十二間 叶

【校】

[一]按：唐教坊曲有《楊下采桑》，調名本此。南唐李煜詞名《醜奴兒令》，馮延巳詞名《羅敷媚

歌》，賀鑄詞名《醜奴兒》，陳師道詞名《羅敷媚》。又按：此調以和凝詞和黄庭堅此詞爲正體，若李清照詞、朱淑真詞之添字，皆變體也。

訴衷情　第四體　唐庚

一名《一絲兒》，與第三體同，惟三四句合作六字[一]

平生不會斂眉頭 韻 諸事等閑休 叶 原來却到愁處 句 須着與他愁 叶 ○殘照外 句 大江流 叶對 去悠悠 叶 風悲蘭杜 句 烟淡滄浪 句 何處扁舟 叶

【校】

[一] 按：此唐教坊曲名。毛文錫詞有「桃花流水漾縱横」句，又名《桃花水》。《花間集》此調有兩體，單調者或間入一仄韻，或間入兩仄韻，韋莊、顧敻、溫庭筠三詞略同。雙調者全押平韻，此詞全押平韻，與毛文錫、魏承班二詞略同。

玉樹後庭花　即《後庭花》[一]　毛熙震

鶯啼燕語芳菲節 韻 後庭花發 叶 昔時歡晏歌聲揭[二] 叶 管絃清越 叶 ○自從陵谷追遊歇

叶 畫梁塵黦 叶 傷心一片如珪月 叶 閑鎖宮闕 叶

【校】

［一］按：《後庭花》，唐教坊曲名。《碧雞漫志》云：「《玉樹後庭花》，陳後主造，其詩皆以配聲律，遂取一句爲曲名。後蜀時，孫光憲、毛熙震、李珣有《後庭花曲》，皆賦後主故事，不著宮調，兩段各四句，似令也。」張先詞名《玉樹後庭花》。又按：此調以此詞爲正體，若孫光憲詞之添字，張先詞之少押一韻、攤破句法，皆變體也。

［二］「歡晏」，《花草粹編》作「歡宴」。

減字木蘭花［一］

辛棄疾

盈盈淚眼 韻 往日青樓天樣遠 叶眼 秋月春花 換韻 輸與尋常姊妹家 叶花 ○水村山驛 換韻 日暮行雲無氣力 叶驛 錦字偷裁 換韻 立盡西風雁不來 叶裁

【校】

［一］按：按《木蘭花令》，始於韋莊，繫五十五字，全用韻者。《花間集》魏承班有五十四字詞一體，

毛熙震有五十三字詞一體，亦用仄韻，皆非減字也。自南唐馮延巳製《偷聲木蘭花》，五十字，前後起兩句仍作仄韻七言，結處乃偷平聲，作四字一句、七字一句，始有兩仄兩平四換頭體。此詞亦四換韻，蓋又就偷聲詞兩起句各減三字，自成一體也。

菩薩蠻　一名《子夜歌》，一名《重疊金》[一]

李白

平林漠漠烟如織 韻 寒山一帶傷心碧 叶織 暝色入高樓 換韻 有人樓上愁 叶樓 ○玉階空佇立 換韻 宿鳥歸飛急 叶立 何處是歸程 換韻 長亭連短亭[二] 叶程

【校】

[一] 按：唐教坊曲名。據唐蘇鶚《杜陽雜編》云：「大中初，女蠻國入貢，危髻金冠，纓絡被體，號菩薩蠻隊，當時倡優遂製《菩薩蠻》曲，文士亦往往聲其詞。」孫光憲《北夢瑣言》云：「唐宣宗愛唱《菩薩蠻》詞，令狐綯命溫庭筠新撰進之。」《碧雞漫志》云：「今《花間集》溫詞十四首是也。」又按：溫詞有「小山重疊金明滅」句，名《重疊金》。南唐李煜詞名《子夜歌》，一名《菩薩鬘》。韓淲詞有「新聲休寫花間意」句，名《花間意》。又有「風前覓得梅花句」句，名《梅花句》。有「山城望斷花溪碧」句，名《花溪碧》。

有「晚雲烘日南枝北」句，名《晚雲烘日》。又：此調以此詞爲正體，若朱詞之不換韻，樓詞之三聲叶韻，皆變格也。

［二］「連短亭」，同《花庵詞選》。而《尊前集》作「接短亭」，《草堂詩餘》作「更短亭」。

巫山一段雲　用仄韻即《卜算子》［一］

毛文錫

雨霽巫山上 句 雲輕映碧天 韻對 遠風吹散又相連 叶 十二晚峯前 叶 ○暗濕啼猿樹 句 高籠過客船 叶對 朝朝暮暮楚江邊 叶 幾度降神仙 叶

【校】

［一］按：此詞前後段各四句三平韻。此詞全押平韻，換頭兩句又各減去一字，與昭宗詞異。唐歐陽炯、李珣詞，元趙孟頫詞，俱與此同。前段第一句，趙孟頫詞「松雪堆嵐靄」，「松」字平聲。第三句「風清月冷好花時」，「風」字平聲，「月」字仄聲。第四句「新恨怯逢秋」，「新」字平聲。後段第一句，李珣詞「塵暗珠簾卷」，「塵」字平聲。第二句「煙花春復秋」，「春」字平聲。第三句，歐陽炯詞「遠遊蓬島降人間」，「遠」字仄聲，「蓬」字平聲。第四句，毛文錫詞「年代屬元和」，「年」字平聲。

添字昭君怨　此體甚佳，但無他見，録以存其調〔一〕　湯顯祖

昔日千金小姐 韻 今日水流花謝 叶姐 淹淹惜惜杜陵花 换韻 太虧他 叶花 ○生性獨行無那 叶 此夜星前一個 叶 生生死死爲情多 换韻 奈情何 叶多

謁金門　一名《垂楊碧》、《出塞》、《花自落》〔一〕　韋莊

空相憶〔二〕 韻 無計得傳消息 叶 天上嫦娥人不識 叶 寄書何處覓 叶 ○春睡覺來無力 叶 不忍把伊書跡 叶 滿院落花春寂寂 叶 斷腸芳草碧 叶

【校】

〔一〕按：唐教坊曲名。因韋莊詞起句，名《空相憶》。張輯詞有「無風花自落」句，名《花自落》。又有「樓外垂楊如此碧」句，名《垂楊碧》。李清臣詞有「楊花落」句，名《楊花落》。李石名《出塞》。韓淲詞有「東風吹酒面」句，名《東風吹酒面》；又有「不怕醉，記取吟邊滋味」句，名《不怕醉》；又有「人已醉，溪北溪南春意，擊鼓吹簫花落未」句，名《醉花春》；又有「春尚早，春入湖山漸好」句，名《春早湖山》。

又按：此調以此詞爲正體，若孫光憲詞、周必大詞之攤破句法，程過詞之添字，皆變格也。

[二] 按：吴綺此詞漏注可平可仄，如前段起句「空相憶」之「空」字可平可仄，閻選詞「美人浴」，「美」字仄聲。第二句「得」字、「消」字可平可仄，袁去華詞「開了酴醾一半」，「酴」字平聲，「一」字仄聲。第四句「書」字、「處」字可平可仄，蘇庠詞「茅屋疏疏雨」，「屋」字仄聲，下「疏」字平聲。後段末句「腸」字、「草」字可平可仄，蘇庠詞「柳浪迷煙渚」，「浪」字仄聲，「煙」字平聲。

好事近 一名《釣船笛》[一]

蔣子雲

葉暗乳鴉啼 句 風定老紅猶落 韻 蝴蝶不隨春去 句 入・薰風池閣[二] 叶 ○休歌金縷勸金巵 句 酒病煞如昨 叶 簾捲日長人靜 句 任・楊花飄泊 叶

【校】

[一] 按：張輯詞有「誰謂百年心事，恰釣船横笛」句，名《釣船笛》。韓淲詞有「吟到翠圓枝上」句，名《翠圓枝》。此調以此詞爲正體，若陸游詞之多押兩韻，乃變格也。

[二] 前後段末句五字是一四句式，「入」、「任」是領字，應用仄聲。此兩結句《詩餘圖譜》皆誤作◐

○○○●，吳綺或承《圖譜》而誤。宋祁詞前後兩結句首字「襯」字、「泠」字，蘇軾詞前後兩結首字「看」字、「與」字皆仄聲。考唐宋詞皆如此。

好時光[一]

唐玄宗

寶髻偏宜宮樣 句 蓮臉嫩・體紅香 韻 眉黛不須張敞畫 句 天教入鬢長 叶 ○莫倚傾國貌 句 嫁取個有情郎 叶 彼此當年少 句 莫負好時光 叶

【校】

[一]按：《欽定詞譜》云：「詞見《尊前集》，唐明皇製，取結句三字爲調名。或疑此詞非明皇筆，然《尊前集》所收，固唐詞也，編入以備一體。」

杏園芳[一]

尹鶚

嚴粧嫩臉花明 韻 教人見了關情 叶 含羞舉步越羅輕 叶 稱娉婷 叶 ○終朝咫尺窺香閣 句

迢遥似隔層城 叶 何時休遣夢相縈 叶 入雲屏 叶

【校】

［一］按：此調見《花間集》。「夢相縈」，或作「夢相迎」，今照《花間集》改定。

憶蘿月 即《清平樂》［一］ 韋莊

鶯啼殘月 韻 繡閣香燈滅 叶 門外馬嘶郎欲别 叶 正是落花時節 叶 ○粧成不畫蛾眉 换韻
含愁獨倚金扉 叶 去路香塵莫掃 句 掃即郎去歸遲 叶

【校】

［一］按：《碧雞漫志》云：「歐陽炯稱李白有應制《清平樂》四首，此其一也，在越調，又有黄鐘宫、黄鐘商兩音。」《花庵詞選》名《清平樂令》。張輯詞有「憶著故山蘿月」句，名《憶蘿月》。張翥詞有「明朝來醉東風」句，名《醉東風》。又按：張輯爲南宋人，曾向姜夔學詩法。此調以韋莊詞爲例詞，不該用以張輯詞中句命名之詞調名。

秦樓月　即《憶秦娥》，一名《雙荷葉》、《碧雲深》〔一〕　李白

簫聲咽 韻〔二〕 秦娥夢斷秦樓月 叶 秦樓月 句重 年年柳色 句 灞陵傷別 叶 ○樂游原上清秋節 叶 咸陽古道音塵絶 叶 音塵絶 句重 西風殘照 句 漢家陵闕 叶

【校】

〔一〕按：此詞昉自李白，自唐迄元，體各不一。要其源皆從李詞出也。因詞有「秦娥夢斷秦樓月」句，故名《憶秦娥》，更名《秦樓月》。蘇軾詞有「清光偏照雙荷葉」句，名《雙荷葉》。無名氏詞有「水天搖盪蓬萊閣」句，名《蓬萊閣》。至賀鑄始易仄韻爲平韻。張輯詞有「碧雲暮合」句，名《碧雲深》。宋媛孫道絢詞有「花深深」句，名《花深深》。

〔二〕按：此調押仄韻者，以此詞爲正體，若晁補之詞之不作疊句，石孝友詞之少押一韻，秦觀詞之多口號四句，倪瓚詞之減去疊句，雖爲變格，猶與李詞大同小異。至馮延巳創爲減字之體，張先詞由此添字，毛滂詞由此偷聲，在變格中更與諸家不同。

洛陽春　一名《一絡索》、《上林春》[一]　陳師道

素手拈花纖軟 韻 生香相亂 叶 却須詩力與丹青 句 恐俗手・難成染 叶 〇一顧教人微倩 韻 那堪親見 叶 不辭紫袖拂青塵 句 也要識・春風面 叶

【校】

[一] 按：歐陽修詞名《洛陽春》，張先詞名《玉連環》，辛棄疾詞名《一絡索》，亦作《一落索》。

誤佳期[一]　楊慎

今夜風光堪愛 韻 可惜那人不在 叶 臨行多是不曾留 句 故意將人怪 叶 〇雙木架鞦韆 句 兩下深深拜 叶 條香燒盡紙成灰 句 莫把心兒懷 叶

【校】

[一] 按：此調楊慎創製。

憶少年[一]

晁補之

無窮官▯柳句　無情畫▯舸句　無根行客[二]韻　南▯山尚相送句　只・高城人隔叶　○罨畫園林溪紺▯碧叶　算重來▯・盡成陳▯迹叶　劉▯郎鬢如此句　況・桃花顏色[三]叶

【校】

[一] 按：万俟詠詞有「上隴首、凝眸天四闊」句，名《隴首山》。朱敦儒詞名《十二時》。元劉秉忠詞有「恨桃花流水」句，更名《桃花曲》。又按：此調以此詞爲正體，若曹組詞不過於換頭句添一字也。

[二] 前段第一、二、三句，三個「無」字，「行」字，第四句「相」字，第五句「高」字，俱應作可平可仄。以下各詞可以參訂：万俟詠詞「隴雲溶泄，隴山峻秀，隴泉嗚咽」，三「隴」字俱仄聲。第三句，無名氏詞「盈盈脈脈」，上「脈」字仄聲。第五句，万俟詞「已不勝愁絶」，「不」字仄聲。

[三] 後段第二句「算」字、「重」字、「成」字，第三句「如」字，第五句「桃」字、「顏」字，俱應作可平可仄。以下各詞可以參訂：万俟詞「更一聲、塞雁淒切」，「一」字、「雁」字俱仄聲，謝懋詞「秋千外、臥紅堆碧」，「秋」字平聲，「外」字仄聲。第三句，趙詞「與君醉千歲」，「與」字仄聲；万俟詞「征書待寄遠」，「寄」字仄聲。第四句，無名氏詞「忽一聲長笛」，「一」字仄聲。

更漏子〔一〕

温庭筠

玉爐香句 紅蠟淚 韻對 偏照畫堂秋思 叶 眉翠薄 句 鬢雲殘 換韻對 夜長衾枕寒 叶 ○梧桐樹 句 三更雨 換韻 不道離情正苦 叶 一葉葉 句 一聲聲 換韻 空堦滴到明 叶

【校】

〔一〕按：此調有兩體，四十六字者始於溫庭筠，唐宋詞最多。一百四字者止杜安世詞。又按：此調以溫、韋二詞爲正體，唐人多宗溫詞，宋人多宗韋詞。其餘押韻異同，或有減字，皆變格也。

荆州亭〔一〕

女鬼仙

簾捲曲欄獨倚 韻 江展暮雲無際 叶 淚眼不曾晴 句 家在吳頭楚尾 叶 ○數點雪花亂委 叶 撲漉沙鷗驚起 叶 詩句欲成時 句 没入蒼烟叢裏 叶

【校】

〔一〕按：《花庵詞選》名《清平樂令》。按《冷齋夜話》云：「黃魯直登荊州亭，見亭柱間有此詞，夜夢一女子云『有感而作』，魯直驚悟曰：『此必吳城小龍女也。』因又名《荆州亭》。」

醉桃源　即《阮郎歸》，一名《碧桃春》[一]　秦觀

春風吹雨遶殘枝韻　落花無可飛叶　小池寒緑欲生漪叶　雨晴還日西叶　○簾半捲句　燕雙歸叶　諱愁無奈眉叶　翻身整頓着殘棋叶　沉吟應劫遲叶

【校】

[一]按：宋丁持正詞有「碧桃春晝長」句，名《碧桃春》。李祁詞名《醉桃源》。曹冠詞名《宴桃源》。韓淲詞有「濯纓一曲可流行」句，名《濯纓曲》。

畫堂春[一]　秦觀

東風吹柳日初長韻　雨餘芳草斜陽叶　杏花零落燕泥香叶　睡損紅粧叶　○香篆暗消鸞鳳句　畫屏縈遶瀟湘叶　暮寒輕透薄羅裳叶　無限思量叶

【校】

［一］按：調見《淮海集》。即詠畫堂春色，取以爲名。又按：此調以此詞爲正體，其餘減字、添字皆變格也。

相思兒令

晏　殊

昨日探春消息 句 湖上緑波平 韻 無奈繞堤芳草 句 還向舊痕生 韻 ○有酒且醉瑤觥 韻 更何妨・檀板新聲 韻 誰教楊柳千絲 句 就中牽系人情 韻

眉峰碧［一］

無名氏

蹙破眉峰碧 韻 纖手還重執 叶 鎮日相看未足時 句 忍便使・鴛鴦只 叶 ○薄暮投村驛 叶 風雨愁通夕 叶 窗外芭蕉窗裏人 句 分明叶上心頭滴［二］ 叶

【校】

［一］按：即《卜算子》。無名氏詞有「蹙破眉峰碧」句，名《眉峰碧》。蘇軾詞有「缺月掛疏桐」句，名

《缺月掛疏桐》。秦湛詞有「極目煙中百尺樓」句，名《百尺樓》。僧皎詞有「目斷楚天遙」句，名《楚天遙》。又按：此調與前《卜算子》調重出。

［二］此詞與杜安世詞同，惟杜詞前後段第三句第七字用仄聲，與此異。又此詞後段結句七字，添二襯字，與各體異。

玉聯環［一］　張先

來時露浥衣香潤 韻 綵條垂鬢 叶 捲簾還喜月相親 句 把酒與・花相近 叶 ○西去陽關休問 叶 未歌先恨 叶 玉峰山下水長流 句 流水盡・情無盡 叶

【校】

［一］按：此調即《一落索》另一體，與前重出。歐陽修詞名《洛陽春》，張先詞名《玉連環》，辛棄疾詞名《一絡索》。又按：此亦毛詞體，惟前段起句七字異。賀鑄、呂渭老詞，正與此同。但賀詞起句「初見碧紗窗下繡」，呂詞「蟬帶殘聲移別樹」，平仄與此異。

朝中措[一]　歐陽修

平山欄檻倚晴空 韻 山色有無中 叶 手種堂前楊柳 句 別來幾度春風 叶 ○文章太守 句

揮毫萬字 句 一飲千鍾 叶 行樂直須年少 句 樽前看取衰翁 叶

【校】

[一]按：李祁詞有「初見照江梅」句，名《照江梅》。韓淲詞名《芙蓉曲》，又有「香動梅梢圓月」句，名《梅月圓》。又按：此調以此詞爲正體，宋人填者甚多，若辛詞、趙詞之攤破句法，蔡詞之添字，皆變體也。

秋波媚　即《眼兒媚》[一]　秦觀[二]

樓上黄昏杏花寒 韻 斜月小欄干 叶 一雙燕子 句 兩行歸雁 句 畫角聲殘 叶 ○綺牕人在

東風裏 句 無語對春閑 叶 也應似舊 句 盈盈秋水 句 淡淡春山 叶

【校】

[一] 即《眼兒媚》，因此詞有「斜月小欄干」句，名《小欄干》。韓淲詞有「東風拂檻露猶寒」句，名《東風寒》。陸游詞名《秋波媚》。

[二] 按：此詞作者説法不一。一説北宋末舒城阮閱所作，據胡仔《苕溪漁隱叢話》前集卷十：「阮，字閎休，官至中大夫，嘗作監司郡守，廬州舒城人。其《詩總》十卷，分門編集。今乃爲人易其舊序，去其姓名，略加以蘇黄門詩説，更號曰《詩話總龜》，以欺世盜名耳。世所傳《眼兒媚》詞：『樓上黄昏杏花寒。斜月小欄干。一雙燕子，兩行歸鴈，畫角聲殘。綺牕人在東風裏，無語對春閑。也應似舊，盈盈秋水，淡淡春山。』亦閎休所作也。閎休嘗爲錢唐幕官，眷一營妓，罷官去後，作此詞寄之。」《花庵詞選》、《詩餘圖譜》（在作者處小字標注）亦作「阮閎休」。一説左譽所作，主此説者有《花草粹編》、《詞綜》。《詞綜》云：「左譽，字與言，天台人。歷仕後去爲浮屠。所著有《筠翁長短句》。」吴綺定此詞作者爲秦觀，不知依據爲何。

錦堂春　即《烏夜啼》[一]　趙令時

樓▯上縈▯簾弱▯絮 句 牆▯頭礙▯月低花 韻對 年▯年春▯事關心事 句 腸▯斷欲棲鴉 叶 ○舞▯鏡▯鸞衾▯翠

減 句 啼珠鳳蠟紅斜 叶對 重門不鎖相思夢 句 隨意遶天涯 叶

【校】

［一］按：即《烏夜啼》。《烏夜啼》爲唐教坊曲名，《太和正音譜》注南吕宮，又大石調。宋歐陽修詞名《聖無憂》。郭茂倩《樂府詩集》有清商曲《烏夜啼》，乃六朝及唐人古今詩體，與此不同，此蓋借舊曲名，另翻新聲。又按：據《欽定詞譜》云：「此調五字起者或名《聖無憂》。六字起者或名《錦堂春》。宋人俱填《錦堂春》體，其實始於南唐李煜，本名《烏夜啼》也。《詞律》反以《烏夜啼》爲别名者誤。惟《相見歡》一詞，乃别名《烏夜啼》，與此無涉。此調前段起句六字，宋人皆同，惟蘇軾詞前後段第三句『若見故人須細問』、『更有鱸魚堪切鱠』，平仄獨異。前段第一句，盧祖皋詞『柳色津頭泫緑』，『柳』字仄聲；劉迎詞『離恨遠縈楊柳』，『遠』字仄聲，『楊』字平聲。」吴綺此處亦把本名當别名。

桃源憶故人 一名《虞美人影》，一名《胡搗練》［一］ 秦觀

碧紗影弄東風曉 韻 一夜海棠開了 叶 枝上數聲啼鳥 叶 妝點知多少 叶 ○妒雲恨雨腰肢

裊 叶 眉黛不堪重掃 叶 薄倖不來春老 叶 羞帶宜男草 叶

【校】

［一］按：張先詞或名《胡搗練》，陸游詞名《桃源憶故人》，趙鼎詞名《醉桃園》。韓淲詞有「杏花風裏東風峭」，名《杏花風》。又：此調以此詞爲正體，宋人多依此填。

山花子 一名《攤破浣溪沙》［一］ 李後主［二］

菡萏香消翠葉殘 韻 西風愁起緑波間 叶 還與韶光共憔悴 句 不堪看 叶 ○細雨夢回雞塞遠 句 小樓吹徹玉笙寒 叶對 多少淚珠何限恨 句 倚闌干 叶

【校】

［一］按：一名《南唐浣溪沙》。《梅苑》名《添字浣溪沙》，《樂府雅詞》名《攤破浣溪沙》，《高麗史・樂志》名《感恩多令》。此詞即《浣溪沙》之別體，不過多三字兩結句，移其韻於結句耳，此所以有「添

字」、「攤破」之名。然在《花間集》，和凝時已名《山花子》，故另編一體。

［二］作者應爲李璟。

三字令［一］　歐陽炯

春欲盡 句 日遲遲 韻 牡丹時 叶 羅幌卷 句 翠簾垂 叶 彩箋書 句 紅粉淚 句 兩心知 叶 ○人不在 句 燕空歸 叶 負佳期 叶 香燼落 句 枕函欹 叶 月分明 句 花淡薄 句 惹相思 叶

【校】

［一］按：調見《花間集》。前後段俱三字句，故名。此調始於此詞，向子諲詞即本此添字也。按前後段第四句，「幌」字、「燼」字俱用仄聲，與向詞「滿」字、「我」字同。《詩餘圖譜》、《選聲集》皆注「可平可仄」者，誤。

賀聖朝［一］　葉清臣

滿斟綠醑留君住 韻 莫匆匆歸去 叶 三分春色 句 二分愁悶 句 一分風雨［二］ 叶 ○花開花

謝花無語[三]　叶　且高歌休訴　叶　知他來歲　句　牡丹時候　句　相逢何處[四]　叶

【校】

[一] 唐教坊曲名。《花間集》有歐陽炯詞，本名《賀明朝》，《詞律》混入《賀聖朝》誤。若《轉調賀聖朝》，另押平韻，與此不同。

[二] 前結三句，《花庵詞選》作「三分春色二分愁，更一分風雨」。

[三] 《草堂詩餘》、《詩餘圖譜》作「花開花謝，都來幾許」。

[四] 後結三句，《花庵詞選》作「不知來歲牡丹時，再相逢何處」。

海棠春[一]

秦觀

流鶯牕外啼聲巧　韻　睡未足·把人驚覺　叶　翠被曉寒輕　句　寶篆沉烟裊　叶　◯宿醒未解宮娥報　叶　道別院·笙歌會早[二]　叶　試問海棠花　句　昨夜開多少　叶

【校】

[一]按：此調始自秦觀，因詞中有「試問海棠花，昨夜開多少」句，故名。馬莊父詞名《海棠花》，史達祖詞名《海棠春令》。

[二]《淮海詞》、《草堂詩餘》、《詩餘圖譜》皆作「會早」。或作「宴早」，如《花草粹編》、《欽定詞譜》。

武陵春[一]

毛滂

風過冰簷環珮響 句 宿霧在華茵 韻 賸落瑤花襯月明 叶 嫌怕有纖塵 叶 ○鳳口銜燈金炫轉 句 人醉覺寒輕 叶 但得清光解照人 叶 不負五更春 叶

【校】

[一]按：《梅苑》名《武林春》。此調以此詞爲正體，若李詞、万俟詞之添字，皆變格也。按晏幾道詞三首，换頭句或作「梁王苑路香英密」，或作「年年歲歲登高節」，或作「熏香繡被心情懶」，與此詞平仄全異。宋媛魏氏詞「玉人近日書來少」，或宗之，餘與此詞同。毛詞別首前段起句「城上落梅風料峭」，「落」字仄聲。第二句「寒馥逼清尊」，「寒」字平聲。晏詞第三句「誰似龍山秋興

濃」，「誰」字、「秋」字俱平聲。後段第三句「曾看飛瓊戴滿頭」，「曾」字平聲。結句「浮動舞梁州」，「浮」字平聲。

人月圓　即《青衫濕》〔一〕　趙元鎮

連環寶瑟深深願 句 結盡一生愁 韻 人間天上 句 佳期勝賞 句 今夜中秋 叶 ○雅歌妍態 句 嫦娥見了 句 應羡風流 叶 芳樽美酒 句 年年歲歲 句 月滿高樓 叶

【校】

〔一〕按：此調始於王詵，因詞中「人月圓時」句，取以爲名。吳激詞有「青衫淚濕」句，又名《青衫濕》。

喜團圓〔一〕　晏幾道

危樓靜鎖 句 牕中迢岫 句 門外垂楊 韻 珠簾不禁春風度 句 解・偷送餘香 叶 ○眠思夢

想句不如雙燕句得到蘭房叶別來只是句憑高淚眼句感舊離腸叶

【校】

［一］按：調見《小山樂府》。《花草粹編》無名氏詞有「與個團圓」句，更名《與團圓》。此與《梅苑》詞同，惟前段第四、五句，句讀不同耳。其餘字句同者，可平可仄，可以參校。

月宮春［一］

毛文錫

水晶宮裏桂花開韻神仙探幾回叶紅芳金蕊繡重臺叶低傾瑪瑙盃叶〇玉兔銀蟾爭守護句姮娥姹女戲相偎叶對遙聽鈞天九奏句玉皇親看來叶

【校】

［一］按：調見《花間集》毛文錫詞。周邦彥更名《月中行》。此詞與周詞異者，在後段第二句不作上三下四句法，及第三句少一字不押韻耳。但兩詞前段第二句、結句、後段起句、結句平仄迥別，難以

參校，不若韓淲詞之字句悉同。

陽臺夢[一]

唐莊宗

薄羅衫子金泥縫（韻）困纖腰・怯銖衣重（叶）笑迎移步小蘭叢（句）嚲・金翹玉鳳（叶）○嬌多情脉脉（句）羞把同心撚弄（叶）楚天雲雨却相和（句）又入陽臺夢（叶）

【校】

[一] 按：此調有兩體，四十九字者調見《尊前集》，唐莊宗製，因詞有「又入陽臺夢」句，取以爲名。五十七字者調見《花草粹編》，宋解昉製，即賦陽臺夢題。兩體截然不同。此詞全押仄韻，宋元人無填者。

太常引[一]

辛棄疾

一輪秋影轉金波（韻）飛鏡又重磨（叶）把酒問姮娥（叶）被白髮・欺人奈何（叶）乘風好去（句）

長空萬里 句 直下看山河 叶對 斫去桂婆娑 叶 人道是・清光更多 叶

【校】

[一]按：韓淲詞有「小春時候臘前梅」句，名《臘前梅》。此詞只此二體，所異者前段第二句或五字或六字耳，俱有宋元人詞可校。另一體除前段第二句六字外，俱與此詞同，但平仄小異耳。

歸去來[一]

柳永

初過元宵三五 韻 慵困春情緒 叶 燈月闌珊 句 嬉遊處 韻 遊人盡厭歡聚 叶 ○憑仗如花女 叶 持盃謝酒朋詩侶 叶 餘醒更不禁香醑 韻 歌筵舞 叶 且歸去 叶

【校】

[一]調見《樂章集》詞二首。此調只有柳詞二首，無宋元詞可校。

柳梢青　有平仄韻二體[一]　秦觀[二]

岸草平沙韻　吴王故苑柳裊煙斜叶　雨後寒輕句　風前香軟[三]句對　春在梨花叶　○行人一棹天涯叶　酒醒處・殘陽亂鴉叶　門外鞦韆句　牆頭紅粉句對　深院誰家叶

【校】

[一]按：此調兩體，或押平韻，或押仄韻，字句悉同。押平韻者，宋韓淲詞有「雲淡秋空」句，名《雲淡秋空》；有「雨洗元宵」句，名《雨洗元宵》；有「玉水明沙」句，名《玉水明沙》。元張雨詞名《早春怨》。押仄韻者，《古今詞話》無名氏詞有「隴頭殘月」句，名《隴頭月》。又按：押平韻者以此詞爲正體。

[二]《花庵詞選》定作者爲僧仲殊。

[三]《花庵詞選》、《花草粹編》皆作「香軟」，《詩餘圖譜》作「香細」。

醉鄉春[一]　秦觀

喚起一聲人悄韻　衾冷夢寒牕曉叶　瘴雨過句　海棠開句　春色又添多少叶　○社甕釀成微笑叶　半缺椰瓢共舀叶　覺傾倒[二]叶　急投牀句　醉鄉廣大人間小叶

【校】

[一]按：宋惠洪《冷齋夜話》云：「少游在黄州，飲於海棠橋，橋南北多海棠，有書生家於海棠叢間。少游醉宿於此，題詞壁間。」按此則知此調創自秦觀，因後結有「醉鄉廣大人間小」句，故名《醉鄉春》。又因前結有「春色又添多少」句，一名《添春色》。

[二]按《廣韻》上聲三十「小」部有「舀」字，以沼切，正與「悄」字押。若「覺顛倒」句，與前「瘴雨過」句同，其「倒」字非韻，《詩餘圖譜》注爲韻，誤。吴綺或從《圖譜》而誤。

應天長　第一體[一]

溫庭筠

雙眉淡薄藏心事 韻 清夜背燈嬌又醉 叶 玉釵橫 句 山枕膩 叶對 寶帳鴛鴦春睡美 叶 ○別經時 句 無限意 叶 虛道相思憔悴 叶 莫信綵箋書裏 叶 賺人斷腸字 叶

【校】

[一]按：此調有令詞、慢詞。令詞始於韋莊，又有顧敻、毛文錫兩體。宋毛幵詞名《應天長令》。慢詞始於柳永，《樂章集》注林鐘商調。又有周邦彥慢詞，名《應天長慢》。

惜分飛[一]

毛滂

淚濕闌干花着露 韻 愁到眉峰碧聚 叶 此恨平分取 叶 更無言語空相覷 叶 ○斷雨殘雲無意緒 叶 寂寞朝朝暮暮 叶 今夜山深處 叶 斷魂分付潮回去 叶

【校】

[一] 按：賀鑄詞名《惜雙雙》，劉弇詞名《惜雙雙令》，曹冠詞名《惜芳菲》。此調以此詞爲正體，宋元人俱照此填，其餘添字皆變體也。

燕歸梁[一]

柳永

織錦裁篇寫意深 韻 字直千金 叶 一回披玩一愁吟 叶 腸成結 句 淚盈襟 叶 ○幽歡已散前期遠 句 無聊賴是而今 叶 密憑歸雁寄芳音 叶 恐冷落舊時心 叶

【校】

[一] 按：調見《珠玉詞》，因詞有「雙燕歸飛繞畫堂，似留戀虹梁」句，取以爲名。柳永「織錦裁篇」

詞注正平調，「輕囁羅鞋」詞注中吕調。

西江月　一名《白蘋香》[一]

蘇軾

照野瀰瀰淺浪 句 横空曖曖微霄 韻 障泥未解玉驄驕 叶 我欲醉眠芳草 叶 ○可惜一溪明月 句 莫教踏破瓊瑶 叶 解鞍欹枕緑楊橋 叶用仄聲 杜宇數聲春曉 叶

【校】

[一] 按：歐陽炯詞有「兩岸蘋香暗起」句，名《白蘋香》。程珌詞名《步虚詞》。王行詞名《江月令》。

憶漢月[一]

歐陽修

紅豔幾枝輕裊 叶 早被東風開了 叶 倚烟啼露爲誰嬌 句 故惹蝶憐蜂惱 叶 ○多情遊賞處句 留戀向緑叢千繞 叶 酒闌歡罷不成歸 句 腸斷月斜人老 叶

【校】

[一] 按：柳永詞名《望漢月》，《樂章集》注正平調。此調只有兩體，前後段結句或六字、或七字。柳詞雖注宮調，然句讀參差，非正體也。

怨三三[一]

李子儀

清溪一泒瀉柔藍 韻 岸草毵毵 叶 記得黄鸝語畫簷 叶 喚狂裏 句 醉重三 叶 ○春風不動重簾 叶 似三五初圓素蟾 叶 鎮淚眼廉纖 叶 何時歌舞 句 再和池南 叶

【校】

[一] 按：調見李之儀《姑溪詞》，取詞中前段結句意爲名。此李之儀登姑孰堂寄舊遊用賀方回韻也。今所傳賀鑄《東山詞》中缺此調。

城頭月[一]

李公昂

工夫作用中宵晝 韻 點化無中有 叶 真氣常存 句 童顔不改 句對 底用呵磨皺 叶 ○一身三

五之精媾[二] 叶 積得嬰兒就 叶 試問霞翁 句 三田熟未 句 還解沖霄否 叶

【校】

[一] 按：調見李昂英《文溪詞》，和廣帥馬天驥韻，贈道士梁青霞作。此詞蓋馬天驥所倡也，取詞中起句爲名。此調只有馬天驥詞可校。馬詞前段第三句「酒醉茶醒」，「醉」字仄聲。後段第一句「坎離龍虎勤交媾」，「龍」字平聲。其餘平仄皆同。

[二] 「三五」，李昂英《文溪詞》、《花草粹編》皆作「二五」。

青門引[一]

張先

乍暖還乍冷[二] 韻 風雨晚來方定 叶 庭軒寂寞近清明 句 殘花中酒・又是去年病 叶 〇樓頭畫角風吹醒 叶 入夜重門靜 叶 那堪更被明月 句 隔牆送過鞦韆影 叶

【校】

[一] 按：調見《樂府雅詞》及《天機餘錦》詞，張先本集不載。

[二] 按：「乍冷」，《安陸集》、《樂府雅詞》、《花庵詞選》、《草堂詩餘》、《花草粹編》皆作「輕冷」，不知

吳綺所據爲何。

月中行[一]

周邦彥

蜀絲趍日染乾紅 韻 微暖口脂融 叶 博山細篆靄房櫳 叶 靜看打牕蟲 叶 ○愁多膽怯疑虛幙 句 聲不斷・暮景疎鐘[二] 叶 團圞四壁小屏風 叶 淚盡夢啼中 叶

【校】

[一]按：即《月宮春》，調見《花間集》毛文錫詞。周邦彥更名《月中行》。此詞與毛詞異者，在後段第二句作上三下四句法，及第三句多一字押韻耳。但兩詞前段第二句、結句，後段起句、結句平仄迥別，難以參校，不若韓淲詞之字句悉同。

[二]「疎鐘」，原作「疎鍾」。

少年遊　第二體　第一體首二句共作七字[一]

蘇軾

去年相送 句 餘杭門外 句 飛雪似楊花 韻 今年春盡 句 楊花似雪 句 猶不見還家 叶 ○對

酒捲簾邀明月 句 風露透牕紗 叶 恰似姮娥憐雙燕[二] 句 分明照畫梁斜 叶

【校】

[一]按：調見《珠玉集》。因詞有「長似少年時」句，取以爲名。《樂章集》注林鐘商調。韓淲詞有「明窗玉蠟梅枝好」句，更名《玉蠟梅枝》。薩都剌詞名《小欄干》。又按：蘇軾此詞攤破晏殊「芙蓉花發去年枝」詞前段起句七字一句作四字兩句，又攤破後段第三、四句四字兩句作七字一句，結句又添一字作六字折腰。晁補之「前時相見」詞正與之同。此亦自成一體。

[二]「姮娥」，《四庫》本《東坡詞》作「嫦娥」。

醉花陰[一]

李清照

薄霧濃雲愁永晝 韻 瑞腦噴金獸 叶 佳節又重陽 句 寶枕紗廚 句[二] 半夜秋初透 叶 ○東籬把酒黃昏後 叶 有・暗香盈袖 叶 莫道不銷魂 句 簾捲西風 句[三] 人似黃花瘦 叶

【校】

［一］按：此調只有此體，諸家所填，多與之合，但平仄不同，句法間有小異耳。又按：此詞換頭句「東籬把酒黄昏後」，「酒」字入韻，此即《樂府指迷》所謂藏短韻於句内者，然宋詞如此者亦少。

［二］按：此處原稿不斷句，誤。

［三］按：此處原稿不斷句，誤。

南歌子　一名《南柯子》　第三體［一］　蘇軾

山與歌眉斂句　波同碧眼流韻　遊人都上十三樓叶　不羨・竹西歌吹古揚州叶　〇菰黍連昌歜句　瓊彝倒玉舟叶　誰家水調唱歌頭叶　聲遶・碧山飛去晚雲留叶

【校】

［一］按：此詞有單調、雙調。單調者始自溫庭筠詞，因詞有「恨春宵」句，名《春宵曲》。張泌詞本此添字，因詞有「高捲水晶簾額」句，名《水晶簾》；又有「驚破碧牕殘夢」句，名《碧牕夢》。鄭子聃有「我愛沂陽好」詞十首，更名《十愛詞》。雙調者有平韻、仄韻兩體。平韻者始自毛熙震詞，周邦彥、楊无咎、

僧揮五十四字體，無名氏五十三字體，俱本此添字。仄韻者始自《樂府雅詞》，惟石孝友詞最爲諧婉。周邦彦詞名《南柯子》，程垓詞名《望秦川》，田不伐詞有「簾風不動蝶交飛」句，名《風蝶令》。

憶餘杭[一]

潘　閬

長憶西湖湖水上 韻 盡日憑欄樓上望 叶 三三兩兩釣魚舟 換韻 島嶼正清秋 叶舟 ○笛聲依約蘆花裏 換韻 白鳥成行忽飛起 叶裏 別來閒想整綸竿 換韻 思入水雲寒 叶竿

【校】

[一] 按：此調見《湘山野録》。潘閬自度曲，因憶西湖諸勝，故名《憶餘杭》。此調只有潘詞三首。潘詞別首前段第三句「冷泉亭上幾曾遊」，「冷」字仄聲，「亭」字平聲。後段第三句「別來幾向畫圖看」，「幾」字仄聲。可以參校。

望江東[一]

黃庭堅

江水西頭隔烟樹 韻 望不見・江東路 叶 思量只有夢來去 叶 更不怕・江攔住 叶 ○燈前

寫了書無數叶算没個・人傳與叶直饒尋得雁分付叶又還是・秋將暮叶

【校】

［一］按：此調見《山谷集》，因詞有「望不見、江東路」句，取以爲名。

迎春樂［一］　　秦觀

菖蒲葉葉知多少韻惟有個・蜂兒妙叶雨晴紅粉齊開了叶露一點・嬌黄小叶〇早是被・曉風力暴叶更春共・斜陽俱老叶怎得花香深處句作個蜂兒抱叶

【校】

［一］按：《欽定詞譜》云：「體始於晏詞，因晏詞換頭句八字，宋人無照此填者，故取此詞作譜。」

醉紅妝　一名《雙雁兒》［一］　　張先

瓊林玉樹不相饒韻薄雲衣句細柳腰叶一般妝樣百般嬌叶眉兒秀句總如描叶〇東

風搖草雜花飄 叶 恨無計 句 上青條 叶 更起雙歌郎且飲 句 郎未醉 叶 有金貂 叶

【校】

［一］按：此調見張先詞集，因詞中有「一般妝樣百般嬌」及「郎未醉，有金貂」句，取以爲名。又按：此調近《雙雁兒》，惟後段第四句不押韻異。宋詞中亦無別首可校。

紅牕聽［一］

晏殊

淡薄梳粧輕結束 韻 天付與・臉紅眉緑 叶 斷環書索傳情久 句 許・雙飛同宿 叶 〇一餉無端分比目 叶 誰知道・風前月底 句 相看未足 叶 此心終擬 句 覓鸞絃重續 叶

【校】

［一］按：一名《紅窗睡》。此調只此一體，有晏詞別首及柳永詞可校。

月照梨花[一]

黄　昇

晝景方永 韻 重簾花影 叶 好夢猶酣 句 鶯聲喚醒 叶 門外風絮交飛 換韻 送春歸 叶飛 ○修蛾畫了無人問 韻 幾多別恨 叶 淚洗殘粉 叶 不知郎馬何處嘶 換韻 烟草萋迷 叶嘶 鷓鴣啼 叶嘶

【校】

［一］按：即《河傳》。宋王灼《碧雞漫志》云：「《河傳》，唐曲，今存者二。其一屬南吕宮，前段仄韻，後段平韻。其一屬無射宮，即《怨王孫》曲，外又有越調、仙吕調兩曲。」

望江南[一]

李後主

多少恨 句 昨夜夢魂中 韻 還似舊時遊上苑 句 車如流水馬如龍 叶 花月正春風 叶 ○多少淚 句 斷臉復横頤 換韻 心事莫將和淚説 句 鳳笙休向淚時吹 叶 腸斷更無疑 叶

【校】

［一］按：即《憶江南》。宋王灼《碧雞漫志》云：「此曲自唐至今，皆南吕宫，字句皆同，止是今曲兩段，蓋近世曲子無單遍者。」又按：唐段安節《樂府雜録》，此詞乃李德裕爲謝秋娘作，故名《謝秋娘》，因白居易詞更今名，又名《江南好》。又因劉禹錫詞有「春去也，多謝洛城人」句，名《春去也》。溫庭筠詞有「梳洗罷，獨倚望江樓」句，名《望江南》。皇甫松詞有「閒夢江南梅熟日」句，名《夢江南》，又名《夢江口》。李煜詞名《望江梅》。此皆唐詞單調。至宋詞始爲雙調。王安中詞有「安陽好，曲水似山陰」句，名《安陽好》。張鎡詞有「飛夢去，閒到玉京遊」句，名《夢仙遊》。蔡真人詞有「鏗鐵板，閒引步虛聲」句，名《步虛聲》。宋自遜詞名《壺山好》。丘長春詞名《望蓬萊》。《太平樂府》名《歸塞北》，注大石調。

浪淘沙　一名《賣花聲》［一］　康與之

蹙損遠山眉 韻 幽怨誰知 叶 羅衾滴盡淚胭脂 叶 夜過春寒愁未起 句 門外鴉啼 叶 ○惆悵阻佳期 叶 人在天涯 叶 東風頻動小桃枝 叶 正是銷魂時候也 句 撩亂花飛 叶

【校】

[一]按：唐人《浪淘沙》本七言斷句，至南唐李煜始製兩段令詞，雖每段尚存七言詩兩句，其實因舊曲名，另創新聲也。賀鑄詞名《曲入冥》，李清照詞名《賣花聲》，史達祖詞名《過龍門》，馬鈺詞名《煉丹砂》。

杏花天[一]

朱敦儒

淺春庭院東風曉韻　細雨打·鴛鴦寒悄叶　花尖望見鞦韆了叶　無路踏青鬬草叶　○人別後·碧雲信杳叶　對好景·愁多歡少叶　等他燕子傳音耗叶　紅杏開時未到叶

【校】

[一]按：蔣氏《九宮譜目》入越調，辛棄疾詞名《杏花風》。此調微近《端正好》。今以六字折腰者爲《端正好》，六字一氣者爲《杏花天》。此調以此詞爲正體，若侯寘詞、盧炳詞之添字，皆變格也。又按：宋元人俱照此填，惟汪莘詞前段起句「殘雪林塘春意淺」，周密詞後段第三句「一色柳煙三十里」，平仄全異。謝懋詞後段起句「琵琶淚揾青衫淺」，句法全異。

摘紅英　一名《擷芳詞》[一]　張翥

鶯▯聲寂 韻 鳩▯聲急 叶對 柳▯陰一▯片梨雲濕 叶 驚人困 換韻 教人恨 叶困 待▯到平明 句 海▯棠應▯盡 叶困 ○青▯無力 叶寂 紅▯無跡 叶對 殘▯香▯膩粉那禁得 叶寂 天▯難準 叶困 晴▯難穩 叶困對 晚▯風又起 句 倚▯欄爭忍 叶困

【校】

[一]按：此調即《擷芳詞》。《古今詞話》云：「政和間，京師妓之姥，曾嫁伶官，常入內教舞，傳禁中《擷芳詞》以教其妓。人皆愛其聲，又愛其詞，類唐人所作。張尚書帥成都，蜀中傳此詞，競唱之。卻於前段下添『憶憶憶』三字，後段下添『得得得』三字，又名《摘紅英》，殊失其義。不知禁中有『擷芳園』，故名『擷芳詞』也。」又按：程垓詞名《折紅英》，曾覿詞名《清商怨》，呂渭老詞名《惜分釵》，陸游因詞中有「可憐孤似釵頭鳳」句，改名《釵頭鳳》，《能改齋漫錄》無名氏詞名《玉瓏璁》。

江月晃重山[一]　陸游

芳▯草▯洲▯前道路 句 夕▯陽樓▯上闌干 韻 碧▯雲▯何處望歸鞍 叶 從▯軍客 句 耽▯樂不思還 叶 ○洞▯

裏仙人種玉 句 江邊楚客滋蘭 叶 鴛鴦沙暖鵁鶄寒 叶 菱花晚 句 不奈鬢毛斑 叶

【校】

［一］按：調見楊慎《詞林萬選》。每段上三句《西江月》體，下二句《小重山體》。元好問詞與此平仄如一。

鷓鴣天 一名《思佳客》［一］　秦觀

枝上流鶯和淚聞 韻 新啼痕間舊啼痕 叶 一春魚鳥無消息 句 千里關山勞夢魂 叶對 ◯無一語 句 對芳樽 叶對 安排腸斷到黃昏 叶 甫能炙得燈兒了 句 雨打梨花深閉門 叶

【校】

［一］按：趙令畤詞名《思越人》，李元膺詞名《思佳客》。賀鑄詞有「剪刻朝霞釘露盤」句，名《剪朝霞》。韓淲詞有「只唱驪歌一疊休」句，名《驪歌一疊》。盧祖皋詞有「人醉梅花臥未醒」句，名《醉梅花》。

玉樓春　一名《木蘭花令》、《惜春容》[一]　晏殊

緑楊芳草長亭路 韻 年少抛人容易去 叶 樓頭殘夢五更鐘 句 花底離愁三月雨 叶 ○無情不似多情苦 叶 一寸還成千萬縷 叶 天涯地角有窮時 句 只有相思無盡處 叶

【校】

[一] 按：《欽定詞譜》云：「《花間集》載《木蘭花》、《玉樓春》兩調，其七字八句者爲《玉樓春》體，《木蘭花》則韋詞、毛詞、魏詞共三體，從無與《玉樓春》同者。自《尊前集》誤刻以後，宋詞相沿，率多混填。」

步蟾宮[一]　無名氏

東風捏就腰肢細 韻 繫六幅・裙兒不起 叶 看來只慣掌中行 句 怎教在・燭花影裏 叶 ○更闌應是鉛華退 叶 暗蹙損・眉峰雙翠 叶 夜深着緉小鞋兒 句 斜靠着・屏風立地 叶

【校】

［一］按：韓淲詞名《釣臺詞》，劉擬詞名《折丹桂》。此調以此詞爲正體。前後段第三句俱七字，較楊无咎詞各減一字，與蔣捷詞三首同。

明月棹孤舟［一］　黃在軒

雁帶愁來寒事早 韻 西風把鬢華吹老 叶 猛省中秋 句 都來幾日 句 先自木樨開了 叶 ○

淰淰輕陰天弄曉 叶 平白地被花相惱 叶 一枕雲閑 句 半牕秋透 句 時有陣香飛到 叶

【校】

［一］按：此調即《夜行船》。

金鳳鈎［一］　晁補之

春辭我・向何處 韻 怪草草夜來風雨 叶 一簪華髮 句 少歡饒恨 句 無計殢春且住 叶 ○

春回常恨尋無路 叶 試向我・小園徐步 叶 一欄紅藥 句 倚風含露 句 春自未曾歸去 叶

【校】

[一] 按：見晁補之《琴趣外篇》。此調微近《夜行船》，其實不同也。或以此詞近《夜行船》史達祖詞體，然前段起句作三字兩句，實與史詞不同。

虞美人[一] 李　煜

春花秋月何時了 韻 往事知多少 叶 小樓昨夜又東風 換韻 故國・不堪回首 句 月明中 叶風

○雕闌玉砌應猶在 換韻 只是朱顏改 叶在 問君都有幾多愁[二] 換韻 却是・一江春水・向東流[三] 叶愁

【校】

[一] 按：唐教坊曲名。《碧雞漫志》云：「《虞美人》舊曲三，其一屬中呂調，其一屬中呂宮，近世又轉入黃鐘宮。」《樂府雅詞》名《虞美人令》。周紫芝詞有「只恐怕寒，難近玉壺冰」句，名《玉壺冰》。張炎詞賦柳兒，因名《憶柳曲》。王行詞取李煜「恰似一江春水向東流」句，名《一江春水》。

［二］「都有」，《草堂詩餘》作「能有」。

［三］「却是」，《草堂詩餘》作「恰似」。

南鄉子［一］

蘇軾

霜降水痕收 韻 淺碧鱗鱗露遠洲 叶 酒力漸消風力軟 句 颼颼 叶 破帽多情却戀頭 叶 ○

佳節若爲酬［二］ 叶 但把清尊斷送秋 叶 萬事到頭都是夢 句 休休 叶 明日黃花蝶也愁 叶

【校】

［一］按：唐教坊曲名。此詞有單調、雙調。單調者始自歐陽炯詞，馮延巳、李珣俱本此添字。雙調者始自馮延巳詞。歐陽修本此減字，王之道、黃機、趙長卿俱本此添字也。

［二］「佳節」，《東坡詞》、《花庵詞選》、舊刻宋人本《草堂詩餘》皆作「佳節」，洪武本《增修箋注妙選群英草堂詩餘》、《詩餘圖譜》、《花草粹編》皆作「詩酒」。

鵲橋仙[一]

秦觀

纖雲弄巧句 飛星傳眼句對 銀漢迢迢暗度韻 金風玉露一相逢句 便勝却・人間無數叶

○柔情似水句 佳期如夢句對 忍顧鵲橋歸路叶 兩情若是久長時句 又豈在朝朝暮暮叶

【校】

[一]按：此調有兩體。五十六字者始自歐陽修，因詞中有「鵲迎橋路接天津」句，取爲調名。周邦彦詞名《鵲橋仙令》，《梅苑》詞名《憶人人》。韓淲詞取秦觀詞句，名《金風玉露相逢曲》，張輯詞有「天風吹送廣寒秋」句，名《廣寒秋》。元高拭詞注仙呂調。八十八字者始自柳永，《樂章集》注云歇指調。

一斛珠 一名《醉落魄》[二]

張先

雲輕柳弱韻 内家髻子新梳掠叶 生香真色人難學叶 横管孤吹句 月淡天垂幕叶 ○朱唇淺破櫻桃萼叶 倚樓人在闌干角叶 夜寒指冷羅衣薄叶 聲入霜林句 簌簌驚梅落叶

【校】

[一]按：《宋史・樂志》名《一斛夜明珠》，屬中呂調。《尊前集》注商調，金詞注仙呂調，蔣氏《九宮譜目》入仙呂引子。晏幾道詞名《醉落魄》，張先詞名《怨春風》，黃庭堅詞名《醉落拓》。此與李煜「晚妝初過」詞同，惟換頭句平仄異。因宋詞如此填者甚多，金元曲子注仙呂調者正與之合。

梅花引

一名《貧也樂》　又一體俱叶平韻，平仄亦稍異[一]　高　憲

槐堂夢 韻 鼓笛弄 叶 馳驟百年塵一鬨 叶 陶淵明 換韻 張季鷹 叶明 一杯濁酒 句 焉知身後名 叶明 ◯有溪可漁林可繳 換韻 須信在家貧也樂 叶繳 熊門春 換韻 湞江雲 叶春 幾時作個 句 山間林下人 叶春

【校】

[一]按：此調有兩體，五十七字者，《中原音韻》注越調。高憲詞有「須信在家貧也樂」句，名《貧也樂》。一百十四字者，即五十七字體再加一疊，賀鑄詞名《小梅花》。又按：此詞前段三仄韻、三平韻，後段兩仄韻、三平韻，宋詞只有賀鑄「城下路」詞一首。

夜遊宮[一]

陸游

獨夜寒侵翠被 韻 奈幽夢不成还起 叶 欲寫新愁淚濺紙 叶 憶承恩 句 歎餘生 句 今至此 叶 ○蔌蔌燈花墜 叶 問此際報人何事 叶 咫尺長門過萬里 叶 恨君心 叶 似危欄 句 難久倚 叶

【校】

[一]按：宋詞填此調者，其字句韻悉同，所小異者，惟句中平仄耳。陸游此與毛滂「長記勞君送遠」詞同，惟前段第二句不作上三下四句法異。賀鑄「湖上蘭舟暮發」詞前段第二句「揚州夢斷燈明滅」、周邦彥「客去車塵」詞前段第二句「空階暗雨苔千點」，正與此同。

踏莎行[一]

秦觀

霧失樓臺 句 月迷津渡 韻 桃源望斷無尋處 叶 可堪孤館閉春寒 句 杜鵑聲裏斜陽暮 叶 ○驛寄梅花 句 魚傳尺素 叶 砌成此恨無重數 叶 郴江幸自繞郴山 句 爲誰流下瀟湘去 叶

【校】

[一] 按：曹冠詞名《喜朝天》，越長卿詞名《柳長春》，《鳴鶴餘音》詞名《踏雪行》。曾覿、陳亮詞添字者，名《轉調踏莎行》。此調以此詞爲正體，若曾詞、陳詞之添字、攤破句法、轉換宮調，皆變體也。宋元人填此調者，其字句韻悉同，惟每句平仄小異。

小重山　一名《小沖山》[一]　汪藻

月下潮生紅蓼汀 韻 殘霞都斂盡 句 四山青 叶 柳梢風急墮流螢 叶 隨波去 句 點點亂寒星 叶 ○別語寄叮嚀 叶 如今都間隔 句 幾長亭 叶 夜來秋氣入銀屏 叶 梧桐雨 句 還恨不同聽 叶

【校】

[一] 按：李邴詞名《小沖山》。姜夔詞名《小重山令》。韓淲詞有「點染煙濃柳色新」句，名《柳色新》。此調以此詞爲正體，宋元詞俱照此填。若趙詞之添字、《梅苑》詞之減字、黃詞之押仄韻，皆變體也。

惜分釵[一]

高深甫

桃花路 韻 楊柳渡 叶 一見魂驚幾回顧 叶 眼青青 換韻 臉盈盈 叶青 口邊欲笑 句 齒上呑聲 叶青 輕輕 叶青 ○人去也 韻 情難捨 叶 無限芳心春引惹 叶 枕兒單 換韻 被兒寒 叶單 愁難擺脫 句 病害今番 叶單 看看 叶單

【校】

[一] 按：此即《摘紅英》，與《摘紅英》調重出。

七娘子[一]

吳鼎芳

綵雲飛去鸞絲斷 韻 無言遍倚青山扇 叶 暖受人憐 句 寒將人賺 叶 香愁粉怨啼粧面 叶 ○韶光過盡閒葱蒨 叶 秋光又送蘆花雁 叶 南浦遙看 叶 西樓頻上 叶 天涯只在心窩嵌 叶

【校】

[一]按：雙調五十八字，前後段各五句，四仄韻，此與毛滂六十字者異，前後第二句各減一字。

紅牕睡[一]　柳永

如削肌膚紅玉瑩韻 舉動有許多端正叶 二年三歲同鴛寢叶 表溫柔心性叶 ○別後無非良夜永叶 如何向名牽利役句 歸期未定叶 算伊心裏句 却冤人薄倖叶

【校】

[一]按：一名《紅窻聽》。此調只此一體，宋人只有三首，有晏殊詞兩首可校。

漁父家風[一]　張元幹

八年不見荔枝紅韻 腸斷故人東叶 風枝露葉誰新採句 悵望冷香濃叶 ○冰透骨句 玉開容叶 想筠籠叶 今宵歸夢句 滿頰天漿句 更御冷風叶

【校】

［一］按：張元幹以黄庭堅詞曾詠「漁父家風」，改名《漁父家風》。張輯詞有「一鈞絲風」句，名《一絲風》。此詞前段第三句七字，與晏殊「青梅煮酒斗時新」詞前段第三句六字異。

選聲集

豐南吳綺薗次輯定
下邳余懷澹心、宣城茆馥載馨參閲

中調

臨江仙　第四體[一]　晏幾道[二]

鬪草堦前初見 句 穿針樓上曾逢 韻對 羅裙香露玉釵風 叶 靚粧眉沁緑 句 羞艷粉生紅[三] 叶對 ◯流水便隨春遠 句 行雲終與誰同 叶對 酒醒長恨錦屏空 叶 相尋夢裏路 句 飛雨落花中 叶

【校】

[一] 按：此調爲唐教坊曲名。《花庵詞選》云：「唐詞多緣題所賦，《臨江仙》之言水仙，亦其一

也。」李煜詞名《謝新恩》。賀鑄詞有「人歸落雁後」句，名《雁後歸》。韓淲詞有「羅帳畫屏新夢悄」句，名《畫屏春》。

[二] 晏殊《元獻遺文》亦收此詞。

[三] 「羞艷」，《元獻遺文》作「羞態」。

庭院深深 即《臨江仙》第三體[一] 鹿虔扆

金鎖重門荒院[二]靜 句 綺牕愁對秋空 韻 翠華一去寂無踪 叶 玉樓歌吹 句 聲斷已隨風 叶

○烟月不知人事改 句 夜闌還照深宮 叶 藕花相向野塘中 叶 暗傷亡國 句 清露泣香紅 叶

【校】

[一] 按：吴綺《選聲集・凡例》云：「故凡一調有數體者，只取一體入譜。」此即《臨江仙》又一體，與其「一調只取一體入譜」宗旨相悖。

[二] 「荒院」，《花间集》作「荒苑」。

唐多令[一]

劉過

蘆葉滿汀洲 韻 寒沙帶淺流 叶 二十年·重度南樓[二] 叶 柳下繫船猶未穩 句 能幾日·又中秋 叶 ○黃鶴斷磯頭 叶 故人曾到不 叶 舊江山·都是新愁[三] 叶 欲買桂花重載酒[四] 句 終不似·少年遊 叶

【校】

[一]按：一作《糖多令》。周密因劉過詞有「二十年重過南樓」句，名《南樓令》。張翥詞有「花下鈿箜篌」句，名《箜篌曲》。此調以此詞爲正體，宋元人俱如此填，若吳文英詞、周密詞之添字，皆變體也。又按：劉詞別首首段起句「解纜蓼花灣」，「解」字仄聲。第二句「好風吹去帆」，「好」字仄聲。第四句「洛浦淩波人去後」，「淩」字平聲。周密詞後段起句「水調夜淒清」，「水」字仄聲。尹煥詞第三句「悵緑陰青子成雙」，「緑」字仄聲。第四句「説著前歡佯不采」，「前」字平聲。

[二]「重度」，《龍洲詞》、《詩餘圖譜》作「重過」。

[三]「都是」，《龍洲詞》、《詩餘圖譜》作「渾是」。

[四]「重載酒」，《龍洲詞》、《詩餘圖譜》作「同載酒」。按：「酒」，原刻誤作「洒」。

朝玉階[一]

杜安世

簾捲春寒小雨天 韻 牡丹花落盡 句 悄庭軒 叶 高空雙燕舞翩翩 叶 無風輕絮墜 句 暗苔錢 叶 ○擬將幽怨寫香箋 叶 中心多少事 句 語難傳 叶 思量真箇惡因緣 叶 那堪長夢見 句 在伊邊 叶

【校】

[一]按：見杜安世《壽域詞》。其調近《散天花》，然換頭句平仄自不同也。杜詞二首，平仄如一。

鳳棲梧 一名《蝶戀花》、《鵲踏枝》、《黃金縷》、《一籮金》[二]

蘇軾

春事闌珊芳草歇 韻 客裏風光 句 又過清明節 叶 小院黃昏人憶別 叶 落紅處處聞啼鴂 叶 ○咫尺江山分楚越 叶 目斷魂銷 句 應是音塵絶 叶 夢破五更心欲折 叶 角聲吹落梅花月 叶

【校】

[一] 按：此即《蝶戀花》，爲唐教坊曲名。本名《鵲踏枝》，宋晏殊詞改今名。馮延巳詞有「楊柳風輕，展盡黄金縷」句，名《黄金縷》。趙令畤詞有「不捲珠簾，人在深深院」句，名《捲珠簾》。司馬槱詞有「夜涼明月生南浦」句，名《明月生南浦》。韓淲詞有「細雨吹池沼」句，名《細雨吹池沼》。賀鑄詞名《鳳棲梧》，李石詞名《一籮金》，衷元吉詞名《魚水同歡》，沈會宗詞名《轉調蝶戀花》。

釵頭鳳　一名《折紅英》、《清商怨》[一]　陸　游

紅酥手 韻 黄縢酒 叶對[二] 滿▯城春▯色宫牆柳 叶 東風惡 换韻 歡情薄 叶惡 一▯懷▯愁緒 句 幾▯年離索 叶對 錯錯錯 叶 ○春如舊 叶手[三] 人空瘦 叶手[四] 淚▯痕▯紅浥鮫綃透 叶手 桃花落 叶惡 閒池閣 叶惡 山▯盟▯雖在 句 錦▯書難托 叶惡 莫莫莫 叶惡

【校】

[一] 按：此即《擷芳詞》，又名《摘紅英》、《折紅英》。《摘紅英》已見前，此調重出。

[二] 浙圖本只標注「叶」字，不標「對」字。下同，不再一一出校。

［三］「叶手」，浙圖本作「叶前」。

［四］浙圖本「叶」字後無「手」字、「惡」字，下同，不再一一出校。

一剪梅［一］　　李清照

紅藕香殘玉簟秋 韻 輕解羅裳 句 獨上蘭舟 叶 雲中誰寄錦書來 句 雁字回時 句 月滿西樓 叶 ○花自飄零水自流 叶 一種相思 句 兩處閑愁 叶 此情無計可消除 句 纔下眉頭 叶 却上心頭 叶

【校】

［一］按：周邦彥詞起句有「一剪梅花萬樣嬌」句，取以爲名。韓淲詞有「一朵梅花百和香」句名《臘梅香》。李清照詞有「紅藕香殘玉簟秋」句，名《玉簟秋》。

繫裙腰［一］　　張先

惜霜澹照夜雲天［二］ 韻 朦朧影畫勾闌 句 人情縱似長情月 句 算一年年 叶 又能得幾番圓

叶　○欲寄西江題葉字[三]　句　流不到五亭前　叶　東池始有荷新緑　句　尚小如錢　叶　問何日藕幾時蓮　叶

【校】

[一] 按：宋媛魏氏詞名《芳草渡》。

[二] 「惜霜」，《草堂詩餘》作「清霜」。

[三] 「西江」，原誤作「江西」。

定風波　第一體　第二體同，唯中間不用仄韻[一]　葉夢得

破萼初驚一點紅　韻　又看青子映簾櫳　叶　冰雪肌膚誰復見　換韻　清淺　叶見　尚餘踈影照晴空　叶紅　○惆悵年年桃李伴　換韻　腸斷　叶伴　祇應芳信負東風　叶紅　待得微黄春亦暮　換韻　烟雨　叶暮　半和飛絮作濛濛　叶紅

【校】

[一] 按：李珣詞名《定風流》，張先詞名《定風波令》。此調以此爲正體，雙調六十二字，前段五句

三平韻、兩仄韻，後段六句四仄韻、兩平韻。

漁家傲[一]

王安石

平岸小橋千嶂抱韻 揉藍一水縈花草[二]叶 茅屋數間牕窈窕叶 塵不到叶 時時自有春風掃叶 ○午枕覺來聞語鳥叶 欹眠似聽朝雞早叶 忽憶故人今總老叶 貪夢好叶 茫茫忘了邯鄲道叶

【校】

[一]按：按此調始自晏殊，因詞有「神仙一曲漁家傲」句，取以爲名。如杜安世詞三聲叶韻，蔡伸詞添字者，皆變體也。外有「十二月鼓子詞」，其十一月、十二月起句俱多一字。歐陽修詞云：「十一月，新陽排壽宴。十二月，嚴凝天地閉。」歐陽原功詞云：「十一月，都人居暖閣。十二月，都人供暖箑。」此皆因月令，故多一字，非添字體也。

[二]《樂府雅詞》亦作「柔藍」，而《花庵詞選》、《草堂詩餘》作「揉藍」。

鬢雲鬆　即《蘇幕遮》第二體，前段與第一體同，惟後段末句分作四字五字[一]　范仲淹

碧雲天 句 黃葉地 韻對 秋色連波 句 波上寒烟翠 叶 山映斜陽天接水 叶 芳草無情 句 更在斜陽外 叶 ○黯鄉魂 句 追旅思 叶對 夜夜除非好夢留人睡 叶 明月樓高休獨倚 叶 酒入愁腸 句 化作相思淚 叶

【校】

[一] 按：即《蘇幕遮》，唐教坊曲名。據《唐書・宋務光傳》：此見都邑坊市，相率爲渾脱隊，駿馬戎服，名「蘇幕遮」。又按：張説集有《蘇幕遮》七言絶句，宋詞蓋因舊曲名，另度新聲也。周邦彦詞有「鬢雲鬆」句，更名《鬢雲鬆令》。此調只有此體，宋元人俱如此填。

破陣子　一名《十拍子》[一]　辛棄疾

宿麥畦中雉雊 句 桑葉陌上蠶生 韻 騎火須防花月暗 句 玉唾長攜綵筆行 叶 隔牆人笑聲 叶 ○莫説弓刀事業 句 依然詩酒功名 叶 千載圖中今古事 句 萬石溪頭長短亭 叶 小塘風浪平 叶

【校】

[一] 按：唐教坊曲名，一名《十拍子》。陳暘《樂書》云：「唐《破陣子樂》，屬龜茲部，秦王所製，舞用二千人，皆畫衣甲，執旗旆。外藩鎮春衣犒軍設樂，亦舞此曲，兼馬軍引入場，尤壯觀也。」又按：唐《破陣樂》乃七言絕句，此蓋因舊曲名另度新聲。

醉春風 一名《怨東風》[一]

趙德仁

陌上清明近 韻 行人難借問 叶 風流何處不歸來 句 悶悶悶 叶 回雁峰前 句 戲魚波上 句 試尋芳信 叶 ◯夜永蘭膏燼 叶 春睡何曾穩 叶 枕邊珠淚幾時乾 句 恨恨恨 叶 惟有牕前 句 過來明月 句 照人方寸 叶

【校】

[一] 按：趙鼎詞名《怨東風》。此調只有趙鼎詞可校，趙詞前段第三句「魚書蝶夢兩消沈」，「蝶」字仄聲。第五句「結盡丁香」，「結」字仄聲。後段第二句「羅巾空淚粉」，「巾」字平聲，「淚」字仄聲。第三句「欲將遠意托湘弦」，「遠」字仄聲。第六句「畫簾悄悄」，上「悄」字仄聲。

麥秀兩歧[一]

和凝

涼簟鋪斑竹 韻 鴛枕並紅玉 叶 臉蓮紅 句 眉柳緑 叶對 胸雪宜新浴 叶 淡黃衫子裁春縠 叶 異香芬馥 叶 ○羞道交回燭 叶 未慣雙雙宿 叶 樹連枝 句 魚比目 叶對 掌上腰如束 叶 嬌嬈不爭人拳跼 叶 黛眉微蹙 叶

【校】

[一] 按：唐教坊曲名。調見《尊前集》，句短韻促。

行香子[一]

蘇軾

北望平川 韻 野水荒灣 叶 共尋春・[二] 飛步孱顏[三] 叶 和風弄袖 句 香霧縈鬟 叶 正酒酣後 句 人語笑 句 白雲間 叶 ○飛虹落照 句 相將歸去 句 澹娟娟・玉宇清閒 叶 何人無事 句 宴坐空山 叶 望長橋上 句 燈火亂 句 使君還 叶

【校】

[一]按：此調以晁詞、蘇詞爲正體，所辨者在前後段起二句或押韻或不押韻耳。蘇軾此詞與晁補之詞同，惟前段起句押韻異。若杜安世詞之或添字、或減字，趙長卿詞之減字，李清照詞之添字，皆變體也。

[二]浙圖本不標「·」。

[三]「孱顔」，《東坡詞》注曰「一作潺湲」。

賣花聲 一名《謝池春》 第一體 第二體前後段多四句[一] 陸游

賀監湖邊[二]句 初繫放翁歸棹韻 小疎林·時時醉倒叶 春眠驚起句 聽啼鶯催曉叶 歎功名誤人堪笑叶 ○朱橋翠徑句 不許京塵飛到叶 掛朝衣東歸欠早叶 連宵風雨句 卷殘紅如掃叶 恨尊前送春人老叶

【校】

[一]按：即《謝池春》。李石詞名《風中柳》，《高麗史》無名氏詞名《風中柳令》，孫道絢詞名《玉蓮

花》，黃澄詞名《賣花聲》。此調以此詞爲正體，若劉詞、無名氏詞之減字，皆變體也。又按：《欽定詞譜》云：「此詞前後段第五句例作上一下四句法，宋詞中無一異者。又宋人以換頭爲過變，故此詞前後段起句平仄不同，遍考宋詞，莫不皆然，惟孫道絢詞前句『消滅芳容』，後句『利鎖名韁』偶然相同，不必從也。」

〔二〕按：浙圖本字右有表示讚賞之圈點，據補，下同。

風中柳　一名《玉蓮花》〔一〕

孫夫人

銷滅芳容 句 端的爲郎煩惱 韻 鬢慵梳・宮粧草草 叶 別離情緒 句 待歸來都告 叶 怕傷郎・又還休道 叶 ○利鎖名韁 句 幾阻當年歡笑 叶 更那堪・鱗鴻信杳 叶 蟾枝高折 句 願從今須早 叶 莫辜負・鳳幃人老 叶

【校】

〔一〕按：此調即《賣花聲》，又名《謝池春》，重出。

青玉案 第一體 第二體同，惟後段二句作八字[一]

賀鑄

淩波不過橫塘路 韻 但目送芳塵去 叶 錦瑟年華誰與度 叶 月樓花院[二] 句 綺牕朱戶 叶對 惟有春知處 叶 ○碧雲冉冉蘅皋暮 叶 綵筆空題腸斷句 叶 試問閒愁知幾許[三] 叶 一川烟草 句 滿城風絮 叶對 梅子黃時雨 叶

【校】

[一] 按：漢張衡詩「何以報之青玉案」，調名取此。韓淲詞有「蘇公堤上西湖路」句，名《西湖路》。此調以賀詞、蘇軾詞及毛滂詞、史達祖詞爲正體，若張炎詞之疊韻，李彌遜、吳潛、胡銓詞之添字，李清照詞之句法小異，曹組詞之句法小異又添字，毛滂詞別首之攤破句法，趙長卿詞之減字，趙詞別首之句讀參差，皆變體也。但諸詞中，有前段第二句六字折腰，後段第二句或七字、或六字、或八字者。有前段第二句七字，後段第二句或七字、或八字者。有前段第二句六字不折腰，後段第二句或七字、或八字者。亦有前段第二句五字者。又有前後段第五句或押韻，或不押韻者。

[二]《草堂詩餘》、《詩餘圖譜》亦作「月樓花院」，而《樂府雅詞》、《花庵詞選》皆作「月臺花榭」。

[三]《草堂詩餘》、《詩餘圖譜》亦作「知幾許」，而《樂府雅詞》、《花庵詞選》皆作「都幾許」。

兩同心 又一體，叶韻俱用平聲[一] 柳 永

竚立東風 句 斷魂南國 韻 花光媚・春醉瓊樓 句 蟾影迴・夜遊香陌 叶對 憶當時・酒戀花迷 句 役損詞客 叶 ○別有眼長腰搦 韻 痛憐深惜 叶 鴛衾冷・夕雨淒飛[二] 句 錦書斷・莫雲凝碧 叶對 想別來好景良時 句 也應相憶 叶

【校】

[一] 按：此調有三體，仄韻者創自柳永，《樂章集》注大石調。平韻者創自晏幾道。三聲叶韻者創自杜安世。此調以此詞爲正體，若楊无咎詞之前段起句用韻，及前後段第五句押韻，皆變格也。

[二] 「鴛衾冷」句，同《詩餘圖譜》、《花草粹編》，而《樂章集》作「鴛鴦阻、夕雨朝飛」。

天仙子 第二體 第一體單調，即《萬斯年曲》[一] 張 先

水調數聲持酒聽 韻 午醉醒來愁未醒 叶 送春春去幾時回 句 臨晚鏡 叶 傷流景 叶對 往事後期空記省 叶 ○沙上並禽池上暝 叶 雲破月來花弄影 叶 重重簾幕密遮燈 句 風不定 叶

人初靜 叶對 明日落紅應滿徑 叶

【校】

[一]按：唐教坊曲名。段安節《樂府雜録》：《天仙子》本名《萬斯年》，李德裕進，屬龜茲部舞曲。因皇甫松詞有「懊惱天仙應有以」句，取以爲名。此詞有單調、雙調兩體。單調始於唐人，或押五仄韻，或押四仄韻，或押兩仄韻三平韻，或押五平韻。雙調始於宋人，兩段俱押五仄韻。

江城子 第四體 一名《江神子》 第一、第二、第三並單調，第一體即《水晶簾》[一] 秦觀

西城楊柳弄春柔 韻 動離憂 叶 淚難收 叶 猶記多情曾爲繫歸舟 叶 碧野朱橋當日事 句 人不見水空流 叶 ○韶華不爲少年留 叶 恨悠悠 叶 幾時休 叶 飛絮落花時候・一登樓 叶 便做春江都是淚 句 流不盡許多愁 叶

【校】

[一]按：唐詞單調，以韋莊詞爲主，餘俱照韋詞添字。至宋人始作雙調，晁補之改名《江神子》，韓

滮詞有「臘後春前村意遠」句，更名《村意遠》。

連理枝　一名《小桃紅》、《紅娘子》、《灼灼花》[一]　劉過

曉日紗牕靜 韻 戲弄菱花鏡 叶 翠袖輕勻 句 玉纖彈去 句 小敉紅粉 叶 畫行人愁外兩青山 句 與尊前離恨 叶 ○宿酒醺難醒 叶 笑記香肩並 叶 暖借香腮 句 碧雲微透 句 暈眉斜印 叶 最多情生怕外人猜 句 拭香津微揾 叶

【校】

[一] 按：程垓詞名《紅娘子》。劉過詞名《小桃紅》，又名《灼灼花》。

千秋歲　第一體　第二體同，惟三四句合作七字[一]　秦觀

水邊沙外[二] 韻 城郭輕寒退 叶 花影亂 句 鶯聲碎 叶對 飄零疏酒盞 句 離別寬衣帶 叶對 人不見 句 碧雲暮合空相對 叶 ○憶昔西池會 叶 鵷鷺同飛蓋 叶 攜手處 句 今誰在 叶 日

邊清夢斷 句 鏡裏朱顏改 叶對 春去也 句 落紅萬點愁如海[三] 叶

【校】

[一] 按：一名《千秋節》。此調前段第三、四句三字者，以此詞爲正體，宋元人皆照此填，若周詞之多押兩韻，石詞之多押四韻，葉詞之少押一韻，晁詞之少押兩韻，皆變格也。

[二] 「水邊」，《草堂詩餘》作「柳邊」。

[三] 「落紅」，《淮海詞》作「飛紅」。

離亭燕[一]

孫浩然

一帶江山如畫 韻 風物向秋瀟灑 叶 水浸碧天何處斷 句 霽色冷光相射 叶 蓼嶼荻花洲 句 掩映竹籬茅舍 叶 ○雲際客帆高掛[二] 叶 烟外酒旗低亞 叶 多少六朝興廢事 句 盡入漁樵閒話 叶 悵望倚層樓 句 寒日無言西下[三] 叶

【校】

[一] 按：調始張先詞，因詞中有「隨處是離亭別宴」句，取以爲名。

[二]「雲際」，《攻媿集》卷十作「天際」。

[三]「寒日」，《攻媿集》卷十作「紅日」。

西施[一]　柳永

柳街燈市好花多 韻 盡讓美璚娥 叶 萬嬌千媚 句 的的在層波 叶 取次粧梳 叶 自有天然態 句 愛淺畫雙蛾 叶 ○斷腸最是金閨客 句 空憐愛 句 奈伊何 叶 洞房咫尺 句 無計枉朝珂 叶 有意憐才 句 每遇行雲處 句 幸時恁相過 叶

【校】

[一] 按：《花草粹編》柳詞別首「自從回步百花橋」，惟兩三字平仄小異，其餘並同。

隔簾聽[一]　柳永

咫尺鳳衾鴛帳 句 欲去無因到 韻 蝦鬚窣地重門悄 叶 認繡履頻移 句 洞房杳杳 叶 強語

笑叶逞如簧再三輕巧叶梳粧早叶○琵琶閒抱叶愛品相思調叶聲聲似把芳心告叶隔簾贏得句斷腸多少叶恁煩惱叶除非共伊知道叶

【校】

［一］按：《欽定詞譜》云：「坊刻與『梳妝早』句分段，今照《花草粹編》校正。」

師師令[一]

張先

香鈿寶珥韻拂菱花如水叶學粧皆道稱時宜句粉色有天然春意叶蜀綵衣長勝未起叶縱亂霞垂地[二]叶○都城池苑誇桃李叶問東風何似叶不須回扇障清歌句脣一點・小於朱蘂叶正值殘英和月墜叶寄此情千里叶

【校】

［一］按：楊慎《詞品》云：「李師師，汴京名妓，張先爲制新詞，名《師師令》。」其前後段第二句、結

句俱作上一下四句法，不可泛作五言。

［二］「亂霞」，《花草粹編》作「亂雲」。

河滿子［一］

孫洙

悵望浮生急景 句 淒涼寶瑟餘音 韻對 楚客多情偏怨別 句 碧山遠水登臨 叶 目送連天衰草 句 夜來幾處疎砧 叶 ◯黄葉無風自落 句 秋雲不雨長陰 叶對 天若有情天亦老 句 搖搖幽恨難禁 叶 惆悵舊歡如夢 句 覺來無處追尋 叶

【校】

［一］按：唐教坊曲名。一名《何滿子》。白居易詩注：「開元中，滄州歌者姓名。」元稹詩云「便將何滿爲曲名，御府新題樂府纂」是也。又《盧氏雜説》：「唐文宗命宮人沈翹翹舞《河滿子》詞。」又屬舞曲。

風入松

一調第二句各多一字［二］　晏幾道

畫堂紅袖倚清酣 韻 華髮不勝簪 叶 幾回晚直金鑾殿 句 東風軟花裏停驂 叶 書詔許傳宮

燭句 輕▯羅初▯試朝衫叶 ○御▯溝冰▯泮水拖藍叶 紫▯燕語呢喃叶 重▯重▯簾幕寒猶在句 憑▯誰寄・錦▯字泥緘叶 報▯導先▯生歸也句 杏▯花春▯雨江南叶

【校】

［一］按：古琴曲有《風入松》。唐僧皎然有《風入松》歌，見《樂府詩集》，調名本此。亦名《風入松慢》。韓淲詞有「小樓春映遠山横」句，名《遠山横》。

百媚娘［一］

張　先

珠▯閣▯五雲仙子韻 未▯省有▯誰能似叶 百▯媚等應天乞與句 淨▯飾艷▯粧俱美叶 取▯次芳華皆可意叶 何▯處無桃李叶 ○蜀▯被錦紋鋪水叶 不▯放綵鸞雙戲叶 樂▯事也▯知存後會叶 爭▯奈眼▯前心▯裏叶 綠▯皺小▯池紅疊砌叶 花▯外東風起叶

【校】

［一］按：調見張先詞，取詞中「百媚算應天乞與」句爲名。按此調十二句，每句第二字多用去聲，

取其聲之激越也。惟前段第一句「閣」字，第四句「飾」字入聲。第二句「省」字上聲耳。至兩結句第二字去聲，尤不可誤。

傳言玉女[一]

胡浩然[二]

一夜東風 句 不見柳梢殘雪[三] 韻 御樓烟暖 句 對鰲山綵結 叶 簫鼓向曉[四] 句 鳳輦初回宮闕 叶 千門燈火 句 九逵風月[五] 叶 ◯繡閣人人 句 乍嬉遊 句 困又歇 叶 艷粧初試 句 把珠簾半揭 叶 嬌羞向人[六] 句 手撚玉梅低説 叶 相逢長是・[七]上元時節 叶

【校】

[一]按：據《漢武内傳》，帝閒居承華殿，忽見一女子曰：「我墉宮玉女王子登也。至七月七日，王母暫來。」言訖，不知所在。世所謂傳言玉女也。調名取此。此調以此詞爲正體，後段第二句六字折腰，楊无咎、趙善扛、黄機、石孝友諸詞俱與此同，若曾覿詞之句法小異，袁裪詞之減字，皆變格也。

[二]《詩餘圖譜》署無名氏。《樂府雅詞》、《花庵詞選》、《花草粹編》皆作晁叔用（沖之）。不知吴綺依據爲何。

[三]「不見」,《樂府雅詞》、《花庵詞選》作「吹散」。

[四]「向曉」,《樂府雅詞》、《花庵詞選》作「向晚」。

[五]「九逵」,《樂府雅詞》作「九街」,《花庵詞選》作「九衢」。

[六]「嬌羞」,《樂府雅詞》、《花庵詞選》作「嬌波」。

[七]「長是」,《樂府雅詞》作「常是」。

剔銀燈[一]

柳　永

何事春工用意 韻 繡畫出・萬紅千翠 叶 艷杏夭桃 句 垂楊芳草 句 各鬬雨膏烟膩 叶 如斯佳致 句 早晚是・讀書天氣 叶 ◯漸漸園林明媚 韻 便好安排歡計 叶 論藍買花 句 盈車載酒 句 百琲千金邀妓 叶 何妨沉醉 叶 有人伴・日高春睡 叶

【校】

[一]按：此調以柳詞、毛滂詞、杜安世詞爲正體,若范仲淹詞、袁長吉詞之添字,皆變格也。此詞前段第二句七字,後段第二句六字,杜安世「夜永衾寒」詞正與此同。

御街行[一]

柳永

燔柴烟斷星河曙 韻 寶輦回天步 叶 端門羽衛簇雕闌 句 六樂舜韶先舉 叶 鶴書飛下 句 雞竿高聳 句 恩露均寰寓 叶 ○赤霜袍爛飄香霧 叶 喜色成春照 叶 九儀三事仰天顏 句 八彩旋生眉宇 叶 椿齡無盡 句 蘿圖有慶 句 常作乾坤主 叶

【校】

[一]按：《古今詞話》無名氏詞有「聽孤雁聲嘹唳」句，更名《孤雁兒》。又按：此調以此詞及范仲淹「紛紛墜葉飄香砌」詞爲正體，若柳詞別首之句讀參差，張先、范仲淹、高觀國及無名氏詞之添字，皆變格也。此詞前後段第二句俱五字，有晏幾道、張先、晁補之、王安中、辛棄疾諸詞可校。

祝英臺近[一]　一名《月底修簫譜》

辛棄疾

寶釵分 句 桃葉渡 韻 烟柳暗南浦 叶 陌上層樓[二] 句 十日九風雨 叶 斷腸點點飛紅 句 都無人管 句 倩誰勸[三] 韻 流鶯聲住 叶 ○鬢邊覷 句 試把花卜歸期 句 纔簪又重數 叶 羅帳

燈昏 句 哽咽夢中語 叶 是他春帶愁來 句 春歸何處 叶 又不解帶將愁去[四] 叶

【校】

[一]按：辛棄疾詞有「寶釵分，桃葉渡」句，名《寶釵分》。張輯詞有「趁月底重簫譜」句，名《月底修簫譜》。韓淲詞有「燕鶯語，溪岸點點飛錦」句，名《燕鶯語》，又有「卻又在他鄉寒食」句，名《寒食詞》。

[二]「陌上層樓」，《稼軒詞》、《花庵詞選》、《絕妙好詞》作「怕上層樓」。

[三]「倩誰勸」，《稼軒詞》作《更誰勸》，《花庵詞選》作「倩誰喚」。

[四]「又不解」，《稼軒詞》、《絕妙好詞》作「却不解」。

一叢花[一]

張先

傷高懷遠幾時窮[二] 韻 無物似情濃 叶 離心正引千絲亂[三] 句 更南陌・飛絮濛濛 叶 嘶騎漸遙 句 征塵不斷 句 何處認郎蹤 叶 ○雙鴛池沼水溶溶 叶 南北小橈通[四] 叶 梯橫畫閣黃昏後 句 又還是斜月簾櫳[五] 叶 沉恨思量[六] 句 不如桃杏 句 猶解嫁春風 叶

【校】

[一]按：調見《東坡詞》，有歐陽修、晁補之、秦觀、程垓詞可校。此調只有此體，宋詞俱照此填，惟句中平仄小異。

[二]「傷高懷遠」，《安陸集》注曰「一作『春』」。《花草粹編》作「傷春懷遠」。

[三]「離心正引千絲亂」，《安陸集》、《花草粹編》作「離愁正恁牽絲亂」。

[四]「小橈」，《安陸集》注曰「一作『小橋』」。《花草粹編》作「小橋」。

[五]「斜月」，《安陸集》注曰「一作『新月』」。《花草粹編》作「新月」。

[六]「思量」，《安陸集》、《詩餘圖譜》、《花草粹編》作「細思」，又，《安陸集》注曰「一作『思量』」。

送入我門來　又長調前後各多三句[一]　吳鼎芳[二]

翠▯館歌檀句　紅▯樓舞▯袖句　金▯鞭留▯醉誰家韻　數▯尺遊絲句　惹▯恨到天涯叶　君▯同秋▯去春來燕句　奈妾似朝開暮▯落花叶　○說▯與旁▯人不▯解句　種種淒淒切切句　調▯入琵琶叶　帶▯孔頻移句　瘦▯得這些些叶　無▯端今▯日千行淚句　總▯有▯分當時一▯念差叶

【校】

［一］按：調見《草堂詩餘》。宋胡浩然除夕詞有「東風盡力，一齊吹送，入此門來」之句，取以爲名。又按：此體創自胡浩然，宜以胡詞爲例。胡詞雙調一百四字，前後段各十句四平韻，比此詞前後段各多三句。

［二］按：原作吳鼎南。《詞律》云：「按《詞統》載此調七十八字一體，前段無向今夕以下，後段無仗東風以下各十三字，乃明人吳鼎芳作，不知其何所本。歷查唐宋金元，皆無此體，不足爲法。《選聲》收之，又誤刻『吳鼎南』。恐人不知其爲明人而學之，轉謂本譜失載，故備注於此。」

金人捧露盤　一名《上西平曲》［一］　曾純甫

記神京句　繁華地句　舊遊蹤韻　正御溝春水溶溶叶　平康巷陌句　繡鞍金勒躍青驄叶　解衣沽酒醉絃管句　柳綠花紅叶　◯到如今句　餘霜鬢句　嗟前事句　夢魂中叶　但寒烟滿目飛蓬叶　雕欄玉砌句　空餘三十六離宮叶　塞笳驚起暮天雁句　寂寞東風叶

【校】

[一] 按：一名《銅人捧露盤》。程垓詞名《上平西》，張元幹詞名《上西平》，又名《西平曲》。劉昂詞名《上平南》。又按：此詞雙調七十九字，前段八句四平韻，後段九句四平韻，與高觀國「念瑤姬」詞同，惟前段起句不押韻異。

驀山溪[一]

黄庭堅

鴛鴦翡翠句　小小思珍偶韻　眉黛斂秋波句　儘湖南山明水秀叶　娉娉嫋嫋句　恰似十三餘句　春未透叶　花枝瘦叶　正是愁時候叶　◯尋芳載酒句　肯落誰人後叶　祇恐遠歸來句　緑成陰青梅如豆叶　心期得處句　每自不由人句　長亭柳叶　君知否叶　千里猶回首叶

【校】

[一] 按：《翰墨全書》名《上陽春》。此詞雙調八十二字，前後段第七、八句及換頭句皆押韻。宋詞填此調者，其字句並同，惟押韻各異。程垓詞前後段起句及第七、八句俱不押韻，宋人如此者甚多，自

應編爲正體。而吳綺反以黄庭堅詞爲正體，失察。

早梅芳[一]

周邦彦

花竹深 句 房櫳好 韻對 夜闃無人到 叶 隔牕寒雨 句 向壁孤燈弄餘照 叶 淚多羅袖重 句 意密鶯聲小 叶對 正魂驚夢怯 句 門外已知曉 叶 ○去難留 句 話未了 叶對 早促登長道 叶 風披宿霧 句 露洗初陽射林表 叶 亂愁迷遠覽 句 苦語縈懷抱 叶對 漫回頭 句 更堪歸路杳 叶

【校】

[一]按：一名《早梅芳近》。雙調八十二字，前後段各九句、五仄韻。此調以此詞爲正體，周詞別首「繚墻深」詞，陳允平和詞二首正與此同。若李之儀詞、無名氏詞之句讀異同，皆變格也。

洞仙歌[一]

蘇軾

冰肌玉骨 句 自清涼無汗 韻 水殿風來暗香滿 叶 繡簾開・一點明月窺人 句 人未寢 句

敧枕釵橫鬢亂 叶 ○起來攜素手 句 庭戶無聲 句 時見疏星渡河漢 叶 試問夜如何・夜已三更 句 金波淡・玉繩低轉 叶 但屈指・西風幾時來 句 又不道・流年暗中偷換 叶

【校】

［一］按：唐教坊曲名。此調有令詞，有慢詞。令詞自八十三字至九十三字，共三十五首。康與之詞名《洞仙歌令》，潘汸詞名《羽仙歌》，袁易詞名《洞仙詞》。《宋史・樂志》名《洞中仙》，注林鐘商調，又歇指調。金詞注大石調。慢詞自一百十八字至一百二十六字，共五首。柳永《樂章集》「嘉景」詞注般涉調，「乘興閒泛蘭舟」詞注仙呂調，「佳景留心慣」詞注中呂調。

滿路花［一］

周邦彥

金花落燼燈 句 銀鑠鳴窗雪 韻對 庭深微漏斷 句 行人絶 句 風扉不定 句 竹圃琅玕折 叶 玉人新間闊 叶 著甚悰情 句 更當恁地時節 叶 ○無言欹枕 句 帳底流情血 叶 愁如春後絮 句 來相接 叶 知他那裏 句 爭信人心切 叶 除共天公説 叶 不成也還似伊無箇分別 叶

【校】

［一］按：即《促拍滿路花》。此調有平韻、仄韻二體。平韻者始自柳永，《樂章集》注仙呂調。仄韻者始自秦觀，或名《滿路花》，無「促拍」二字。秦觀詞一名《滿園花》，周邦彥詞名《歸去難》，袁去華詞名《一枝花》，牛真人詞名《喝馬一枝花》。又按：此調押仄韻者有兩體。前後段起句押韻者以秦詞爲正體。前後段起句不押韻者以周詞爲正體。若袁詞之句讀參差，牛詞之添字，皆變格也。周邦彥此詞與秦詞同，惟前後段起句不押韻異。

鵲踏花翻［一］

徐渭

鑼鼓聲頻句街坊眼慢句不知怎上高高騎韻生來少骨多筋句軟陡騰翻句依稀略借鞍和轡叶作時鶻打雪風天句停猶燕掠桃花地叶〇下地叶不動些兒珠翠叶堪描耐舞軍裝伎叶多少柳外妖嬌句樓中笑指句顛倒金釵墜叶無端歸路又逢誰句斜陽繫馬陪他醉叶

【校】

[一] 按：此徐渭自度曲。《欽定詞譜》云：「詞中又如徐山陰之《鵲踏花翻》，亦無可考，皆在所削，勿訝其不備也。」

謝池春慢[一]

張先

繚牆重院 句 時聞有啼鶯到 韻 繡被掩餘寒 句 畫幕明新曉 叶 朱檻連空闊 句 飛絮舞多少[二] 叶 徑沙平[三] 句 烟水渺[四] 叶 日長風靜 句 花影閒相照 叶 ○塵香拂馬 句 逢謝女城南道 叶 秀艷過施粉 句 多媚生輕笑 叶 鬭色鮮衣薄 句 碾玉雙蟬小 叶 歡難偶 句 春過了 叶 琵琶流怨 句 都入相思調 叶

【校】

[一] 按：調見《古今詞話》，張先玉仙觀道中逢謝媚卿作，蓋慢詞也，與六十六字《謝池春》令詞不同。此調前後段第三、四、五、六句並作五言對偶，當是體例，填者辨之。此詞有李之儀詞可校。

[二] 「舞多少」，《安陸集》作「無多少」，《花草粹編》作「知多少」。

[三]「徑沙平」，《安陸集》、《花草粹編》作「徑莎平」。

[四]「烟水渺」，《安陸集》、《詩餘圖譜》、《花草粹編》作「池水渺」。

佳人醉[一]

柳永

暮景蕭蕭雨霽 韻 雲澹天高風細 叶 正月華如水 句 金波銀漢 句 瀲灔無際 叶 冷浸書帷夢斷 句 却披衣重起臨軒砌 叶 ○素光遥指 句 因念翠眉音塵何處 句 相望同千里 叶 儘凝睇 叶 厭厭無寐 叶 漸曉雕闌獨倚 叶

【校】

[一] 按：汲古閣本《樂章集》，前段於「臨軒砌」句分段，後段第四句少二字，今從《花草粹編》。

月上海棠[一]

陸游

蘭房繡戶厭厭病 韻 歎春酲・和悶甚時醒 叶 燕子空歸 句 幾曾傳・玉關邊信 叶 傷心處 句 獨展團窠瑞錦 叶 ○薰籠消歇沈烟冷 叶 淚痕深・展轉看花影 叶 漫擁餘香 句 怎禁

他・峭寒孤枕 叶 西牕曉 句 幾聲銀瓶玉井 叶

【校】

［一］按：此調有兩體，七十字者見《梅苑》無名氏詞，金詞注雙調。陸游詞有「幾曾傳玉關遙信」句，更名《玉關遙》。九十一字者，見姜夔《白石詞》，注夾鐘商。曹勳詞名《月上海棠慢》。又按：此調七十字者，以此詞爲正體，雙調七十字，前後段各六句，四仄韻，若段詞之減字、添字，皆變格也。陸游有別詞可校。

柳腰輕［一］　柳永

英英妙舞腰肢軟 韻 章臺柳 句 昭陽燕 叶 錦衣冠蓋 句 綺堂筵晏［二］ 叶 是處千金爭選 叶 顧香砌・絲筦初調 句 倚輕風・珮環微顫 叶 ◯乍入霓裳促遍 叶 逞盈盈・漸催檀板 叶 慢垂霞袖 句 急趨蓮步 句 進退奇容千變 叶 笑何止［三］・傾國傾城 句 暫回眸・萬人腸斷 叶

【校】

[一] 按：調見《樂章集》，注中呂宮。因詞有「英英妙舞腰肢軟，章臺柳，昭陽燕」句，取以爲名。調近《柳初新》，但《柳初新》調後段第六句押韻，此不押韻。又柳詞所注宮調不同，自應各爲一體。

[二] 「筵晏」，《樂章集》、《花庵詞選》作「筵宴」。

[三] 「笑何止」，《花庵詞選》作「算何止」。

勸金船[一]

蘇軾

無情流水多情客 韻 勸我如曾識 叶 盃行到手休辭却 句 這公道難得 叶 曲水池上 句 小字更書年月 叶 如對茂林修竹 句 似永和節 叶 ◯纖纖素手如霜雪 叶 笑把秋花插 句 尊前莫怪歌聲咽 叶 又還是輕別 叶 此去翱翔 句 遍賞玉堂金闕 叶 欲問再來何歲 句 應有華髮 叶

【校】

[一] 按：張先詞序：「流杯堂唱和翰林主人元素自撰腔。」蘇軾詞序：「和元素韻，自撰腔命名。」

又按：元素，楊繪也。因張先詞有「何人窨得金船酒」句，名《勸金船》。此與張先詞同，爲和楊繪作，當時只傳此二詞，故此詞可平可仄即參張詞句讀同者。此詞前後段第四句例作上一下四句法，張詞亦然。

後庭宴[一]　無名氏

千里故鄉 句 十年華屋 韻 亂魂飛過屏山簇 叶 眼重眉褪不勝春 句 菱花知我銷香玉 叶
◯雙雙燕子歸來 句 應解笑人幽獨 叶 斷歌零舞 句 遺恨清江曲 叶 萬樹緑低迷 句 一庭紅撲簌 叶

【校】

[一]按：《庚溪詩話》云：「宋宣和中，掘地得石刻唐詞，調名《後庭宴》。」此詞前段近《踏莎行》，後段字句又與前段不同。《庚溪詩話》定爲唐詞。

明月逐人來[一]　張元幹

花迷珠翠 句 香飄羅綺 韻 簾旌外・月華如水 叶 熲紅影裏 叶 誰會王孫意 叶 最樂昇平

景致叶 ◯長記宮中五夜句 春風鼓吹叶 游仙夢輕寒半醉叶 鳳幃未暖句 歸去薰濃被叶 更問陰晴天氣叶

【校】

[一]按：《能改齋漫録》云：李持正自撰譜，蓋因詞有「皓月隨人近遠」句，故名。此調自此詞外，只有李持正詞可校。

殢人嬌[一]

楊无咎

惱亂東君句 滿目千花百卉韻 偏憐處·愛他穠李叶 瑩然風骨句 占十分春意叶 休謾說句 唐昌觀中玉蕊叶 ◯妬雪凝霜句 淩紅掩翠叶 看不足可人情味叶 會須移種句 向曲欄幽砌叶 愁緑葉句 成陰道傍人指叶

【校】

[一]按：此與晏殊「二月春風」詞相似，惟前後段兩結各作五字一句、四字一句異。楊无咎別有

「露下天高」詞可校。

鳳凰閣[一]

葉清臣

遍園林緑暗 句 渾如翠幄 韻 下無一片是花萼 叶 可恨狂風橫雨 句 忒煞情薄 叶 盡底把・韶華送卻 叶 ○楊花無奈 句 是處穿簾透幕 叶 豈知人意正蕭索 叶 春去也 句 這般愁沒處安著 叶 怎奈向・黄昏院落 叶

【校】

[一]按：張炎詞有「漸數花風第一」句，名《數花風》。此與柳永「匆匆相見」詞同，惟前段起句添一字，第二句減二字，後段第四句作六字折腰句法異。

愁春未醒[一]

吳文英

東風未起 句 花上纖塵 韻 無影峭雲濕 句 凝酥深塢洗梅清 叶 釣倦愁絲冷[二] 句 浮虹氣

句 海空明 叶 若耶門閉 句 扁舟去懶 句 客思鷗輕 叶 ○幾度問春 句 倡紅冶翠 句 空媚陰晴 叶 看真色千巖一素 句 天澹無情 叶 醒看重開[三] 句 玉鈎簾外曉峰青 叶 相扶輕醉 句 越山更上 句 臺最高層[四] 叶

【校】

[一] 按：一名《醜奴兒慢》。潘元質詞有「愁春未醒」句，亦名《愁春未醒》。辛棄疾詞名《醜奴兒近》。《花草粹編》無名氏詞名《疊青錢》。

[二] 「釣倦」，《夢窗稿》丙稿作「釣捲」，《夢窗稿》乙稿作「釣簾」。

[三] 「醒看重開」，《夢窗稿》丙稿同，而《夢窗稿》乙稿作「醒眼重開」。

[四] 後段兩結句，《夢窗稿》丙稿同，而《夢窗稿》乙稿作「越王臺上、更最高層」。

轆轤金井[一]

劉過

翠眉重拂 句 後房深 句 自喚小變嬌小[二] 韻 繡帶羅垂 句 報濃妝纔了 叶 堂虛夜悄 叶 但夜約鼓簫聲鬧 叶 一曲梅花 句 樽前舞徹 句 梨園新調 叶 ○高陽醉山未倒[三] 叶 看鞵飛

鳳翼句釵褪微溜句秋滿東湖句更西風涼早叶桃源路杳叶記流水泛舟曾到叶桂子香濃句梧桐影轉句月寒天曉叶

【校】

[一]按：調見《龍洲詞》。前後段首句不押韻者名《四犯剪梅花》，押韻者名《轆轤金井》。盧祖皐詞名《月城春》。又名《錦園春》，一名《三犯錦園春》。此詞與劉過別一首「水殿風涼」詞同，惟前段起句及換頭句皆押韻異。

[二]「小變嬌小」，《龍洲詞》同，而《龍洲集》作「小鑾嬌少」，《花草粹編》作「小鑾嬌小」。

[三]「山未倒」，《龍洲詞》、《花草粹編》同，而《龍洲集》作「山來倒」。

惜秋華[一]

吳文英

細響殘蛩句傍燈前・似說深秋懷抱韻怕上翠微句傷心亂烟殘照叶西湖鏡掩塵沙翳句曉影秦鬟雲擾[二]叶新鴻喚句淒涼漸入紅萸烏帽[三]叶○江上故人老叶視東籬秀色句依然娟好叶晚夢趂・鄰杵斷句乍將愁到叶秋娘淚濕黃昏句又滿城・雨輕

風小叶閒了叶看□芙□蓉·畫□船多□少叶

【校】

[一] 按：此吴文英自度曲，調見《夢窗詞》，凡五首，句讀韻脚互有異同。此詞雙調九十三字，前段八句四仄韻，後段九句六仄韻。此與「思渉西風」詞同，惟前段第八句不押短韻，後段第三句亦减一字異。

[二]「西湖」兩句，一作六七兩句：「西湖鏡掩塵沙，翳曉影、秦鬟雲擾。」

[三]「新鴻」兩句，一作二九兩句：「新鴻，唤凄涼、漸入紅萸烏帽。」

選聲集

豐南吳綺園薗次定

夜郎越闓辰六、廣陵張燕孫簡生參訂

長調

意難忘[一]

周邦彥

衣染鶯▯黃 韻 愛▯停▯歌駐▯拍 句 勸▯酒持觴 叶 低▯鬟蟬影動 句 私▯語口脂香 叶對 蓮露滴[二] 句
竹風涼 叶 拚▯劇飲淋浪 叶 夜▯漸深・籠▯燈▯就月 句 子▯細端相 叶 ◯知▯音見▯説無雙 叶 解▯移▯
宮換▯羽 句 未▯怕周郎 叶 長▯顰知有恨 句 貪▯耍不成粧 叶對 些個事 句 惱人腸 叶 試▯・説與
何妨 叶 又▯恐▯伊▯・尋▯消問▯息[三] 句 瘦▯減容光 叶

【校】

［一］按：此調只有此體，宋元詞俱如此填。此詞前後段第四、五句例作五言對偶，第七句例作上一下四句法。

［二］「蓮露滴」，《片玉詞》、《詩餘圖譜》、《花草粹編》皆作「簷露滴」，《樂府雅詞》作「蓮露冷」，《花庵詞選》作「荷露滴」。

［三］「尋消問息」，《片玉詞》作「尋消聽息」。

滿江紅　第二體［一］

康伯可

晝日移陰 句 攬衣起・春幃睡足 韻 臨寶鏡・綠雲撩亂 句 未忺粧束 叶 蝶粉蜂黃都退了［二］ 句 枕痕一線紅生玉 叶 背畫闌・脉脉悄無言 句 尋棋局 叶 ○重會面 句 何時卜 叶 無限事 句 縈心曲 叶 想秦箏依舊 句 尚鳴金屋 叶 芳草連天迷遠望 句 寶香薰被成孤宿 叶對 最苦是・蝴蝶滿園飛［三］ 句 無心撲 叶

【校】

［一］按：此調有仄韻、平韻兩體，仄韻詞，宋人填者最多，其體不一，以柳永「暮雨初收」詞爲正體。

此詞雙調九十三字，前段八句四仄韻，後段十句五仄韻，與柳詞同。平韻詞只有姜詞一體，宋元人俱如此填。

[二]「蜂黃」，浙圖本錯成「蜂兼」。

[三]「滿園飛」，浙圖本刻作「滿飛」，無「園」字，人大本此行多刻一字。可見浙圖本早於人大本，人大本應是發現錯誤之後挖補的。

鳳凰臺上憶吹簫[一]

李清照

香冷金猊句　被翻紅浪句對　起來慵自梳頭韻　任寶奩塵滿句　日上簾鉤叶　生怕離懷別苦句　多少事・欲說還休叶　新來瘦句　非干病酒不是悲秋[二]叶　○休休叶　這回去也句　千萬遍陽關句　也則難留叶　念武陵人遠句　烟鎖秦樓叶　惟有樓前流水句　應念我終日凝眸叶　凝眸處句　從今又添一段新愁叶

【校】

[一]按：《列仙傳拾遺》云：「蕭史善吹簫，作鸞鳳之聲。秦穆公有女弄玉，善吹簫，公以妻之，遂

教弄玉作鳳鳴。居十數年，鳳凰來止，公爲作鳳臺，夫婦止其上。數年，弄玉乘鳳，蕭史乘龍去。」調名取此。《高麗史・樂志》一名《憶吹簫》。又按：此詞雙調九十五字，前段十句四平韻，後段十一句五平韻。此詞與晁詞同，惟前後段第四句各減二字，換頭句藏短韻，後段結句添二字作四字兩句異。趙文「白玉搓成」詞前後段第四、五句「羨司花神女，有此清閒」、「怪天上冰輪，移下塵寰」，換頭句「憑闌。幾回澹月」，後結三句「聊寄與，詩人案頭，冰雪相看」，正與此同。

〔二〕「非干」句，或作四字兩句「非干病酒，不是悲秋」。

水調歌頭〔一〕

蘇軾

明月幾時有 句 把酒問青天 韻 不知天上宮闕 句 今夕是何年 叶 我欲乘風歸去 句 又恐瓊樓玉宇 句 高處不勝寒 叶 起舞弄清影 句 何似在人間 叶 ◯轉朱閣 句 低綺戶 句 照無眠 叶 不應有恨 句 何事長向別時圓 叶 人有悲歡離合 句 月有陰晴圓缺 句 此事古難全 叶 但願人長久 句 千里共嬋娟 叶

【校】

〔一〕按：毛滂詞名《元會曲》，張榘詞名《凱歌》。《水調》乃唐人大曲，凡大曲有歌頭，此必裁截其歌頭，另倚新聲也。蘇軾此詞雙調九十五字，前段九句四平韻、兩仄韻，後段十句四平韻、兩仄韻，前段五、六，後段六、七，間入兩仄韻。

滿庭芳[一]

秦觀

晚見雲開[二] 句 春隨人意 句 驟雨纔過還晴[三] 韻 高臺芳榭[四] 句 飛燕蹴紅英 叶 舞困榆錢自落 句 鞦韆外緑水橋平 叶 東風裏·朱門映柳 句 低按小秦箏 叶 ◯多情 叶 行樂處·珠鈿翠蓋 句 玉轡紅纓[五] 叶 漸酒空金榼[六] 句 花困蓬瀛 叶 荳蔻梢頭舊恨 句 十年夢·屈指堪驚 叶 凭欄久·疎烟淡日[七] 句 微映百層城[八] 叶

【校】

[一]按：此調有平韻、仄韻兩體。平韻者，周邦彥詞名《鎖陽臺》。葛立方詞有「要看黃昏庭院，橫斜映霜月朦朧」句，名《滿庭霜》。晁補之詞有「堪與瀟湘暮雨，圖上畫扁舟」句，名《瀟湘夜雨》。韓淲詞有「甘棠遺愛，留與話桐鄉」句，名《話桐鄉》。吳文英詞因蘇軾詞有「江南好，千鍾美酒，一曲滿庭芳」句，名《江南好》。張野詞名《滿庭花》。《太平樂府》注中吕宮，高拭詞注中吕調。

仄韻者，《樂府雅詞》名《轉調滿庭芳》。又按：後段，《詩餘圖譜》作九句三仄韻，《選聲集》後段作九句四仄韻。後段前九字，圖譜作四五兩句，第二字「情」不叶韻；而《選聲集》作二七兩句，「情」字入韻。

[二]「晚見」，《淮海詞》作「晚色」。

[三]「纔過」，《淮海詞》作「方過」。

[四]「高臺」，《草堂詩餘》作「古臺」。

[五]「玉轡」，《草堂詩餘》作「金轡」。

[六]「金榼」，《草堂詩餘》作「醽醁」。

[七]「淡日」，《草堂詩餘》作「淡月」。

[八]「微映百層城」，《淮海詞》作「寂寞下蕪城」。

漢宮春　第二體[一]　康與之

雲海沉沉句　峭寒收建章句　雪殘鳷鵲韻　華燈照夜句　萬井禁城行樂叶　春隨鬢影・映參差句　柳絲梅蕚叶　丹禁香・鰲峰對聳三山句　上通寥廓叶　○春衫繡羅香薄叶　步金

蓮影下句三千綽約叶冰輪桂滿句皓色冷浸樓閣叶霓裳帝樂奏昇平句天風吹落叶
留鳳輦・通宵宴賞句莫放漏聲閒却叶

【校】

［一］按：《高麗史・樂志》名《漢宮春慢》。此調有平韻、仄韻兩體，平韻詞八首，仄韻詞兩首，皆以前後段起句用韻、不用韻辨體。又按：此詞雙調九十六字，前段九句四仄韻，後段九句五仄韻。此詞全押仄韻，其句讀與張先平韻體同。有《樂府雅詞》一首可校，雖用韻多少不同，均爲此調正體。

燭影搖紅［一］

趙長卿

梅雪飄香句杏花開艷燃春晝韻銅駝烟澹曉風輕句搖曳青青柳叶海燕歸來未久叶
向雕梁初成對偶叶日長人困句緑水池塘句清明時候叶○簾幙低句麝煤烟噴黃金
獸叶天涯人去杳無憑句不念東陽瘦叶眉上新愁壓舊叶要消遣・除非殢酒叶酒醒
人靜句月滿南樓句相思還又叶

【校】

［一］按：宋吳曾《能改齋漫錄》：王都尉詵有《憶故人》詞，徽宗喜其詞意，猶以不豐容宛轉爲恨，乃令大晟樂府別撰腔，周邦彦增益其詞，而以首句爲名，謂之《燭影搖紅》。按王詵詞本小令，原名《憶故人》，或名《歸去曲》，以毛滂詞有「送君歸去添淒斷」句也。若周邦彦詞，則合毛、王二體爲一闋。元趙雍詞更名《玉珥墜金環》，元好問詞更名《秋色橫空》。

倦尋芳［一］

王元澤

露晞向曉［二］句 簾幙風輕句 小院閒晝韻 翠徑鶯來句 驚下亂紅鋪繡叶 倚危樓［三］句 登高榭句 海棠着雨胭脂透［四］叶 算韶華·又因循過了句 清明時候叶 〇倦遊燕·風光滿目句 好景良辰句 誰共攜手叶 恨被榆錢句 買斷兩眉長鬭叶 憶得高陽人散後句 落花流水依然舊［五］叶 這情懷·對東風句 盡成消瘦叶

【校】

［一］按：王雱詞注中吕宮。潘元質詞名《倦尋芳慢》。此詞雙調九十六字，前段十一句四仄韻，後

段十句五仄韻。前段第六句作三字兩句，後段第六句押韻，宋詞無如此填者。

［二］「向曉」，《樂府雅詞》作「向晚」。

［三］「危樓」，《樂府雅詞》作「危墻」，《草堂詩餘》作「危欄」。

［四］「着雨」，《樂府雅詞》作「經雨」。

［五］「依然舊」，《樂府雅詞》、《草堂詩餘》、《花草粹編》作「仍依舊」。

聲聲慢［一］

辛棄疾

開元盛日句　天上栽花句　月殿桂影重重韻　十里芬芳句　一枝金粟玲瓏叶　管絃凝碧池上句　記當時・風月愁儂叶　翠華遠句　但江南草木句　烟鎖深宮叶　〇只爲天姿冷淡句　被西風醞釀句　徹骨香濃叶　枉學丹蕉葉底句　偷染妖紅叶　道人取次裝束句　是自家香底家風叶　又怕是・爲凄涼句　長在醉中叶

【校】

［一］按：晁補之詞名《勝勝慢》。吳文英詞有「人在小樓」句，名《人在樓上》。《欽定詞譜》云：「此

調有平韻、仄韻兩體，平韻者以晁補之、吳文英、王沂孫詞爲正體，仄韻者以高觀國詞爲正體。」此詞雙調九十九字，前段九句四平韻，後段八句四平韻，與晁補之「朱門深掩」詞同。

帝臺春[一]

唐玄宗[二]

芳草碧色 韻 萋萋遍南陌[三] 叶 飛絮亂紅[四] 句 也似知人 句 春愁無力 叶 憶得盈盈拾翠侶 句 共攜賞鳳城寒食 叶 到今來 句 海角逢春 句 天涯行客[五] 叶 ○愁旋釋 叶 還似織 叶 淚暗拭 叶 又偷滴 叶 漫倚遍危闌[六] 句 儘黃昏也 句 只是暮雲凝碧 叶 拚則而今已拚了 句 忘則怎生便忘得 叶對 又還問鱗鴻 句 試重尋消息 叶

【校】

[一] 按：此詞雙調九十七字，前段十句五仄韻，後段十一句七仄韻。

[二] 「唐玄宗」，因避諱故，原作「唐元宗」。《樂府雅詞》、《花庵詞選》、《草堂詩餘》作者定爲李景元。

[三] 起兩句，浙圖本作「芳草碧 韻 色萋萋 句 遍南陌」。

［四］「飛絮」，《樂府雅詞》、《花庵詞選》作「暖絮」。

［五］「天涯行客」，《樂府雅詞》作「天涯爲客」，《花庵詞選》作「天涯倦客」。

［六］「漫倚遍危闌」，《草堂詩餘》作「漫遍倚危闌」，《樂府雅詞》作「漫佇立倚遍危闌」。

慶清朝慢［一］

王　觀

調雨爲酥 句 催冰做水 句 東風分付春還 韻 何人便將輕煖 句 點破殘寒 叶 結伴踏青去好 句 平頭鞋子小雙鸞［二］ 叶 烟柳外 句 望中秀色 句 如有無間 叶 ○晴則個 句 陰則個 句 餖飣得天氣有許多般 叶 須教撩花撥柳 句 爭要先看 叶 不道吳綾繡襪 句 香泥斜沁幾行斑 叶 東風巧 句 盡收翠緑 句 吹在眉山 叶

【校】

［一］按：一作《慶清朝》。此調前後段第四、五句，惟王詞作上六下四，宋人如此填者甚少。史達祖詞作上四下六，曹勛詞、李清照詞前段用王詞體，後段用史詞體，而宋人依史詞體者爲多。

［二］「結伴」兩句，浙圖本作「結伴踏青去 句 好平頭鞋子小雙鸞」。

雨中花慢 第一體 第二體前段少異，後段同[一]

辛棄疾

馬上三年 句 醉帽吟鞍 句 錦囊詩卷長留 韻 悵溪山舊管・風月新收 叶 來便關河杳杳[二] 句 去應日月悠悠 叶對 笑千篇索價 句 未抵蒲桃 句 五斗涼州 叶 ○停雲老子 句 有酒盈尊 句 琴書端可消憂 叶 渾未解 句 傾身一飽・淅米矛頭 叶 心似傷弓塞雁 句 身如喘月吳牛 叶對 曉天涼夜・月明誰伴 句 吹笛南樓 叶

【校】

[一] 按：此詞有平韻、仄韻兩體。平韻者始自蘇軾，仄韻者始自秦觀。柳永平韻詞，《樂章集》注林鐘商。此詞雙調九十七字，前後段各十句，四平韻。辛棄疾別一首「舊雨常來」、吳禮之「眷濃恩重」詞、蘇軾「十載尊前」詞，俱與此同。

[二] 「來便」，《稼軒詞》、《花草粹編》作「明便」。浙圖本亦作「明便」。

珍珠簾[一]

吳文英

蜜沉爐暝餘烟裊 韻 佇立行人官道 叶 麟帶壓愁香 句 聽舞簫雲渺 叶 恨縷情絲春絮遠 句

悵夢隔・銀瓶難到叶寒峭叶有東風垂柳句學得腰小叶○還近緑水清明句歎・孤身如燕句將花頻繞叶細雨濕黃昏句半醉歸懷抱叶蠹損歌紈人去久句漫淚沾香蘭如笑叶書杳叶念客枕幽單句看春漸老叶

【校】

[一]按：即《真珠簾》調，見《放翁詞》。此詞雙調一百一字，前後段各十句，六仄韻，與陸游「山村水館參差路」詞，惟換頭第二句不押韻異。

雙雙燕[一]

史達祖

過春社了句度簾幙中間句去年塵冷韻差池欲住句試入舊巢相並叶還相雕梁藻井叶又軟語商量不定叶飄然快拂花梢句翠尾分開紅影叶○芳徑芹泥雨潤叶愛貼地爭飛句競誇輕俊叶紅樓歸晚句看足柳昏花暝叶應是棲香正穩叶便忘了天涯芳信叶愁損翠黛雙蛾句日日畫欄獨凭叶

【校】

［一］按：調見《梅溪集》，詞詠雙燕，即以爲名。此詞平仄，與吳文英「小桃謝後」詞同，惟前段第二句、後段第三句句法參差。

孤鸞［一］

林章

爲誰拋撇句 似·海燕初分句 林鶯乍別韻 回首天涯句 滿目雲山愁絶叶 東風不憐春色句 把一枝楊花吹折叶 直恁粘烟帶雨句 更盈盈似雪叶 〇奈夢兒·相隔恨難説叶 想昨夜孤衾今日雙頰叶 比這青衫上句 有幾重啼血叶 一聲晚鐘動了句 又送人斷腸時節叶 莫把琵琶亂撥句 正春江朝咽叶

【校】

［一］按：調見朱敦儒《太平樵唱》。此詞前後段結句例作上一下四句法。

三姝媚[一]

史達祖

烟光搖縹瓦 韻 望・晴簷風㬅[二] 句 柳花如灑 叶 錦瑟橫牀 句 想淚痕塵影 句 鳳絃常下 叶 倦出犀帷 句 頻夢見王孫驕馬 叶 諱道相思 句 偷理綃裙 句 自驚腰衩 叶 ○惆悵南樓遙夜 叶 記・翠箔張燈 句 枕肩歌罷 叶 又入銅駝 句 遍・舊家門巷[三] 句 首詢聲價 叶 可惜東風 句 將恨與閒花俱謝 叶 記取崔徽模樣 句 歸來暗寫 叶

【校】

[一]按：調見《梅溪集》。此詞雙調九十九字，前段十一句五仄韻，後段十句五仄韻。此調以史詞爲正體，如吳文英詞之添字，薛夢桂詞之句讀不同，皆變體也。

[二]「風㬅」，《花草粹編》作「多風」。

[三]「遍舊家門巷」，《花草粹編》作「過舊家門巷」。

丁香結[一]

方千里

烟濕高花 句 雨藏低葉 句 爲誰翠消紅隕 韻 歎水流波迅 叶 撫艷景 叶 尚有輕陰餘潤 叶

乳鶯啼處路 句 思歸意淚眼暗忍 叶 青青榆莢滿地 句 縱買閒愁難盡 叶 ◯勾引 叶 正記著年時 句 乍怯春寒陣陣 叶 小閣幽牕 句 殘粧賸粉 叶 黛眉曾暈 叶 迢遞夢魂萬里 句 恨斷柔腸寸 叶 知何時重見 句 空爲相思瘦損 叶

【校】

［一］按：調見《清真集》。古詩有「丁香結恨新」，調名本此。此調只有此體，吴文英及周邦彦、楊澤民、陳允平和詞俱如此填。此詞前結作兩個六字句，陳詞之「蓮塘風露漸入，粉豔紅衣落盡」，與此同；若周詞、吴詞作四字一句、八字一句，句法與此異。

瑣牕寒［一］

周邦彦

暗柳啼鴉 句 單衣竚立 句 小簾朱戶 韻 桐花半畝 句 靜鎖一庭愁雨 叶 灑空階・更闌未休 句 故人剪燭西牕語 叶 似・楚江暝宿 句 風燈零亂 句 少年羈旅 叶 ◯遲暮 叶 嬉遊處句 正店舍無烟 句 禁城百五 叶 旗亭喚酒 句 付與高陽儔侶 叶 想東園桃李自春 句 小唇

秀靨今在否 叶 到歸時定有殘英 句 待客攜樽俎 叶

【校】

[一]一名《鎖寒窗》，調見《片玉集》，蓋寒食詞也。因詞有「靜鎖一庭愁雨」及「故人剪燭西窗雨」句，取以爲名。此調以此詞及張炎詞爲正體，若張詞別首及楊无咎詞之添字，程先詞之減字，皆變體也。此詞前結五字一句、四字兩句，方千里、楊澤民、陳允平和詞及吳文英、王沂孫、錢抱素詞皆依此填。

金菊對芙蓉[一]

辛幼安

遠水生光 句 遙山聳翠 句 霽烟深鎖梧桐 韻 正零瀼玉露 句 淡蕩金風 叶 東籬菊有黃花吐 句 對映水・幾簇芙蓉 叶 重陽佳致 句 可堪此景 句 酒釅花濃 叶 ◯追念景物無窮 叶 嘆年少胸襟 句 忒煞英雄 叶 把・黃英紅萼 句 甚物堪同 叶 除非腰佩黃金印 句 座中擁紅粉嬌容 叶 那時方稱 句 情懷盡拚 句 一飲千鍾 叶

【校】

[一] 按：此調雙調九十九字，前段十句四平韻，後段十句五平韻。此調只此一體，宋詞俱如此填。

東風第一枝[一]

呂聖求[二]

老樹渾苔句 橫枝未葉句對 青春肯誤芳約韻 背陰未返冰魂句 陽稍已含紅萼[三]叶對 佳人寒怯句 誰驚起·曉來梳掠叶 是月斜·牕外棲禽[四]句 霜冷竹間幽鶴叶對 ○雲淡·粉痕漸薄叶 風細細·凍香又落叶對 叩門喜伴金樽句 倚闌怕聽畫角叶對 依稀夢裏句 見半面[五]·淺窺珠箔叶 問甚時[六]·重寫鸞箋句 去訪舊遊東閣叶

【校】

[一] 按：此詞雙調一百字，前段九句四仄韻，後段八句五仄韻。此詞與史達祖「草腳愁蘇」詞同，惟前段第二句押韻異。此調以此詞爲正體，若吳文英詞之多押三韻，《梅苑》詞之少押一韻，句讀參差，皆變體也。

[二] 按：此詞又見張翥《蛻巖詞》。

［三］「楊稍」,《蛻巖詞》作「楊梢」,應從《蛻巖詞》。
［四］「牕外」,《蛻巖詞》作「花外」。「棲禽」,《蛻巖詞》作「么禽」。
［五］「見半面」,《蛻巖詞》無「見」字。
［六］「問甚時」,《蛻巖詞》無「問」字。

高陽臺[一]

皎　然[二]

紅入桃腮句　青回柳眼句　韶華已破三分韻　人不歸來句　空教草怨王孫叶　平明幾點催花雨句　夢半闌・欹枕初聞叶　問東君因甚句　將春老却閒人叶　○東郊十里香塵[三]叶　旋安排玉勒句　整頓雕輪叶　趂取芳時句　去尋島上紅雲[四]叶　朱衣引馬黃金帶句　算到頭・總是虛名[五]叶　莫閒愁一半悲秋句　一半傷春叶

【校】

［一］按：劉鎮詞名《慶春澤慢》,王沂孫詞名《慶春宮》。此詞雙調九十九字,前段九句四平韻,後段九句五平韻。此與劉鎮「燈火烘春」詞異,劉詞前後段各十句四平韻,前段結兩句作七四字,後段前

兩句作七六字，首句多一字且不押韻。又按：宋詞多作一百字。

［二］按：《陽春白雪》署爲王觀。

［三］「香塵」，《花草粹編》作「香塵滿」。

［四］「去尋」，《草堂詩餘》作「共尋」。

［五］「虛文」，《草堂詩餘》作「虛名」。按：「虛名」誤，不押韻。

桂枝香

一名《疎簾淡月》 第一體 第二體同，唯後第三句作四字［一］ 王安石

登臨送目 韻 正故國晚秋 句 天氣初肅 叶 瀟灑澄江似練［二］ 句 翠峰如簇 叶 征帆去棹殘陽裏 句 背西風酒旗斜矗 叶 綵舟雲淡 句 星河鷺起 句 畫圖難足 叶 ○念往昔豪華競逐［三］ 叶 嘆門外樓頭 句 悲恨相續 叶 千古憑高 句 對此謾嗟榮辱 叶 六朝舊事隨流水 句 但寒烟衰草凝綠 叶 至今商女 句 時時猶唱 句 後庭遺曲 叶

【校】

［一］按：調見《樂府雅詞》。張輯詞有「疏簾淡月」句，又名《疏簾淡月》。雙調一百一字，前後段各

十句、五仄韻。此調以此詞及陳亮「天高氣肅」詞爲正體，若張輯詞之多押兩韻，張炎詞之句讀小異，周密詞之減字，黃裳詞之句讀不同，皆變格也。

［二］「瀟灑澄江」，《花草粹編》同，《臨川文集》、《樂府雅詞》、《花庵詞選》作「千里澄江」。

［三］「豪華競逐」，《花庵詞選》、《花草粹編》同，《臨川文集》、《樂府雅詞》作「繁華競逐」。

萬年歡［一］

胡浩然

燈月交光句　漸輕風布煖句　先到南國韻　羅綺嬌容句　十里絳紗籠燭叶　花艷驚郎醉目叶　有多少・佳人如玉叶　春衫袂・整整齊齊句　內家新樣粧束叶　○歡情未足叶　更闌謾句牽舊恨句　縈亂心曲叶　悵望歸期句　應是紫姑頻卜叶　暗想雙眉對蹙叶　斷絃待・鸞膠重續叶　休迷戀・野草閑花句　鳳簫人在金谷叶

【校】

［一］按：唐教坊曲名。《高麗史・樂志》名《萬年歡慢》，《元史・樂志》：「舞隊曲。」此調有三體，平韻者始自王安禮，仄韻者始自晁補之，平仄韻互叶者始自元趙孟頫。又按：此詞雙調一百字，前段

九句五仄韻，後段九句六仄韻。此詞與晁補之「心憶歸期」詞同，惟後段前三句，晁詞作六五四字三句異。

玉蝴蝶　第三體　第一體、第二體俱小令[一]

柳　永

漸覺東郊明媚 句 夜來膏雨一洗塵埃 韻 滿目淺桃深杏 句 露染烟裁 叶 銀塘靜・魚鱗簟展 句 烟岫翠・龜甲屏開 叶 殷晴雷 叶 雲中鼓吹 句 遊徧蓬萊 叶 ○徘徊 叶 隼旟前後 句 三千珠履 句 十二金釵 叶 雅俗熙熙 句 下車成宴盡春臺 叶 好雍容・東山妓女 句 堪笑傲・北海樽罍 叶 且追陪 叶 鳳池歸去 句 那更重來 叶

【校】

[一] 按：小令始於溫庭筠，長調始於柳永。《樂章集》注仙呂調，一名《玉蝴蝶慢》。又按：此詞雙調九十九字，前段十句五平韻，後段十一句六平韻。前段第一韻應作六四四字三句，《選聲集》作上六下八兩句，不妥。又第二韻，柳永「望處雨收雲斷」詞以及王安中、史達祖、高觀國、陸游詞皆作上四下六兩句。

念奴嬌

一名《百字令》、《酹江月》、《大江東去》、《壺中天》、《無俗念》、《淮甸春》、《湘月》[一]

辛棄疾

野棠花落句又匆匆・過了清明時節韻剗地東風欺客夢句一枕雲屏寒怯叶曲岸持觴句垂楊繫馬句此地曾輕別叶樓空人去句舊遊飛燕能説叶○聞道綺陌東頭句行人長見句簾底纖纖月叶舊恨春江流未斷句新恨雲山千疊叶料得明朝句尊前重見句鏡裏花難折叶也應驚問句近來多少華髮叶

【校】

[一]按：蘇軾「赤壁懷古」詞有「大江東去」、「一樽還酹江月」句，因名《大江東去》，又名《酹江月》，又名《赤壁詞》，又名《酹月》。曾覿詞名《壺中天慢》。戴復古詞有「大江西上」句，名《大江西上曲》。姚述堯詞有「太平無事，歡娛時節」句，名《太平歡》。韓淲詞有「年年眉壽，坐對南枝」句，名《壽南枝》，又名《古梅曲》。姜夔詞名《湘月》，自注「即《念奴嬌》鬲指聲」。張輯詞有「柳花淮甸春冷」句，名《淮甸春》。米友仁詞名《白雪詞》。張翥詞名《百字令》，又名《百字謠》。丘處機詞名《無俗念》。遊文仲詞名《千秋歲》。《翰墨全書》詞名《慶長春》，又名《杏花天》。此調有平韻、仄韻二體。又按：此調仄韻詞以此

詞和蘇軾「憑空眺遠」詞爲正體，若蘇詞別首「大江東去」詞、姜夔「五湖舊約」詞句讀參差，姜夔「鬧紅一舸」詞、張炎「行行且止」詞多押一韻，張炎「長流萬里」詞多押兩韻，及張輯、趙長卿詞之添字，皆變體也。

又，原書頁眉上刻：「第八體、第九體前段與第三體同，後段與第四體同。」

解語花[一]

周邦彥

風銷焰蠟[二] 句 露浥烘爐[三] 句對 花市光相射 韻 桂華流瓦 叶 纖雲散[四] 句 耿耿素娥欲下 叶 衣裳淡雅 叶 看楚女纖腰一把 叶 簫鼓喧・人影參差 句 滿路飄香麝 叶 ○因念帝城放夜[五] 叶 望千門如晝 句 嬉笑遊冶 叶 鈿車羅帕 叶 相逢處 句 自有暗塵隨馬 叶 年年是也 叶 唯只見・舊情衰謝 叶 清漏移・飛蓋歸來 句 從舞休歌罷 叶

【校】

[一]按：此調以秦觀「腮含月影」詞及此詞爲正體，雙調一百字，前段九句六仄韻，後段九句七仄韻，楊澤民、吳文英、方千里、陳允平、王行諸詞，俱如此填。

[二]「焰蠟」，《片玉詞》作「絳蠟」。

[三]「洪爐」，應爲「紅蓮」。《片玉詞》作「紅蓮」。

[四]此處不應斷句，應用「・」。後段「相逢處」亦應用「・」。

[五]「帝城」，《片玉詞》作「都城」。

曲遊春[一]

王竹澗[二]

千樹玲瓏草句正蒲風微過句梅雨新霽韻客裏幽懷句算無春可到句和愁都閉叶萬種人生計叶應不似・午天閑睡叶起來踏碎松陰句蕭蕭欲動疑水叶◯借問歸舟歸未叶望柳色烟光句何處明媚叶抖擻人間句除離情別恨句乾坤餘幾叶一笑晴凫起叶酒醒後・闌干獨倚叶時見雙燕飛來[三]叶斜陽滿地叶

【校】

[一]按：調見周密《蘋洲漁笛譜》。此調始自其「禁苑東風補」詞，雙調一百二字，前段十句五仄韻，後段十一句七仄韻，應以此詞爲正體。王詞前段第九句減一字，換頭不押短韻異。

[二]《欽定詞譜》定作者爲趙文。

〔三〕此處誤標一韻腳，「來」字不押韻。

木蘭花慢〔一〕

程正伯

倩・嬌鶯婉燕〔二〕句 說不盡・此時情韻 正小院春闌句 芳園晝寂〔三〕句對 人去花零叶 凭高試回望眼句 奈遙山遠水隔重雲叶 誰遣風狂雨橫句 便教無計留春叶 ○情知雁杳鴻嗔〔四〕叶 自難寄丁寧叶 縱・竹院蘋深〔五〕句 桃門笑在句 知屬何人叶 衣幘幾回忘了〔六〕句 奈殘香・猶有舊時薰叶 空使風頻捲絮句 爲他飄蕩花英〔七〕叶

【校】

〔一〕按：此調押短韻者以柳永「坼桐花爛漫」詞和「倚危樓佇立」詞爲正體，若蔣捷詞之句讀小異，曹勛詞之句讀參差，乃變格也。此調不押短韻者以程垓此詞爲正體，若李芸子詞之句讀不同，曾覿詞之添字減字，皆變格也。

〔二〕「婉燕」，《花草粹編》作「姹燕」。

〔三〕「晝寂」，《書舟詞》、《花草粹編》作「晝鎖」。

[四]「鴻嗔」,《書舟詞》作「鴻冥」。

[五]「竹院」,《書舟詞》作「柳院」。

[六]「衣幘」,《書舟詞》、《花草粹編》作「衣篝」。

[七]「花英」,《書舟詞》、《花草粹編》作「花城」。

齊天樂　一名《如此江山》[一]　周邦彥

疎疎幾點黃梅雨 韻 佳時又逢重五[二] 叶 角黍包金 句 香蒲泛玉[三] 句 風物依然荊楚 叶 衫裁艾虎[四] 句 更釵梟朱符 句 臂纏紅縷 叶 撲粉香綿 句 喚風綾扇小牕午 叶 ○沈湘人去已遠 句 勸君休對景感時懷古 叶 慢囀鶯喉[五] 句 輕敲象板 句 勝讀離騷章句 叶 荷香暗度 叶 漸引入醄醄 句 醉鄉深處 叶 臥聽江頭 句 畫船喧韻鼓 叶

【校】

[一]按:周密《天基節樂次》:「樂奏夾鐘宮,第一盞,觱篥起《聖壽齊天樂慢》。」姜夔詞注黃鐘宮,俗名正宮。周邦彥詞有「綠蕪凋盡臺城路」句,名《臺城路》。沈端節詞名《五福降中天》。張輯詞有「如

此江山」句，名《如此江山》。此詞雙調一百二字，前段十句六仄韻，後段十一句五仄韻，與其別一首「綠蕪凋盡」同，惟前段起句押韻異。又按：後段第一韻應作五五四字三句。

[二]「重五」，《草堂詩餘》、《花草粹編》作「重午」。

[三]「泛玉」，《片玉詞·補遺》、《草堂詩餘》、《花草粹編》作「切玉」。

[四]「衫裁」，《片玉詞·補遺》、《草堂詩餘》作「形裁」。

[五]「慢轉」，《草堂詩餘》、《花草粹編》作「謾轉」。

晝錦堂[一]

周邦彦

雨洗桃花 句 風飄柳絮 句對 日日飛滿雕簷 韻 懊恨一春幽恨[二] 句 盡屬眉尖 叶 愁聞雙飛新燕語 句 更堪孤枕宿酲忺[三] 叶尖 雲鬟亂 句 獨步畫堂 句 輕風暗觸珠簾 叶 ○多厭 叶 晴晝永 句 瓊戶悄 句 香銷金獸慵添 叶 自與蕭郎別後 句 事事俱嫌 叶 短歌新曲無心理 句 鳳簫龍管不曾拈 叶 空惆悵 句 長是每年三月[四] 句 病酒懨懨 叶

【校】

[一] 按：此調有平韻、仄韻兩體。平韻者見周邦彦《片玉集》，仄韻者見陳允平《日湖漁唱》。此調押平聲韻者以此詞爲正體，雙調一百二字，前段十句四平韻，後段十一句五平韻。吴文英詞悉照此填。若蔣捷詞之换頭叶仄韻，宋自遜詞、孫惟信詞之句讀異同，皆變體也。

[二] 「懊恨」，《片玉詞・補遺》作「懊惱」。

[三] 「宿醒忺」，《片玉詞・補遺》作「宿醒歡」。

[四] 「長是」，《片玉詞・補遺》作「常是」。

水龍吟　一名《小樓連苑》、《海天闊處》、《龍吟曲》[一]　　秦　觀

小樓連苑橫空 句 下窺繡轂雕鞍驟 韻 疎簾半捲 句 單衣初試 句 清明時候 叶 破暖輕風 句 弄晴微雨 句對 欲無還有 叶 賣花聲過盡垂楊院 句 落紅成陣飛鴛甃[二] 叶 ○玉佩丁東別後 叶 悵佳期・參差難又 叶 名韁利鎖 句 天還知道 句 和天也瘦 叶 花下重門 句 柳邊深巷 句 不堪回首 叶 念多情・但有當時皓月 句 照人依舊 叶

【校】

[一]按：曾覿詞結句有「是豐年瑞」句，名《豐年瑞》。呂渭老詞名《鼓笛慢》。史達祖詞名《龍吟曲》。楊樵雲詞因秦觀詞起句，更名《小樓連苑》。方味道詞結句有「伴莊椿歲」句，名《莊椿歲》。又按：此詞雙調一百二字，前段十句四仄韻，後段十句五仄韻。此詞前段第一句六字，第二句七字，宋詞如此填者最多。後結作九字一句、四字一句，與諸家詞異。

[二]前段末兩句，同《淮海集》、《淮海詞》、《草堂詩餘》、《詩餘圖譜》。而《花庵詞選》、《花草粹編》作「賣花生過盡，垂楊院宇，紅成陣、飛鴛甃」。

拜星月慢[一]

周邦彦

夜色催更句 清塵收露句 小曲幽坊月暗韻 竹檻燈牕句 識秋娘庭院叶 笑相遇句 似覺瓊枝玉樹[二]句 暖日明霞光爛叶 水盼蘭情句 總平生稀見叶 ◯畫圖中句 舊識春風面叶 誰知道自到瑤臺畔叶 眷戀雨潤雲溫句 苦驚風吹散叶 念荒寒寄宿無人館叶 重門閉句 敗壁秋蟲歎叶 怎奈向一縷相思句 隔溪山不斷叶

【校】

［一］按：一作《拜新月》。此調始自此詞，應以此詞爲正體，吳文英詞照此填。若周密「膩葉陰清」詞之句讀小異，陳允平「漏閣閒簽」詞、彭泰翁「霧滑觚稜」詞之減字，皆變格也。

［二］「似覺」句，《片玉詞》多二字，作「似覺瓊枝玉樹相倚」。

瑞鶴仙［一］

歐陽修

臉霞紅印枕 韻 睡覺來冠兒 句 還是不整 叶 屏間麝煤冷 叶 但・眉山壓翠 句 淚珠彈粉 叶 堂深晝永 叶 雙燕飛・風簾露井 叶 恨無人・與説相思 句 近日帶圍寬盡 叶 ○重省 叶 殘燈朱幌 句 淡月紗牕 句 那時風景 叶 陽臺路遠［二］ 句 雲雨夢 句 便無準 叶 待歸來 句 先指花梢教看 句 却把心期細問 叶 問因循・過了青春 句 怎生意穩 叶

【校】

［一］按：《夷堅志》云：「乾道中，吳興周權知衢州西安縣。一日，令術士沈延年邀紫姑神，賦《瑞鶴仙》牡丹詞，有『睹嬌紅一撚』句，因名《一撚紅》。」又按：此詞同史達祖「杏煙嬌濕鬢」詞，雙調一百二

字，前段十句七仄韻，後段十二句六韻。前段第二、三句，第五、六句，皆五字一句、四字一句；前結七字一句、六字一句，後結七字一句、四字句，前後段十三韻，定格也。此詞惟「陽臺路遠」處漏一韻，其他皆同史詞。

〔二〕「陽臺路遠」，《絶妙好詞》作「陽臺路迥」。

雨霖鈴〔一〕

柳永

寒蟬淒切 韻 對長亭晚 句 驟雨初歇 叶 都門暢飲無緒〔二〕 句 方留戀處蘭舟催發 叶 執手相看淚眼 句 竟無語凝咽〔三〕 叶 念去去千里烟波 句 暮靄沉沉楚天闊 叶 ◯多情自古傷離別 叶 那更堪冷落清秋節 叶 今宵酒醒 句 何處楊柳岸曉風殘月 叶 此去經年 句 應是良辰美景虛設〔四〕 叶 便縱有・千種風情 句 更與何人説 叶

【校】

〔一〕按：一名《雨霖鈴慢》，唐教坊曲名。《明皇雜録》云：「帝幸蜀，初入斜谷，霖雨彌日，棧道中聞鈴聲，采其聲爲《雨霖鈴》曲。」宋詞蓋借舊曲名，另倚新聲也。調見柳永《樂章集》，屬雙調。此調以此詞爲正體，王安石「孜孜矻矻」詞正與此同。若王庭圭「瓊樓玉宇」詞、黄裳「天南遊客」詞之句讀小異，乃變格也。

［二］「暢飲」，《樂章集》、《草堂詩餘》作「帳飲」。

［三］「凝咽」，《樂章集》作「凝噎」。

［四］「美景」，《樂章集》、《草堂詩餘》、《花草粹編》作「好景」。

眉嫵　一名《百宜嬌》［一］

姜　夔

看垂楊迷苑韻　杜若吹沙句　愁損未歸眼叶　信馬青樓去句　重簾下句　娉婷人妙飛燕叶　翠尊共款叶　聽艷歌・郎意先感叶　便攜手讀月地雲階裏句　愛良夜微煖叶　◯無限叶　風流疎散叶　有暗藏弓履句　偷寄香翰叶　明日聞津鼓句　湘江上句　催人還解春纜叶　亂紅萬點叶　悵斷魂・烟水遥遠叶　又爭似相攜乘一舸句　鎮長見叶

【校】

［一］按：姜夔詞注：「一名《百宜嬌》。」此調以姜夔此詞爲正體，若王沂孫「漸新痕懸柳」詞之少押

一韻，張翥「又蛛分天巧」詞之多押兩韻，皆變格也。

綺羅香[一]

史達祖

做冷欺花句將烟困柳句對千里偷催春莫韻盡日冥迷句愁裏欲飛還住叶驚粉重·蝶宿西園句喜泥潤·燕歸南浦叶最妨他·佳約風流句鈿車不到杜陵路叶○沉沉江上望極句還被春潮急[二]句難尋官渡叶隱約遙峰句和淚謝娘眉嫵叶臨斷岸·新緑生時句是落紅·帶愁流處叶記當日·門掩梨花句剪燈深夜語叶

【校】

[一]按：調始《梅溪詞》。此調以此詞爲正體，陳允平、王沂孫、張槩、張翥諸詞俱如此填。若張炎詞之多押一韻，或減一字，皆變格也。

[二]「春潮急」，《絶妙好詞》作「春潮晚急」。

春雲怨[一]

馮偉壽

春風惡劣韻　把數枝香錦和鶯吹折叶　雨重柳腰嬌困句　燕子欲扶扶不得[二]叶　軟日烘烟句　乾風收霧句對　芍藥荼蘼弄顔色叶　簾幙輕陰句　圖書清潤句　日永篆香絶叶　○盈盈笑靨宮黄額叶　試紅鸞小扇丁香雙結叶　團鳳眉心倩郎貼叶　教洗金罍句　共看西堂醉花新月叶　曲水成空句　麗人何處句　往事暮雲萬葉叶

【校】

[一]按：調見馮艾子《雲月詞》。此馮艾子自度曲，平仄當遵之。

[二]「雨重」两句，浙圖本作「雨重柳腰句嬌困燕子句欲扶扶不得」。

喜遷鶯[一]

高觀國

歌音淒怨韻　是幾度訴春句　春都不管叶　感緑驚紅句　顰烟啼月句對　長是爲春消黯叶　玉骨瘦無一把句　粉淚愁多千點叶　可憐損句　任塵侵粉蠹句　舞裙歌扇叶　○轉盼叶　塵

夢斷・峽裏雲歸 句 空想春風面 叶 燕子樓空 句 玉臺粧冷 句對 湖外翠峰眉淺 叶 綺陌斷魂名在 句 寶篋返魂香遠 叶 此情苦 句 問落花流水 句 何時重見 叶

【校】

［一］按：此調有小令、長調兩體。小令起於唐人，《太和正音譜》注黄鐘宮。因韋莊詞有「鶴沖天」句，更名《鶴沖天》。和凝詞有「飛上萬年枝」句，名《萬年枝》。馮延巳詞有「拂面春風長好」句，名《春光好》。宋夏竦詞名《喜遷鶯令》。晏幾道詞名《燕歸來》。李德載詞有「殘臘裏、早梅芳」句，名《早梅芳》。長調起於宋人，《梅溪集》注黄鐘宮。《白石集》注太簇宮，俗名中管高宮。江漢詞一名《烘春桃李》。

春從天上來［一］

吳彥章

海角飄零 韻 嘆漢苑秦宮・墜露飛螢 叶 夢裏天上［二］ 句 金屋銀屏 叶 歌吹競舉青冥 叶 問當時遺譜 句 有絶藝・鼓瑟湘靈 叶 促哀彈 句 似林鶯嚦嚦 句 山溜泠泠 叶 ○梨園太

平樂府句　醉幾度春風・鬢變星星[三]叶　舞徹中原[四]句　塵飛滄海句　風雪萬里龍庭叶　寫・胡笳幽怨[五]句　人憔悴・不似丹青叶　酒微醒句　一軒涼月[六]句　燈火青熒叶

【校】

[一] 按：調見《中州樂府》。此調以此詞爲正體，若張翥詞之多押一韻，張炎詞之添字，周伯陽詞之減字，皆變格也。

[二]「夢裏」，《中州樂府》、《草堂詩餘》作「夢回」。

[三]「鬢變」，《草堂詩餘》作「鬢髮」。

[四]「舞徹」，《中州樂府》作「舞破」。

[五]「胡笳」，《花庵詞選》作「寒笳」。

[六]「一軒涼月」，《中州樂府》作「對一窗涼月」。

瀟湘逢故人慢[一]

王安石[二]

薰風微動句　方・榴花弄色[三]・萱草成窩[四]韻　翠帷敞輕羅叶　試冰簟初展幾尺湘波叶

疎簷廣廈句 稱瀟灑・一枕南柯叶 引多少夢魂歸緒[五]句 洞庭雨棹烟簑叶 〇驚回處句 閑晝永句 更時時[六]・燕雛鶯友相過叶 正緑影婆娑叶 況・庭有幽花・池有新荷叶 青梅煮酒句 幸隨分・贏取高歌叶 功名事・到頭終在[七]句 歲華忍負清和叶

【校】

[一]按：調見《花庵詞選》。此調只有王詞及錢應金詞兩體，故此詞可平可仄，可參錢詞句法同者。

[二]作者名，《樂府雅詞》、《草堂詩餘》署爲王和甫。按：王安禮（一〇三四—一〇九五），字和甫，北宋政治家、詩人。撫州臨川（今江西省撫州市）人，王安石同母四弟。生於宋仁宗景祐元年，卒於哲宗紹聖二年，年六十二歲，官至尚書左丞。世稱王安禮、王安國、王雱爲「臨川三王」。著有《王魏公集》二十卷。

[三]「榴花」，《樂府雅詞》作「櫻桃」。

[四]「成窩」，《樂府雅詞》作「成窠」。

[五]「夢魂」，《樂府雅詞》作「夢中」。

［六］「更時時」，《樂府雅詞》作「但時時」。

［七］「到頭終在」，《樂府雅詞》作「到頭在」。

歸朝歡［一］

馬莊父

聽得提壺沽美酒 韻 人道杏花深處有 叶 杏花狼藉鳥啼風 句 十分春色今無九 叶 麝煤銷永晝 叶 青烟飛上庭前柳 叶 畫堂深 句 不寒不暖 句 正是好時候 叶 ◯團團寶月憑纖手 叶 暫借歌喉招舞袖 叶 珍珠滴破小槽紅 句 香肌縮盡纖羅瘦 叶 投分須白首 叶 黄金散與親和舊 叶 且銜盃 句 壯心未落 句 風月長相守 叶

【校】

［一］按：辛棄疾詞有「菖蒲自照清溪緑」句，名《菖蒲緑》。此調以此詞和柳永「別岸扁舟三兩只」詞爲正體，蘇軾、張先、嚴仁、辛棄疾、詹正諸詞俱如此填。若王之道詞之多押一韻，乃變格也。

永遇樂［一］

辛棄疾

紫陌長安 句 看花年少 句 無限歌舞 叶 白髮憐君 句 尋芳較晚 句 捲地驚風雨 叶 問君知

否句鴟夷載酒句不似井瓶身誤叶細思量・悲歡夢裏句覺來總無尋處叶〇芒鞋竹杖句天教還了句千古玉樓佳句叶落魄東歸句風流贏得句掌上明珠去叶起看青鏡句南冠好在句拂了舊時塵土叶向君道・雲霄萬里句這回穩步叶

【校】

〔一〕按：周密《天基節樂次》云：「樂奏夾鐘宮，第五盞，觱篥起《永遇樂慢》。」此調有平韻、仄韻兩體。仄韻者始自北宋，《樂章集》注林鐘商。晁補之詞名《消息》，自注越調。平韻者始自南宋，陳允平創爲之。此調押仄韻者，以此詞爲正，雙調一百四字，前後段各十一句四仄韻，宋詞俱如此填。

夜飛鵲〔一〕

周邦彦

河橋送人處句涼夜何期〔二〕韻斜月遠墮餘輝叶銅盤燭淚已流盡句霏霏涼露霑衣叶相將散・離會處〔三〕句探・風前津鼓句樹杪參旗叶驊騮會意〔四〕句縱揚鞭・亦自行遲叶〇迢遞路回清野句人語漸無聞句空帶愁歸叶何意重紅滿地〔五〕句遺鈿不見句斜徑都

迷 叶 兔葵燕麥 句 向斜陽[六]・影與人齊 叶 但徘徊班草 句 唏噓酧酒[七] 句 極望天西 叶

【校】

[一] 按：調見《片玉詞》，一名《夜飛鵲慢》。此調以此詞爲正體，盧祖皋、吳文英、陳允平、張炎詞俱如此填。若趙以夫詞之句讀小異，乃變格也。

[二]「何期」，《片玉詞》、《花草粹編》作「何其」。

[三]「離會處」，《片玉詞》無「處」字。

[四]「驊騮」，《片玉詞》作「花驄」，《花草粹編》作「華驄」。

[五]「重紅滿地」，《片玉詞》作「重經前地」，《花草粹編》作「垂紅滿地」。

[六]「斜陽」，《片玉詞》、《花草粹編》作「殘陽」。

[七]「酧酒」，《片玉詞》作「酹酒」。

解連環[一]

一名《杏梁燕》

周邦彥

怨懷難託[二] 韻 嗟情人斷絕 句 信音遼邈 叶 信妙手[三]・能解連環 句 似風散雨收 句 霧

輕雲薄 叶 燕子樓空 句 暗塵鎖・一牀絃索 叶 想・移根換葉 句 盡是舊時・手種紅藥 叶

○汀洲漸生杜若 叶 料舟移岸曲 句 人在天角 叶 記得當日音書[四] 句 把閒語閒言・盡總燒却[五] 叶 水驛春回 句 望寄我・江南梅萼 叶 拚今生・對花對酒 句 爲伊淚落 叶

【校】

[一]按：此調始自柳永，以詞有「信早梅、偏占陽和」及「時有香來，望明豔、遙知非雪」句，名《望梅》。後因周邦彦詞有「妙手能解連環」句，更名《解連環》。張輯詞有「把千種舊愁，付與杏梁雨燕」句，又名《杏梁燕》。又按：此詞雙調一百六字，前段十一句五仄韻，後段十句五仄韻，與柳永「小寒時節」詞同，惟後結作七字一句、四字一句異。宋、元詞俱如此填。

[二]「難託」，《片玉詞》作「無託」。

[三]「信妙手」，《片玉詞》、《花庵詞選》、《草堂詩餘》作「縱妙手」，《花草粹編》作「憶妙手」。

[四]「記得」，《花庵詞選》作「謾記得」，《草堂詩餘》作「漫記得」。

[五]「盡總燒却」，《片玉詞》、《花庵詞選》、《草堂詩餘》作「待總燒却」。

望海潮　第二體前段與第一體同，後段唯末句分作一句四字一句七字[一]　秦　觀

梅英疎淡　句　冰澌溶洩　句對　東風暗換年華　叶　金谷俊游　句　銅駝巷陌　句對　新晴細履平沙　叶　長記誤隨車　叶　正・絮翻葉舞　句　芳思交加　叶　柳下桃蹊　句　亂分春色到人家　叶　○西園夜飲鳴笳　叶　有華燈礙月　句　飛蓋妨花　叶對　蘭苑未空　句　行人漸老　句對　重來事事堪嗟[二]　叶　烟暝酒旗斜　叶　但倚樓極目　句　時見棲鴉　叶　無奈歸心　句　暗隨流水到天涯　叶

【校】

[一] 按：此詞雙調一百七字，前段十一句五平韻，後段十一句六平韻，與柳永「東南形勝」詞同，惟後結作四字一句、七字一句異。按晁補之、吕渭老、劉一止、張翥、沈公述詞俱與此同，唯沈詞前段第八、九句「少年人，一一錦帶吳鉤」，句讀與此小異。

[二] 「事事」，《淮海集》、《草堂詩餘》、《花草粹編》作「是事」。按：《淮海詞》作「事事」。

一萼紅[一]　尹礀民

玉搔頭[二]・是何人敲折　句　應爲節秦謳　韻　棐几朱紘　句　剪燈雪藕　句　幾回數盡更籌　叶

草草又・一番春夢 句 夢覺了・風雨楚江秋 叶 却恨閑身 句 不如鴻雁 句 飛過粧樓 叶 ○又是水枯山瘦 句 歎・回腸難貯 句 萬斛新愁 叶 賴復能歌 句 那堪對酒 句 物華冉冉都休 叶 江上柳・千絲萬縷 句 惱亂人・更忍凝眸 叶 猶怕月來弄影 句 莫上簾鈎 叶

【校】

[一] 按：此調有平韻、仄韻兩體。平韻者見姜夔詞，仄韻者見《樂府雅詞》。因詞有「未教一萼，紅開鮮蕊」句，取以爲名。又按：此調押平聲韻者以此詞和姜夔「古城陰」詞爲正體，王沂孫五首、張炎三首及周密、詹正詞，俱如此填。若李彭老之減字，劉天迪詞之少押一韻、句讀小異，皆變格也。

[二] 「頭」字押韻，標「・」，誤。

望湘人[一]

賀鑄

厭・鶯聲到枕 句 花氣動簾 句 醉魂愁夢相半 韻 被惜餘薰 句 帶驚剩眼 句對 幾許傷春春晚 叶 淚竹痕鮮 句 佩蘭香老 句對 湘天濃暖 叶 記小江・風月佳時 句 屢約非烟遊伴 叶

○須信鸞絃易斷叶 奈・雲和再鼓句 曲終人遠叶 認・羅襪無蹤句 舊處弄波清淺叶
青翰棹・艤白蘋洲畔叶 儘目臨皋飛觀叶 不解寄・一字相思句 幸有歸來雙燕叶

【校】

［一］按：調見《東山樂府》。

一寸金[一]

周邦彥

州夾蒼崖句 下枕江山是城郭韻 望海霞接日句 紅翻水面句 晴風吹草句 青搖山脚叶
波暝鳬鷖作叶 沙痕退句 夜潮正落句 踈林外・一點炊烟句 渡口參差正寥廓叶 ○自
歎勞生句 經年何事句 京華信漂泊叶 念渚蒲汀柳句 空歸閒夢句 風輪雨檝句 終辜前
約叶 情景牽心眼句 流連處・利名易薄叶 回頭謝・冶葉倡條句 便入漁釣樂叶

【校】

［一］按：此調始於柳永「井絡天開」詞，但後段句讀參差，且宋詞多照周邦彥「州夾蒼崖」詞填，故

以周詞爲正體，吳文英、陳允平詞，俱如此填。若李彌遜詞之多押兩韻，曹勛詞之句讀參差，無名氏詞之減字，皆變格也。

疏影[一]

鄧光薦

瑤尊蘸翠 韻 短長亭送別 句 風戀晴袂 叶 臘樹迎春 句 一路清寒 句 能消幾日羈思 叶 霜華不惜陽關柳 句 悄莫繫·行人嘶騎 叶 對梅花一笑 句 分攜勝約 句 別來相寄 叶 ◯人物仙蓬妙韻 句 瑞鸞歛迅翼聊憩香枳 叶 見説使君好語 叶 先傳付與芙蓉清致 叶 客來欲問荆州事 叶 但細語·岳陽樓記 叶 夢故人剪燭西牕 句 已隔洞庭烟水 叶

【校】

［一］按：姜夔自度仙吕宫曲。張炎詞詠荷葉，易名《緑意》。彭元遜詞有「遺佩環浮沈澧浦」句，名《解佩環》。又按：此調創自姜夔，自應以姜夔「苔枝綴玉」詞爲正體。此詞雙調一百十字，前段十一字五仄韻，後段八句五仄韻，句讀、押韻均與其他宋人詞異。吳綺以此詞爲例詞，失察。

内家嬌　即《風流子》第二體　第一體單調小令[一]　史達祖

紅樓横落日 句 蕭郎去 句 幾度碧雲飛 韻 記牕眼遞香 句 玉臺粧罷 句 馬蹄敲月 句 沙路人歸 叶 如今但 句 一鶯通信息 句 雙燕説相思 叶對 入耳舊歌 句 怕聽金縷 句 斷腸新句 句 羞染烏絲 叶 ○相逢南溪上 句 桃花嫩 句 嬌樣淺澹羅衣 叶 恰是・怨深腮赤 句 愁重聲遲 叶對 悵・東風巷陌 句 草迷春恨 句 軟塵庭户 句 花悮幽期 叶 多少寄來芳字 句 都待還伊 叶

【校】

［一］按：此調爲《風流子》，非《内家嬌》。《内家嬌》雙調一百六字，前段十句四仄韻，後段十句七仄韻。僅見柳永「煕景朝升」詞。此詞雙調一百十字，前段十二句四平韻，後段十句四平韻，與周邦彦「楓林凋晚葉」詞同。前段「蕭郎去」、「如今但」後，後段「桃花嫩」後，應用「・」，不應用「句」。

惜餘春慢　一名《過秦樓》、《選宫子》[一]　周美成

水浴清蟾 句 葉喧涼吹 句對 巷陌馬聲初斷 韻 門依露井[二] 句 笑撲流螢 句 惹破畫羅輕

扇 叶 人靜夜久凭欄 句 愁不歸眠 句 立殘更箭 叶 歎年華一瞬人今千里 句 夢沉書遠 叶
○空見説・鬢怯瓊梳 句 容消金鏡 句 漸懶趂時匀染 叶 梅風地溽 句 虹雨苔滋 句對 一架舞紅都變 叶 誰信無憀爲伊[三] 句 才減江淹 句 情傷荀倩 叶 但明河・影下長空 句 遥看稀星數點[四] 叶

【校】

[一]按：即《選冠子》，一名《選官子》，吴綺誤作《選宫子》。曹勛詞名《轉調選冠子》。魯逸仲詞名《惜餘春慢》。侯寘詞名《蘇武慢》，一名《仄韻過秦樓》。此調以此詞爲正體，方千里、楊澤民、陳允平俱有和詞，其餘或句讀小異，或添字，或減字，皆變格也。

[二]「門依」，《片玉詞》、《花庵詞選》、《草堂詩餘》作「閒依」。

[三]「無憀」，《片玉詞》作「無聊」。

[四]「遥看」，《片玉詞》、《草堂詩餘》作「還看」。

沁園春

第一體　第二體同，唯前段八句作七字，九句作八字[一]

辛棄疾

三徑初成 句 鶴怨猿驚 句 稼軒未來 叶 甚雲山自許 句 平生志氣 句 衣冠人笑 句 抵死塵

埃叶　意倦須還句　身閒要早[二]句對　豈爲蓴羹鱸鱠哉叶　秋江上句　看驚弦雁避句　駭浪船回叶　○東岡更葺茅齋叶　好都把軒牕臨水開叶　要・水舟行釣句　先應種柳句　疎籬護竹句　莫礙觀梅叶　秋菊堪餐句　春蘭可佩句對　留待先生手自栽叶　沉吟久句　怕君恩未許句　此意徘徊叶

【校】

[一]按：張輯詞結句有「號我東仙」句，名《東仙》。李劉詞名《壽星明》。秦觀減字詞名《洞庭春色》。此與秦觀「宿霧迷空」詞同，惟後段第二句減一字異。

[二]「要早」，《稼軒詞》作「貴早」。

摸魚兒[一]

辛棄疾

更能消・幾番風雨句　匆匆春又歸去韻　惜春長怕花開早句　何況落紅無數叶　春且住叶　見説道・天涯芳草迷歸路[二]叶　怨春不語叶　算只有殷勤句　畫簷蛛網句　盡日惹飛絮叶

○長門事・準擬佳期又悞 句 蛾眉曾有人妬 叶 千金曾買相如賦[三] 叶 脉脉此情誰訴 叶 君莫舞 叶 君不見・玉環飛燕皆塵土 叶 閑愁最苦 叶 休出倚危欄[四] 句 斜陽正在 句 烟柳斷腸處 叶

【校】

[一] 按：一名《摸魚子》，唐教坊曲名。晁補之詞有「買陂塘、旋栽楊柳」句，更名《買陂塘》，又名《陂塘柳》，或名《邁陂塘》。辛棄疾賦怪石詞名《山鬼謠》。李冶賦並蒂荷詞有「請君試聽雙蕖怨」句，名《雙蕖怨》。又按：此調當以晁補之「買陂塘」詞、張炎「愛吾廬」詞和辛棄疾此詞爲正體，餘多變格。至若歐陽修、《梅苑》無名氏詞，又自成一體也。此詞與晁詞同，惟前段起句押韻異。

[二] 「迷歸路」，《稼軒词》、《花庵詞選》、《絕妙好詞》作「無歸路」。

[三] 「曾買」，《花庵詞選》、《絕妙好詞》、《草堂詩餘》作「縱買」。

[四] 「休出」，《稼軒詞》、《花庵詞選》、《絕妙好詞》、《草堂詩餘》作「休去」。

賀新郎 一名《金縷曲》、《貂裘換酒》、《賀新涼》、《乳燕飛》[一] 劉克莊

深院榴花吐 叶 畫簾開・綵衣紈扇 句 午風清暑 叶 兒女紛紛新結束 句 時樣釵符艾虎 叶

早已有·遊人觀渡 叶 老大逢場慵作戲 句 任·白頭年少爭旗鼓 叶 溪雨急 句 浪花舞 叶
○靈均標致高如許 叶 憶生平·既紉蘭佩 句 又懷椒糈 叶 誰信騷魂千載後 句 波底垂涎角黍 叶 又説是·蛟饞龍怒 叶 把似而今醒到了 句 料當年醉死差無苦 叶 聊一笑 句 吊千古 叶

【校】

［一］按：葉夢得詞有「唱金縷」句，名《金縷歌》，又名《金縷曲》，又名《金縷詞》。蘇軾詞有「乳燕飛華屋」句，名《乳燕飛》，有「晚涼新浴」句，名《賀新涼》，有「風敲竹」句，名《風敲竹》。張輯詞有「把貂裘、換酒長安市」句，名《貂裘換酒》。又按：此詞雙調一百十六字，前後段各十句六仄韻，與葉夢得「睡起流鶯語」詞同。

又：原書頁眉刻有批注：「又一體與第一體同，唯後段第四句作七字、八句作八字，末句作五字。」

金明池［一］　秦觀

瓊苑金池 句 青門紫陌 句對 似雪楊花滿路 韻 雲日淡·天低晝永 句 過三點兩點細雨 叶

好花枝・半出牆頭 句 似悵望・芳草王孫何處 叶 更・水遶人家 句 橋當門巷 句 燕燕鶯鶯飛舞 叶 ○怎得東君長爲主 叶 把・緑鬢朱顔 句 一時留住 叶 佳人唱・金衣莫惜 句 才子倒・玉山休訴 叶對 況春來・倍覺傷心 句 念・故國情多・新年愁苦 叶 縱寶馬嘶風 句 紅塵拂面 句 也只尋芳歸去 叶

【校】

[一]按：調見《淮海詞》，賦東京金明池，即以調爲題也。李彌遜詞名《昆明池》，僧揮詞名《夏雲峰》。此調始於秦觀此詞，雙調一百二十字，前段十句四仄韻，後段十一句五仄韻。

春風裊娜[一]

馮偉壽

被梁間雙燕 句 話盡春愁 韻 朝粉謝 句 午花柔 叶對 倚紅闌・故與蝶圍蜂繞 句 柳綿無數 句 飛上搔頭 叶 鳳管聲圓 句 蠶房香煖 句對 笑挽羅衫須少留 叶 隔院蘭馨趁風遠 句 鄰牆桃影伴烟收 叶對 ○些子風情未減 句 眉頭眼尾 句 萬千事・欲說還休 叶 薔薇刺[二] 句

牡丹毬叶對殷勤記省句前度綢繆叶夢裏飛紅句覺來無覓句望中新緑句別後空稠叶相思難偶句歎無情明月句今年已見[三]句三度如鈎叶

【校】

[一]按：調見《雲月詞》，馮艾子自度腔，注黃鐘羽，即般涉調。

[二]「薔薇刺」，《花庵詞選》、《花草粹編》作「薔薇露」。

[三]「已見」，《花庵詞選》作「已是」。

大酺[一]

周邦彦

對宿烟收句春禽靜句飛雨時鳴高屋韻牆頭青玉旆句洗鉛霜都盡句嫩梢相觸叶潤逼琴絲句寒侵枕障句蟲網吹粘簾竹叶郵亭無人處句聽·簷聲不斷句困眠初熟叶奈愁極頓驚[二]句夢輕難記句自憐幽獨叶◯行人歸意速叶最先念·流潦妨車轂叶怎奈向·蘭成憔悴句衛玠清羸句等閒時·易傷心目叶未怪平陽客句雙淚落·笛中

哀曲 叶 況蕭索青蕪國 叶 紅糝鋪地 句 門外荆桃如菽 叶 夜遊誰共秉燭 叶

【校】

[一]按：調見《清真樂府》。按唐教坊曲有《大酺樂》，《羯鼓録》亦有太簇商《大酺樂》。宋詞蓋借舊曲名，自製新聲也。此調始自此詞，有方千里、楊澤民、陳允平和詞可校。此詞後段第六句疑亦是韻，查楊澤民和韻詞「遇雙魚客」可證。此調有劉辰翁詞一首，與此詞平仄多不同。

[二]「頓驚」，《片玉詞》作「頻驚」。

多麗[一]

聶　卿[二]

想人生・美景良辰堪惜 韻 向其間・賞心樂事 句 古來難是並得 叶 況東城鳳臺沁苑 句 泛晴波・淺照金碧 叶 露洗華桐 句對 烟霏絲柳 句 緑陰搖曳 句 蕩春一色 叶 畫堂迥 句 玉簪瑶佩 句 高會盡詞客 叶 清歡久 句 重燃絳蠟 句 別就瑶席 叶 ◯有翩若・驚鴻體態[三] 句 暮爲行雨標格 叶 逞朱唇緩歌妖麗 句 似聽流鶯亂花隔 叶 慢舞縈回 句 嬌鬟低

韡句 腰肢纖細困無力叶 忍分散句 彩雲歸後句 何處更尋覓叶 休辭醉句 明月好花句 莫謾輕擲叶

【校】

[一]按：一名《鴨頭緑》，周格非詞名《隴頭泉》。此調有平韻仄韻兩體。此調押平韻者，以晁端禮「晚雲收」詞爲正體，宋人多填此體。此詞與曹勛「喜雨薰泛景」詞俱用仄韻，爲此調之變格。此調宜收晁詞爲例詞。

[二]《草堂詩餘》、《花草粹編》皆署聶冠卿。

[三]「態」，原稿誤作「熊」，今據《草堂詩餘》改。

瀟湘夜雨[一]

周紫芝

樓上寒深句 江邊雪滿句 楚臺烟靄空濛韻 一天飛絮句 零亂點孤蓬叶 似我華顛雪頹句 渾無定漂泊孤蹤叶 空淒黯江天又晚句 風袖倚蒙茸叶 ○吾廬猶記得句 波横素練句

玉做寒峰 叶 更短坡烟竹 句 聲碎玲瓏 叶 擬問山陰舊路 句 家何在・水遠山重 叶 漁簑冷 句 扁舟夢斷 句 燈暗小窗中 叶

【校】

[一] 按：此調有平韻、仄韻兩體。平韻者，周邦彦詞名《鎖陽臺》。葛立方詞有「要看黄昏庭院，横斜映霜月朦朧」句，名《滿庭霜》。晁補之詞有「堪與瀟湘暮雨，圖上畫扁舟」句，名《瀟湘夜雨》。韓淲詞有「甘棠遺愛，留與話桐鄉」句，名《話桐鄉》。吴文英詞因蘇軾詞有「江南好，千鍾美酒，一曲滿庭芳」句，名《江南好》。張野詞名《滿庭花》。《太平樂府》注中吕宫，高拭詞注中吕調。仄韻者，《樂府雅詞》名《轉調滿庭芳》。又按：此調與《滿庭芳》重出。

八節長歡[一]

毛滂

名滿人間 韻 記黄金殿 句 舊賜清閒 叶 才高鸚鵡賦 句 風凜惠文冠 叶 波濤何處試蛟鱷 句 到白頭・猶守溪山 叶 且做龔黄樣度 句 留與人看 叶 ○桃溪柳曲陰圓[二] 叶 離唱斷

句　旌旗却捲春還　叶　襦袴寄餘溫　句　雙石畔　句　唯聞吏膽長寒　叶　詩翁去　句　誰細遶・屈曲闌干　叶　從今後・南來幽夢　句　應隨月渡雲湍[三]　叶

【校】

[一] 按：調見《東堂詞》。此詞平仄可以參考毛滂別首「澤國秋深」詞，惟前段第八句句法不同。

[二] 「桃溪柳曲」，《花草粹編》作「桃蹊柳曲」。

[三] 「雲湍」，《花草粹編》作「雲端」。

新雁過粧樓[一]

吳文英

夢醒芙蓉　韻　風簷近　句　渾疑珮玉丁東　叶　翠微流水　句　都是惜別行蹤　叶　宋玉秋花相比瘦　句　賦情更苦似秋濃　叶　小黃昏・紺雲暮合　句　不見征鴻　叶　○宜城當時放客　句　認燕泥舊迹　句　返照樓空　叶　夜闌心事　句　燈外敗壁寒蛩　叶　江寒夜楓怨落　句　怕流作・題情腸斷紅　叶　行雲遠　句　料澹蛾人在　句　秋香月中　叶

【校】

[一]按：一名《雁過妝樓》，張炎詞名《瑤臺聚八仙》，陳允平詞名《八寶妝》，《高麗史・樂志》名《百寶妝》。此詞雙調九十九字，前段九句五平韻，後段十句四平韻。此與其「閬苑高寒」詞同，惟前段第七句不用韻異。

五福降中天[一]

沈端節

月朧烟澹霜蹊滑[二]句 孤宿莫林荒驛韻 遶樹微吟句 巡簷索笑句對 自分平生相得叶 冰池半釋叶 正節物驚心句 淚痕沾臆叶 流水濺濺照影句 古寺滿春色叶 ○沉嘆今年未識叶 暗香微動處句 人初寂叶 酷愛芳姿句 最憐幽韻句對 來款禪房深密叶 他時恨悵[三]句 却月淩風[四]句 信音難的叶 雪底幽期句 爲誰還露立叶

【校】

[一]按：調見《花草粹編》，一作《五福降中天慢》。此詞見《克齋詞》，雙調一百字，前段十句五仄韻，後段十一句五仄韻。《花草粹編》載江致和「喜元宵三五」詞，雙調八十六字，前後段各八句，四平

韻，與此詞完全不同。

[二]「霜鞵」，《克齋詞》作「霜蹊」。

[三]「悵恨」，《克齋詞》作「恨悵」。按：此處不押韻，多標一韻腳。

[四]「却月」句，一作五字句，上句「恨」字屬下。

春夏兩相期[一]

蔣捷

聽深深謝家庭舘 句 東風對語雙燕 韻 似説朝來 句 天上婺星光現 叶 金裁花誥紫泥香 句 繡裹藤輿紅茵軟 叶對 散蠟宮輝 句 行鱗廚品 句 至今人羨 叶 ○西湖萬柳如線 叶 料月仙當此 句 小停飈輦 叶 付與長年 句 教見海心波淺 叶 縈雲玉佩五侯門 句 洗雲華洞三春苑 叶對 謾拍調鷺[二] 句 急鼓催鸞 句 翠陰生院 叶

【校】

[一]按：調見《竹山詞》。此詞雙調以百字，前段九句五仄韻，後段十句五仄韻。又按：原稿「兩」字，誤作「雨」字。今據《竹山詞》、《花草粹編》改。

[二]「謾拍」，《竹山詞》、《花草粹編》作「慢拍」。

雙頭蓮[一]

陸游

華鬢星星句 驚壯志成虛句 此身如寄韻 蕭條病驥叶 向暗裏・消盡當年豪氣叶 夢斷故國山川句 隔重重烟水句 身萬里叶 舊社凋零句 青門俊遊誰記叶 ○盡道錦里繁華句 嘆官閒晝永句 柴荊添睡句 清愁自醉句 念此際・付與何人心事叶 縱有楚舵吳檣句 知何時東逝叶 空悵望・鱠美菰香句 秋風又起叶

【校】

[一]按：此調一百三字者見周邦彥《片玉集》。一百字者見陸游《放翁集》。陸游此與周詞句讀迥異，因調名同，故爲類列。前後段第八句例作上一下四句法，填者辨之。譜内可平可仄悉參陸詞別首及《梅苑》無名氏詞。

飛雪滿群山[一]

張榘

愛日烘晴句　梅梢春動句　曉牕客夢方還韻　江天萬里句　高低烟樹句　四望猶擁螺鬟叶　是誰邀藤六句　釀薄莫·同雲沍寒叶　却元來是鈴閣露黛句　俄忽老青山叶　○都盡道·年來須更好句　無緣農事句　雨濈風慳叶　鵝池夜半句　銜枚飛渡句　看樽俎折衝間叶　儘青油談笑[二]句　瓊花露盃深量寬叶　功名做了句　雲臺寫作圖畫看叶

【校】

[一] 按：調見《友古詞》。因詞有「長記得、扁舟尋舊約」句，更名《扁舟尋舊約》。張榘詞名《飛雪滿堆山》。此與蔡伸「冰結金壺」詞同，惟後段第二句減一字異。前後段第七句俱作上一下四句法，與蔡詞亦不同。

[二] 按：據當代秘長青《詞律校勘記》，張榘詞「盡清遊談笑」句，「清遊」作「青油」，應從秦巘校本更正。

高山流水[一]

吳文英

素絃一一起秋風 韻 寫柔情・多在春蔥 叶 徽外斷腸聲 句 霜霄暗落驚鴻 叶 低顰處 句 剪綠裁紅 叶 仙郎伴 句 新製還賡舊曲 句 映月簾櫳 叶 似名花並蒂 句 日日醉春濃 叶 ○吳中 叶 空傳有西子 句 應不解・換徵移宮 叶 蘭蕙滿 句 襟懷唾碧 句 總噴花茸 叶 後堂深・想費春工 叶 客愁重 叶 時聽蕉寒雨碎 句 淚濕瓊鍾 叶 恁風流 句 也稱金屋貯嬌慵 叶

【校】

[一]按：調見《夢窗詞》。吳文英自度曲，贈丁基仲妾作也。妾善琴，故以《高山流水》爲調名。

五綵結同心[一]

趙彥端

人間塵斷 句 雨外風回 句對 涼波自泛仙槎 韻 非郭還非野 句 閑鶯燕・時傍笑語清佳 叶 銅壺花漏長如線 句 金鋪碎・香煖簷牙 叶 誰知道・東園五畝 句 種成國艷天葩 叶

○主▯人漢家龍種 句 正・翩▯翩▯迴立 句 雪▯紵烏紗 叶 歌▯舞承平 句 舊▯圍紅袖 句 詩▯興▯自寫
春華 叶 未▯知三斗朝天去 句 定▯何似・鴻寶丹砂 叶 且一▯醉・朱▯顏相慶 句 共▯看玉井浮
花 叶

【校】

[一]按：此調有平韻、仄韻兩體。平韻者見趙彥端《介庵詞》。仄韻者見《樂府雅詞》。

洞庭春色[一]

陸游

壯▯歲文章 句 暮▯年勳業 句對 自昔誤▯人 韻 算・英▯雄成敗 句 軒▯裳得失 句 難▯如人意 句 空▯
喪天真 叶 請▯看邯▯鄲當日夢 句 待・炊▯罷黃粱徐欠伸 叶 方知道・許多時富貴 句 何▯處關
身 叶 ○人▯間定無可意 句 怎▯換得・玉▯鱠絲蓴 叶 且▯・釣竿漁艇 句 筆▯牀茶竈 句 閒▯聽荷
雨 句 一▯洗衣塵 叶 洛▯水情關千古後 句 尚▯・棘▯暗銅駝空▯愴神 叶 便▯須更[二]・慕▯封侯定▯
遠 句 圖▯像麒麟 叶

【校】

[一]按：此即《沁園春》調，重出。金詞注般涉調。蔣氏《十三調》注中吕調。張輯詞結句有「號我東仙」句，名《東仙》。李劉詞名《壽星明》。秦觀減字詞名《洞庭春色》。

[二]「便須更」，《放翁詞》、《花草粹編》作「何須更」。

玉燭新[一]

方千里

海棠初雨後 韻 似露粉粧成肉紅團就 叶 太真帳裏春眠醒 句 緩蹙樓前宮漏 叶 潮生酒暈 句 獨自倚闌干時候 叶 吹鬢影・斜立東風 句 餘寒半侵羅袖 叶 ◯驪山宮殿無人 句 想笑問君王 句 艷容如否 叶 萬花競鬭[二] 句 難比並・麗美巧匀豐瘦 叶 閨房挺秀 句 一顧丹鉛低首 叶 應須對・羯鼓聲中 句 清歌美奏 叶

【校】

[一]按：調始《清真樂府》。《爾雅》云：「四時和，謂之玉燭。」取以爲名。此調以此詞和周邦彦

「溪源新臘後」詞爲正體。此詞雙調一百一字，前段九句五仄韻，後段九句六仄韻。若楊无咎「荒山藏古寺」詞之多押兩韻，乃變格也。

[二]「鬪」字和下「秀」字皆爲韻腳，此處漏標兩韻。

瑤臺第一層[一]

張元幹

江▯左風流鍾▯間氣 句 洲分二水長 韻 鳳▯凰臺畔 句 投▯懷▯玉燕 句 照▯社神光 叶 荳▯花初秀 句 雨散暑空▯ 句 洗▯出秋涼 叶 慶生旦 句 正▯圓蟾呈瑞 句 仙▯桂飄香 叶 ◯肝腸 叶 掞▯文摛錦 句 駕▯雲乘▯鶴下鵷行 叶 紫樞將命 句 紫▯微如綍 句 常▯近君王 叶 舊▯山同梓▯里 句 荷月▯旦 句 久▯已平章 叶 九霞觴 叶 薦刀圭丹餌 句 袞繡朝裳 叶

【校】

[一] 按：宋陳師道《後山詩話》：「武才人出慶壽宮，裕陵得之。會教坊獻新聲，爲作詞，號《瑤臺第一層》。此詞與「寶曆祥開」詞同，惟後段第三句添一字異。

醉蓬萊[一]

葉夢得

問春風何事[二]句 斷送繁紅[三]句 便拚歸去句 牢落征途句 笑行人羈旅[四]句 一曲陽關句 斷雲殘靄句 做渭城朝雨叶 欲寄離愁叶 緑陰千囀句 黃鸝空語[五]叶 ○遥想湖邊浪搖空翠句 絃管風高[六]句 亂花飛絮叶 曲水流觴句 有山翁行處[七]叶 翠袖朱欄句 故人應也句 弄畫船烟浦叶 會寫相思句 尊前爲我句 重翻新句叶

【校】

[一] 按：《樂章集》注林鐘商。趙磻老詞有「璧月流光，雪消寒峭」句，名《雪月交光》。韓淲詞有「玉作山前，冰爲水際，幾多風月」句，名《冰玉風月》。此詞與柳永「漸亭皋葉下」詞同。

[二]「春風」，《石林詞》作「東風」。

[三]「旅」字押韻，此處漏標一韻。

[四]「繁紅」，《石林詞》作「殘紅」。

[五]「黃鸝空語」，《樂府雅詞》作「黃鶯空語」。

[六]「絃管風高」，《樂府雅詞》作「絃管高風」。

［七］「山翁」，《石林詞》作「山公」。

月下笛［一］

周邦彥

小雨收塵 句 涼蟾瑩徹 叶 水光浮璧 叶 誰知怨抑 叶 靜倚官橋吹笛 叶 映宮牆 句 風葉亂飛 句 品高調 句 側人未識 叶 想開元舊譜 句 柯亭遺韻 句 盡傳胸臆 叶 ◯闌干四遶 句 聽折柳徘徊 句 數聲終拍 叶 寒燈陋館 句 最感平陽孤客 叶 夜沉沉 讀 雁啼正哀 句 片雲盡卷清漏滴 叶 黯凝魂 句 但覺龍吟萬壑 句 天籟息 叶

【校】

［一］調始周邦彥《片玉詞》，因詞有「涼蟾瑩徹」及「靜倚官橋吹笛」句，取以爲名。此詞雙調九十九字，前段十句五仄韻，後段十句四仄韻。前段第四句押韻，後段第四句不押韻，前後段第六句七字折腰，第七句七字不折腰，後結三字一句、四字一句、五字一句，宋人無如此填者。

琵琶仙[一]

姜夔

雙槳來時句有人似・舊曲桃根桃葉韻歌扇輕約飛花句蛾眉正奇絶叶春漸遠・汀洲自緑句更添了・幾聲啼鴂叶十里揚州句三生杜牧句前事休説叶○又還是・宮燭分烟句奈愁裏・匆匆換時節叶都把一襟芳思句與・空階榆莢叶千萬縷・藏鴉細柳句爲玉尊・起舞回雪叶想見西出陽關句故人初別叶

【校】

[一]按：姜夔自度黄鐘商曲。

彩雲歸[一]

柳永

蘅皋向晚艤輕航韻卸雲帆句水驛魚鄉叶當暮天霽色如晴晝句江練靜句皎月飛光叶那堪聽句遠村羌管句引離人斷腸叶此際浪萍風梗句度歲茫茫叶○堪傷叶朝歡暮散句被多情・賦與淒涼叶別來最苦襟袖句依約尚有餘香叶算得伊・鴛衾鳳

枕 句 夜永爭不思量 叶 牽情處 句 惟有臨歧一句難忘 叶

【校】

[一]「此際」後，《花草粹編》多一「恨」字。汲古閣刻本《樂章集》無「恨」字。

換巢鸞鳳[一]

史達祖

人若梅嬌 韻 正·愁橫斷塢 句 夢繞溪橋 叶 倚風融漢粉 句 坐月怨秦簫 叶對 相思因甚到纖腰 叶 定知我今無魂可銷 叶 佳期晚 句 謾幾度·淚痕相照 換韻 ○人悄 叶照 天眇眇 叶 花外語香 句 時透郎懷抱 叶 暗握荑苗 句 乍嘗櫻顆 句對 猶恨侵階芳草 叶 天念王昌忒多情 句 換巢鸞鳳教偕老 叶 溫柔鄉醉 句 芙蓉一帳春曉 叶

【校】

[一]按：調見《梅溪詞》，史達祖自製曲，因詞中有「換巢鸞鳳教偕老」句，取以爲名。或云前段用平韻，後段叶仄韻，「換巢」之義，疑出於此。此詞前段用平韻，結句叶仄韻，後段全叶仄韻，蓋本部

三聲叶也。或以後段第五句「暗握荑苗」，「苗」字點作平韻，不知此句與「乍嘗櫻顆」句對，無押韻之理。

法曲獻仙音[一]

周邦彥

蟬咽涼柯 句 燕飛塵幕 句 漏閣籤聲時度 韻 倦脫綸巾 句 困便湘竹 句 桐陰半侵朱戶 叶 向抱影凝情處 句 時聞打窗雨 叶 ○秋無語[二] 叶 嘆文園・近來多病 句 情緒懶 句 尊酒易成間阻 叶 縹緲玉京人 句 想依然・京兆眉嫵 叶 翠幕深中 句 對徽容・空在紈素 叶 待花前月下見了 句 不教歸去 叶

【校】

［一］按：陳暘《樂書》云：「法曲興於唐，其聲始出清商部，比正律差四律，有鐃鈸鐘磬之音，《獻仙音》其一也。」又云：「聖朝法曲樂器有琵琶、五弦箏、箜篌、笙、笛、觱篥、方響、拍板，其曲所存，不過道調《望瀛》、小石《獻仙音》而已，其餘皆不復見矣。」《樂章集》注小石調。姜夔詞注大石調。周密詞名《獻仙音》。姜夔詞名《越女鏡心》。按唐張籍酬朱慶餘詩有「越女新妝出鏡心」句，姜詞調名本

此。又按：大石調《獻仙音》詞以此詞及姜詞二首爲正體，若李彭老「云木槎枒」詞之句讀小異，乃變格也。

[二]「秋無語」，《片玉詞》作「耿無語」。

畫屏秋色[一]

吳文英

堆枕香鬟側叶　驟夜聲句　偏稱畫屏秋色叶　風碎串珠句　潤侵歌板句　愁壓眉窄叶　動羅箑清商句　寸心低訴敘怨抑叶　映夢窗・零亂碧叶　待漲緑春深句　落花香泛句　料有斷紅流處句　暗題相憶叶　○歡夕叶　簷花細滴叶　送故人粉黛重飾叶　漏侵瓊瑟叶　丁東敲斷句　弄晴月白叶　怕一曲霓裳未終句　催去驂鳳翼叶　歎謝客叶　猶未識叶　謾瘦却東陽句　燈前無夢到得叶　路隔重雲雁北叶

【校】

[一]按：調見《夢窗詞》，吳文英自度腔。因詞有「偏稱畫屏秋色」句，更名《畫屏秋色》。

花發沁園春[一]

黄昇

曉燕傳情 句 午鶯喧夢 句對 起來檢校芳事 韻 荼蘼褪雪 句 楊柳吹綿 句對 迤邐麥秋天氣 叶 翻階傍砌 叶 看芍藥新粧嬌媚 叶 正・鳳紫勻染綃裳 句 猩紅輕透羅袂 叶 ○晝暝朱闌困倚 叶 是天姿妖嬈 句 不減姚魏 叶 隨蜂惹粉 句 趂蝶棲香 句對 引動少年情味 叶 花濃酒美 句 人正在翠紅圍裏 叶 問誰是第一風流 句 折花簪向雲髻 叶

【校】

[一]按：此調有平韻、仄韻兩體，俱見花庵《絕妙詞選》，與《沁園春》不同。此調押平韻者只有此詞及劉圻父「換譜伊涼」詞。

乳燕飛[一]

黄機

擊碎珊瑚樹 韻 爲留春 句 怕春欲去 叶 駛如風雨 叶 春不留兮君休問 句 付與流鶯自語 叶 但莫賦 叶 綠波南浦 叶 世上功名花梢露 叶 政何如一笑翻金縷 叶 擊白日 句 莫教暮

叶　○蒼頭引馬城西路叶趂池亭句荻芽尚短句梅心未苦叶小雨欲晴晴不定句漠漠雲飛輕絮叶算行樂春來幾度叶鞭影不搖鞍小據叶過横塘試把前山數叶雙白鷺叶忽飛去叶

【校】

［一］按：即《賀新郎》。《賀新郎》已見前，此重出。葉夢得詞有「唱金縷」句，名《金縷歌》，又名《金縷曲》，又名《金縷詞》。蘇軾詞有「乳燕飛華屋」句，名《乳燕飛》；有「晚凉新浴」句，名《賀新凉》；有「風敲竹」句，名《風敲竹》。張輯詞有「把貂裘、換酒長安市」句，名《貂裘換酒》。

玉女搖仙佩［一］

柳　永

飛瓊伴侶韻偶別珠宮句未返神仙行綴叶取次梳粧句尋常言語句有得幾多姝麗叶擬把名花比句恐旁人笑我句談何容易叶細思算・奇葩艷卉句惟是深紅淡白而已叶爭如這多情句占得人間千嬌百媚叶　○須信華堂繡閣句皓月清風句忍把光陰輕棄叶自古及今句佳人才子句少得當年雙美叶且・恁相偎倚叶未消得・憐我多才多藝叶

願奶奶蘭心蕙性 句 枕前言下 句 表余深意爲盟誓 叶 今生斷不孤鴛被 叶

【校】

［一］按：此調始於《樂章集》。此詞平仄可參校朱雍「灰飛嶰谷」詞。

笛家［一］

柳 永

花發西園 句 草薰南陌 句對 韶光明媚 句 乍晴輕暖清明後 韻 水嬉舟動 句 禊飲筵開 句對 銀塘似染 句 金堤如繡 叶對 是處王孫 句 幾多遊妓 句 往往攜纖手 叶 遣離人 句 對嘉景 句 觸目盡成感舊 叶 ○別久［二］ 叶 帝城當日 句 蘭堂夜燭 句 百萬呼盧 句 畫閣春風 句 十千沽酒 叶 未省·宴處能忘絃管 句 醉裏不尋花柳 叶 豈知秦樓玉簫聲斷 句 前事難重偶 叶 空遺恨 句 望仙鄉 句 一餉淚沾襟袖 叶

【校】

［一］按：一名《笛家弄慢》。此調另有朱雍和詞可校。

[二]「別久」，浙圖本「別久」接上段末句。

閨怨無悶[一]

程垓

天與多才句　不合更與殢柳憐花情分甚韻　總爲才情句　惱人方寸叶　早是春殘花褪叶　也不料一春都成病叶　自失笑句　因甚腰圍半減句　淚珠頻搵叶　○難省叶　也怨天句　也自恨叶　怎免千般思忖叶　倩人説與句　又却不忍叶　拚了一生愁悶叶　又只恐愁多無人問叶　到這裏句　天也憐人句　看他穩也不穩叶

【校】

[一] 按：此調見《書舟詞》，程垓自度曲。

詞韻括略　摘四條

毛先舒馳黄

按：填詞之韻，大畧平聲獨押，上去通押。然間有三聲通押者，如《西江月》、《少年心》、《换巢鸞鳳》之類。故沈氏于每部韻俱總統三聲，而中又明分平仄，凡十四部；至于入聲無與平上去通押之法，故後又别爲五部云。又按：唐人作詞多從詩韻，宋詞亦有謹守詩韻不旁通者，蓋用韻自惡流濫，不嫌謹嚴也。

沈氏著此譜，取證古詞，考據甚博，然惟以名手雅篇灼然無弊者爲準，至于濫通取便者古來自多，不爲訓也。

有宋諸公作，雖雅號名家，篇盈什百，若秦觀秋閨，「幔」、「暗」累押；仲淹懷舊，「外」、「淚」莫辨；邦彦美人，「心」、「雲」並陳；少隱禁烟，「南」、「天」雜押；棄疾諸作，「歌」、「麻」通用；李景春恨詞，本支紙韻而中闌入「來」字。其他固未易闓數，故知當時便已縱逸，徒以世無通韻之人，故傳訛至今，莫能彈射。而譾才劣手，苦于按譜，更利其疎漏，偕以自文，其爲流禍可勝道哉？則去矜此書，不徒開絶學於將來，且上訂數百年之謬矣。

宋詞如辛棄疾《南歌子・新開河》詞，本佳蟹韻而起韻用「時」字；歐陽修《踏莎行・離别》詞，本支紙韻而末韻用「外」字；姜夔《疏影・詠梅》詞，本屋沃韻而中用「北」字；柳耆卿《送征衣》詞，本江講韻而末用「遙」字，當是古人誤處，未宜遽用爲例。

詞韻略

沈謙去矜著

東董韻平上去三聲　○　(平)　一東二冬通用東冬，即今詩韻，後俱倣此　(仄)　上一董二腫、去一送二宋通用

江講韻平上去三聲　○　(平)　三江七陽通用　○　(仄)　上三講二十二養、去三絳二十三漾通用

支紙韻平上去三聲　○　(平)　四支五微八齊十灰半通用十灰半，如回、梅、催、杯之類　○　(仄)　上四紙五尾八薺十賄半、去四寘五味八霽九泰半十一隊半通用十賄半，如悔、蕾、腿、餒之類；九泰半，如沛、會、最、昧之類；十一隊半，如妹、碎、吠、廢之類

魚語韻平上去三聲　○　(平)　六魚七虞通用　○　(仄)　上六語七麌、去六御七遇通用

佳蟹韻平上去三聲　○　(平)　九佳十灰半通用十灰半，如才、來、開、猜之類　○　(仄)　上九蟹十賄半、去九泰半十卦半十一隊半通用十賄半，如海、宰、改、菜之類；九泰半，如蓋、奈、蔡、籟之類；十卦半，如賣、敗、戒、拜之類；十一隊半，如代、在、再、賽之類

真軫韻平上去三聲 ○ (平) 十一真十二文十三元半通用十三元半，如魂、痕、村、恩之類 ○ (仄) 上十一軫十二吻十三阮半、去十二震十三問十四願半通用十三阮半，如損、忖、捴、狠之類；十四願半，如問、嫩、困、褪之類

元阮韻平上去三聲 ○ (平) 十三元半十四寒十五刪一先通用十三元半，如言、軒、煩、翻之類 ○ (仄) 上十三阮半十四旱十五潸十六銑、去十四願十五翰十六諫十七霰通用十三阮半，如遠、蹇、晚、反之類；十四願半，如萬、綣、怨、券之類

蕭篠韻平上去三聲 ○ (平) 二蕭三肴四豪通用 ○ (仄) 上十七篠十八巧十九皓、去十八嘯十九效二十號通用

歌哿韻平上去三聲 ○ (平) 五歌獨用 ○ (仄) 上二十哿、去二十一箇通用

麻馬韻平上去三聲 ○ (平) 六麻獨用 ○ (仄) 上二十一馬、去十卦半二十二禡通用十卦半，如掛、話之類

庚梗韻平上去三聲 ○ (平) 八庚九青十蒸通用 ○ (仄) 上二十三梗二十四迥、去二十四敬二十五徑通用

尤有韻平上去三聲 ○ (平) 十一尤獨用 ○ (仄) 上二十五有、去二十六宥通用

侵寢韻平上去三聲 ○ (平) 十二侵獨用 ○ (仄) 上二十六寢、去二十七沁通用

覃感韻平上去三聲 ○ (平) 十三覃十四鹽十五咸通用 ○ (仄) 上二十七感二十八琰二十九豏、去二十八勘二十九豔三十陷通用

屋沃韻入聲 ○ (仄) 一屋二沃通用

覺藥韻入聲 ○ (仄) 二覺十藥通用

質陌韻入聲 ○ (仄) 四質十一陌十二錫十三職十四緝通用

物月韻入聲 ○ (仄) 五物六月七曷八黠九屑十六葉通用

合洽韻入聲 ○ (仄) 十五合十七洽通用

詞韻簡

目錄

㈠ 本條及以下三條原書殘缺，據《詞韻簡》正文補。

詞韻簡

廣陵吳綺園次删定
壽潛靈本
男參成石叶、威喜木華編

㊣聲 [東]字韻

[東]涷蝀同峒銅桐筒筩童僮瞳曈膧艟潼犝中忠衷蟲沖种翀忡終螽崇漴嵩崧菘戎弓躬宮融瀜彤雄熊穹芎窮藭馮芃風楓豊灃渢充琉隆豅窿空公功工攻蒙饛濛幪朦矇曚艨夢瞢籠聾礱朧櫳嚨曨龒洪紅鴻虹叢叢潨翁悤蔥聰驄璁通恫鬷樬嵸豵總蓬篷菶烘

○冬琮淙賨農儂宗鬆淞鐘鍾忪龍舂摏松衝罿艟容蓉溶鎔榕庸墉鏞傭封葑攻胸兇洶凶顒喁邕灉廱噰壅饔雍醲濃穠重蝩橦從逢縫峯丰蜂鋒烽桻縱蹤茸蛩邛筇慵恭共供龔樅

上聲董字韻

去聲送字韻

董 蠓矇幪孔空總偬惚穗蓯汞蓊滃琫唪菶籠動洞桶 ○ 腫踵種寵隴壟擁壅冗茸重冢奉捧勇湧甬踴俑慂恐拱栱珙竦悚聳洶詾

送 鳳貢贛灨弄哢礱湅棟蝀涷控鞚空椶偬甕洞恫慟痛諷仲夢瞢懜閧哄幪瞤中衷眾 ○ 宋綜統用頌誦訟俸縫共葑供饔壅從縱憃種重

平聲江字韻

江 杠扛釭厖尨哤窻邦缸降洚瀧雙艭龐逢腔撞幢揞淙鬃 ○ 陽楊揚暘錫颺羊洋佯徉痒詳祥翔庠良梁粱量糧涼香鄉商傷觴殤湯房魴防章彰鄣樟漳璋麞昌猖倡菖閶倀羌蜣慶姜薑僵橿疆韁長萇腸場張粻穰禳攘瀼勷方枋肪坊襄驤相湘廂箱緗將蔣槳螿創瘡亡忘芒望鋩娘牀莊裝妝常裳嘗償鱨霜鷞驦牆檣嬙薔戕鏘蹌將鶬槍搶蹌斨筐匡眶王央泱秧殃鴦彊芳妨狂唐塘棠堂郎廊榔浪蜋琅狼稂筤當簹璫鐺襠倉滄鶬蒼岡剛綱鋼亢桑喪康糠荒肓黃簧潢璜皇篁遑凰煌艎隍蝗徨惶光洸湯鏜汪行桁頏茫忙邙臧贓戕牂囊傍旁房彷彭昂藏杭航

（上）聲 講 字韻

（去）聲 絳 字韻

講 港棒蚌項 ○ 養痒像橡象槳漿蔣兩魎鞅怏彊仰磢想鯗掌爽響饗蠁享敞氅襁襁鏹丈杖仗穰攘壤賞仿紡長網惘魍罔昉倣枉往搶上蕩簜盪碭顙磉廣榜曩瀼沆儻帑莽蟒漭茫黨讜党朗盎坱泱慷恍晃榥幌蒼

絳 洚降虹巷撞 ○ 漾樣羕恙養瀁煬颺量兩緉諒掠狀讓餉向帳脹張漲悵暢鬯韔向嚮曏長杖仗釀匠障瘴嶂上尚償壯快唱刱創愴倉將醬仰訪妄望忘況貺兄誑王旺放舫妨相防宕碭踼浪閬吭沆桁行盎坱葬髒藏臟當亢抗忼伉謗榜湯盪儻曠壙纊喪傍徬廣

（平）聲 支 字韻

支 枝肢巵氏移栘䔟扅酏貤訑匜蛇爲嬀溈麾撝逶委倭萎糜縻醾墮睢觿鑴垂陲倕吹炊羸披陂罷碑隨隋虧窺奇碕錡琦騎岐跂蚑祇軝祁犧曦羲巇戲欹觭踦倚榿宜艤儀涯皮疲郫匙禔兒離离籬蘺醨漓褵璃羅麗驪纚鸝蠡疵玼貲訾骴髭羈羇奇畸剞卑錍脾裨崥施斯凘[illegible]廝差螭魑彌瀰雌知漪猗椅馳池篪危釃襹蓰規劑厜衰脂祗夷姨[illegible]痍彝寅夤師篩獅毗比魮咨粢姿資齎

饑肌鴟絺茨瓷餈薺尼墀遲坻私屍尸鳲蓍耆伊咿黎黧犁藜葵追蕤緌龜衰榱維濰惟遺壝纍絫
綏睢逵馗夔騤眉嵋湄楣麋蘪悲帷錐騅萑隹誰邳丕秠椎槌鎚推蓷之芝頤宧圯台貽怡詒飴時
塒鰣疑嶷思偲緦颸罳絲司期其淇祺麒騏碁綦璂旗蘄詩而欺僛姬其基朞箕居詞祠辭辤嫠盠
氂斄犛貍菑椔緇輜淄嬉嘻禧熙醫噫癡笞持治蚩嗤鶿慈磁茲孜仔耔孳滋茲鼒　○　微薇煇暉
揮翬褘徽韋幃圍闈違霏菲騑妃緋非扉飛肥淝腓威葳蝛祈頎旂畿碕機璣磯禨譏饑幾稀希欷
豨睎衣依譩沂巍歸　○　齊蠐臍黎藜蔾梨犁黧鸝驪妻萋淒悽隄鞮氐羝低詆磾稊綈鵜荑啼蹄
締題提騠緹蹏嗁折篦鎞雞稽笄乩兮奚蹊鼷嵇倪蜺鯢輗猊霓麑醯西棲嘶撕犀梯鼙椑錍躋擠
齎迷泥谿珪閨袿睽奎鑴攜觿蠵畦　○　灰豗虺恢詼魁隈椳煨回洄徊枚梅每媒禖煤莓瑰傀雷
罍隤檀催崔縗堆鎚裴培陪杯桮醅坏胚嵬桅推蓷

上聲紙字韻

去聲寘字韻

紙抵砥只咫枳軹是諟氏靡彼被毀燬委跪詭傀髓瀡累技妓倚綺螘艤觜此泚蘂褫廌徙璽迆
邐屣蓰釃纚鞞髀爾邇弭瀰敉婢侈哆弛豕紫訾捶箠揣企旨指厎視美鄙否兕几麂姊秭七比妣

粃軌宄匭晷簋矢洧痏鮪雉死履水壘藟誄欙揆癸否痞圮秠唯歸止芷趾沚時市恃徵喜紀已莒
以似姒巳祀汜耜史駛使耳珥駬里理裏俚鯉李枲始峙痔起芑杞屺士仕竢俟涘柹戺子秄梓齒
矣擬儗薿恥祉滓第胏 ○ 尾亹扆豈幾蟣斐誹榧棐菲篚匪朏韙韡偉煒葦鬼虺卉螘顗 ○ 薺
醴禮澧蠡體涕濟泲邸氏柢抵觝詆底弟悌娣遞禰瀰泥洗泚啓棨綮稽徯米眯陛髀狴 ○ 賄悔
猥椳磊壘儡蕾罪浼痗每腿匯餒隗嵬璀漼琲

寘 忮觶避惴詈離荔豉積賜爲帔賁跛詖陂被累寄臂嬖芰騎刺易義議儗譬漬眥智縋錘吹戲
企跂縊翅施啻委僞恚睡瑞諉至贄鷙摯位媚魅遂燧隧璲篲穗醉邃粹睟誶祟類淚祕閟毖費轡
饋簣蕢匱媿備糒帥喟觖嗜視利莉蒞膩致輊躓質棄緻遲穉治寐冀驥覬暨洎悸翠二貳次佽懿
四泗駟肆恣季器鼻比睢畀庇萃瘁顇地肂勩贔示謚自墜出遺志誌織值植寺嗣笥思伺司試始
幟胾吏字孳餌珥使駛屣廁異食詒異施侍寺蒔置第事忌熾饎埴意薏記其亟 ○ 未味貴胃謂
渭彙蝟緯魏沸鼻誹芾尉慰蔚畏諱卉蜚翡毅既溉氣乞鎎愾欷塈璣 ○ 霽帝諦蔕嚏劑齊薺眥
替涕薙第弟悌娣睇禘締逮棣踶題杕遞遰砌切妻細壻羿睨詣計繼繫薊髻係系禊契翳曀殪縊
謎閉嬖慧轊蕙惠桂嘒暳睥麗儷欐捩戾唳隸沴離盭荔泥祭際歲衛枘汭芮贅毳銳綴稅帨蛻說
弊幣斃敝薜橇篲蔽鱖蹶劂劌袂制淛製逝誓筮噬曳洩裔枻泄藝囈滯彘例厲勵厲糲礪憩揭世

勢貰繲猘罽偈碣揥洟　○　貝沛霈肺旆茷會繪襘兌膾儈獪澮檜禬鄶最翽噦薈濊娧蛻昧沫

○　隊霨憝佩背北倍焙孛琲拔妹韎痗瑁沕誨悔晦頮(一)配妃對碓敦倅退憒潰繢闠匯回内碎

誶纇酹末擂儡革磓

㊥平聲　魚字韻

魚漁初書舒紓居鶋据裾琚車渠鶏蕖磲籧蘧璩余畬餘妤與譽歟璵旟輿胥諝糈疽雎苴

沮狙趄鋤耡樗摴攄疎綀蔬梳虛歔噓徐於淤豬瀦閭櫚廬蘆驢臚諸除滁篨儲躇屠如鴽

茹蛆且墟嘘祛袪菹蜍袈　○　虞麌娛愚禺嵎隅芻無蕪巫誣毋于盂竽雩杅釪吁訏盱癯瞿

衢句劬儒嚅濡懦襦醹須鬚需繻株誅蛛邾貙殊銖洙殳俞逾歈覦窬瑜榆褕渝愉臾腴諛

萸區嶇驅軀珠朱趨鏤蔞婁扶蚨夫符苻瓿雛敷孚郛俘桴諏娵膚夫趺鈇玞柎枹迂紆輸

樞姝廚蹰拘駒俱毹模謨膜嫫母酺蒲蒱胡鶘湖瑚醐乎壺瓠狐弧孤菰呱觚罛辜鴣沽蛄

姑酤徒荼峹途塗稌駼圖屠菟瘏奴孥帑砮呼膴梧鼯吾吳鋘租盧蘆顱瀘艫轤矑鑪櫨壚

(一) 按：《記紅集》作「頮」。

壚蘇酥穌徂烏洿朽逋晡枯麤鋪痡

㊤聲 語 字韻

㊇聲 御 字韻

語 齬敔圄圉禦籞呂侶旅膂稆紵羜佇宁抒杼與予渚煑汝茹暑鼠黍杵處貯楮褚醑諝湑胥女敉許巨拒距炬鉅詎秬苣虡所糈楚礎阻俎詛沮咀舉莒筥敘溆藇嶼鱮緒序芧墅 ○ 麌俁羽雨宇瑀禹甫簠脯黼父斧俯腑府聚武鵡碔舞廡憮嫵膴甒侮父輔鬴腐弣拊撫柱詡栩訏昫煦咻豎庾愈貐窳主麈齲傴拄乳窶數矩拒蒟踽取縷婁僂姥莽姆土吐稌杜莊肚土魯櫓虜艣鹵覩堵睹古鼓瞽估詁牯罟賈盬蠱股羖五伍午簿部祖組虎琥滸塢鄔弩砮努怒苦戶祜怙岵楛扈普浦溥補圃譜

御 語慮濾據居倨踞鋸覷狙去署曙恕庶著翥疏飫箸著除遽醵詎絮助沮詛茹洳豫與譽預澦蕷女處 ○ 遇寓嫗嘔噢樹附祔駙鮒傅賻注鞋炷澍鑄馵屨句呴煦酗戍輸裕諭瘉籲孺乳赴仆務霧婺瞀鶩騖足懼具颶雨羽聚數付傅賦娶趣注屬駐住屢暮墓募慕度鍍渡斁路潞璐露鷺賂輅妒蠹兔吐顧雇固涸錮痼故酤誤捂梧晤悟寤忤護頀濩沍互嫭瓠訴泝素傃嗉愫塑祚胙阼怒

布圃汙惡堊怖鋪措醋庫袴胯步酺捕呼戽作

㊣聲 皆字韻

[皆] 階偕喈楷街鞵鮭牌湝柴祡釵差厓涯荄諧骸排俳乖懷豺儕埋霾齋揩 ○ 槐開哀埃娭臺薹苔駘鮐炱該垓陔荄才材財裁萊來稤崍騋徠栽哉災猜台胎邰顋鬛毸孩頦皚能

㊤聲 蟹字韻

㊧聲 泰字韻

[蟹] 獬澥解買廌豸灑躧妳矮擺掛枴駭楷 ○ 海醢愷鎧塏宰載待怠詒殆逮鼐乃改亥劾采彩綵寀茝在倍䨴欸

[泰] 汰太蓋丐艾藹靄餲奈大害帶蔕酹外蔡賴瀨籟癩籟賚糲 ○ 懈廨解隘搤邂賣瘥稗粺眦派債曬灑怪壞噫瘵祭界疥芥价玠介戒誡届犗械薤瀣蒯蕢喟拜湃壞聵憊韛鍛殺夬澮獪快噲邁勱敗嘬蠆喝餲呰 ○ 塊代黛袋岱埭逮靆瑇載縡再塞賽貸態欬慨嘅愾鎧槩剴溉礙愛曖䨴耐鼐戴襶賚萊徠睞菜寀采在廢肺柿穢濊吠喙刈

㊥平聲 真 字韻

真 振甄因茵姻湮堙諲禋闉辰宸晨臣辛新薪神人仁親申伸娠身呻紳賓儐濱鄰粼麟鱗燐轔璘
珍陳塵津嗔瞋秦螓夤寅紉頻蘋顰嚬瀕嬪蠙銀垠齗鄞狺誾嚚巾龜筠囷民珉岷緡旻閩貧彬豳
諄椿荀郇洵恂詢峋純蓴淳錞鶉脣漘春綸淪倫輪掄屯迍窀逡皴悛遵蹲僎勻昀旬徇巡循馴紃
鈞均臻溱榛蓁莘侁詵駪墐醇 ○ 文紋雯聞雲紜芸耘云員鄖氳煴枌汾氛棼賁墳豶濆蕡焚分羣
裙熏薰曛纁勳醺葷君軍芬雰紛殷慇磤濦㥯勤芹斤筋欣昕炘垠 ○ 寃渾昆鵾崐琨鯤褌溫縕門
捫孫蓀飧尊罇存蹲敦墩惇暾啍屯豚臀村盆奔賁論侖崙掄坤髡昏婚閽噴歕麐痕根跟恩吞

㊤聲 軫 字韻

㊦聲 震 字韻

軫 眕診袗疹鬒縝黰疢蜃賑腎哂矧忍眹緊盡儘牝臏窘菌囷引靷蚓敏泯愍閔憫黽隕殞準純
尹允狁筍隼蠢惷盾楯 ○ 吻脗刎抆粉憤墳豶忿蘊縕慍醞韞惲隱檼慇殷謹槿堇近齔听
○ 焜混忖本畚盾遯損穩衮蓘鯀壼梱捆悃狠懇墾

震 賑侲振信汛訊迅刃仞訒牣靭軔認靷紖𢓜吝遴磷粼藺擯儐鬢殯陣慎燼賮藎憖晉搢縉瑨

進釁鎮僅饉殣墐瑾覲櫬襯齔疢趁印親純峻浚駿濬恂徇殉俊餕晙畯駿䲣瞬舜蕣閏潤順○問聞紊汶抆運鄆暈韻員訓糞僨奮忿醞慍緼藴郡分憤靳隱近○溷頓巽潠遜困嫩悶噴遯腯鈍褪寸坌論恨艮

㊥聲［寒］字韻

［寒］韓翰翰汗丹單簞鄲殫安鞍難餐灘攤嘆跚珊壇檀彈殘干竿玕奸肝乾闌蘭瀾看刊丸紈桓刓岏端剜湍酸團漙摶攢官倌棺觀冠鸞巒鑾欒歡驩寬鑽盤鞶磐瘢般蟠磻繁弁胖漫謾鏝縵瞞鬗潘○刪潸關彎灣闤寰鬟還鐶環鍰班斑扳頒般蠻鸞顔姦菅攀鰥綸頑山間蕑艱閒閑鷳嫺慳孱潺殷媥斕湲○先躚前千芊阡箋戔湔濺韉天堅肩鶼賢弦絃舷烟咽燕蓮零憐田畋佃鈿寶闐年顛巔滇牽汧妍研眠駢胼軿蠙緶淵鶉鵑涓蠲邊籩編玄縣儇鮮錢遷韆煎諓然延筵蜒綖氈鸇饘旃甄邅鱣潺孱羶埏禪蟬嬋單鋋澶纏躔瀍廛連漣聯篇翩偏便平緜全泉宣瑄鐫嬛儇祆穿川沿鉛緣蝝捐鳶旋還璿娟悁船涎鞭箯鯿銓詮佺痊筌荃悛竣專甎圓員蜎湲乾犍虔愆褰搴騫權顴卷鬈拳孿椽傳卷棬嫣鄢焉○元黿沅蚖原嫄源洹垣袁猿轅園爰湲媛援煩蕃墦燔膰蹯繁蘩樊礬翻潘璠幡旛番反暄喧萱諼塤冤宛眢鴛鵷蜿言甗軒騫掀鞬犍藩

㊤聲 旱 字韻

㊦聲 翰 字韻

[旱]悍亶坦散繖饊袒但誕瓚稈侃衎罕嬾緩澣短斷盌算管痯盥館斡卵款煖纂纘鄼伴滿懣斷

○綰版赧鸞撰產滻限簡柬棧僝剗眼戔 ○銑跣毨腆靦殄沴典蕳趼峴撚顯扁辮鉉泫琄眣

匾犬獮鮮蘚癬衍演踐餞俴展輾闡淺遣蹇善膳鱔墠單翦戩輦巘讞甗件鍵辨辯辯湎緬沔澠褊

雋吮兖臠孌轉卷蝡舛喘瑑篆選撰譔免冕俛勉 ○阮遠偃鰋蝘堰鼴楗鍵建謇巘㦻晚輓反返

阪圈菌苑宛婉琬晼綣飯

[翰]瀚旱悍閈汗扞炭歎按案旦彈憚幹榦骭旰岸諺看衎侃漢暵爛難攤粲璨燦散贊囋讚鄼

逭換喚渙煥奐漶鑽腕惋貫觀鸛灌爟痯館盥冠竄攛爨叚斷玩翫亂鍛彖算蒜幔漫謾縵曼半

絆判泮泮胖畔叛 ○諫澗覵間晏鴳鴈贗訕汕潸慢嫚綰患擐宦豢幻慣廾鏟棧莧瓣辦綻盼

扮 ○霰先倩蒨茜絢洵眴眩袨衒縣電甸鈿殿瑱奠佃練鍊楝見牽硯宴燕讌嚥薦片荐荐殿

韅線戰顫善繕膳禪擅彥諺唁譴繾遣絹狷援媛瑗院面眄麪瞑釧弗掾箭濺揎扇煽卷眷倦戀

變孌卞汴抃弁選饌撰纏傳賤餞羨偏輾羨衍轉囀傳便 ○願愿怨販券勸綣萬蔓獻憲楦

健遠

平聲 蕭 字韻

蕭簫瀟挑祧恌貂船刁琱凋鵰彫跳佻苕迢髫齠調蜩條鰷鯈僥澆驍梟徼聊寮遼鷯僚獠嘹
撩鐐寥漻料膋堯嶢僥嘵幺怮宵逍銷消綃哨蛸霄儵超弨朝朝潮囂熇歊枵樵譙憔驕嬌焦蕉
噍膲椒饒橈嬈蕘燒遥飆鴞繇蘨謠搖瑤姚陶褕招昭韶飆標杓鑣穮儦瀌麃瓢剽藨苗描貓
要葽喓腰邀鴞喬橋僑鍬妖夭橇漂飄翹茮劭　○　肴爻淆崤殽交茭郊咬蛟鮫教膠巢漅鐃
呶怓梢捎蛸弰鞘筲茅烋哮包苞枹胞泡拋敲墝勦鈔嘲啁跑庖咆炮匏麃坳　○　豪濠毫嗥
號勞醪牢高篙膏皋槔咎櫜鼛羔餻蒿撓薅毛芼髦旄弢洮挑叨韜滔謟慆縧綢饕刀舠忉
裯騷搔慅颾艘繅袍褒陶萄綯醄淘濤檮翿桃洮咷逃遭糟敖獒鼇熬螯鷔嗷璈嚻翺曹嘈
艚螬槽漕麈猱操

上聲 篠 字韻

去聲 嘯 字韻

篠鳥裊皦皎曒瞭眺蔦朓了繚僚蓼曉杳窅窈褭嫋嬲挑佻掉皛小兆旐旐肇趙夭沼昭少遶嬈
繞擾縹標摽藐眇杪秒渺緲淼紹矯蹻糾表殍鷕悄愀勦湫　○　巧飽撓卯昴茆狡姣絞懮膠爪拗

炒稍 ○ 皓浩顥灝皞鎬昊抱老潦獠橑討道櫜稻腦惱瑙嫂燥掃禱擣島倒草早蚤藻澡棗皁造
縞杲皓寶保堡葆褓媼懊襖夭考槁好
[嘯]糶眺跳窕弔蔦釣叫噭徼溺調掉蓧銚竅料嘹肖鞘笑照詔鷂姚燿要約嶠轎橋召邵劭摽漂
剽噍妙峭哨燎療蟉瘳醮燋爝釂廟驃票少燒 ○ 效傚佼校初効斅校較覺窖孝罩笊豹爆敲磝
巧貌砲稍哨櫂橈撓鬧鈔拗樂 ○ 號導道幬纛蹈悼盜到倒誥浩郜告膏傲鶩鏊冒帽瑁媢芼耄
旄勞澇操造慥糙暴瀑報鑿漕奧澳懊墺隩噪燥埽掃躁竈犒耗好

(平)聲 [歌] 字韻

[歌]哥柯茄磋蹉瑳搓傞多娑駝酡紽佗跎迤馱鼉鹺莪娥蛾俄哦峨鵝羅蘿那難荷何苛河訶呵
珂軻阿戈過莎蓑梭婆皤摩磨魔麽吪囮螺覶韡波番坡頗禾龢和科蝌窠薖窩挼

(上)聲 [哿] 字韻

(去)聲 [箇] 字韻

[哿]舸瑳彈哆柁拕沱我硪娜旎儺荷可坷軻左果蜾裹朵鎖瑣墮垛惰妥坐麽蠃蓏蠡跛簸播火

頗叵禍夥顆果砢邏㦬灺

[箇] 賀荷佐作邏軻坷馱大餓奈那些娑過和挫剉課唾佗播簸磨㤰坐座破臥貨惰磋蹉

(平) 聲 [麻] 字韻

[麻] 蟆車奢畬賒邪斜些爺遮嗟罝蛇華譁驊瓜騧媧蝸花誇拏嘉笳枷珈駕加葭佳猳家霞瑕赮蝦蕸葩丫鴉啞巴羓豝叉差艖沙紗衙牙芽涯茶衺斜闍娃蛙洼窪汙撾琶杷爬苴呀佳(一)

(上) 聲 [馬] 字韻

(平) 聲 [禡] 字韻

[馬] 者赭野冶也雅假㗔賈斝灑啞夏廈下寫瀉且社捨姐把踝寡瓦若惹鮓苴哆打耍

[禡] 罵駕架嫁稼價假斝亞婭罅嚇迓訝砑詫差咤奼詐蜡乍謝榭暇下夏夜射藉卸瀉柘炙蔗借舍赦射麝貰霸壩灞杷怕華樺化胯跨罷 ○ 卦挂絓詿話畫灺

(一) 原刻誤作「隹」。

平聲 庚字韻

庚鶊賡更羹秔盲蝱橫璜黌鍠喤祊觵彭棚亨橕瞠鐺槍英霙瑛䓨傖崢烹平評枰苹京驚荆明盟盟鳴棖榮瑩兵兄卿生笙甥牲鼪猩檠擎勍鯨黥迎行珩桁衡蘅耕鏗牼硜萌甿甍紘閎宏嶸莖丁罌嚶櫻鸚鶯攘錚琤鎗怦栟伻轟薨泓橙瞪爭箏清情晴精睛蜻鶄菁晶旌盈楹瀛嬴贏營塋嬰纓瓔攖貞楨禎蟶偵成盛誠城呈珵程裎酲聲正鉦征鯖輕名洺令伶并併縈餳瓊娉騂觪 ○ 青鯖經涇形邢刑硎陘娙庭廷蜓霆筳莛亭渟停釘玎丁馨星腥鯹惺醒娉婷靈醽櫺蠕玲聆齡鈴伶泠舲零鴒翎令苓囹寧聽廳汀冥蓂螟溟銘鉼屏軿萍螢熒扃坰駉 ○ 蒸烝承丞懲澄凌淩陵綾輘膺鷹應凭憑馮冰蠅繩澠乘塍升昇陞勝仍兢矜徵繒凝興稱偁登豋簦燈稜僧崩增憎矰罾曾層嶒曾朋鵬弘肱薨能騰謄滕縢藤恒絙

上聲 梗字韻

去聲 敬字韻

梗骾哽綆鯁丙炳秉境儆警景影省眚永皿杏荇猛蜢艋打冷耿黽幸倖靜靚靖穽整逞騁郢餅屏頸領嶺潁穎頃褧癭井請睛 ○ 迥炯泂茗酩冥頂酊鼎梃挺艇莛町謦濘悻脛醒褧剄竝檾熲拯等肯

敬 竟鏡映競檠慶更賡命病平孟盟橫柄詠泳行迎諍迸硬勁政正倩鄭聖偵性姓令聘娉併屏淨靚穽請盛輕 ○ 徑經濘寧佞醒脛定廷釘訂飣定罄磬聽庭暝瞑瑩證烝孕賸滕乘應甑興勝瞪稱凭凝磴鐙凳贈亘恒組鄧蹬凌

平聲 尤 字韻

尤 肬訧郵憂優耰麀畱驑榴鶹瘤遛鏐流旒劉瀏秋楸鶖由油攸悠遊游蝣斿猶蕕猷輶櫾卣牛啾湫揫酋遒脩修羞抽瘳周賙州洲舟犨酬柔蹂揉收丘鳩捄不摎叟廋溲颼蒐涑騶鄒緅愁休庥咻貅囚紬籌儔疇幬稠裯調啁求絿捄球俅觩銶賕毬逑裘仇浮蜉桴罦罘涪謀牟犨眸侔蛑蟊矛瞀鍪侯篌猴餱鍭喉漚謳鷗甌歐區婁摟樓螻髏寠摳陬諏鯫偷頭骰投鉤勾溝篝緱兜裒掊抔幽呦蚪彪滮漉樛繆

上聲 有 字韻

去聲 宥 字韻

有 右友柳瀏罶紐鈕杻狃忸丑肘朽九久玖韭首守手醜糗婦負阜缶否不蹂楺臼舅咎紂酉槱

莠誘琇牖卣受綬壽滫帚酒厚后後母畝某牡瓿培蔀斗蚪陡耈苟笱狗枸垢偶喁耦藕叟瞍藪籔
吼剖掊嘔毆塿走口扣取趣糾赳

宥 侑囿右祐又救灸疚究廐胄宙紬酎籀獸狩守首收晝味臭袖岫祝舊柩瘦漱嗽皺縐甃
覆副仆富畜溜霤留秀琇繡宿僦驟僽就鷲糅狃復覆伏柚櫾授壽售候堠鍭后逅後吼蔻
寇扣戊茂懋豆逗脰餖竇讀鬭耨奏走透漚彀穀𦶇覯遘構購媾姤詬句雊湊輳蔟漏鏤幼
謬蹂揉肉糅

平聲侵字韻

侵 駸尋燖潯鐔林淋琳霖臨琛郴斟箴鍼沈霃碪椹壬任妊纴深淫心愔琴芩黔禽檎吟欽嶔衾
歆今襟禁金音陰森參岑涔簪擒

上聲寢字韻

去聲沁字韻

寢 鋟朕廩懍凜衽飪恁稔枕沈嬸審淰諗撚瀋甚噤錦品稟飲吟

沁 浸祲鋟任衽妊紝鴆沈枕噤紟禁賃蔭喑窨飲滲闖讚讖吟臨甚深

平聲覃字韻

覃 譚蟫潭鐔曇參驂南諵楠男諳菴含函涵嵐婪蠶簪貪探耽眈湛龕堪勘毵鬖弇談惔甘柑泔擔甔三藍籃蘸酣邯蚶憨 ○ 鹽餤惔阽閻檐廉鐮帘砭銛纖摻籤僉詹瞻譫占蟾苫痁幨襜顩蚺枏黏添炎霑覘淹閹崦尖蘄漸殲湛濳箝柑鉗黔鈐鍼猒甜恬謙兼蒹縑嫌銛拈嚴噞 ○ 咸鹹諴函緘椷摻杉嵒碞喃諵讒饞銜巉鑱劖巖欃衫芟監凡帆颿嵌

上聲感字韻

去聲勘字韻

感 灨霮萏慘憯坎頷欿撼憾敢覽欖攬毯菼膽澹憺啖淡槧闇 ○ 琰剡錟灩斂瀲蘞眨險獫颭儉芡檢臉魘染冉苒閃陝諂奄晻掩崦渰漸剡忝餂點玷簟慊歉嗛儼 ○ 湛減斬黯摻檻濫艦范範犯

勘 紺灨淦憾晗暗參瞰濫纜淡澹憺暫檐甔探三 ○ 艷灩爓贍厭饜砭窆驗噞閃掞槧塹斂瀲

占忝僭念店玷坫墊歉釅劒欠 ○ 陷蘸賺鑑監懺讒梵帆颿氾泛渢湛

入聲 屋 字韻

屋 牘犢瀆黷讀讟匵獨髑轂穀谷縠斛槲哭禿速涑餗觫蔌樕禄碌録琭盝鹿簏麓漉轆族蔟鏃僕暴瀑扑濮樸卜木沐霂楘鶩福幅輻蝠副復複蝮輹覆腹伏茯服箙菔鵩馥虙縮蹜⿰肅羽謖六陸稑蓼戮勠逐柚軸舳菊匊鞠掬鞫麴塾孰熟淑柷俶育鬻粥昱煜肉粥祝叔菽倏畜竹竺筑築朒蹴踧蹙顣矗郁彧澳燠隩肅夙宿蓿目牧睦繆穆蓄 ○ 沃鋈毒纛篤督毒鵠酷僕告梏牿襮不燭屬矚玉獄旭勗頊檋局跼蜀躅觸辱溽褥束欲慾鵒浴躅録籙淥醁騄緑曲斸足贖幞促趗數俗續粟亍

入聲 覺 字韻

覺 角桷榷搉較玨珏嶽鸑樂鷟浞捉斮朔矟箾敕數斵斸琢涿㧻啄卓倬踔剥駮爆駁邈雹璞樸確埆慤濁濯鐲握幄渥喔犖學确齪 ○ 藥躍鑰籥瀹龠略掠脚屩酌灼妁勺斫弱嫋蒻若綽約葯

却虐瘧杓汋削爵雀爝嚼鵲噱醵縛攫矍玃钁著躩謔鐸度莫幕漠膜瘼寞摸落硌洛酪絡珞樂駱
託橐柝拓蘀籜魄作鑿錯各閣格恪諤鰐鶚鍔萼鄂齶愕噩粕膊薄惡堊泊箔礴郝壑熇嗃索鶴貉
涸昨酢怍博搏鎛煿諾霍藿擢郭槨蠖臒穫鑊廓擴

入聲質字韻

質鑕礩蛭隲日馹實秩帙姪膝悉壹一七漆匹吉暱逸佚軼溢鎰佾詰蛣扶咥慄溧篥栗窒疾嫉
蒺失室唧蜜謐必蹕畢珌觱飶苾泌姞佶率帥蟀叱密弼佛乙鳦筆茁獝術述秫橘鷸遹聿霱卒恤
戌律嵂黜怵术絀出櫛蝨瑟　○　陌莫貘百貊驀磔白帛舶百伯柏迫劇屐戟索愬柵窄隙綌額逆
客坼拍魄珀赫嚇格骼砉宅澤擇翟虢麥脈獲畫馘蟈幗摑賾擘檗責簀幘嘖策冊核格覈鬲隔膈
鬲樀革謫摘厄扼軛搤啞昔惜腊舄積脊蹐踖鯽迹益嗌繹譯驛懌嶧斁易埸蜴掖腋液奕亦射釋
適螫尺赤斥石碩隻摭跖炙擲磧席蓆穸汐夕瘠庴籍藉耤辟擗闢役疫躃襞辟璧癖僻碧　○　錫
裼蜥淅析晳激擊澼瀝櫪靂歷曆櫟礫鬲的靮菂適鏑滴嫡蹢弔檄覡鶪霓鷊狄荻糴翟笛迪覿敵
滌踧逖剔惕摘趯俶績勣喫惄溺寂覓汨甓壁戚慼闃　○　職織直力飭敕鶒陟食蝕息熄寔湜殖
埴植識飾式軾拭極匿測惻億臆薏抑色嗇穡棘亟殛革弋翼翌翊即唧稷逼幅域蜮棫淢緎罭閾

洫愊側仄昃愎德得則勒肋忒慝克剋刻特螣黑默墨纆賊塞北葍匐踣惑或國劾 ○ 緝葺十什拾褶執汁習隰襲輯集入廿濕揖及笈蟄縶立笠粒急級給汲伋岌泣澀吸翕潝戢檝邑裛浥唈悒熠

入聲 物 字韻

物 勿拂沸紼艴茀髴弗祓紱黻綍鬱熨尉罻蔚菀甈詘屈厥倔掘佛怫迄欻訖吃屹仡乞 ○ 月刖軏筏伐閥罰越鉞樾粵曰厥蕨蹶闕髮發韈謁歇蠍猲訐揭竭碣沒骨汩滑勃孛浡渤咄柮突勿笏惚兀杌窟搰矻訥窣猝崒捽齕核紇鶻卒 ○ 曷鞨毼褐喝怛闥撻達獺汰遏餲頞剌辢糲渴葛割蔡躠薩末抹秣沫撥襏鉢拶括適闊活聒奪脫豁濊斡撮潑捋掇咄魆跋鈸拔茇 ○ 黠札拔劼滑入察戛恝秸頡軋揠乙北殺鎩茁鎋剎獺刮刷哳刖撒 ○ 屑切竊結拮潔節血泬闋缺玦訣決抉鴂觖鱖譎穴絰姪咥垤耋軼跌迭瓞鐵襭頡涅截巀蜆臬蔑咽噎挈契蛣撆瞥蹩批薛躠泄洩媟契褻列冽洌哲傑竭碣熱折浙舌揲折蘗孽糵滅鼈絕橇雪悅閱爇吶說拙輟啜綴惙劣埒刷別孑桀揭訐茁設徹撤轍澈掣 ○ 葉接楫睫攝涉獵躐鬣捷鑷躡聶囁讋摺慴妾笈輒鮿饁曄厭靨帖貼協挾俠鋏頰莢篋愜牒疊艓堞蝶渫

諜喋蹀捻屧燮躞浹業脅怯劫袷浥褭拾

入聲 合 字韻

合 閤鴿韐蛤答荅颯趿鞁沓踏遝雜匝拉納衲溘闔蓋盍臘蠟榻闒塔嗒榼邑○洽狹袷陜硤峽帢恰掐夾筴郟韐袷插鍤歃箑霎翣劄狎柙匣鴨押壓甲呷乏法霅喋

記紅集

[清]吴綺 程洪 編著
陳雪軍 胡曉梅 整理

前言

一、《記紅集》基本情況

康熙二十五年(一六八六),吳綺、程洪編訂並刊刻了《記紅集》。吳綺的情況可以參見之前《選聲集》的《前言》。程洪,字丹問,新安人。程氏是新安寄山渡著名的鹽商家族。程洪長期旅居揚州,曾與先著合編《詞潔》六卷。談及《記紅集》成書的原因,吳綺在《記紅集序》中説:「余向有《選聲》一集,問業四方。節取其諧,盡是迦陵之語;音期於暢,無取蠻府之談。固已響叶紅牙,遂得賞逢青眼。人傳珠串,旗亭欲拜雙鬟;家奉金科,樂部同推三影。然以簿書旁午,猶慚顧曲之未精;較閲刁丁,尚若謀篇之不備。積懷既久,適耳爲難。迨下嶺之投簪,得康山而鍵户。頻回俗駕,同心賴有求羊;盡謝塵氛,寓目能知亥豕。乃有程子丹問,既研精而肆學,亦好古以求音。咸搜蘭畹之藏,益廣《花庵》之選。」在編選《選聲集》的時候,吳綺表示,一方面由於自己公務繁忙,一方面則由於自己「顧曲未精」、「謀篇不備」,後來遇到程洪「研精肆學」、「好古求音」,才有了這次的增廣之選。程洪在《記紅集序》裏也表達了相似的觀點,他一方面肯定了《選聲集》所取得的成績,同時也指出了存在的不足,他説:「詞故有

《嘯餘譜》、《詩餘圖譜》諸篇，然《嘯餘》煩而寡要，《圖譜》略而不詳。聽翁吳先生因有《選聲》一集，考訂精密，爲詞家之珍久矣。獨其間諸體頗有缺遺，余茲復爲校正，廣搜博采，按調選詞，以成一書，題曰《記紅集》，蓋取昔人紅豆記歌之意云爾。」

就整理者目力所及，現在《記紅集》尚有兩種四個刻本存世，而這兩種刻本没有根本區别，應該同屬一個版本。中國國家圖書館藏有兩種：一種是清玉禾堂刻本，兩册，首頁《記紅集序》下鈐「長樂鄭振鐸西諦藏書」和「北京圖書館藏」兩枚藏書章，頁九行，行二十字，白口，四周雙邊；另一種是清大來堂刻本，六册，首頁「記紅集序」下鈐「北京圖書館館藏」藏書章，頁九行，行二十字，白口，四周雙邊，有署名李日華之校注（簡稱李校本）。另有哈佛燕京圖書館中文特藏本，也是六册，頁九行，行二十字，與中國國家圖書館藏清大來堂刻本同。首頁「記紅集序」下鈐「鶯脰湖莊」陰文藏書章，卷一首頁鈐陽文「哈佛燕京圖書館珍藏」和陰文「鶯脰湖莊」藏書章。此本卷一單調小令四頁下《瀟湘神》開始錯頁，與雙調小令五頁上《酒泉子》混排，然後連着到六頁下，都錯排了雙調小令。而在雙調小令五頁上，則排了《畫舸》等單調小令。鶯脰湖，據《大清一統志》卷五十四：「鶯脰湖，在震澤縣西南，其源自天目，東流至荻塘，會爛溪水，併出平望，匯於此，以其形似鶯脰，故名。」吳綺《林蕙堂全集》卷二十二有《雜感》詩云：「鶯脰湖邊樹欲紅，長年倚楫聽晨鐘。苕川多少浮家處，何日來尋桑苧翁。」又卷二十四有《漁家傲・鶯脰湖次子壽》。由此可見，鶯脰湖莊，或是吳綺居所。

《記紅集》共四卷，其中第一卷收單調小令四十七調，雙調小令一百六十六調，第二卷收中調一百十四調，第三卷收長調一百三十七調，共四百六十四調。另附《詞韻簡》一卷，同《選聲集》所附《詞韻簡》。除了附録相似之外，《記紅集》在選調的數量上遠遠超過了《選聲集》，《選聲集》三卷的相應數字分别爲：卷一收單調小令十九調，雙調小令九十九調，卷二中調五十四調，卷三長調八十二調，共二百五十四調。由此也擴大了選調的範圍，從最短的《十六字令》到最長的《鶯啼序》，《記紅集》皆收入其中。

本次整理，以哈佛燕京圖書館藏本爲底本，校以中國國家圖書館藏署名李日華校注之本。盡量保留原貌，對個别異體字作了處理。

二、《記紅集》與《選聲集》異同考辯

《記紅集》是在《選聲集》的基礎上修訂擴編而成的，兩者之間既有聯繫，又有區别；既有同中之異，亦有異中之同。針對《選聲集》「諸體頗有缺遺」的弊端，編者將主要精力投入到擴充詞調上，最爲直觀的表現就是選調規模的擴大，由《選聲集》的二百五十四調，擴充到《記紅集》的四百六十四調，增加了二百多調。詞調數量的增加，勢必帶來兩個問題，一是調名如何選取，一是同調異名如何處理。

對於調名的選取，在一調多名的情況下，與《選聲集》相比，《記紅集》更傾向於改换新名，而且在

《凡例》中旗幟鮮明地表達了立場：「或調名間有未雅，亦取本調麗句，易以新名，仍注舊名於下，以免淆惑。蓋古人已破此例，非敢故爲更張衒異也。」這種改换新調名的現象，在《記紅集》中隨處可見，如《訴衷情》在《詩餘圖譜》中有四體，《選聲集》中第三體調名改成《桃花水》，第四體仍名《訴衷情》，到了《記紅集》，第三體仍延續《選聲集》的調名處理辦法，仍叫《桃花水》，第四體則改成了《一絲兒》，而把舊調名標注於詞調之下，用第幾體的形式來加以區分。

這種調名更改帶來一個弊端是，雖然選者將詞調舊名也標注於詞調之下，但由於相當一部分詞調本身就有多種調名，這種隨意改换新名的現象無疑使得詞調名稱混亂的現象更加嚴重，事實上所産生的效果與「以免淆惑」的意圖完全背道而馳。

在譜式符號方面，《記紅集》基本上繼承了《選聲集》符號標識方面的革新，同時也有了一些變化。《選聲集》在譜式符號方面有一個簡化的趨向，吴綺對於《詞學筌蹄》、《詩餘圖譜》等舊譜中繁注平仄的作法是頗爲不滿的，認爲這些符號過於繁瑣，不便觀覽。他在《選聲集凡例》中説：「舊刻平聲用『▯』。仄聲用『|』，可平可仄用『◫』，稍有模糊，反生淆亂。今惟可平可仄者用『▯』，其平仄不可動移者原在本文，瞭如指掌，按而求之，耳目爲之一清，矩矱於斯罔易。」對於「平而可仄」與「仄而可平」，《詩餘圖譜》用◒、◓來區分，《嘯餘譜》則用「可平」、「可仄」來區分，而《選聲集》則統一用「▯」來標示。《選聲集》在體例上這個看似小小的變化，實際上達到了簡省字聲類别的效果，由此將原來「平」、「仄」、「平而

可仄」、「仄而可平」四類縮減爲「平」、「仄」、「可平可仄」三類。而且只要注明平仄可以通融之處就可以了，當平、當仄之處，自有例詞在，完全依靠例詞本身的自明性，因此實際上符號只剩下「可平可仄」一種了。《記紅集》繼承了《選聲集》譜式符號簡化的指導思想，又作了更簡化的革新，將《選聲集》標識「可平可仄」的符號「▯」，進一步簡化，《記紅集凡例》云：「茲集考訂精審，凡可平可仄以『—』。」在此基礎上，《記紅集》又作了進一步的革新，增加了「句法暗斷」，即「逗」或者「讀」，句讀用符號「·」。據整理者所見《選聲集》的版本，浙圖本是完全没有句讀符號的，人大本添加了部分句讀符號，而且符號擠在兩字之間，没有單獨占一格處理，所以不夠醒目。《記紅集》儘管句讀符號「·」仍在兩字之間，但明顯粗了許多，看起來比較醒目。由此不僅豐富了符號層次，還形成了由「讀」、「句」、「韻」三個層級組成的標識符號系統。與《選聲集》相比，《記紅集》還有一個創新之處，就是對於上下兩句對仗的情況也進行了標注，分別用「句對」和「韻對」來標示。

此外，《記紅集》還增加表示欣賞、評點的符號，其《凡例》云：「至詞之清新婉麗者旁加圈、點，又以資博覽者之一助云。」所謂可圈可點，就是把選者認爲精彩的、值得肯定或讚揚的字句，或圈或點，來提醒讀者。這樣一來，真正將詞譜與詞選結合起來了。當然由此也會帶來一些問題，標識字聲的符號，與標識警句的符號交織在一起，容易導致混亂，同時導致定位不清，導致讀者分不清究竟是詞譜，還是詞選？下面我們試舉張先的《謝池春慢》，來考察一下《記紅集》的譜式符號。

繚牆重院 句 時聞有・啼鶯到 韻 繡被掩餘寒 句 画幕明新曉 叶對 朱檻連空闊 句 飛絮舞多少[二] 叶對 徑沙平 句 煙水渺 叶對 日長風靜 句 花影閒相照 叶 ◯塵香拂馬 句 逢謝女・城南道 叶 秀艷過施粉 句 多媚生輕笑 叶對 鬬色鮮衣薄 句 碾玉雙蟬小 叶對 歡難偶 句 春過了 叶對 琵琶流怨 句 都入相思調 叶

這裏，字左邊加「|」表示可平可仄，字右邊加圈「◯」、點「、」表示「詞之清新婉麗者，又以資博覽者之一助」，「句」表示此處斷句，句中黑點「・」表示停頓，「韻」表示此處押韻，「叶」表示叶韻，「叶對」表示此處押韻，又與上句對仗。這樣表示平仄的符號，只有「|」一種了，而表示鑒賞的反而有兩種，使得《記紅集》譜體詞選的特徵更加鮮明。

作爲譜體詞選，從詞選的角度來考察，《記紅集》與《選聲集》之間的變化也不僅僅體現在詞調數量上的增加，在詞學觀念等方面的變化也十分顯著。從《選聲集》刊刻的康熙初年，到《記紅集》刊刻的康熙二十五年，這二十多年裏，浙西詞派在康熙詞壇的影響力日盛，隨着《樂府補題》的復出以及浙西詞派詞學理論的日漸成熟，南宋詞開始逐漸爲詞林所重，而《選聲集》和《記紅集》選詞之間的差異恰好爲這一詞壇風氣的轉變提供了佐證。

下面我們來對比一下《選聲集》與《記紅集》在選陣與選域方面的異同。

先來看一下《選聲集》入選詞調在五個以上的詞人情況：

詞人	總數	小令數	中調數	長調數
秦觀	二一	一五	二	四
柳永	一六	三	七	六
周邦彥	一五	一	二	一二
辛棄疾	一四	五	二	七
張先	一〇	四	六	〇
蘇軾	九	四	四	一
陸游	七	二	三	二
吳文英	六	〇	二	四
韋莊	五	五	〇	〇
毛文錫	五	五	〇	〇
史達祖	五	〇	〇	五

再來對比一下《記紅集》入選詞調在五個以上的詞人情況：

詞人	總數	小令數	中調數	長調數
柳永	二四	三	九	一二
周邦彥	二二	四	二	一六
辛棄疾	一八	七	六	五
歐陽修	一五	一二	二	一
史達祖	一三	二	一	一〇
秦觀	一二	七	三	二
張先	一一	四	六	一
蘇軾	一〇	一	五	四
陸游	一〇	四	二	四
蔣捷	一〇	四	三	三
晏幾道	九	六	二	一
程垓	九	〇	七	二
韋莊	八	二	五	一

續　表

詞人	總數	小令數	中調數	長調數
張　泌	八	八	〇	〇
毛文錫	八	七	一	〇
賀　鑄	八	〇	四	四
吳文英	八	〇	二	六
張元幹	七	五	一	一
姜　夔	七	一	三	三
李後主	六	五	一	〇
孫光憲	六	五	一	〇
和　凝	六	五	一	〇
晏　殊	六	三	三	〇
毛　滂	六	三	二	一
馮延巳	五	四	一	〇
溫庭筠	五	五	〇	〇

對比這兩張表中的五首以上入選詞人、詞調和詞作的數據,《選聲集》與《記紅集》之間存在以下幾個明顯的異同。

一是南北宋入選詞人、詞作數量的差異非常明顯,《選聲集》入選五調以上的詞人總數、詞作總數分別爲十一人和一百十三調,其中唐五代二人十調,北宋五人七十一調,南宋四人三十二調,其中重北宋的傾向是顯而易見的。而到了《記紅集》這種總體傾向依然存在。《記紅集》入選五調以上的詞人總數、詞作總數分別爲二十六人和二百五十七調,其中唐五代八人五十二調,北宋十人一百二十三調,南宋八人八十二調,總體上依然體現了重北宋的傾向,同時唐五代的地位有所上升。

二是存在小令重唐五代北宋,而長調則重南宋的傾向。如果再考察一下二書小令詞調的數量,會發現唐五代兩家十首都是小令,北宋五家有二十七首小令,而南宋四家只有七首小令。長調的數量則正好相反,唐五代兩家没有長調,北宋五家二十三首長調,南宋四家十八首長調。雖然數量上似乎仍然是北宋詞人占上峰,但是如果從百分比來看,則南宋四家三十二調中,長調有十八調,占比達到百分之五十六點二;而北宋五家七十一首中,長調有二十三調,占比只有百分之三十一點九。因此,從選陣與選域的角度來看,《選聲集》中存在明顯的小令重唐五代北宋,長調則重南宋的傾向。而到了《記紅集》這種總體傾向依然存在。雖然數量上似乎仍然是北宋詞人占上峰,但是如果從百分比來看,則南宋七家八十二調中,長調有三十四調,占比達到百分之四十一點五;北宋十家一百二十三調中,長調有四十二調，占比只有百分之三十四點一，只是這兩個比例都有所下降，所以《記紅集》中依然存在明顯的小令重唐五代北宋，而長調則重南宋的傾向。

三是有幾個詞人的地位有所變化，由此可見《記紅集》在與《選聲集》保持延續性的同時，也體現了當時詞風演變對其詞學觀念的影響。地位變化最顯著的是秦觀，《選聲集》中秦觀以入選二十一調雄踞榜首，其中小令居然占了十五調，這一方面是由於受張綖《詩餘圖譜》影響，將秦觀視爲婉約派的代表詞人，另一方面也是由於吳綺當時的詞學觀念是比較重視小令的。到了《記紅集》，選秦觀十二調，位置退到了第六位。還有一位地位顯著變化的是史達祖，由《選聲集》的末席，上升到《記紅集》的第五，領先秦觀一個位次，而且入選的十三調中，有十調是長調。擅長長調的史達祖，地位領先了擅長小令的秦觀，其間的意義不言而喻。

此外，更爲意味深長的是，前五位小令入選數量與長調入選數量的一個顯著變化。《選聲集》中位居前五的秦觀、柳永、周邦彦、辛棄疾、張先，小令和長調入選總數分别爲二十八調和二十九調，兩者基本持平，但是有兩個詞人的小令數量頗爲有趣，一個是排名第一的秦觀，小令有十五調；一個是前五名中唯一的南宋詞人辛棄疾，其小令數量有五調，入選小令數位居第二，比張先還多一調，而且整個唐五代以小令擅長的韋莊、毛文錫也不過入選五調。《記紅集》位居前五的柳永、周邦彦、辛棄疾、歐陽修、史達祖，小令和長調入選總數爲二十八調和四十四調，小令依然是二十八調，而長調則達到了四十四調。秦觀跌出了前五的榜單，代替他的歐陽修，也是前五位詞人中唯一擅長小令的，柳永、周邦彦和史達祖的長調數都超過了十調。從這個角度來看，《記紅集》總體上比《選聲集》更重視長調詞，説明受浙西詞派的影響，當時詞壇普遍存在重視南宋詞人的傾向。

三、《記紅集》對《選聲集》的訂正及其存在問題

程洪在《記紅集序》中説：「聽翁吴先生因有《選聲》一集，考訂精密，爲詞家之珍久矣，獨其間諸體頗有缺遺。余茲復爲校正，廣搜博采，按調選詞，以成一書，題曰《記紅集》，蓋取昔人紅豆記歌之意云爾。」既肯定了吴綺《選聲集》考訂精密，有功當時詞學的一面，同時又指出其「諸體頗有缺遺」的不足，而且「復爲校正」。也就是説《記紅集》不僅僅有詞體擴充之功，更有校正《選聲集》謬誤之處。以下略舉幾例，以窺其校正之功。

首先是對《選聲集》遺漏韻腳的補訂。《選聲集》中韻腳漏標的情況不在少數，《記紅集》對於這些遺漏的韻腳，作了一一補訂。如韋莊的《女冠子》首兩句入韻，但是《選聲集》漏標了：

四月十七　句　正是去年今日　句　别君時　韻　忍淚佯低面　句　含羞半斂眉　叶　〇不知魂已斷　句　空有夢相隨　叶　除却天邊月　句　没人知　叶

到了《記紅集》則把這兩個韻腳補上了：

四月十七 韻 正是去年今日 韻 別君時 韻 忍淚佯低面 句 含羞半斂眉 叶 ○不知魂已斷 句 空有夢相隨 叶 除却天邊月 句 没人知 叶

此外，如《宫中調笑》第一句「扇」字，《相見歡》後段前兩句「轉」字、「斷」字，《玉燭新》後段第四句「闕」字、第六句「秀」字，《選聲集》都漏標了韻腳，《記紅集》也都一一作了補訂。

其次是對《選聲集》誤標的平仄進行了修訂。《選聲集》中誤標平仄的情況也很普遍，尤其是對於可平可仄，往往疏於考訂，錯誤所在皆有。如蔣子雲的《好事近》，前後段末句的首字「入」和「任」是領字，按律該用仄聲，《選聲集》卻標注了可平可仄的符號「▯」：

葉▯暗乳鴉啼 句 風▯定老▯紅猶落 韻 蝴▯蝶不▯隨春去 句 入▯・薰▯風池▯閣 叶 ○休▯歌金▯縷勸金巵 句 酒▯病煞▯如昨 叶 簾▯捲日▯長人▯靜 句 任▯・楊▯花飄▯泊 叶

此詞前後段末句五字皆是一四句式，「入」、「任」是領字，應該用仄聲。此二句《詩餘圖譜》皆誤作

◐○○○●，吴綺《選聲集》可能是承《圖譜》而誤。宋祁詞前後兩結句首字「䙡」、「泠」，蘇軾詞前後兩結首字「看」、「與」皆仄聲。考唐宋詞，此處皆如此處理。到了《記紅集》則去掉了「入」字、「任」字旁邊的可平可仄符號，改正了《選聲集》的錯誤。

再次是對於例詞異文的處理上，《記紅集》也有糾正《選聲集》之處。隨着康熙朝中後期詞學昌盛，詞學文獻也不斷有新的發現，《記紅集》的文獻來源更加豐富多樣，客觀上也有助於《記紅集》在異文取捨上作出更好的選擇。如《傳言玉女》一詞，不同選本之間的異文較多：

一夜東風　句　不見柳梢殘雪　韻　御樓烟暖　句　對・鰲山綵結　叶　簫鼓向曉　句　鳳輦初回宫闕　叶　千門燈火　句　九逵風月　叶　◯繡閣人人　句　乍嬉遊　句　困又歇　叶　艶粧初試　句　把珠簾半揭　叶　嬌羞向人　句　手撚玉梅低説　叶　相逢長是・上元時節　叶

詞中「不見」、「向曉」、「九逵」、「嬌羞」、「長是」，《樂府雅詞》、《花庵詞選》分別作「吹散」、「向晚」、「九街（九衢）」、「嬌波」、「常是」，《記紅集》對這些異文的處理，既有保持《選聲集》原貌的，如「不見」、「九逵」、「嬌羞」、「長是」這些詞保留了下來；也有採納《樂府雅詞》、《花庵詞選》的，如「向晚」，《選聲集》原作「向曉」，從詞意來看，「向晚」更好。仔細品味這些異文，總體而言，《記紅集》的取捨還是正確的。又如蔣捷《春夏兩相期》後段第八句，《選聲集》作「謾拍調鷺」，《竹山詞》和《花草粹編》皆作「慢拍調鷺」，《記紅集》從《竹山詞》和《花草粹編》，將「謾拍」改正爲「慢拍」。

此外，《記紅集》還對《選聲集》斷句不當之處進行了必要的修訂，如李清照《醉花陰》前段末兩句「寶枕紗廚，半夜秋初透」，《選聲集》合爲一個九字句，對此，《記紅集》進行了修訂，改爲四字、五字兩句。又如李清照《鳳凰臺上憶吹簫》前段末兩句「非干病酒，不是悲秋」，《選聲集》也合爲一個八字句，對此，《記紅集》進行了修訂，改爲兩個四字句。

當然，《選聲集》出現的錯誤，《記紅集》存在依然延續錯誤而没有修改的情況。一是作者名字錯誤没有改正的，如《攤破浣溪沙》「菡萏香銷翠葉殘」仍然署名「李後主」。一是平仄錯誤没有訂正的，如韋莊《謁金門》詞，《選聲集》對於可平可仄的處理如下：

空□相憶 韻 無□計得□傳消息 叶 天□上嫦□娥□人不識 叶 寄□書何處覓 叶 ◯春□睡覺□來無□力 叶 不□忍把□伊書□跡 叶 滿□院□落花春寂寂 叶 斷□腸芳草碧 叶

《選聲集》此詞有多處漏注了可平可仄，如前段起句「空相憶」之「空」字、第二句「消」字、第四句「書」字、「處」字，後段末句「腸」字、「草」字皆可平可仄，唐宋詞中有閻選、袁去華、蘇庠詞可校。《記紅集》中這幾個字依然没有標注可平可仄符號。

《選聲集》里已經有調名重出、混用的現象，到了《記紅集》不僅没有得到有效的糾正，反而有過之無不及。如《齊天樂》，因周邦彦詞有「緑蕪凋盡臺城路」句，又名《臺城路》；張輯詞有「如此江山」句，名《如此江山》；沈端節詞名《五福降中天》。《臺城路》、《五福降中天》、《如此江山》是《齊天樂》詞調的别名，或者説是同一詞調的「又一體」，不應該作爲獨立的詞調來處理。但是《記紅集》既收了史達祖的《齊天樂》，又收了張炎的《臺城路》，還收了沈端節的《五福降中天》，作爲三個不同的詞調來處理了。所以李日華在《臺城路》詞調下批注曰：「即《齊天樂》，不應另立。」其他如《江南春》與《秋風清》重出，《眉峰碧》與《卜算子》重出，《玉聯環》與《一落索》、《洛陽春》重出，《漁父》與《漁歌子》重出，《摘紅英》與《惜分釵》重出，《風中柳》與《賣花聲》、《謝池春》重出，這樣的情況非常普遍，就不再一一列舉了。

記紅集序

余向有《選聲》一集，問業四方。節取其諧，盡是迦陵之語；音期於暢，無取蠻府之談。固已響叶紅牙，遂得賞逢青眼。人傳珠串，旗亭欲拜雙鬟；家奉金科，樂部同推三影。然以簿書旁午，猶慚顧曲之未精；較閱刁丁，尚若謀篇之不備。積懷既久，適耳爲難。迨卞嶺之投簪，得康山而鍵户。頻回俗駕，同心賴有求羊；盡謝塵氛，寓目能知亥豕。乃有程子丹問，既研精而肄學，亦好古以求音。咸搜蘭畹之藏，益廣《花庵》之選。竊謂詞雖小道，義在大晟。究其源流體制，實由於樂府；相爲表裏，興觀允助於騷壇。是以三唐偉士，兩宋名賢，無論秦、柳之專工，以及辛、蘇之媲美。他若考亭理學，猶歌緑酒飛紅；萊國清貞，亦念杏花芳草。忠如武穆，尚矢韻於凭闌；烈似文山，復和歌於缺鏡。趙忠簡之一枕，夢入江南；范文正之孤城，心傷塞北。皆有懷於白苧，曾何累於青編？至如供奉之名重開元，「三調」實爲星海；太傅之集高長慶，諸編獨擅春江。歐廬陵文冠八家，小令偏多旖旎；蘇眉山書傳千古，長謳更自雄奇。蓋詞章原非兩途，而詩筆誠歸一致。或以才難兼勝，遂言義有相妨。斯則淺見之拘攣，實少英流之卓犖矣。若夫和凝入相，則羞曲子之名；韓偓登庸，便悔《香奩》之作。斯又唱《渭城》

而不暇，寧闕「皺春水」以爲嫌耶？予與程子掇拾無遺，編摩最久。譜蒐古逸，寧言葑菲之微；詞尚淹通，用冀棗梨之壽。務令記歌娘子，數紅豆以傳聲；勿使度曲才人，望青蓮而閣筆。時康熙丙寅中秋後一日，聽翁吴綺書於鳳觀書屋。

記紅集序

昔鄭康成立詩譜，列諸侯世及詩之次，放三代世表如世系，不可以紊亂，而統之有宗也。漢道盛，樂府立，六朝淫艷，極於陳隋，其爲詩也，幾乎詞矣。沈宋興唐，新聲迺作。射洪始奥，矯然追復古調，力振一代之制。然李白之樂府，屢變爲王建、張籍，以逮温李之後，艷麗纖淫又極矣。故聲愈新而調愈變。詞也者，詩之餘也。唐宋工詞者無慮數十家，或以婉麗取姸，或以豪逸致勝，無不諧聲合拍，以成樂句。雖謂非麗以則，不可語於三代之雅樂，而自漢魏六朝以還，豈遽有所隆窊高下哉？顧後之爲詞者，考之於聲調，往往不合，而徒論夫南宋、北宋之分，周、柳、蘇、辛之别，卒不知其譜一成而不可易也。夫詞自唐而始，至宋而盛，迄今而極。天下豈無鴻才絶學，博通古今，擅文章之譽以名一家者？而出之《花間》度曲，移宫换羽，則不免於優伶之所竊笑。孰知歌之有譜如宗之有統，而考世系姓以知所自，不容淆(一)亂者哉？詞故有《嘯餘譜》、《詩餘圖譜》諸篇，然《嘯餘》煩而寡要，《圖譜》略而不詳。聽翁吴先生因有《選聲》一集，考訂精密，爲詞家之珍久矣，獨其間諸體頗有缺遺。余兹復爲校正，廣搜博采，按

(一) 按：「淆」，原刻作「肴」，今據義改。

調選詞，以成一書，題曰《記紅集》，蓋取昔人紅豆記歌之意云爾。夫舠雖如叶，而欲濟者必問之；户扃甚閉，則操匙者頻顧之。余之此譜，亦猶是也。已濟已啟，彼如叶者舍之矣。如其未啟未濟而思啟思濟，則操匙駕舠之爲功又曷可少哉？

康熙丙寅立春日，岑山程洪丹問氏題於衍源堂。

記紅集凡例

詞爲曲祖，古人用按紅牙，各有宫調所屬，今則南曲盛行而詞調失傳。然格律尚在，即按譜填詞，已難盡其微妙。後人乃有自度並犯各曲者，恐宫調既無確據，則自度未免杜撰，犯曲更似支離。兹集概不敢違古從今，或調名間有未雅，亦取本調麗句，易以新名，仍注舊名於下，以免淆惑。蓋古人已破此例，非敢故爲更張衒異也。

作詞本于樂府，始于六朝，盛于唐，極于宋金，而後代不乏人。作者總以陶情寄興，則體格不可不正。兹集選其精粹，棄其繁蕪，如《望夫歌》、《一片子》、《紇那曲》即五言絶句，《阿那曲》、《清平調引》、《小秦王》、《竹枝》、《柳枝》、《八拍蠻》、《浪淘沙》、《春鶯囀》、《陽關曲》即七言絶句之類，概不贅入。

南北曲每訛于襯字，蓋限于格而文義有不屬不暢者，每用一二虚字襯之，全在歌者之變通合拍。詞則不可，往往襯詞相混，愈傳愈誤，故詞以不用襯字爲正格。

詞譜苦無善本。《嘯餘》較訂不確，訛謬甚多。《圖譜》又覺煩瑣，《選聲》亦苦未備。兹集考訂精審，凡可平可仄以「丨」。句法暗斷以「·」。至詞之清新婉麗者旁加圈、點，又以資博覽者之一助云。

凡詞皆以聲情爲主，若聲不流麗，則情亦滯澀；歌喉稍戾，聽者廢然，何况作者先爲劣調乎？詞既不順，雖有秦青、韓娥，亦難按拍矣。兹集俱取調之醇雅，音之鏗鏘，其拗體概置不録。

詞爲詩餘，則押韻當如詩律之嚴。而韻之濫觴，即宋名家亦多出入，往往真、庚相混，甚有雜入東韻者。唐人多遵沈約，亦有可議，以詞韻無定本也。今作者如林，直欲超唐軼宋。各家詞韻亦稱備美，而《選聲》舊韻似爲妥確，兹故仍用此韻。

兹集選詞，間有稍平及用韻不純者。因欲備調，苦選本不多，急于問世，嗣當廣搜全璧以易之。

記紅集目次

(一) 原作「岷江絲」，據正文改。

記紅集卷二

中調

記紅集卷三

㈠ 此處作者原誤作秦觀，據正文改。
㈡ 此處作者原誤作歐陽修，據正文改。

(一) 此處作者原誤作盧祖皋，據正文改。
(二) 此處作者原誤作僧仲殊，據正文改。

(一) 此處作者原誤作秦觀，據正文改。
(二) 此處作者原誤作柳永，據正文改。
(三) 此處作者原誤作張翥，據正文改。
(四) 此處作者名目録原缺，據正文補。

記紅集卷一

豐南吳綺薗次、岑山程洪丹問同選定
吳興茅麐天石較

單調小令

月穿窗 即《十六字令》[一]

詠月　周晴川

眠韻　月影穿窗白玉錢叶　無人弄句　移過枕函邊叶

【校】

[一] 李校本在詞調下注曰：「蔡伸詞名《蒼梧謡》，張孝祥名《歸字謡》。」

鴛鴦綺　即《閒中好》，一名《三憶》　可用仄韻　韓偓

憶眠時 句 春夢困騰騰 韻 展轉不能起 句 玉釵垂枕稜 叶

【校】

[一] 按：《閒中好》調見段成式《酉陽雜俎》，有平韻、仄韻兩體，因其詞首句「閒中好」，故以爲調名。又按：韓偓詞名《三憶》，見《御定全唐詩》。《鴛鴦綺》乃吴綺自己作詞時所用調名，不見其他詞人用此名。

梧桐影　一名《落日斜》[一]　夢中女子

明月斜[二] 句 秋風冷 韻對 今夜故人來不來 句 教人立盡梧桐影 叶

【校】

[一] 李校本在詞調下注曰：「一名《明月斜》。」又按：宋周紫芝《竹坡詩話》云：「大梁景德寺峨嵋

院壁間，有吕巖題字。寺僧相傳，有蜀僧號峨嵋道者，戒律甚嚴，不下席者二十年。一日，有布衣青裘，昂然一偉人來，與語良久，期以明年是日，復相見於此，顧少見。待明年是日，日方午，道者沐浴端坐而逝。至暮，偉人果來，問道者，曰亡矣。偉人歎息良久，忽不見。明日，書數語於堂側壁間絕高處。宣和間，余遊京師，猶及見之。」又，《庚溪詩話》亦載此事，與此小異。後人因詞中有「明月斜」句，更名《明月斜》。

[二] 按：《竹坡詩話》作「落日斜，西風冷。幽人今夜來不來，教人立盡梧桐影。」

尋花柳　一名《醉粧詞》[一]

前蜀王衍

者邊走、韻　那邊走、叶　只是尋花柳、叶　那邊走、叶　者邊走、叶　莫厭金盃酒、叶

【校】

[一] 按：唐孫光憲《北夢瑣言》：「蜀王衍嘗裹小巾，其尖如錐。宮人皆衣道服，簪蓮花冠，施胭脂夾臉，號『醉粧』，因作《醉粧詞》。」此調只此一詞，平仄宜遵之。

春宵憶　即《南歌子》第一體[一]

溫庭筠

轉盼如波眼[二]句　娉婷似柳腰韻對　花裏暗相招叶　憶君腸欲斷句　恨春宵叶

【校】

[一]按：《選聲集》調名爲《春宵曲》。李校本在詞調下注曰：「一名《春宵曲》，張泌名《水晶簾》，周邦彥名《南柯子》，程垓名《望秦川》，田不伐名《風蝶令》。」又在頁眉注曰：「按：溫詞有七首平仄如一。」又按：吳綺《選聲集・凡例》云：「凡一調有數體者，只取一體入譜。」但《春宵曲》、《碧牕夢》、《水晶簾》皆《南歌子》之又一體，吳綺四調皆收，與《凡例》所云不符。又，《欽定詞譜》收雙調九十八字《水晶簾》，前後段各十句，五仄韻。與張泌詞屬不同之調。又：《欽定詞譜》本調名《南歌子》。

[二]「傳」、「花」、「憶」，溫庭筠幾首詞皆作仄、平、仄。

西樓夢[一]

彝陵女子

楊柳句　楊柳重　裊裊隨風急韻　西樓美人春夢中句　翠簾斜捲千條入叶

【校】

[一]按：《丹鉛餘録》卷二十云：「《幽怪録》載唐人三句之詩，一首云：『楊柳，楊柳，裊裊隨風急。西樓美人春夢中，翠簾斜捲千條入。』」

憑欄人[一]

倪瓚

客有吴郎吹洞簫 韻 明月沈江春霧曉 句 湘靈不可招 叶 水雲中 句 環珮摇 叶

【校】

[一]按：此元人小令。《欽定詞譜》云：「此詞第二句用仄韻，結作三字兩句，與邵（亨貞）詞小異。按元人小令俱叶北音，所謂《中原音韻》也，與古韻三聲叶者微不同。蓋三聲叶只平上去三聲，若《中原音韻》則入聲作平，無所不叶也。」

花非花[一]

白居易

花非花 句 霧非霧 韻 夜半來 句 天明去 叶 來如春夢不多時 句 去似朝雲無覓處 叶

【校】

[一]按：調見白居易《長慶集》，以首句爲調名。此本《長慶集》長短句詩，後人採入詞中，其平仄亦不拘。

摘得新[一]　皇甫松

酌一巵、韻　須教玉笛吹、叶　錦筵紅蠟燭、句　莫來遲、叶　繁紅一夜驚風雨[二]　句　是空枝　叶

【校】

[一]李校本在詞調下注曰：「唐教坊曲名。」按：皇甫松別首第五句「平生都得幾十度」，「都」字平聲，「幾」字、「十」字俱仄聲。

[二]「驚風雨」，《花間集》、《花草粹編》作「經風雨」。

碧窗夢　即《南歌子》第二體[一]　張泌

岸柳拖烟緑　句　庭花照日紅　韻對　數聲蜀魄入簾櫳[二]　叶　驚斷碧窗殘夢　句　畫屏空　叶

【校】

〔一〕按：《南歌子》第一體即前《春宵曲》。

〔二〕張泌別首第三句「綺疏飄雪北風狂」，「綺」字仄聲、「飄」字平聲，平仄同。歐陽炯詞第三句「迢迢永夜夢難成」，「迢」字平聲，「永」字仄聲。

月當樓 即《荷葉盃》第二體〔一〕

顧敻

歌發誰家筵上○韻 寥亮○叶 別恨正悠悠○換韻 蘭釭背帳月當樓○叶 愁麽愁○叶 愁麽愁○疊叶

【校】

〔一〕按：《荷葉盃》，唐教坊曲名。此詞有單調、雙調。單調者有溫庭筠、顧敻二體，雙調者只韋莊一體，俱見《花間集》。

西樓月〔一〕

張仲宗

瑤軒倚檻春風度○韻 柳垂煙○句 花帶露○叶對 半閑鴛被怯餘寒○句 燕子時來窺繡户○叶

【校】

［一］按：即《春曉曲》，朱敦儒詞有「西樓月落雞聲急」句，故名《西樓月》。此詞與朱詞同，惟第二句作三字兩句異。

章臺柳［一］　韓翃

章臺柳、韻　章臺柳、重　昔日青青今在否○叶　縱使長條似舊垂○句　也應攀折他人手○叶

【校】

［一］按：唐韓翃製，以首句爲調名。起二句亦可不用疊句，有唐妓柳氏詞。

漁父　一名《漁歌子》［一］　張志和

西塞山前白鷺飛○韻　桃花流水鱖魚肥○叶　青○箬○笠○句　緑○蓑○衣○叶對　斜○風○細○雨○不○須○歸○叶

【校】

[一] 李校本在詞調下注曰：「唐教坊曲名。」又，《欽定詞譜》云：「按《唐書·張志和傳》，志和居江湖，自稱江波釣徒，每垂釣不設餌，志不在魚也。憲宗圖真求其人，不能致。嘗撰《漁歌》，即此詞也。單調體實始於此。至雙調體，昉自《花間集》顧敻、孫光憲。有魏承班、李珣諸詞可校。若蘇軾單調詞，則又從雙調詞脫化耳。和凝詞更名《漁父》，徐積詞名《漁父樂》。」

搗練子 一名《解紅兒》[一]

李後主[二]

秋閨

深院靜○ 句 小庭空○ 韻對 斷○續○寒○砧○斷○續○風○ 叶 無奈夜長人不寐○ 句 數○聲○和○月○到○簾○櫳○ 叶

【校】

[一] 按：《欽定詞譜》云：「一名《搗練子令》。因馮延巳詞起結有『深院靜』及『數聲和月到簾櫳』句，更名《深院月》。」

[二] 《尊前集》作者署馮延巳。

瀟湘神　與《章臺柳》同，但此用平韻[一]　劉禹錫

湘水流○韻　湘水流○重　九疑雲物至今秋○叶　若問二妃何處所○句　零○陵○芳○草○露○中○愁○叶

【校】

[一] 調始自唐劉禹錫詠湘妃詞，所謂賦題本意也。

桂殿秋　末二句不對即《赤棗子》[一]　向子諲

秋色裏○句　月明中○韻對　紅旌翠節下蓬宮○叶　蟠桃已結瑤池露○句　桂子初開玉殿風○叶對

【校】

[一] 本唐李德裕送神迎神曲，有「桂殿夜涼吹玉笙」句，取爲調名。

画舸　即《南鄉子》第一體，首句可作三字兩句，「回顧」句可作三字[一]　歐陽炯

画舸停橈○韻　槿花籬外竹橫橋○叶　水上游人沙上女○換韻　回顧○叶女　笑○指○芭○蕉○林○裏○住○叶女

【校】

［一］按：唐教坊曲名。此詞有單調、雙調。單調者始自歐陽炯詞，馮延巳、李珣俱本此添字。雙調者始自馮延巳詞。此詞單調，平仄兩韻，與宋人兩段全押平韻者異。

謝秋娘　即《憶江南》第一體，一名《夢江口》［一］　皇甫松

樓上寢句　殘月下簾旌韻　夢見秣陵惆悵事句　桃花柳絮滿江城叶　雙髻坐吹笙叶

【校】

［一］李校本在頁眉注曰：「按：此調有十三名。」按：據唐段安節《樂府雜録》，此詞乃李德裕爲謝秋娘作，故名《謝秋娘》，因白居易詞更今名，又名《江南好》。又因劉禹錫詞有「春去也，多謝洛城人」句，名《春去也》。溫庭筠詞有「梳洗罷，獨倚望江樓」句，名《望江南》。皇甫松詞有「閒夢江南梅熟日」句，名《夢江南》，又名《夢江口》。李煜詞名《望江梅》。此皆唐詞單調。至宋詞始爲雙調。王安中詞有「安陽好，曲水似山陰」句，名《安陽好》。張鎡詞有「飛夢去，閒到玉京遊」句，名《夢仙遊》。蔡真人詞有「鏗鐵板，閒引步虛聲」句，名《步虛聲》。宋自遜詞名《壺山好》。丘處機詞名《望蓬萊》。《太平樂府》名

《歸塞北》，注大石調。

天淨沙[一]　　無名氏[二]

枯藤老樹寒鴉韻　小橋流水平沙叶　古道淒風瘦馬[三]仄叶　夕陽西下仄叶　斷腸人在天涯叶

【校】

[一]按：無名氏詞有「塞上清秋早寒」句，又名《塞上秋》。此詞第三、四句俱叶仄韻。

[二]此詞作者應爲馬致遠。

[三]第一句「寒鴉」、第二句「平沙」、第三句「淒風」，一般分別作「昏鴉」、「人家」、「西風」。

喜春來　一名《漱玉沙》[一]　　張天雨

江梅的的依茅舍句　石瀨濺濺漱玉沙韻對　瓦甌蓬底送年華叶　問暮鴉叶　何處阿戎家叶

【校】

[一]按：一名《陽春曲》。此亦元人小令，平仄韻互叶。

踏歌辭[一]　　崔液

綵女迎金屋 句 仙姬出画堂 韻對 鴛鴦裁錦袖 句 翡翠貼花黄 叶對 歌響舞行分艷色 句 動流光 叶

【校】

[一]按：唐《輦下歲時記》：「先天初，上御安福門觀燈，令朝士能文者爲《踏歌》。」陳暘《樂書》云：「《踏歌》，隊舞曲也。」又，《欽定詞譜》云：「此調五字六句，崔詞二首皆然。舊譜於此詞第五句作七字，第六句作三字者非。」

黄金縷　即單調《蝶戀花》[一]　　司馬槱

妾本錢塘江上住 韻 花落花開 句 不管流年度 叶 燕子銜將春色去 叶 紗窗幾陣黄

梅雨○叶

【校】

［一］此即單調《蝶戀花》，爲唐教坊曲名。本名《鵲踏枝》，宋晏殊詞改今名。馮延巳詞有「楊柳風輕，展盡黄金縷」句，名《黄金縷》。趙令畤詞有「不捲珠簾，人在深深院」句，名《捲珠簾》。司馬槱詞有「夜涼明月生南浦」句，名《明月生南浦》。韓淲詞有「細雨吹池沼」句，名《細雨吹池沼》。賀鑄詞名《鳳棲梧》，李石詞名《一籮金》，衷元吉詞名《魚水同歡》，沈會宗詞名《轉調蝶戀花》。

鷓鴣啼　即《南鄉子》第三體［一］　　李珣

烟漠漠○句　雨凄凄○韻對　岸花零落鷓鴣啼○叶　遠客扁舟臨野渡○換韻　思鄉處○叶　潮退水平春色暮○叶

【校】

［一］按：可參見前《南鄉子》第二體《碧牕夢》。此與歐陽炯「路入南中」詞同，惟起作三字兩句異。

試春衣　即《九張機》[一]

無名氏

一張機 韻 采桑陌上試春衣 叶 風晴日煖慵無力 句 桃花枝上 句 啼鶯言語 句 不肯放人歸 叶

【校】

[一] 按：調見《樂府雅詞》。

秋風清[一]

李白

秋風清 韻 秋月明 叶對 落葉聚還散 句 寒鴉棲復驚 叶對 相思相見知何日 句 此時此夜難爲情 叶對

【校】

[一] 按：一名《秋風引》。寇準詞名《江南春》，劉長卿仄韻詞名《新安路》。此本三、五、七言詩，後

人採入詞中，其平仄不拘。

岷江緑　一名《清江引》[一]　　曹明善

長門柳絲千萬縷 韻 總是傷心處 叶 行人折柔條 句 燕子銜芳絮 叶對 都不由・鳳城春做主 叶

【校】

[一] 按：據《輟耕録》卷八：「太師巴延擅權之日，剡王齊齊克圖、高昌王特穆爾布哈皆以無罪殺。山東憲吏曹明善時在都下，作《岷江緑》二曲以諷之，大書揭於五門之上。巴延怒令左右暗察得實，肖形捕之。明善出避吳中一僧舍，居數年，伯顏事敗，方再入京。」此調僅曹明善兩詞，平仄可互參。

江南春　與《秋風清》同，每句第二字平仄相反[二]　　寇準

波渺渺、句 柳依依、韻對 孤村芳草遠 句 斜日杏花飛 叶對 江南春盡離腸斷 句 蘋滿汀洲人未歸 叶

【校】

[一] 按：與《秋風清》重出，《秋風清》已見前。萬樹《詞律》云：「或曰此萊公自度曲，他無作者。余謂唐李青蓮詩：『秋風清，秋月明。落葉聚還散，寒鴉棲復驚。相思相見知何日，此時此夜難爲情。』」故一名《秋風清》，又作《秋风引》。刘长卿仄韵词名《新安路》。

法駕導引　比《憶江南》首句多疊三字[一]

韓夫人

朝元路句　朝元路重　同駕玉華君韻　千乘載花紅一色句　人間遙指是祥雲叶　回望海光新叶

【校】

[一] 按：宋陳與義詞序云：「世傳頃年都下市肆中，有道人攜烏衣椎髻女子，買斗酒獨飲，女子歌詞以侑，凡九闋，皆非人世語。或記之，以問一道士。道士驚曰：『此赤城韓夫人所製水府蔡真人《法駕導引》也。』烏衣女子疑龍云。得其三而忘其六，擬作三闋。」又按：此詞與《望江南》相近，但起句下多一疊句耳。按陳詞別首起二句「煙漠漠，煙漠漠」，上兩「漠」字俱仄聲。第三句「海上百花搖」，「海」字仄聲。第四句「十八風鬟雲半動」，「十」字仄聲，「風」字平聲。第五句「月華微映是空

舟」，「月」字仄聲。

蕃女怨[一]

溫庭筠

萬枝香雪開已遍○韻細雨雙燕○叶鈿蟬箏○句金雀扇○叶對畫梁相見○叶雁門消息不歸來○換韻又飛回○○○叶來

【校】

[一]李校本在頁眉注曰：「按：溫詞有二首。」按：溫庭筠二詞，俱詠蕃女之怨，故詞中有「雁門沙磧」諸語。此調四仄韻，結換二平韻，溫詞二首並同。其起句「已」字，第二句「雨」字，例用仄聲。

一葉落[一]

唐莊宗

一葉落○韻褰珠箔○叶此時景物正蕭索○叶畫樓月影寒○句西風吹羅幕○叶吹羅幕○重往事思量着○○○○叶

【校】

[一] 李校本在詞調下注曰：「《五代史》云：後唐莊宗能自度曲。此其一也。」又按：此詞第六句，即疊字第五句，亦和聲。

憶王孫　一名《豆葉黃》、《欄干萬里心》、《一半兒》、《憶君王》[一]

張宗瑞

小樓柳色未春深韻　湘月牽情入苦吟叶　翠袖風前冷不禁叶　怕登臨叶　幾曲欄干萬里心叶

【校】

[一] 李校本在詞調下注曰：「陸游名《画蛾眉》，一名《怨王孫》。」又按：此詞單調三十一字者創自秦觀，宋元人照此填。《梅苑》詞名《獨腳令》，謝克家詞名《憶君王》，呂渭老詞名《豆葉黃》。陸游詞有「畫得蛾眉勝舊時」句，名《畫蛾眉》。張輯詞有「幾曲欄干萬里心」句，名《欄干萬里心》。雙調五十四字者見《復雅歌詞》，或名《怨王孫》，與單調絕不同。

遐方怨　第一體[一]　温庭筠

無題

憑繡檻句　解羅幃韻對　未得君書句　腸斷瀟湘春雁飛叶　不知征馬幾時歸叶　海棠花謝也句　雨霏霏叶

【校】

[一] 李校本在詞調下注曰：「唐教坊曲名。」此調有兩體，單調者始於温庭筠，雙調者始於顧敻、孫光憲，惟《花間集》有之，宋人無填此者。

後庭花破子[一]　王惲

緑樹遠連洲韻　青山壓樹頭叶對　落日高城望句　烟霏翠滿樓叶　木蘭舟叶　彼汾一曲句　春風佳可游叶

【校】

［一］李校本在頁眉注曰：「按：此調創自金元。」按：此金元小令，與唐詞《後庭花》、宋詞《玉樹後庭花》異。所謂破子者，以其繁聲入破。有邵亨貞、趙孟頫詞及《太平樂府》、《花草粹編》無名氏詞可校。

宮中調笑　一名《轉應曲》［一］

無名氏

蝴蝶 韻 蝴蝶 重 飛繞碧桃千葉 叶 今朝走覓西鄰 換韻 明日天涯暮春 叶鄰 春暮春暮 倒疊上二字，換韻 花落蝶歸何處 叶暮

【校】

［一］李校本在詞調下注曰：「一名《古調笑》，一名《三臺令》。」按：即《古調笑》。白居易詩「打嫌調笑易」，自注：「調笑，抛打曲名也。」戴叔倫詞名《轉應曲》，馮延巳詞名《三臺令》。

如夢令

一名《宴桃源》、《憶仙姿》[一]　唐莊宗

曾宴桃源深洞（韻）一曲舞鸞歌鳳（叶）長記別伊時（句）和淚出門相送（叶）如夢（叶）如夢（重）殘月落花煙重（叶）

【校】

［一］李校本在詞調下注曰：「一名《無夢令》、《比梅》。」又在頁眉注曰：「按：此曲本唐莊宗製，名《憶仙姿》。」按：宋蘇軾詞後注云：「此曲本唐莊宗製，名《憶仙姿》，嫌其名不雅，故改爲《如夢令》，莊宗作此詞，卒章云：『如夢。如夢。和淚出門相送。』因取以爲名云。」周邦彦又因此詞首句，改名《宴桃源》。沈會宗詞有疊句：「不見。不見。」名《不見》。張輯詞有「比著梅花誰瘦」句，名《比梅》。《梅苑》詞名《古記》。《鳴鶴餘音》詞名《無夢令》。魏泰雙調詞名《如意令》。

口脂香

即《甘州子》[一]　顧敻

一爐龍麝錦幃旁（韻）屏掩映（句）燭熒煌（叶對）禁樓刁斗喜初長（叶）羅薦繡鴛鴦（叶）山枕上

句私語口脂香 叶

【校】

［一］按：唐教坊曲名。《唐書・禮樂志》：「天寶間樂曲，皆以邊地爲名，甘州其一也。顧夐詞名《甘州子》。」因顧詞有「私語口脂香」，名《口脂香》。

兩心知 即《思帝鄉》第一體［一］ 韋莊

雲髻墜 句 鳳釵垂 韻對 髻墜釵垂無力 句 枕函欹 叶 翡翠屏深月落 句 漏依依 叶 説盡人間天上 句 兩心知 叶

【校】

［一］按：此調創自溫詞，若韋作則本此減字者。《記紅集》列韋詞而不列溫詞，失其源流矣。《欽定詞譜》列溫詞「花花，滿枝紅似霞」爲第一體，若韋詞則本此減字者，此词较前词第二句又減二字，惟第七句九字，仍照溫词填。

西溪子　第一體[一]　　牛嶠

捍撥雙盤金鳳韻　蟬鬢玉釵搖動叶　画堂前句　人不語換韻　絃解語叶　彈到昭君怨處叶　翠蛾愁換韻　不擡頭叶愁語

【校】

[一]李校本在詞調下注曰：「唐教坊曲名。」此詞三換韻，兩仄一平，與間叶者不同。其第四、五句用疊韻，或非定格，毛文錫「昨夜西溪游賞」詞押韻與詞不同。

思帝鄉　第二體[一]　　韋莊

春日遊韻　杏花吹滿頭叶　陌上誰家年少暗斷　足風流叶　妾擬將身嫁與暗斷　一生休叶　縱被無情棄句　不能羞叶

【校】

[一]按：此調創自溫詞，若韋作則本此減字者。《記紅集》列韋詞而不列溫詞，失其源流矣。《欽

定詞譜》列溫詞「花花，滿枝紅似霞」爲第一體，此詞起句比溫詞多一字，第六句比溫詞少二字，第七句比溫詞少一字，餘俱同。此所謂本溫詞減字也。

神仙伴侶　即《風流子》第一體[一]　孫光憲

樓倚長衢欲暮 韻 瞥見神仙伴侶 叶 微傅粉 句 攏梳頭 句 隱暎画簾開處 叶 無語 叶 無緒 叶 慢曳羅裙歸去 叶

【校】

[一] 李校本在詞調下注曰：「唐教坊曲名。」單調者，唐詞一體。雙調者，宋詞三體。《花間集》孫光憲詞三首，每首第六、七句俱用兩韻。

秋江碧　即《天仙子》第一體[一]　皇甫松

晴野鷺鷥飛一隻 韻 水葓花發秋江碧 叶 劉郎此日別天仙 句 登綺席 叶 淚珠滴 叶 十二

晚峰高歷歷　叶

【校】

［一］李校本在詞調下注曰：「本名《萬斯年》，唐教坊曲名。」按：據段安節《樂府雜録》：《天仙子》本名《萬斯年》，李德裕進，屬龜茲部舞曲。因皇甫松詞有「懊惱天仙應有以」句，取以爲名。此詞有單調、雙調兩體。單調始於唐人，或押五仄韻，或押四仄韻，或押兩仄韻三平韻，或押五平韻。雙調始於宋人，兩段俱押五仄韻。又按：此調以此詞爲正體。若和凝詞之少押一韻，韋莊詞之平仄換韻，或全押平韻，皆變體也。

水晶簾　即《江城子》第一體，又名《江神子》［一］　張泌

碧闌干外小中庭　韻　雨初晴　叶　曉鶯聲　叶　飛絮落花時節近清明　叶　睡起捲簾無一事　句　勻面了　句　没心情　叶

【校】

［一］李校本在詞調下注曰：「一名《春意遠》。」又在頁眉注曰：「按：雙調自宋始。」按：張泌此詞《花間集》作《江城子》。此調名，不知吳綺依據爲何。宋詞有《水晶簾》調，爲雙調九十八字，前後段各十句五仄韻，調見《翰墨全書》。又按：唐詞爲單調，至宋人始作雙調，晁補之改名《江神子》，韓淲詞有「臘後春前村意遠」句，更名《村意遠》。

昭陽怨　即《連理枝》［一］

李　白

淺画雲垂帔韻　點滴昭陽淚叶　咫尺宸居句　君恩斷絶句　似隔千里叶　望・水精簾外竹枝寒句　守・羊車未至叶

【校】

［一］按：《詩餘圖譜》爲雙調，前段各句字數作五五四四四八五，七句四韻，後段同前。末三句，作八字、五字兩句。又按：《欽定詞譜》作雙調七十字，前後段各七句四仄韻。前段爲：「雪蓋宮樓閉。羅幕昏金翠。斗鴨闌干，香心淡薄，梅梢輕倚。噴寶猊香燼、麝煙濃，馥紅綃翠被。」亦將末三句處理成

八字、五字兩句，並認爲舊譜誤將李白詞分作兩首。

望江怨[一]　　牛嶠

東風急韻　惜別花時手頻執叶　羅幃愁獨入叶　馬嘶殘雨春蕪濕叶　倚門立叶　寄語薄情郎句　粉香和淚滴[二]叶

【校】

[一]按：《花間集》此調只有牛嶠一詞，平仄當遵之。《嘯餘譜》所注平仄及《詞統》所采明詞，皆誤。

[二]「和淚滴」，《花間集》、《花草粹編》作「和淚泣」。

鸚鵡舌　即《何滿子》第二體[一]　　和凝

正是破瓜年紀句　含情慣得人饒韻　桃李精神鸚鵡舌句　可堪虛度良宵叶　却愛藍羅裙子句　羨他長束纖腰叶

【校】

[一] 按：即《河滿子》。唐教坊曲名。一名《何滿子》。白居易詩注：「開元中，滄州歌者姓名。」元稹詩云：「便將何滿爲曲名，御府新題樂府纂。」又《盧氏雜説》：唐文宗命宮人沈翹翹舞《河滿子》詞。又屬舞曲。

拋毬樂[一]

馮延巳

梅落新春入後庭 韻 眼前風物可無情 叶 曲池波晚冰還合 句 芳草迎舡緑未成 叶對 且上高樓望 句 相共憑欄看月生 叶

【校】

[一] 李校本在頁眉注曰：「按馮詞有八首。」按：唐教坊曲名。《唐音癸籤》云：「《拋毬樂》，酒筵中拋毬爲令，其所唱之詞也。」《宋史·樂志》：女弟子舞隊，三曰拋毬樂。此調三十字者始於劉禹錫詞，皇甫松本此填，多一和聲。四十字者始於馮延巳詞，因詞有「且莫思歸去」句，或名《莫思歸》。然皆五七言小律詩體。至宋柳永，則借舊曲名別倚新聲，始有兩段一百八十七字體。《樂章集》注林鐘商

調。與唐詞小令體制迥然各別。

雙調小令

歸國謡[一]

馮延巳

何處笛○韻深夜夢回情脈脈○叶竹風簷雨寒窗隔○叶◯離人幾歲無消息○叶今頭白○叶不○眠○特○地○重○相○憶○叶

【校】

[一]李校本在詞調下注曰:「一名《風光子》,趙彦端名《思佳客》。」,又在本頁眉注曰:「按《詞譜》云:『《詞律》編入《歸國謡》者誤。』此詞或作歐陽修。」

定西番[一]

牛嶠

紫塞月明千里○句金甲冷○句戍樓寒○韻夢長安○叶◯鄉思望中天闊○句漏○殘○星○亦○殘○叶

画角數聲嗚咽句　雪漫漫叶

【校】

[一]李校本在詞調下注曰：「唐教坊曲名。」按：此詞前段四句兩平韻，後段四句兩仄韻，押韻與溫庭筠三首異，而同韋莊「挑盡金燈紅燼」詞。韋詞起句「挑盡金燈紅燼」，「挑」字、「金」字俱平聲。後段起句「斜倚銀屏無語」，「銀」字平聲。第二句「閒愁上翠眉」，「閒」字平聲，「上」字仄聲。第三句「悶煞梧桐殘雨」，「梧」字平聲。

長相思　一名《雙紅豆》、《山漸青》、《憶多嬌》[一]

万俟雅言

山驛

短長亭韻　古今情叶對　樓外涼蟾一暈生叶　雨餘秋更清叶　○　暮雲平叶　暮山横叶對　幾葉秋聲和雁聲叶　行人不要聽叶

【校】

［一］李校本在詞調下注曰：「林逋名《吳山青》，或加『令』字。唐教坊曲名。」按：白居易「汴水流」詞前後段起二句俱用疊韻，爲此調正體。此詞前後段起二句不作疊韻。

相見歡　一名《上西樓》、《秋夜月》、《憶真娘》、《月上瓜洲》［一］

李後主

詠懷

無言獨上西樓韻　月如鈎叶　寂寞梧桐深院・鎖清秋叶　○剪不斷換韻　理還亂叶斷　是離愁叶樓　別是一般滋味・在心頭叶

【校】

［一］李校本在詞調下注曰：「一名《西樓子》，或名《烏夜啼》。」按：唐教坊曲名。南唐李煜詞有「無言獨上西樓，月如鈎」句，更名《秋夜月》，又名《上西樓》，又名《西樓子》。康與之詞名《憶真妃》。張輯詞有「唯有漁竿明月上瓜洲」句，因名《月上瓜洲》。或名《烏夜啼》。此詞換頭間入兩仄韻。如薛昭蘊詞之：「捲羅幕。憑粧閣。」毛滂詞之：「中庭樹。空階雨。」元好問詞之：「人欲去。花無語。」

如此者多。或不問入仄韻者，止一兩體耳。前後兩結句，或上四下五，或上六下三，句法俱蟬聯不斷。

醉太平[一]

劉克莊[二]

閨情

情高意真韻　眉長鬢青叶　小樓明月調箏叶　寫·春風數聲叶　○思君憶君叶　魂牽夢縈叶　翠綃香煖雲屏叶　更·那堪酒醒叶

【校】

[一]李校本在頁眉注曰：「按：辛棄疾用仄韻。」按：一名《淩波曲》。孫惟信詞名《醉思凡》。周密詞名《四字令》。

[二]作者誤。劉過《龍洲集》、《龍洲詞》均載此詞。另，《絕妙好詞》、《花草粹編》、《詩餘圖譜》亦均收此詞，作者亦署劉過。

調笑[一]　晁補之

腸斷　暗韻　越江岸。　叶連上五字句　越女江頭紗自浣。　叶　天然玉貌鉛紅淺。　叶　〇自弄芙蓉日晚。　叶　紫騮嘶去猶回盼。　叶　笑。入。荷。花。不。見。　叶

【校】

［一］按：此即《調笑令》，與唐人單調三十二字的《古調笑》不同。

望梅花　第二體[一]　孫光憲

數枝開與短牆平。　韻　見・雪萼紅跗相映。　句　引起誰人邊塞情。　叶　〇簾外欲三更。叶　吹斷離愁月正明。　叶　空。聽。隔。江。聲。　叶

【校】

［一］李校本在詞調下注曰：「唐教坊曲名。一加『令』字。」又在頁眉注曰：「按：和凝用仄韻，蒲

宗孟有七十字、七十二字體。」按：《梅苑》詞作《望梅花令》。

感恩多 第一體[一]

牛嶠

兩條紅粉淚○韻 多少香閨意○叶 強○攀○桃○李○枝○換韻 斂愁眉○叶 ◯陌上鶯啼蝶舞○句 柳花飛○叶 柳花飛○重 願得郎心○句 憶家還早歸○叶

【校】

[一] 按：唐教坊曲名。此詞雙調三十九字，前段四句兩仄韻兩平韻，後段五句兩平一仄韻。後段第三句必用疊句。

長命女 即《薄命女》[一]

和凝

宮怨

天欲曉○韻 宮漏穿花聲繚繞○叶 窗○裏○星○光○少○叶 ◯冷霧寒侵帳額○[二]句 殘月光沉樹杪○叶對

夢斷錦幃空悄悄。叶　强起愁眉小。叶

【校】

［一］李校本在詞調下注曰：「唐教坊曲名。和凝詞名《薄命女》。」按：此調爲唐教坊曲名。杜佑《理道要訣》：「《長命女》在林鐘羽，時號平調，今俗呼高平調。」《碧雞漫志》：「《長命女令》，前七拍，後九拍，屬仙吕調。」仙吕調即夷則羽，皆羽聲也。和凝詞名《薄命女》。又按：馮延巳詞前段第二句「緑酒一杯歌一遍」，「緑」字、「意」字俱仄聲。第三句「再拜陳三願」，「再」字仄聲。後段第一句「一願郎君千歲」，「願」字仄聲，「千」字平聲。第二句「二願妾身長健」，「二」字、「妾」字俱仄聲，「長」字平聲。第三句「三願如同梁上燕，夢斷錦帷空悄悄」，「三」字、「如」字俱平聲。

［二］按：萬樹《詞律》云：「『霞』字，疑是『露』字，『霞』字不可言冷，亦不可言侵帳也。」又《草堂詩餘》「冷霞」作「冷霧」。又按：宋人無作此調者，唐五代只有和凝及馮延巳各一首。馮延巳詞後段第一句「長願郎君千歲」，「一」字仄聲，「千」平聲。據此，「冷霞寒侵帳額」，「冷」字不宜作可平可仄，而「帳」當作可平可仄。

蝴蝶兒[一]

張泌

蝴蝶兒○韻晚春時○叶阿嬌初著澹黄衣○叶倚窗學画伊○叶○還似花間見○句雙雙對對飛○叶無端和淚拭胭脂○叶惹教雙翅垂○叶

【校】

[一]李校本在頁眉注曰：「按：此詞無唐宋別首可校，平仄宜遵之。」按：調見《花間集》，取詞中起句爲名。

太平時

即《楊柳枝》第二體。第五六句不换韻，即《賀聖朝影》[一]

張泌

膩粉瓊粧透碧紗○韻雪休誇○叶金鳳搔頭墜鬢斜○叶髮交加○叶○倚著雲屏新睡覺○换韻思夢笑○叶覺紅腮隱出枕函花○叶紗有些些○叶

【校】

[一]按：即《添聲楊柳枝》。《碧雞漫志》云：「黄鐘商有《楊柳枝》曲，仍是七言四句詩，與劉、白及五

代諸子所製並同，但每句下各添三字一句，乃唐時和聲，如《竹枝》、《漁父》，今皆有和聲也。舊詞多側字起頭，第三句亦復側字起，聲度差穩耳。」今名《添聲楊柳枝》，歐陽修詞名《賀聖朝影》，賀鑄詞名《太平時》。《宋史・樂志》：「《太平時》，小石調。」此詞有唐宋兩體，唐詞換頭句押仄韻，宋詞換頭句押平韻。

醉公子[一]　無名氏

門外猧兒吠○ 韻 知是蕭郎至○ 叶 刬襪下香堦○ 句 冤家今夜醉○ 叶 ○扶得入羅幃○ 換韻 不肯脱羅衣○ 叶幃 醉○則○從○他○醉 句 還○勝○獨○睡○時○ 叶幃

【校】

[一]按：唐教坊曲名。薛昭蘊、顧敻詞，俱四換韻，一名《四換頭》。此調有兩體，四十字者昉自唐人。一百六字者昉自宋人。

一痕沙　即《昭君怨》[二]　辛棄疾

長記瀟湘秋晚○ 韻 歌舞橘洲人散○ 叶 走馬月明中○ 換韻 折芙蓉○ 叶中 ○今日西山南浦○ 換韻

画棟珠簾雲雨 叶浦 風景不爭多 換韻 奈愁何 叶多

【校】

［一］按：此調《稼軒詞》作《昭君怨》。朱敦儒詞詠洛妃，名《洛妃怨》。侯寘詞名《宴西園》。

生查子［一］

陸放翁妾

只知眉上愁 句 不識愁來路 韻 窗外有芭蕉 句 陣陣黄昏雨 叶 ○曉起理殘粧 句 整頓將愁去 叶 不合画春山 句 依舊留愁住 叶

【校】

［一］李校本在詞調下注曰：「唐教坊曲名。朱希真詞名《楚雲深》。」按：此唐教坊曲名。此調創自韓偓。《尊前集》注雙調。元高拭詞注南吕宮。朱希真詞有「遙望楚雲深」句，名《楚雲深》。韓淲詞有「山意入春晴，都是梅和柳」句，名《梅和柳》；又有《晴色入青山》句，名《晴色入青山》。

酒泉子　第三體[一]　温庭筠

羅帶惹香韻猶繫別時紅豆換韻淚痕新句金縷舊叶豆斷離腸叶香〇一雙嬌燕語雕梁叶還是去年時節換韻綠陰濃[二]句芳草歇叶節柳花狂叶梁

【校】

[一]李校本在詞調下注曰：「唐教坊曲名。」又在頁眉注曰：「按：此詞有二十二體。」按：此與溫庭筠「羅帶縷金」詞同，惟後段第二句六字異。

[二]「綠陰」，《花間集》作「綠楊」。

點絳唇　一名《南浦月》、《點櫻桃》、《沙頭雨》[一]　何籀

春閨

鶯踏花翻句亂紅堆徑無人掃韻杜鵑來了叶梅子枝頭小叶〇撥盡琵琶句總是相思調叶知音少[二]叶暗傷懷抱[三]叶門掩青春老叶

【校】

［一］按：宋王禹偁詞名《點櫻桃》。王十朋詞名《十八香》。張輯詞有「邀月過南浦」句，名《南浦月》。又有「遙隔沙頭雨」句，名《沙頭雨》。韓淲詞有「更約尋瑤草」句，名《尋瑤草》。

［二］後段第三句「知音」兩字可平可仄。馮延巳詞後段第三句「顰不語」，「顰」字平聲，「不」字仄聲；張炎詞後段第三句「竹西好」，「竹」字仄聲，「西」字平聲。

［三］後段第四句「懷」字可平可仄。馮延巳後段第四句「意憑風絮」，「風」字平聲；毛滂詞第四句「蜂勞蝶攘」，「蝶」字仄聲。

絲雨隔　即《中興樂》第一體［一］　毛文錫

荳蔻花繁煙艷深韻　丁香軟結同心叶　翠鬟女换韻　相與暗叶連下　共淘金叶　○　紅蕉葉裏猩猩語叶女　鴛鴦浦叶女　鏡中鸞舞叶女　絲雨隔句　荔枝陰叶深

【校】

［一］按：調見《花間集》。李校本在詞調下注曰：「牛希濟詞名《濕羅衣》。」又在頁眉注曰：「《絲雨

隔》調名未安。」又曰：「按：《詞譜》後段第四句『絲雨』，『雨』字叶韻，『隔』字連下句。」

桃花水　即《訴衷情》第三體[一]　毛文錫

桃花流水漾縱橫 韻 春晝彩霞明 叶 劉郎去 句 阮郎行 叶 惆悵恨難平 叶 ◯ 愁坐對雲屏 叶 算歸程 叶 何時攜手洞邊迎 叶 訴衷情 叶

【校】

[一] 按：此調爲唐教坊曲名。《花間集》此調有兩體，單調者或間入一仄韻，或間入兩仄韻，韋莊、顧敻、溫庭筠三詞略同。雙調者全押平韻，毛文錫、魏承班二詞略同。因毛文錫詞有「桃花流水漾縱橫」句，名《桃花水》。

醉花間[一]　毛文錫

深相憶 韻 莫相憶 叶 相憶情難極 叶 銀漢是紅牆 句 一帶遙相隔 叶 ◯ 金盤珠露滴 叶

兩岸榆花白。叶 風搖玉珮清。句 今夕爲何夕。叶

【校】

［一］李校本在詞調下注曰：「唐教坊曲名。」又按：《嘯餘譜》注《生查子》調，與《醉花間》調相近。《生查子》正體前後段皆五字句起，間有用六字者，變格耳。《醉花間》正體則前必六字，後必五字也。

春光好 第二體［一］

和凝

蘋葉軟。句 杏花明。韻 画船輕。叶對 雙浴鴛鴦出渌汀。叶 棹歌聲。叶 ◯ 春水無風無浪。句 春天半雨半晴。叶對 紅粉相隨南浦晚。句 幾含情。叶

【校】

［一］李校本在詞調下注曰：「唐教坊曲名，一名《愁倚闌》。」又在頁眉注曰：「按：和詞尚有四十字體。」

女冠子 第一體[一]

韋莊

四月十七 韻 正是去年今日 暗叶連下 别君時 换韻 忍淚佯低面 句 含羞半斂眉 叶對 ◯不知魂已斷 句 空有夢相隨 叶對 除却天邊月 句 没人知 叶

【校】

[一] 李校本在詞調下注曰：「唐教坊曲名。小令始於溫庭筠，長調始於柳永。」又在頁眉注曰：「按：屯田詞二百十一字名《女冠子慢》。」按：此詞前段起二句間入仄韻，唐詞二十首皆然。《嘯餘譜》不注韻者誤。

戀情深[一]

毛文錫

滴滴銅壺寒漏咽 韻 醉紅樓月 叶 宴餘香殿會鴛衾 换韻 蕩春心 叶 ◯真珠簾下曉光侵 叶 鶯語隔瓊林 叶 寶帳欲開慵起 句 戀情深 叶

【校】

[一]李校本在詞調下注曰：「唐教坊曲名。」按：毛詞二首，俱以「戀情深」三字結，如《訴衷情》例。其前後第二句「醉紅樓月」、「簇神仙伴」，俱作上一下一、中二字相連句法，填此調者宜從之。此詞可平可仄可參別首「玉殿春濃」詞。

江南樹　一名《傷春怨》[一]

王安石

雨打江南樹 韻 一夜花開無數 叶 綠葉漸成陰 句 下有遊人歸路 叶 ◯與君相逢處 叶 不道春將暮 叶 把酒祝東風 句 且莫匆匆去 叶

【校】

[一]按：見《能改齋漫録》，王安石夢中作。

醉垂鞭[一]

張先

雙蝶繡羅裙、韻 東池宴、換韻 初相見、叶宴 朱粉不深勻、叶裙 閒花澹澹春 叶 ◯細看諸處

好、換韻人人道暗叶好連下柳腰身、叶裙昨晚亂山昏叶來時衣上雲叶

【校】

[一]李校本在頁眉注曰：「按：張詞有三首。」按：詞見張先集。此詞凡三用韻，兩仄韻即間押於平韻之内，以平韻爲主，亦花間體。張詞三首並同。

愁倚闌令[一]

晏幾道

憑江閣句看煙鴻韻恨春濃叶還有當時聞笛淚句灑東風叶○時候草綠花紅叶斜陽外微斷遠水溶溶叶渾似阿蓮雙枕畔句画屏中叶

【校】

[一]李校本在詞調下注曰：「即《春光好》。」又在頁眉注曰：「按：晏詞其二云：『花陰月，柳梢鶯。近清明。長恨去年今夜，雨灑離亭。枕上懷遠詩成。紅箋紙、小研吳綾。寄與征人教念遠，莫無情。』」按：此即《春光好》又一體。《春光好》已見前。此詞後段第二句七字，作上三下四句法，宋

人俱照此填，與唐詞不同。

柳絮飛　即《中興樂》第二體[一]　牛希濟

池塘暖碧浸晴暉 韻 濛濛柳絮輕飛 叶 紅蘂凋來 句 醉夢還稀 叶 ○春雲空有雁歸 叶 珠簾垂 叶 東風寂寞 句 恨郎拋擲 句 淚濕羅衣 叶

【校】

[一] 按：即《中興樂》，見《花間集》。此詞有「濛濛柳絮飛」，故名《柳絮飛》。牛希濟詞有「淚濕羅衣」句，名《濕羅衣》。此詞不間入仄韻，兩結句讀亦與毛詞異。李珣兩段者即照此體填。

添香睡　即《贊浦子》[一]　毛文錫

錦帳添香睡 句 金罏換夕熏 韻對 懶結芙蓉帶 句 慵拖翡翠裙 叶對 ○正是桃夭柳媚 句 那堪暮雨朝雲 叶對 宋玉高唐意 句 裁瓊欲贈君 叶

【校】

〔一〕按：一名《贊普子》。詞見《花間集》。

浣溪沙　第一體〔一〕　歐陽修

春景

小院閑窗春色深 韻 重簾未捲影沉沉 叶 倚樓無語理瑤琴 叶 ◯遠岫出雲催薄暮 句 細風吹雨弄輕陰 叶對 梨花欲謝恐難禁 叶

【校】

〔一〕李校本在詞調下注曰：「唐教坊曲名。張泌名《小庭花》，賀鑄名《減字浣溪沙》，韓滮詞名《滿院春》，又名《怨啼鵑》。」

荔枝紅　即《生查子》第四體〔一〕　張泌

相見稀 句 喜相見 韻 相見還相遠 叶 檀画荔枝紅 句 金蔓蜻蛉軟 叶對 ◯魚雁疎 句 芳信

斷○叶對　花落庭陰晚○叶　可、惜、玉、肌、膚句　銷、瘦、成、慵、懶、叶

【校】

［一］按：即《生查子》。唐教坊曲名。張泌詞有「檀晝荔枝紅」，名《荔枝紅》。朱希真詞有「遙望楚雲深」句，名《楚雲深》。韓淲詞有「山意入春晴，都是梅和柳」句，名《梅和柳》；又有《晴色入青山》句，名《晴色入青山》。

玉蝴蝶　第二體［一］

孫光憲

春欲盡○句　景仍長○韻　滿園花正黃○叶　粉翅兩悠颺○叶　翩翩過短牆○叶　◯鮮飈煖○換韻　牽遊伴○叶煖　飛去立殘芳○叶長　無語對蕭娘○叶　舞衫沉麝香○叶

【校】

［一］按：小令始於溫庭筠，長調始於柳永，《樂章集》注仙呂調，一名《玉蝴蝶慢》。此詞前後段起俱作三字兩句，換頭又間入兩仄韻，與溫庭筠「秋風凄切傷離」詞不同。

春雨打窗　即《酒泉子》第七體[一]　張泌

春雨打窗 韻 驚夢覺來天氣曉 換韻 画堂深 句 紅焰小 叶曉 背蘭釭 叶窗 ◯酒香噴鼻懶開釭 叶釭 惆悵更無人共醉 換韻 舊巢中 句 新燕子 叶醉 語雙雙 叶釭

【校】

[一]按：此詞以平韻爲主，前後段間入兩仄韻。與溫庭筠「羅帶惹香」詞同，惟前後段第二句各七字異。

霜天曉角　一名《月當窗》　平韻即《梅花令》[一]　辛棄疾

旅興

吳頭楚尾 韻 一棹人千里 叶 休説舊愁新恨 句 長亭樹・今如此 叶 ◯宦遊吾倦矣 叶 玉人留我醉 叶 明日落花寒食 句 得且住・爲佳耳 叶

【校】

［一］李校本在詞調下注曰：「程垓名《踏月》，吳之禮名《長橋月》。」按：此調押仄韻者，以此詞與林逋「冰清霜潔」詞爲正體，若趙師俠「雨餘風勁」詞、葛長庚「五羊安在」詞之多押兩韻，程垓「幾夜瑣窗揭」詞、吳文英「香莓幽徑滑」詞之添字，皆變格也。此詞換頭五字句，不押短韻與林詞異。《嘯餘譜》刻此詞，於「亭」字下落一「樹」字，《詩餘圖譜》因之，遂誤作五字，不可從。按呂勝己詞換頭句「村酒頻斟酌」正與此同，但「村」字、「斟」字俱平聲，「酒」字仄聲。

杏花風　即《酒泉子》第十體［一］　　張泌

紫陌青門句　三十六宮春色句　御溝輦路暗相通韻　杏園風叶　○咸陽沽酒寶釵空叶　笑指未央歸去句　插花走馬落殘紅叶　月明中叶

【校】

［一］按：第七體已見前。前八體俱押仄韻。此全押平韻。

玉籠鸚鵡　即《歸國遙》第二體　第一體與此同，惟首句用二字起[一]　韋　莊

春欲暮 韻 滿地落花紅帶雨 叶 惆悵玉籠鸚鵡 叶 單棲無伴侶 叶 ○南望去程何許 叶 問
花花不語 叶 早晚得同歸去 叶 恨無雙翠羽 叶

【校】

[一] 李校本在詞調下注曰：「唐教坊曲名，一名《歸平遙》。」按：第一體已見前。

減字木蘭花[一]　王安國

春情

画橋流水 韻 雨濕落紅飛不起 叶 月破黃昏 換韻 簾裏餘香馬上聞 叶 ○徘徊不語 換韻 今
夜夢魂何處去 叶 不似垂楊 換韻 猶解飛花入洞房 叶

【校】

[一] 李校本在詞調下注曰：「李子正詞名《減蘭》，徐介軒詞名《木蘭香》。」按：《木蘭花令》，始於

韋莊，五十五字，全用韻。《花間集》魏承班有五十四字詞一體，毛熙震有五十三字詞一體，亦用仄韻，皆非減字也。自南唐馮延巳製《偷聲木蘭花》，五十字，前後起兩句仍作仄韻七言，結處乃偷平聲，作四字一句、七字一句，始有兩仄兩平四換頭體。此詞亦四換韻，蓋又就偷聲詞兩起句各減三字，自成一體也。

卜算子 第一體[一]

程垓

獨自上層樓句 樓外青山遠韻 望到斜陽欲盡時句 不見西飛雁叶 獨自下層樓句 樓下蛩聲怨叶 待到黃昏月上時句 依舊柔腸斷叶

【校】

［一］李校本在詞調下注曰：「又名《百尺樓》、《楚天遙》。蘇東坡詞名《缺月挂疎桐》。」按：蘇軾詞有「缺月掛疎桐」句，名《缺月掛疎桐》。秦湛詞有「極目煙中百尺樓」句，名《百尺樓》。僧皎詞有「目斷楚天遙」句，名《楚天遙》。無名氏詞有「蹙破眉峰碧」句，名《眉峰碧》。

羅敷媚　即《醜奴兒》，一名《採桑子》[一]　黄庭堅

夜來酒醒清無夢句愁倚欄干韻露滴輕寒叶雨打芙蓉泪不乾叶〇佳人別後音塵悄句瘦盡難拚叶明月無端叶已過紅樓十二間叶

【校】

［一］按：唐教坊曲有《楊下採桑》，調名本此。南唐李煜詞名《醜奴兒令》，馮延巳詞名《羅敷媚歌》，賀鑄詞名《醜奴兒》，陳師道詞名《羅敷媚》。又按：此調以和凝詞與黄庭堅此詞爲正體，若李清照詞、朱淑真詞之添字，皆變體也。

一絲兒　即《訴衷情》第四體[一]　唐庚

旅愁

平生不會斂眉頭韻諸事等閑休叶原來却到愁處句須著與他愁叶〇殘照外句大江流叶對去悠悠叶風悲蘭杜句煙澹滄浪句何處扁舟叶

【校】

[一] 按：此唐教坊曲名。毛文錫詞有「桃花流水漾縱横」句，又名《桃花水》。《花間集》此調有兩體，單調者或間入一仄韻，或間入兩仄韻，韋莊、顧敻、溫庭筠三詞略同。雙調者全押平韻，此詞全押平韻，與毛文錫、魏承班二詞略同。

菩薩蠻 一名《子夜歌》、《重疊金》[一]　　辛棄疾

金陵賞心亭爲葉丞相賦

青山欲共高人語○韻　聯翩萬馬來無數○叶　煙雨却低回○換韻　望來終不來○叶　◯人言頭上髮○換韻　總向愁中白○叶　拍手笑沙鷗○換韻　一身都是愁叶

【校】

[一] 李校本在詞調下注曰：「唐教坊曲名。又名《花間意》、《花溪碧》。」按：唐蘇鶚《杜陽雜編》云：「大中初，女蠻國入貢，危髻金冠，纓絡被體，號菩薩蠻隊，當時倡優遂製《菩薩蠻》曲，文士亦往往聲其詞。」孫光憲《北夢瑣言》云：「唐宣宗愛唱《菩薩蠻》詞，令狐綯命溫庭筠新撰進之。」《碧

雞漫志》云：「今《花間集》溫詞十四首是也。」又按：溫詞有「小山重疊金明滅」句，名《重疊金》。南唐李煜詞名《子夜歌》，一名《菩薩鬘》。韓淲詞有「新聲休寫花間意」句，名《花間意》。又有「風前覓得梅花句」句，名《梅花句》。有「山城望斷花溪碧」句，名《花溪碧》。有「晚雲烘日南枝北」句，名《晚雲烘日》。

巫山一段雲　用仄韻即《卜算子》[一]

李珣

感懷

古廟依青嶂 句 行宮枕碧流 韻對 水聲山色鎖粧樓 叶 往事思悠悠 叶 〇雲雨朝還暮 句 烟花春復秋 叶對 啼猿何必近孤舟 叶 行客自多愁 叶

【校】

[一] 按：此詞前後段各四句三平韻。此詞全押平韻，換頭兩句又各減去一字，與昭宗詞異。唐歐陽炯、毛文錫詞，元趙孟頫詞，俱與此同。

平湖樂[一]

王秋澗

採菱人語隔秋煙 韻 波靜如橫練 换韻 入手風光莫流轉 叶練 共流連 叶烟 ◯畫船一笑春風面 叶練 江山信美 句 終非吾土 句 何日是歸年 叶烟

【校】

[一]李校本在詞調下注曰：「金詞名《平湖樂》，元詞名《小桃紅》。」按：金詞名《平湖樂》，取王惲詞「人在平湖醉」句。元詞名《小桃紅》，取無名氏詞「宜插小桃紅」句。亦名《采蓮詞》，取《太平樂府》「采蓮湖上采蓮嬌」句。

玉樹後庭花[一]

毛熙震

鶯啼燕語芳菲節 韻 後庭花發 叶 昔時歡晏歌聲揭[二] 叶 管絃清越 叶 ◯自從陵谷追遊歇 叶 画梁塵黦 叶 傷心一片如珪月 叶 閑鎖宮闕 叶

【校】

［一］按：《後庭花》，唐教坊曲名。《碧雞漫志》云：「《玉樹後庭花》，陳後主造，其詩皆以配聲律，遂取一句爲曲名。後蜀時，孫光憲、毛熙震、李珣有《後庭花曲》，皆賦後主故事，不著宮調，兩段各四句，似令也。」張先詞名《玉樹後庭花》。又按：此調以此詞爲正體，若孫光憲詞之添字，張先詞之少押一韻、攤破句法，皆變體也。

［二］「歡晏」，《花草粹編》作「歡宴」。

伊川令［一］　　范仲穎妻

寄外

西風昨夜穿簾幙○韻　閨院添蕭索○叶　最是梧桐零落○叶　迤邐秋光過却○叶　◯人情音信難托○叶　教奴獨自守空房○句　淚珠與・燈花共落○叶

【校】

［一］按：唐教坊曲名，一作《伊州令》。《碧雞漫志》云：「伊州有七商曲。」按：《欽定詞譜》云：

「此詞坊本俱有脱誤，今從《詞緯》抄本。」此詞《欽定詞譜》作：「西風昨夜穿簾幕。閨院添蕭索。才是梧桐零落時，又迤邐、秋光過卻。　人情音信難托。魚雁成軀閣。教奴獨自守空房，淚珠與、燈花共落。」

散餘霞[一]　毛滂

牆頭花口寒猶禁 韻 放·綉簾晝靜 叶 簾外時有蜂兒 句 趁·楊花不定 叶 ◯欄干又還獨凭 叶 念·翠低眉暈 叶 春夢枉惱人腸 句 更·厭厭酒病 叶

【校】

[一] 按：謝朓詩句有「餘霞散成綺」，調名本此。

繡帶子[一]　黃庭堅

詠梅[二]

小院一枝梅 韻 衝破曉寒開 叶 晚到芳園游戲[三] 句 滿袖帶香回[四] 叶 ◯玉酒覆銀盃 叶

盡醉去・猶待重來○叶　東隣何事○句　驚吹怨笛○[五]句　雪片成堆○叶

【校】

[一]按：即《好女兒》。此調有兩體。四十五字者起於黃庭堅，因詞有「懶繫酥胸羅帶，羞見繡鴛鴦」句，名《繡帶兒》，《花草粹編》一作《繡帶子》。六十二字者起於晏幾道，與黃詞迥別。黃詞此體，較爲整齊，有曾覿詞可校。

[二]《山谷詞》詞序作「張寬夫園賞梅」，《梅苑》詞序作「戎州賞梅」。

[三]「晚到芳園」，《山谷詞》、《梅苑》作「偶到張園」。

[四]「滿袖」，《山谷詞》、《梅苑》作「沾袖」。

[五]「怨笛」，《山谷詞》作「怨曲」，並注曰：「曲，一作笛。」

漁父家風　第三體[一]　　張元幹

八年不見荔枝紅○韻　腸斷故人東○叶　風枝露葉誰新採○句　悵望冷香濃○叶　◯冰透骨○句　玉開容○叶對　想筠籠○叶　今宵歸夢○句　滿頰天漿○句　更御冷風○叶

【校】

[一]按：即《訴衷情令》。張元幹以黃庭堅詞曾詠「漁父家風」，改名《漁父家風》。張輯詞有「一釣絲風」句，名《一絲風》。此詞前段第三句七字，與晏殊「青梅煮酒鬬時新」詞前段第三句六字異。

柳含煙 第一體[一]

毛文錫

河橋柳○句 占芳春○韻 映水含煙拂路○句 幾回攀折贈行人○叶 暗傷神○叶

◯樂府吹爲橫笛曲○換韻 能使離腸斷續○叶曲 不如移植在金門○叶春 近天恩○叶春

【校】

[一]李校本在詞調下注曰：「唐教坊曲名。」《花間集》毛文錫詞有「河橋柳，占芳春，映水含煙拂露」句，取爲調名。此調換頭兩句，例用仄韻，餘皆平韻，毛詞三首同。但此詞後結兩平韻，與前韻本通，按別首俱各換韻，則不必仍押前韻。

謁金門　一名《垂楊碧》、《出塞》、《花自落》[一]

韋莊

空相憶韻無計得傳消息叶天上嫦娥人不識叶寄書何處覓叶○春睡覺來無力叶不忍把伊書跡叶滿院落花春寂寂叶斷腸芳草碧叶

【校】

[一] 李校本在詞調下注曰:「唐教坊曲名。一名《醉花春》。」又在頁眉注曰:「按:『把』字宜作『看』字。」按:此唐教坊曲名。因韋莊詞起句,名《空相憶》。張輯詞有「無風花自落」句,名《花自落》;又有「樓外垂楊如此碧」句,名《垂楊碧》。李清臣詞有「楊花落」句,名《楊花落》。李石名《出塞》。韓淲詞有「東風吹酒面」句,名《東風吹酒面》;又有「不怕醉,記取吟邊滋味」句,名《不怕醉》;又有「人已醉,溪北溪南春意,擊鼓吹簫花落未」句,名《醉花春》;又有「春尚早,春入湖山漸好」句,名《春早湖山》。又按:此調以此詞爲正體,若孫光憲詞、周必大詞之攤破句法,程過詞之添字,皆變格也。

好事近　一名《釣舡笛》[一]

蔣子雲

葉暗乳鴉啼句風定亂紅猶落韻蝴蝶不隨春去句入·薰風池閣叶○休歌金縷勸金巵

句
酒病煞如昨叶簾捲日長人靜句任・楊花飄泊叶

【校】

［一］按：張輯詞有「誰謂百年心事，恰釣船横笛」句，名《釣船笛》。韓淲詞有「吟到翠圓枝上」句，名《翠圓枝》。此調以此詞爲正體，若陸游詞之多押兩韻，乃變格也。

好時光［一］

唐玄宗

寶髻偏宜宮樣句蓮臉嫩・體紅香韻眉黛不須張敞画句天教入鬢長叶〇莫倚傾國貌句嫁取個・有情郎叶彼此當年少句莫負好時光叶

【校】

［一］按：《欽定詞譜》云：「詞見《尊前集》，唐明皇製，取結句三字爲調名。或疑此詞非明皇筆，然《尊前集》所收，固唐詞也，編入以備一體。」

杏園芳[一]

尹鶚

嚴粧嫩臉花明 韻 教人見了關情 叶 含羞舉步越羅輕 叶 稱娉婷 叶 ◯終朝咫尺窺香閣 句 迢遙似隔層城 叶 何時休遣夢相縈[二] 叶 入雲屏 叶

【校】

[一] 李校本在詞調下注曰：「調見《花間集》。」

[二] 「夢相縈」，或作「夢相迎」。

綵鸞歸令[一]

張元幹

珠履爭圍 韻 小立春風趁拍低 叶 態閑不管樂催伊 叶 整朱衣 叶 ◯粉融香潤隨人勸 句 玉困花嬌越樣宜 叶對 鳳城燈夜舊家時 叶 數他誰 叶

【校】

[一] 按：袁去華詞名《青山遠》，與此詞平仄皆同。

琴調相思引[一]

趙彥端

拂拂輕陰雨麴塵 韻 小庭深幕墮嬌雲 叶 好花無幾 句 猶是洛陽春 叶 ○燕語似知懷舊主 句 水生只解送行人 叶 可堪詩墨 句 和淚漬羅巾 叶

【校】

[一] 李校本在頁眉注曰：「按：此調有兩體，押平韻，房舜卿詞名《玉交枝》，周紫芝詞名《定風波令》，趙詞名《琴調相思引》。押仄韻，四十九字，《古今詞話》名《鏡中人》。」

憶蘿月 即《清平樂》[一]

韋莊

鶯啼殘月 韻 繡閣香燈滅 叶 門外馬嘶郎欲別 叶 正是落花時節 叶 ○粧成不画蛾眉 換韻 含愁獨倚金扉 叶 去路香塵莫掃 句 掃即郎去歸遲 叶

【校】

[一] 李校本在詞調下注曰：「一名《醉東風》。」按：《碧雞漫志》云：「歐陽炯稱李白有應制《清平

樂》四首，此其一也，在越調，又有黃鐘宮、黃鐘商兩音。」《花庵詞選》名《清平樂令》。張輯詞有「憶著故山蘿月」句，名《憶蘿月》。張翥詞有「明朝來醉東風」句，名《醉東風》。又按：張輯爲南宋人，曾向姜夔學詩法。此調以韋莊詞爲例詞，不應用以張輯詞句命名之詞調名。

秦樓月　即《憶秦娥》一名《雙荷葉》、《碧雲深》[一]　李白

秋思

簫聲咽[二] 韻 秦娥夢斷秦樓月 叶 秦樓月 重叶 年年柳色 句 灞陵傷別 叶 ◯樂遊原上清秋節 叶 咸陽古道音塵絕 叶 音塵絕 重叶 西風殘照 句 漢家陵闕 叶

【校】

［一］按：此詞始自李白，自唐迄元，體各不一。要其源皆從李詞出也。因詞有「秦娥夢斷秦樓月」句，故名《憶秦娥》，更名《秦樓月》。蘇軾詞有「清光偏照雙荷葉」句，名《雙荷葉》。無名氏詞有「水天搖盪蓬萊閣」句，名《蓬萊閣》。至賀鑄始易仄韻爲平韻。張輯詞有「碧雲暮合」句，名《碧雲深》。宋媛孫道絢詞有「花深深」句，名《花深深》。

〔二〕按：此調押仄韻者，以此詞爲正體，若晁補之詞之不作疊句，石孝友詞之少押一韻，秦觀詞之多口號四句，倪瓚詞之減去疊句，雖爲變格，猶與李詞大同小異。至馮延巳創爲減字之體，張先詞由此添字，毛滂詞由此偷聲，在變格中更與諸家不同。

洛陽春 一名《一絡索》、《上林春》〔一〕

辛棄疾

閨思

羞見鑑鸞孤却 韻 倩人梳掠 叶 一春長是爲花愁 句 甚夜夜東風惡 叶 ○行遠翠簾珠箔 叶 錦箋誰托 叶 玉觴淚滿却停觴 句 怕酒似·郎情薄 叶

【校】

〔一〕李校本在詞調下注曰：「（一名）《玉連環》。」按：歐陽修詞名《洛陽春》，張先詞名《玉連環》，辛棄疾詞名《一絡索》，亦作《一落索》。

誤佳期[一]　程孵

恨人

盼殺伊來又恨○韻　那句盟言是準○叶　酒○闌○歌○罷○隔○憁○難○句　直○到○於○今○忍○叶　○可惜一天情○句　都、付、黄、昏、領○叶　心中眼裏不分明○句　對箇人兒影○叶

【校】

［一］按：此調楊慎創製。

憶少年　一名《十二時》[一]　晁補之

送別

無○窮○官○柳○句　無○情○画○舸○句　無○根○行○客○韻　南山尚相送○句　只·高城人隔○[二]叶　○罨画園林溪紺碧叶　算重來·盡成陳迹○叶　劉○郎○鬢○如○此○句　况○·桃○花○顏○色○[三]叶

【校】

[一]李校本在詞調下注曰：「一名《桃花曲》。」又在頁眉注曰：「『陳』字宜平。」按：万俟詠詞有「上隴首、凝眸天四闊」句，名《隴首山》。朱敦儒詞名《十二時》。元劉秉忠詞有「恨桃花流水」句，更名《桃花曲》。又按：此調以此詞爲正體，若曹組詞不過於換頭句添一字也。

[二]前段第四句「相」字，第五句「高」字，俱應作可平可仄。第五句，万俟詞「已不勝愁絶」，「不」字仄聲。

[三]後段第二句「算」字、「重」字、「成」字，第三句「如」字，第五句「桃」字、「顔」字，俱應作可平可仄。以下各詞可以參訂：万俟詞「更一聲、塞雁淒切」，「一」字、「雁」字俱仄聲，謝懋詞「秋千外、臥紅堆碧」，「秋」字平聲，「外」字仄聲。第三句，趙彦端詞「與君醉千歲」，「與」字仄聲；万俟詞「征書待寄遠」，「寄」字仄聲。第四句，無名氏詞「忽一聲長笛」，「一」字仄聲。

更漏子[一]

温庭筠

秋思

玉爐香○句 紅蠟淚○韻對 偏照画堂秋思○叶 眉翠薄○句 鬢雲殘○換韻對 夜長衾枕寒○叶 ○梧

桐樹○換韻三更雨○叶對不道離情正苦○叶一○葉○葉○句一○聲○聲○換韻對空○堦○滴○到○明○叶

【校】

［一］按：此調有兩體，四十六字者始於温庭筠，唐宋詞最多。一百四字者止杜安世詞。又按：此調以温、韋二詞爲正體，唐人多宗温詞，宋人多宗韋詞。其餘押韻異同，或有減字，皆變格也。

望仙門［一］

晏殊

玉池波浪碧如鱗○韻露蓮新○叶清歌一曲翠眉嚬○叶舞華茵○叶○滿酌蘭英酒○句須知獻壽千春○叶太平無事荷君恩○叶荷君恩○疊齊唱望仙門○叶

【校】

［一］按：調見《珠玉詞》，取詞中結句爲名。後結「荷君恩」三字例用疊句。晏詞別首「慶相逢」、「泛濃香」皆然。

荆州亭〔一〕

女仙

題柱間

簾捲曲欄獨倚。韻　江展暮雲無際。叶　淚眼不曾晴。句　家在吳頭楚尾。叶　○數點雪花亂委。叶　撲漉沙鷗驚起。叶　詩句欲成時。句　没入蒼烟叢裏。叶

【校】

〔一〕按：《花庵詞選》名《清平樂令》。按：《冷齋夜話》云：「黄魯直登荆州亭，見亭柱間有此詞，夜夢一女子云『有感而作』，魯直驚悟曰：『此必吴城小龍女也。』因又名《荆州亭》。」

倩画眉　即《甘草子》〔一〕

柳　永

秋暮。韻　亂灑衰荷。句　顆顆真珠雨。叶　雨過月華生。句　冷徹鴛鴦浦。叶　○飄散露華無似〔二〕。叶　奈此個·單棲情緒。叶　却傍金籠教鸚鵡。叶　念·粉郎言語。叶

【校】

［一］李校本在頁眉注曰：「按：後段起句，《詞譜》作『池上憑欄愁無侶』，『侶』字是正韻，此作『飄散』句，誤。」

［二］「飄散」句，《樂章集》、《花庵詞選》、《花草粹編》作「池上憑欄愁無侶」。

慶春時［一］

晏幾道

倚天樓殿句　昇平風月句　彩仗春移韻　鸞鳳竹［二］句　長生調裏句　迎得翠輿歸叶　雕鞍遊罷句　何處還有心期叶　濃熏翠被句　深停画燭句　人約月西時叶

【校】

［一］按：調見《小山樂府》，凡二首，俱慶賞春時宴樂之詞。晏詞二首，平仄略同，惟別首起句「梅梢已有」，「梅」字平聲，「已」字仄聲。第三句「風意猶寒」，「風」字平聲。

［二］「鸞鳳竹」，《小山樂府》、《花草粹編》作「鸞絲鳳竹」。

檀板新聲 即《相思兒令》[一]

晏殊

昨日探春消息 句 湖上綠波平 韻 無奈繞堤芳草 句 還向舊痕生 叶 ○有酒且醉瑤觥 叶 更何妨・檀板新聲 叶 誰教楊柳千絲 句 就中牽繫人情 叶

【校】

[一] 李校本在詞調下注曰：「《花草粹編》名《相思令》。」

珠簾捲[一]

歐陽修

珠簾捲 句 暮雲愁 韻對 垂楊暗鎖青樓 叶 煙雨濛濛如画 句 輕風吹漸收 叶 ○香斷錦屏新別 句 人間玉簟初秋 叶對 多少舊歡新恨 句 書杳杳 句 夢悠悠 叶對

【校】

[一] 按：調見歐陽修詞，因詞有「珠簾捲」句，取以爲名。

醉桃源　即《阮郎歸》，一名《碧桃春》[一]　秦觀

春歸

春風吹雨遶殘枝 韻 落花無可飛 叶 小池寒綠欲生漪 叶 雨晴還日西 叶 ○簾半捲 句 燕雙歸 叶對 諱愁無奈眉 叶 翻身整頓著殘棋 叶 沉吟應劫遲 叶

【校】

[一] 李校本在詞調下注曰：「(一名)《宴桃源》、《濯纓曲》。」按：宋丁持正詞有「碧桃春晝長」句，名《碧桃春》。李祁詞名《醉桃源》。曹冠詞名《宴桃源》。韓淲詞有「濯纓一曲可流行」句，名《濯纓曲》。

紅袖扶　即《聖無憂》[一]　歐陽修

此路風波險 句 十年一別須臾 韻 人生聚散長如此 句 相見且歡娛 叶 ○好酒能消光景 句 春風不染髭鬚 叶 爲公一醉花前倒 句 紅袖莫來扶 叶

【校】

［一］李校本在頁眉注曰：「按：此調即《烏夜啼》第一體，或名《聖無憂》。」按：此與李煜「昨夜風兼雨」同。

喜遷鶯 一名《鶴沖天》、《春光好》［一］

和凝

宮詞

曉月墜句 宿雲披［二］韻對 銀燭錦屏欹叶 建章鐘動玉繩低［三］叶 宮漏出花遲叶 春態淺換韻 來雙燕叶淺 紅日漸長一線叶淺 嚴粧攏罷囀黃鸝叶披 飛上萬年枝叶

【校】

［一］李校本在詞調下注曰：「（一名）《萬年枝》、《燕歸來》、《早梅芳》。」又在頁眉注曰：「按：此調有小令、長調二體，小令起于唐人，長調起于宋人。」按：因韋莊詞有「鶴沖天」句，更名《鶴沖天》。和凝詞有「飛上萬年枝」句，名《萬年枝》。馮延巳詞有「拂面春風長好」句，名《春光好》。宋夏竦詞名《喜遷鶯令》。晏幾道詞名《燕歸來》。李德載詞有「殘臘裏、早梅芳」句，名《早梅芳》。長調起於宋人，《梅溪

集》注黃鐘宮。《白石集》注太簇宮，俗名中管高宮。江漢詞一名《烘春桃李》。按：此詞前段五句四平韻，後段五句三仄韻兩平韻。換頭第一句用韻，後結即押前段平韻。

[二]「宿雲披」，《尊前集》作「宿煙披」。

[三]「鐘動」，《尊前集》作「欲曉」。

畫堂春[一]

秦觀

春怨

落花鋪徑水平池[二]韻　弄晴小雨霏霏叶　杏花憔悴杜鵑啼[三]叶　無奈春歸叶　柳外画樓獨上句　憑欄手撚花枝叶　放花無語對斜暉叶　此恨誰知叶

【校】

[一]李校本在詞調下注曰：「調見《淮海集》、《濯纓曲》。」

[二]「落花鋪徑」，《淮海詞》、《草堂詩餘》、《花草粹編》作「落紅鋪徑」，《花庵詞選》作「落紅堆徑」。

[三]「杏花」，《淮海詞》、《花庵詞選》作「杏園」。

眉峰碧[一]

無名氏

蹙破眉峰碧。韻 纖手還重執。叶 鎮日相看未足時。句 便忍使・鴛鴦隻。叶 ◯ 薄暮投村驛。叶 風雨愁通夕。叶 窗外芭蕉窗裏人 句 分明葉上心頭滴[二] 叶

【校】

[一]按：即《卜算子》。無名氏詞有「蹙破眉峰碧」句，名《眉峰碧》。蘇軾詞有「缺月掛疏桐」句，名《缺月掛疏桐》。秦湛詞有「極目煙中百尺樓」句，名《百尺樓》。僧皎詞有「目斷楚天遙」句，名《楚天遙》。又按：此調與前《卜算子》調重出。

[二]此詞與杜安世詞同，惟杜詞前後段第三句第七字用仄聲，與此異。又此詞後段結句七字，添二襯字，與各體異。

玉聯環[一]

張先

來時露浥衣香潤。韻 綵縧垂鬢。叶 捲簾還喜月相親 句 把酒與花相近。叶 ◯ 西去陽關休問。

叶 未歌先恨 叶 玉峰山下水長流 句 流水盡・情無盡 叶

【校】

[一]按：此調即《一落索》另一體，與前《洛陽春》重出。歐陽修詞名《洛陽春》，張先詞名《玉連環》，辛棄疾詞名《一絡索》。又按：此亦毛詞體，惟前段起句七字異。賀鑄、吕渭老詞，正與此同。但賀詞起句「初見碧紗窗下繡」，吕詞「蟬帶殘聲移別樹」，平仄與此異。

鬲溪梅令[一]　姜夔

好花不與殢香人 韻 浪粼粼 叶 又恐春歸去・緑成陰 叶 玉鈿何處尋 叶 ◯ 木蘭雙槳夢中雲 叶 水横陳 叶 謾向孤山下・覓盈盈 叶 翠禽啼一春 叶

【校】

[一]李校本在頁眉注曰：「按：此白石自度曲，平仄悉宜遵之。前段第三句『春』字下少一『風』字，後段第三句『山』字下少一『山』字。」

秋蕊香[一]

晏幾道

池苑清陰欲就韻還傍送春時候叶眼中人去歡難偶叶誰共一杯芳酒叶◯朱欄碧砌皆如舊叶記攜手叶有情不管別離久叶情在相逢終有叶

【校】

[一] 按：此調有兩體，四十八字者始於晏殊，九十七字者始於趙以夫，兩詞迥別。柳永又有六十字《秋蕊香引》，屬另一調。

燭影搖紅[一]

毛滂

鬢緑飄蕭句漫郎已是青雲晚韻古槐陰外小欄干句不負看山眼叶◯此意悠悠無限叶有·雲山知人醉懶叶他年尋我句水邊月底句一簑烟短叶

【校】

[一] 李校本在詞調下注曰：「原名《憶故人》，或名《歸去曲》，元好問詞更名《秋氣橫空》。」按：宋

吳曾《能改齋漫錄》云：「王都尉詵有《憶故人》詞，徽宗喜其詞意，猶以不豐容宛轉爲恨，乃令大晟樂府別撰腔，周邦彥增益其詞，而以首句爲名，謂之《燭影搖紅》。」按：王詵詞本小令，原名《憶故人》，或名《歸去曲》，以毛滂詞有「送君歸去添淒斷」句也。若周邦彥詞，則合毛、王二體爲一闋。元趙雍詞更名《玉珥墜金環》，元好問詞更名《秋色横空》。

秋波媚　即《眼兒媚》[一]

無名氏

有感

蕭蕭江上荻花秋 韻 做弄許多愁 叶 半竿落日 句 兩行新雁 句 一葉扁舟 叶 ◯惜分長怕君先去 句 直待醉時休 叶 今宵眼底 句 明朝心上 句 後日眉頭 叶

【校】

[一] 李校本在詞調下注曰：「韓淲詞名《東風寒》，左譽詞名《小欄干》。」又在頁眉注曰：「按：此詞賀方回所作。」按：秦觀詞有「斜月小欄干」句，名《小欄干》。韓淲詞有「東風拂檻露猶寒」句，名《東風寒》。陸游詞名《秋波媚》。

鏡中人[一]

失名

柳烟濃○句 梅雨潤○韻對 芳草綿綿離恨○叶 花塢風來幾陣○叶 羅袖沾春粉○叶 ○獨上小樓迷遠近○叶 不見浣溪人信○叶 何處笛聲飄隱隱○叶 吹斷相思引○叶

【校】

[一]按：即《相思引》。此調有兩體，四十六字者押平聲韻，房舜卿詞名《玉交枝》，周紫芝詞名《定風波令》，趙彥端詞名《琴調相思引》。四十九字者押仄聲韻，《古今詞話》無名氏詞名《鏡中人》。此詞與《梅苑》無名氏「笑盈盈」詞同，惟前段第四句少一字異。

人月圓 一名《青衫濕》[一]

吳彥高

感舊

南朝千古傷心地○句 還唱後庭花○韻 舊時王謝○○○○句 堂前燕子○○○○句 飛入誰家○○○○叶 ○悵然在遇○句 天姿勝雪○句 宮鬢堆鴉○叶 江州司馬○句 青衫濕淚○句 同是天涯○叶

【校】

［一］李校本在詞調下注曰：「按：此調始於王詵。」按：此調始於王詵，因詞中「人月圓時」句，取以爲名。吳激詞有「青衫淚濕」句，又名《青衫濕》。

掃殘紅　即《洞天春》［一］　歐陽修

鶯啼緑樹聲早 韻 檻外殘紅未掃 叶 露滴珍珠遍芳草 叶 正·簾幃清曉 叶 ○鞦韆宅院悄悄 叶 又是清明過了 叶 燕子輕狂 句 柳絲撩亂 句 春心多少 叶

【校】

［一］按：調見《六一詞》，蓋賦院落之春景如洞天也。此調宋人填者絶少。

錦堂春　《詞選》作《烏夜啼》，舊續譜亦混，新譜正之［一］　歐陽修

閨怨

樓上縈簾弱絮 句 牆頭礙月低花 韻對 年年春事關心事 句 腸斷欲棲鴉 叶 ○舞鏡鸞衾翠

滅○句 啼珠鳳蠟紅斜○叶對 重○門○不○鎖○相○思○夢○句 隨○意○遶○天○涯○叶

【校】

［一］李校本在詞調下注曰：「一名《聖無憂》。」又在頁眉注曰：「按：此調五字起者或名《聖無憂》，六字起者名《錦堂春》。其實始於南唐李煜，本名《烏夜啼》也。」

朝中措［一］

陸游

閨情

怕歌愁舞懶逢迎○韻 粧○晚○託○春○醒○叶 總是向人深處句 當時枉道無情○叶 ◯關心近日○句 啼紅密訴○句 剪綠深盟○叶 杏○館○花○陰○恨○淺○句 画○堂○銀○燭○嫌○明○叶對

【校】

［一］李校本在詞調下注曰：「李祁詞名《照江梅》，韓淲詞名《芙蓉曲》、《梅月圓》。」又在頁眉注曰：「按：此調五字起者或名《聖無憂》，六字起者名《錦堂春》。其實始於南唐李煜，本名《烏夜

啼》也。」

桃源憶故人　一名《虞美人影》、《胡搗練》[一]　秦　觀

碧紗影弄東風曉韻一夜海棠開了叶枝上數聲啼鳥叶粧點知多少叶○妒雲恨雨腰肢褭叶眉黛不堪重掃叶薄倖不來春老叶羞帶宜男草叶

【校】

[一]李校本在詞調下注曰：「趙鼎名《醉桃園》，韓淲名《杏花風》。」按：張先詞或名《胡搗練》，陸游詞名《桃源憶故人》，趙鼎詞名《醉桃園》。韓淲詞有「杏花風裏東風峭」，名《杏花風》。又：此調以此詞爲正體，宋人多依此填。

攤破浣溪沙　即《山花子》第二體[一]　李後主[二]

秋思

菡萏香銷翠叶殘韻西風愁起緑波間叶還與韶光共憔悴句不堪看叶○細雨夢回雞塞

遠 句 小樓吹徹玉笙寒 叶對 多少淚珠何限恨 句 倚欄干 叶

【校】

［一］按：一名《南唐浣溪沙》。《梅苑》名《添字浣溪沙》，《樂府雅詞》名《攤破浣溪沙》，《高麗史·樂志》名《感恩多令》。此詞即《浣溪沙》之別體，不過多三字兩結句，移其韻於結句耳，此所以有「添字」、「攤破」之名。然在《花間集》，和凝時已名《山花子》，故另編一體。

［二］作者應爲李璟。

笙歌會［一］

秦觀

春曉

流鶯窗外啼聲巧 韻 睡未足·把人驚覺 叶 翠被曉寒輕 句 寶篆沉煙裊 叶 ○宿酲未解宮蛾報 句 道別院·笙歌會早［二］叶 試問海棠花 句 昨夜開多少 叶

【校】

［一］按：即《海棠春》。此調始自秦觀，因詞中有「試問海棠花，昨夜開多少」句，故名。馬莊父詞

名《海棠花》，史達祖詞名《海棠春令》。

[二]《淮海詞》、《草堂詩餘》、《詩餘圖譜》皆作「會早」；或作「宴早」，如《花草粹編》、《欽定詞譜》。

武陵春　第一體[一]

趙秋官妻

書歧陽郵亭

人道有情還有夢句　無夢豈無情韻　夜夜思量直到明叶　有夢怎教成叶　◯昨夜偶然來夢裏句　鄰笛又還驚叶　笛韻悽悽不忍聽叶　總是斷腸聲叶

【校】

[一]李校本在詞調下注曰：「《梅苑》名《武林春》。」又在頁眉注曰：「按：李清照詞云：『風住塵香春已盡，日曉倦梳頭。物是人非事事休。欲語淚先流。聞説雙溪春尚好，也擬泛輕舟。只恐雙溪舴艋舟。載不動許多愁。』」

喜團圓[一]

晏幾道

危樓靜鎖句窗中迢岫句門外垂楊韻珠簾不禁春風度句解·偷送餘香叶〇眠思夢想句不如雙燕句得到蘭房叶别來只是句憑高淚眼句感舊離腸叶

【校】

[一]李校本在詞調下注曰:「詞見《小山樂府》。」按:《花草粹編》無名氏詞有「與個團圓」句,更名《與團圓》。此與《梅苑》詞同,惟前段第四、五句句讀不同耳。其餘字句同者,可平可仄,可以參校。

三字令[一]

歐陽炯

春閨

春欲盡句日遲遲韻牡丹時叶羅幌卷句翠簾垂叶彩箋書句紅粉淚句兩心知叶〇人不在句燕空歸叶負佳期叶香燼落句枕函欹叶月分明句花澹薄句惹相思叶

【校】

［一］按：調見《花間集》。前後段俱三字句，故名。此調始於此詞，向子諲詞即本此添字也。按前後段第四句，「幌」字、「爐」字俱用仄聲，與向詞「滿」字、「我」字同。《詩餘圖譜》、《選聲集》皆注「可平可仄」者，誤。

茅山逢故人［一］　張天雨

山下寒林平楚句　山外雲帆烟渚叶　不飲如何句　吾生如夢句　鬢毛如許叶　◯能消幾度相逢句　遮莫而今歸去叶　壯士黄金句　昔人黄鶴句　美人黄土叶

【校】

［一］李校本在頁眉注曰：「按：《詞譜》（作者名）無『天』字。係張雨自製。」

鳳孤飛［一］　黄庭堅

一曲画樓鐘動句　宛轉歌聲緩韻　綺席飛塵座滿叶　更・小待金蕉嚥叶　◯細雨輕寒今

夜短叶　依前是粉牆別館叶　端的懽期應未晚叶　奈・歸雲難管叶

【校】

［一］按：調見《小山樂府》。

太常引　第一體［一］　　辛棄疾

建康中秋夜爲呂潛叔賦

一輪秋影轉金波韻　飛鏡又重磨叶　把酒問姮娥叶　被白髮欺人奈何叶　○乘風好去句　長安萬里句　直下看山河叶　斫去桂婆娑叶　人道是清光更多叶

【校】

［一］李校本在詞調下注曰：「一名《太清引》，韓淲詞名《臘前梅》。」按：韓淲詞有「小春時候臘前梅」句，名《臘前梅》。此詞只此二體，所異者前段第二句或五字或六字耳，俱有宋元人詞可校。另一體除前段第二句六字外，俱與此詞同，但平仄小異耳。

月宮春[一]　毛文錫

水晶宮裏桂花開、韻　神仙探幾回、叶　紅芳金蕊繡重臺、叶　低傾瑪瑙盃、叶　○玉兔銀蟾爭守護、句　姮娥奼女戲相偎、叶對　遙聽鈞天九奏、句　玉皇親看來、叶

【校】

［一］李校本在詞調下注曰：「周邦彥更名《月中行》，調見《花間集》。」按：調見《花間集》毛文錫詞。此詞與周詞異者，在後段第二句不作上三下四句法，及第三句少一字不押韻耳。但兩詞前段第二句、結句，後段起句、結句平仄迥別，難以參校，不若韓淲詞之字句悉同。

陽臺夢[一]　唐莊宗

薄羅衫子金泥縫。韻　困纖腰・怯銖衣重。叶　笑迎移步小蘭叢。句　嚲金翹玉鳳。叶　○嬌多情脉脉。句　羞把同心撚弄。叶　楚天雲雨却相和。句　又入陽臺夢。叶

【校】

[一] 李校本在詞調下注曰：「此詞有兩體，一唐莊宗製，四十九字；一宋解昉製，五十七字。」按：此調有兩體，四十九字者調見《尊前集》，唐莊宗製，因詞有「又入陽臺夢」句，取以爲名。五十七字者調見《花草粹編》，宋解昉製，即賦陽臺夢題。兩體截然不同。此詞全押仄韻，宋元人無填者。

柳梢青 有平仄二體[一]

蔣　捷

遊女

學唱新腔韻　鞦韆架上句　釵股敲雙叶　柳雨花風句　翠鬆裙褶句　紅膩鞋幫叶

歸來門掩銀釭叶　澹月裏・疎鐘漸撞叶　嬌欲人扶句　醉嗔人問句　斜倚樓窗叶

【校】

[一] 李校本在詞調下注曰：「字句悉同。」按：此調兩體，或押平韻，或押仄韻，字句悉同。押平韻者，宋韓淲詞有「雲淡秋空」句，名《雲淡秋空》；有「雨洗元宵」句，名《雨洗元宵》；有「玉水明沙」句，名

《玉水明沙》。元張雨詞名《早春怨》。押仄韻者，《古今詞話》無名氏詞有「隴頭殘月」句，名《隴頭月》。

又按：押平韻者以此詞爲正體。

醉鄉春[一]

秦觀

喚起一聲人悄 韻 衾冷夢寒窗曉 叶 瘴雨過 句 海棠開 句 春色又添多少 叶 〇社甕釀成微笑 叶 半缺椰瓢共舀 叶 覺傾倒 叶 急投床 句 醉鄉廣大人間小 叶

【校】

[一]李校本在詞調下注曰：「一名《添春色》。」又在頁眉注曰：「按：此調創自少游。」按：宋惠洪《冷齋夜話》云：「少游在黃州，飲於海棠橋，橋南北多海棠，有書生家於海棠叢間。少游醉宿於此，題詞壁間。」按此則知此調創自秦觀，因後結有「醉鄉廣大人間小」句，故名《醉鄉春》。又因前結有「春色又添多少」句，一名《添春色》。

賀聖朝 第一體[一]

葉清臣

留別

滿斟綠醑留君住韻 莫・匆匆歸去叶 三分春色句 二分愁悶句 一分風雨[二]叶

○花開花謝句 都來幾日[三]句 且・高歌莫訴叶 知他來歲句 牡丹時候句 相逢何處[四]叶

【校】

[一] 李校本在詞調下注曰：「唐教坊曲名。」又在頁眉注曰：「一作：『三分春色，二分愁，更一分風雨。』後段作：『花開花謝花無語。且高歌休訴。不知來歲，牡丹時候，再逢何處。』『幾日』一作『幾許』。」

[二] 前結三句，《花庵詞選》作「三分春色二分愁，更一分風雨」。

[三] 《草堂詩餘》、《詩餘圖譜》作「花開花謝，都來幾許」。

[四] 後結三句，《花庵詞選》作「不知來歲，牡丹時，再相逢何處」。

桂華明[一]　關東子

縹緲神仙開洞府○韻　遇廣寒宮女○叶　問我雙鬟梁溪舞○叶　還記得・當時否○叶　◯碧玉詞章教仙語○叶　爲・按歌宮羽○叶　皓月滿窗人何處○叶　聲未斷・瑤臺路○叶

【校】

[一]按：調見侯寘《懶窟詞》，李處全詞更名《四和香》，關注詞又名《桂華明》。又按：据《墨莊漫録》云：「宣和二年，關注子東夢一髯翁使女子歌太平樂，醒而記之。後復夢翁，問記否，子東歌之，翁以笛。復作一弄，是重頭小令。後又夢月姊，爲歌前兩曲，姊喜亦歌一調，似《昆明池》。醒不復憶，惟髯翁笛聲尚在，因倚其聲爲調，名曰《桂華明》。」

鳳來朝[一]　周邦彦

佳人

逗曉看嬌面○韻　小窗深・弄明未辨○叶　愛・殘妝宿粉雲鬟亂○叶　最好是・帳中見○叶　◯説

夢雙蛾微斂○ 叶 錦衾温・獸香未斷○ 叶 待起難捨拚○[二] 句 任日炙・画樓暖○ 叶

【校】

[一] 按：調見周邦彦《清真集》。

[二]「待起難捨拚」，《清真集》作「待起又如何」。

偷聲木蘭花[一]

馮延巳

落梅暑雨消殘粉○ 韻 雲重煙深寒食近○ 叶 羅○幕○遮○香○ 換韻 柳○外○鞦○韆○出○画○牆○ 叶 ◯春山顛倒釵横鳳○ 換韻 飛○絮○入○簾○春○睡○重○ 叶 夢○裏○佳○期○ 換韻 只○許○庭○花○與○月○知○ 叶

【校】

[一] 按：此調亦本於《木蘭花令》，前後段第三句減去三字，另偷平聲，故云「偷聲」。若《減字木蘭花》前後段起句四字，則又從此調減去三字耳。此調只此一體。

孤館深沈[一]

蔡　伸

風生蘋末蓮香細 韻 新浴晚涼天氣 叶 猶是倚朱欄 句 波面雙雙彩鴛戲 叶 ○ 鸞釵委墮雲堆髻 叶 誰念此時情意 叶 冰簟玉琴橫 句 還是月明人千里 叶

【校】

[一]李校本在頁眉注曰：「按：《詞譜》載權無染詞云：『只此一首，無別首可校。』其詞云：『瓊英雪艷嶺梅芳。天付與清香。向臘後春前，解壓萬花，先占東陽。擬待折、一枝相贈，奈水遠天長。對妝面、忍聽羌笛，又還空斷人腸。』與此詞全異。」按：此調見宋黃大輿《梅苑》。

應天長 第一體[一]

温庭筠

雙眉澹薄藏心事 韻 清夜背燈嬌又醉 叶 玉釵橫 句 山枕膩 叶對 寶帳鴛鴦春睡美 叶 ○ 別經時 句 無限意 叶 虛道相思憔悴 叶 莫信綵箋書裏 句 賺人腸斷字 叶

【校】

［一］李校本在詞調下注曰：「或加『慢』字、『令』字。」按：此調有令詞、慢詞。令詞始於韋莊，又有顧敻、毛文錫兩體。宋毛幵詞名《應天長令》。慢詞始於柳永，《樂章集》注林鐘商調。又有周邦彦慢詞，名《應天長慢》。

黄昏庭院　即《憶故人》［一］　王詵

燭影搖紅向夜闌句乍酒醒・心情懶韻尊前誰爲唱陽關句離恨天涯遠叶〇無奈雲沉雨散叶凭闌干・東風淚眼叶海棠開後句燕子來時句黄昏庭院叶

【校】

［一］宋吴曾《能改齋漫録》云：「王都尉詵有《憶故人》詞，徽宗喜其詞意，猶以不豐容宛轉爲恨，乃令大晟樂府別撰腔，周邦彦增益其詞，而以首句爲名，謂之《燭影搖紅》。」按：王詵詞本小令，原名《憶故人》，或名《歸去曲》，以毛滂詞有「送君歸去添淒斷」句也。若周邦彦詞，則合毛、王二體爲一闋。元趙雍詞更名《玉珥墜金環》，元好問詞更名《秋色橫空》。又按：周邦彦《燭影搖紅》後段即此詞也。但

此詞前段第二、三句共九字，疑「向」字、「乍」字或歌者所添襯字。

惜分飛[一]　　毛滂

贈妓瓊芳

淚濕闌干花著露韻　愁到眉峰碧聚叶　此恨平分取叶　更無言語空相覷叶　○斷雨殘雲無意緒叶　寂寞朝朝暮暮叶　今夜山深處叶　斷魂分付潮回去叶

【校】

[一]李校本在詞調下注曰：「賀方回詞名《惜雙雙》，劉弇詞名《惜雙雙令》，曹冠詞名《惜芳菲》。」

按：此調以此詞爲正體，宋元人俱照此填，其餘添字皆變體也。

燕歸梁[一]　　柳永

織錦裁篇寫意深韻　字值千金叶　一回披玩一愁吟叶　腸成結句　淚盈襟叶　○幽歡已散

前期遠 句 無聊賴 句 是而今 叶 密憑歸燕寄芳音 叶 恐冷落 句 舊時心 叶

【校】

［一］按：調見《珠玉詞》，因詞有「雙燕歸飛繞畫堂，似留戀虹梁」句，取以爲名。柳永「織錦裁篇」詞注正平調，「輕囁羅鞋」詞注中呂調。

白蘋香 即《西江月》［一］

史達祖

閨思

西月澹窺樓角 句 東風暗落檐牙 韻對 一燈初見影窗紗 叶 又是重簾不下 仄叶 ○幽思屢隨芳草 句 閑愁多似楊花 叶對 楊花芳草徧天涯 叶 繡被春寒夜夜 仄叶

【校】

［一］李校本在詞調下注曰：「唐教坊曲名。一名《步虛詞》、《江月令》。」按：歐陽炯詞有「兩岸蘋香暗起」句，名《白蘋香》。程珌詞名《步虛詞》。王行詞名《江月令》。

憶漢月[一]

歐陽修

紅艷幾枝輕裊○韻　早被東風開了○叶　倚煙啼露爲誰嬌○○○○○○句　故惹蝶憐蜂惱○○○○○叶　○多情遊賞處○句　留戀向·綠叢千繞○叶　酒闌歡罷不成歸○○○句　腸斷月斜人老○○○○○叶

【校】

［一］按：柳永詞名《望漢月》，《樂章集》注正平調。此調只有兩體，前後段結句或六字、或七字。柳詞雖注宮調，然句讀參差，非正體也。

少年遊

第一體　一名《小欄干》　用仄韻即《城頭月》[二]

春思

蔣捷

梨邊風緊雪難晴○韻　千點照溪明○叶　吹絮簾中○句　吐茸窗上○句對　人隔翠陰行○叶　○而今

白鳥橫飛處○句　煙樹渺鄉城○叶　兩袖春寒○○○○句　一襟春恨○○○○句對　斜日澹無情○○○○○叶

【校】

［一］李校本在詞調下注曰：「一名《玉蠟梅枝》。」按：調見《珠玉集》。因詞有「長似少年時」句，取以爲名。《樂章集》注林鐘商調。韓淲詞有「明窗玉蠟梅枝好」句，更名《玉蠟梅枝》。薩都刺詞名《小欄干》。

月中行［一］

周邦彦

蜀絲趁日染乾紅句　微暖口脂融［二］叶　博山細篆靄房櫳叶　靜看打窗蟲叶　○愁多膽怯疑虛幙句　聲不斷・暮景疎鐘叶　團團四壁小屏風叶　淚盡夢啼中叶

【校】

［一］李校本在頁眉注曰：「按：此與《月宮春》異者，後段第二句作上三下七，第三句多一字多一韻耳。」按：調見《花間集》毛文錫詞。周邦彦更名《月中行》。此詞與毛詞異者，在後段第二句作上三下四句法，及第三句多一字押韻耳。但兩詞前段第二句、結句，後段起句、結句平仄迥別，難以參校，不若韓淲詞之字句悉同。

［二］「口脂」，《樂府雅詞》、《花草粹編》作「面脂」。

留春住［一］　晏幾道

画屏天畔 句 夢回依約 句 十洲雲水 韻 手撚紅箋寄人書 句 寫無限・傷春字 叶 ○別浦高樓曾謾倚 句 對江南千里 叶 樓下分流水聲中 句 有當日・憑高淚 叶

【校】

［一］按：即《留春令》。調見《小山樂府》。此調以此詞爲正體，若李詞、沈詞、黄詞之攤破句法，皆變體也。

滿宮花　第一體［一］　尹鶚

月沈沈 句 人悄悄 韻對 一炷後庭香裊 叶 風流帝子不歸來 句 滿地禁花慵掃 叶 ○離恨多 句 相見少 叶對 何處醉迷三島 叶 漏清宮樹子規啼 句 愁鎖碧窗春曉 叶

【校】

[一]按：調見《花間集》。尹鶚賦宮怨詞有「滿地禁花慵掃」句，取以爲名。此詞換頭作三字兩句，與前段同，有宋許棐詞可校。

画簾垂　即《荷葉杯》第三體[一]

韋莊

記得那年花下 韻　深夜 叶　初識謝娘時 換韻　水堂四面画簾垂 叶時　攜手暗相期 叶時

惆悵曉鶯殘月 換韻　相別 叶月　從此隔音塵 換韻　如今俱是異鄉人 叶塵　相見更無因 叶塵

【校】

[一]按：唐教坊曲名。此詞有單調、雙調。單調者有溫庭筠、顧敻二體，雙調者只韋莊一體，俱見《花間集》。此即顧敻詞體又加一段，惟結句五字不疊韻，更減去一字耳。但兩段各自換韻，舊譜或注一韻者誤。

漁歌子[一]

孫光憲

泛流螢句明又滅韻夜涼水冷東灣闊叶風浩浩句笛寥寥句對萬頃金波沉澈叶◯杜若洲句香郁烈叶一聲宿雁霜時節叶經霅水句過松江句對盡屬儂家日月叶

【校】

[一] 按：與前《漁父》重出。又按：此詞前後段第五句俱不用韻。《花間集》孫詞各首皆然。

四和香[一]

李處全

香雪漸苞偏勝韻韻領袖催花信叶華節良辰人有分叶看士女句蟠垂髩叶◯莫向春風尋舊恨叶樂事隨方寸叶眉壽故應天不吝叶浮太白句吾無悶叶

【校】

[一] 按：即《四犯令》。調見侯寘《懶窟詞》，李處全詞更名《四和香》，關注詞又名《桂華明》。此調有

李詞、關詞可校，但關詞前後段第二句「爲廣寒宮女」、「爲按歌宮羽」俱作上一下四句法，與此又小異。

捉拍醜奴兒[一]

朱希真

清露濕幽香 韻 想瑤臺・無語淒涼 叶 飄然欲去 句 依然似夢 句 雲度銀潢[二] 叶 ○又是天風吹澹月 句 珮丁東攜手西廂 叶 冷冷玉磬 句 沉沉素瑟 句 舞過霓裳[三] 叶

【校】

[一] 李校本在詞調下注曰：「即《促拍采桑子》。」

[二] 「雲度」，《全芳備祖》前集卷二十一作「雪渡」。

[三] 「舞過」，《全芳備祖》前集卷二十一、《花草粹編》作「舞遍」。

秋夜雨[一]

蔣捷

春

金衣露濕鸎喉噎 韻 春情不解分雪 叶 寶箏絃斷盡 句 但・萬縷閒愁難撇 叶 ○長紅小白

誰亭館句 過禁煙·彈指芳歌叶 今夜休要別叶 且·醉宿緗桃花月叶

【校】

［一］按：調見蔣捷《竹山樂府》，題「詠秋雨」。蔣詞四首平仄如一。

紅杏枝　即《河傳》第二體[一]　張泌

紅杏暗韻 交枝相映叶 密密濛濛換韻 一庭濃艷倚東風叶濛 香融暗叶 透簾櫳叶 ◯斜陽似共春光語換韻 蝶爭舞叶語 更引流鶯妬叶語 魂消千片玉尊前換韻 神仙叶前 瑶池醉暮天叶前

【校】

［一］李校本在頁眉注曰：「按：『紅杏，紅杏』是一疊，此脫誤二字，觀《詞律》亦然。」按：宋王灼《碧雞漫志》云：「《河傳》，唐曲，今存者二。其一屬南呂宮，前段仄韻，後段平韻。其一屬無射宮，即《怨王孫》曲，外又有越調、仙呂調兩曲。」

望江東[一]

黄庭堅

江水西頭隔煙樹 韻 望不見・江東路 叶 思量只有夢來去 叶 更不怕・江攔住 叶 ◯燈前寫了書無數 叶 算没個・人傳與 叶 直饒尋得雁分付 叶 又還是・秋將暮 叶

【校】

［一］按：調見《山谷集》，因詞有「望不見、江東路」句，取以爲名。

迎春樂[一]

秦觀

菖蒲葉葉知多少 韻 惟有蜂兒妙 叶 雨晴紅粉齊開了 叶 露一點・嬌黄小 叶 ◯早是被・曉風力暴 叶 更春共・斜陽俱老 叶 怎得花香深處 句 作個蜂兒抱 叶

【校】

［一］李校本在頁眉注曰：「按：《詞律》『惟有』句作六字，此『有』字下少一『箇』字。」按：《欽定詞

譜》云：「體始於晏詞，因晏詞換頭句八字，宋人無照此填者，故取此詞作譜。」

菊花新[一]　柳　永

欲掩香幃論繾綣○韻　先斂雙蛾愁夜短○叶　催促少年郎○句　先去睡・鴛衾圖暖○叶　◯須臾放了殘針線○叶　脫羅裳○句　恣情無限○叶　留取帳前燈○句　時時待看伊嬌面○叶

【校】

[一] 按：《齊東野語》云：「《菊花新》譜，教坊都管王公謹作也。」

木蘭花　第一體[一]　毛　滂[二]

掩朱扉○句　鈎翠箔○韻對　滿院鶯聲春寂寞○叶　勻粉淚○句　恨檀郎○句　一去不歸花又落○叶　◯對斜暉○句　臨小閣○叶對　前事豈堪重想著○叶　金帶冷○句　画屏幽○句　寶帳慵熏蘭麝薄○叶

【校】

[一] 李校本在詞調下注曰：「或加『令』字。」按：《欽定詞譜》云：「《花間集》載《木蘭花》、《玉樓春》兩調，其七字八句者爲《玉樓春》體，《木蘭花》則韋詞、毛詞、魏詞共三體，從無與《玉樓春》同者。自《尊前集》誤刻以後，宋詞相沿，率多混填。」此即韋莊詞體，惟前段第一句、後段第一句、第三句俱作三字兩句異。

[二] 作者名誤，《花間集》作者署毛熙震。

尋芳草[一]　　辛棄疾

有得許多淚韻　更閒却・許多鴛被叶　枕頭兒・放處都不是叶　舊家時・怎生睡叶　○更也没書來句　那堪被・雁兒調戲叶　道無書・却有書中意叶　排幾個・人人字叶

【校】

[一] 按：調見《稼軒詞》，自注一名《王孫信》。

雨中花　第一體[一]　歐陽修

餞别

千古都門行路韻能使離歌聲苦叶歎・送盡行人句花殘春晚句又别君東去叶◯醉藉落花吹暖絮叶多少曲堤芳樹叶且・攜手留連句良辰美景句留作相思處叶

【校】

[一]李校本在詞調下注曰：「《詞譜》作第三腔，或加『令』字。」又在頁眉注曰：「按：《詞譜》第三句無『歎』字。」按：王觀詞名《送將歸》。《雨中花》調與《夜行船》調最易相混，宋人集中每多誤刻。照《花草粹編》所編，以兩結句五字者爲《雨中花》。兩結句六字、七字者爲《夜行船》。此與晏殊「剪翠妝紅欲就」詞相同，但攤破晏詞前後段第三句作四字兩句異。按：此詞後段第三句「且」字亦襯字。

探春令[一]　晏幾道

春恨

緑楊枝上曉鶯啼句報・融和天氣韻被・數聲吹入紗窗裏叶又驚起・嬌娥睡叶◯緑

雲斜彈金釵墜。叶惹·芳心如醉。叶爲·少年濕了鮫綃帕句上都是·相思淚。叶

【校】

［一］李校本在詞調下注曰：「一名《景龍燈》。」又在頁眉注曰：「按：此《探春令》第十體，『被數聲』、『爲少年』當作三字讀。」按：此調宋人俱詠初春風景，或詠梅花，故名《探春》。韓淲詞有「景龍燈火升平世」句，名《景龍燈》。此詞前段七字一句、五字一句起者，有蔣捷、韓淲詞可校。

青門引［一］

張先

懷舊

乍暖還輕冷韻風雨晚來方定。叶庭軒寂寞近清明，句殘花中酒，句又是去年病。叶〇樓頭画角風吹醒。叶入夜重門靜。叶那堪更被明月，句隔牆送過鞦韆影。叶

【校】

［一］按：調見《樂府雅詞》及《天機餘錦》，張先本集不載。按《全芳備祖·樂府》，馬古洲詞前結

「十分風味，獨向暑天足」，「十」字仄聲，「風」字平聲。後結「刀圭倘是神仙藥，地皮卷盡猶飛肉」，較此詞多一字。

醉花陰[一]

李清照

九日

薄霧濃雲愁永晝韻瑞腦噴金獸叶佳節又重陽句寶枕紗廚句半夜秋初透叶◯東籬把酒黃昏後叶有・暗香盈袖叶莫道不銷魂句簾捲西風句人似黃花瘦叶

【校】

[一]按：此調只有此體，諸家所填，多與之合，但平仄不同，句法間有小異耳。又按：此詞換頭句「東籬把酒黃昏後」，「酒」字入韻，此即《樂府指迷》所謂藏短韻於句內者，然宋詞如此者亦少。

南歌子　第三體　一名《南柯子》、《望秦川》、《風蝶令》[一]

歐陽修

美人

鳳髻金泥帶句龍紋玉掌梳韻對去來窗下笑相扶叶愛道・画眉深淺入時無叶◯弄筆

偎人久句　描花試手初叶對　等閑妨了繡工夫叶　笑問·鴛鴦兩字怎生書叶

【校】

［一］按：此調有單調、雙調。單調者始自溫庭筠詞，因詞有「恨春宵」句，名《春宵曲》。張泌詞本此添字，因詞有「高捲水晶簾額」句，名《水晶簾》；又有「驚破碧牕殘夢」句，名《碧牕夢》。鄭子聃有「我愛沂陽好」詞十首，更名《十愛詞》。雙調者有平韻、仄韻兩體。平韻者始自毛熙震詞，周邦彦、楊无咎、僧揮五十四字體，無名氏五十三字體，俱本此添字。仄韻者始自《樂府雅詞》，惟石孝友詞最爲諧婉。周邦彦詞名《南柯子》，程垓詞名《望秦川》。田不伐詞有「簾風不動蝶交飛」句，名《風蝶令》。

憶餘杭［一］

潘閬

本意

長憶西湖湖水上韻　盡日憑欄樓上望叶　三三兩兩釣魚舟換韻　島嶼正清秋叶舟　◯笛聲依約蘆花裏換韻　白鳥成行忽飛起叶裏　別來閒想整綸竿換韻　思入水雲寒叶竿

【校】

［一］李校本在頁眉注曰：「按：《憶餘杭》，潘閬自度曲，因憶西湖諸勝，故名。《詞律》編入《酒泉子》者誤。」按：見《湘山野録》。此調只有潘詞三首。潘詞別首前段第三句「冷泉亭上幾曾遊」，「冷」字仄聲，「亭」字平聲。後段第三句「別來幾向畫圖看」，「幾」字仄聲。可以參校。

醉紅粧　一名《雙雁兒》［一］　　張　先

勸酒

瓊林玉樹不相饒韻　薄雲衣句　細柳腰叶　一般粧樣百般嬌叶　眉兒秀句　總如描叶

東風搖草百花飄叶　恨無計句　上青條叶　更起雙歌郎且飲句　郎未醉句　有金貂叶

【校】

［一］李校本在頁眉注曰：「按：《雙雁兒》後段第四句用韻。一名《雙雁子》。」按：此調見張先詞集，因詞中有「一般妝樣百般嬌」及「郎未醉，有金貂」句，取以爲名。又按：此調近《雙雁兒》，惟後段第四句不押韻異。

怨王孫[一]

李清照

春暮

夢斷漏悄○韻　愁濃酒惱○叶　寶枕生寒○句　翠屏向曉○叶　門外誰掃殘紅○○○○○○換韻　夜來風○○○叶紅　◯玉簫聲斷人何處○換韻　春又去叶處　忍把歸期負○叶處　此情此恨○句　此際擬托行雲換韻　問東君○叶雲

【校】

［一］按：此詞單調三十一字者創自秦觀，宋元人照此填。《太平樂府》注黄鐘宫，《太和正音譜》注仙吕宫。《梅苑》詞名《獨腳令》，謝克家詞名《憶君王》，吕渭老詞名《豆葉黄》。陸游詞有「畫得蛾眉勝舊時」句，名《畫蛾眉》。張輯詞有「幾曲欄干萬里心」句，名《欄干萬里心》。雙調五十四字者見《復雅歌詞》，或名《怨王孫》，與單調絶不同。

望遠行　第一體[一]

李　珣

春日遲遲思寂寥○韻　行客關山路遥○叶　瓊窗時聽語鶯嬌○叶　柳絲牽恨一條條○○○○○○○叶　◯休暈綉○

句罷吹簫○叶對貌逐殘花暗凋○叶同心猶結舊裙腰○叶忍辜風月度良宵叶

【校】

［一］按：唐教坊曲名。令詞始自韋莊。慢詞始自柳永。此詞與李璟「碧砌花光照眼明」詞同，惟前段第二句、後段第三句各少一字異。

紅窗睡［一］

晏　殊

澹薄梳粧輕結束○韻天付與·臉紅眉緑○叶斷環書索傳情久○句許·雙飛同宿○叶◯一餉無端分比目○叶誰知道·風前月底○句相看未足○叶此心終擬○句覓·鸞絃重續○叶

【校】

［一］李校本在詞調下注曰：「一名《紅窗聽》。」按：此調只此一體，有晏詞別首及柳永詞可校。

紅羅襖[一]

趙長卿

画燭尋懽去 句 嬴馬載愁歸 韻對 念·取酒東壚 句 罇罍難近 句 採花南圃 句 蜂蝶須知 叶對 ○自分袂·天闊鴻稀 叶 空懷歸夢約心期[二] 叶 楚客憶江蘺 叶 算宋玉·未必爲秋悲 叶

【校】

[一] 李校本在詞調下注曰：「唐教坊曲名。」又在頁眉注曰：「《詞譜》『空懷歸夢』句無『歸』字。」

按：此詞前段第一、二句及三四五六句例作對偶，陳允平和詞亦然，其平仄亦如一，惟前段起句「別來書漸少」，「來」字平聲，「漸」字仄聲，與此小異。

[二] 按：後段第二句，《片玉詞》作「空懷乖夢約心期」。《花草粹編》無「乖」字，《欽定詞譜》從《花草粹編》。

海棠嬌 即《臨江仙》第一體[一]

和凝

海棠香老春江晚 句 小樓霧縠空濛 韻 翠鬟初出綉簾中 叶 麝烟鸞珮惹蘋風 叶 ○碾玉釵

搖瀲鵁鶄句　雪肌雲鬢將融叶　含情遥指碧波東叶　越王臺殿蓼花紅叶

【校】

［一］李校本在詞調下注曰：「唐教坊曲名。李煜詞名《謝新恩》，賀鑄名《雁後歸》，韓淲詞名《画屏春》，李易安詞名《庭院深深》。」按：《花庵詞選》云：「唐詞多緣題所賦，《臨江仙》之言水仙，亦其一也。」李煜詞名《謝新恩》。賀鑄詞有「人歸落雁後」句，名《雁後歸》。韓淲詞有「羅帳畫屏新夢悄」句，名《畫屏春》。

減字南鄉子　第三體［一］

歐陽修

雨後斜陽韻　細細風來細細香叶　風定波平花映水句　休藏叶　照出輕盈半面粧叶　〇路隔秋江叶　蓮子深深隱翠房叶　意在蓮心無問處句　難忘叶　淚裛紅腮不記行叶

【校】

［一］按：唐教坊曲名。此詞有單調、雙調。單調者始自歐陽炯詞，馮延巳、李珣俱本此添字。雙

調者始自馮延巳詞。《太和正音譜》注越調。歐陽修本此減字，王之道、黃機、趙長卿俱本此添字也。

金錯刀　一名《醉瑤瑟》，起處少《鷓鴣天》一字[一]

馮延巳

雙玉斗 句 百瓊壺 韻對 佳人歡飲笑喧呼 叶 麒麟欲画時難偶 句 鷗鷺何猜興不孤 叶對
歌宛轉 句 醉模糊 叶對 高燒銀燭臥流蘇 叶 只銷幾覺懵騰睡 句 身外功名任有無 叶

【校】

[一]李校本在詞調下注曰：「叶李押仄韻名《君來路》。」按：漢張衡詩「美人贈我金錯刀」，調名本此。此調見《花草粹編》，一名《醉瑤瑟》。此詞《陽春集》不載。此詞可平可仄可參馮詞別首。

正春風　即《望江南》第二體，後段不換韻亦可[一]

李後主

多少恨 句 昨夜夢魂中 韻 還似舊時游上苑 句 車如流水馬如龍 叶 花月正春風 叶 多

少○淚○句 斷臉復橫頤○換韻 心事莫將和淚説○句 鳳笙休向淚時吹○叶 腸斷更無疑○叶

【校】

［一］按：即《憶江南》。宋王灼《碧雞漫志》云：「此曲自唐至今，皆南吕宫，字句皆同，止是今曲兩段，蓋近世曲子無單遍者。」又按：唐段安節《樂府雜録》，此詞乃李德裕爲謝秋娘作，故名《謝秋娘》，因白居易詞更今名，又名《江南好》。又因劉禹錫詞有「春去也，多謝洛城人」句，名《春去也》。溫庭筠詞有「梳洗罷，獨倚望江樓」句，名《望江南》。皇甫松詞有「閒夢江南梅熟日」句，名《夢江南》，又名《夢江口》。李煜詞名《望江梅》。此皆唐詞單調。至宋詞始爲雙調。王安中詞有「安陽好，曲水似山陰」句，名《安陽好》。張鎡詞有「飛夢去，閒到玉京遊」句，名《夢仙遊》。蔡真人詞有「鏗鐵板，閒引步虛聲」句，名《步虛聲》。宋自遜詞名《壺山好》。丘處機詞名《望蓬萊》。《太平樂府》名《歸塞北》，注大石調。

浪淘沙　第二體　一名《賣花聲》、《過龍門》［二］　歐陽修

閨情

簾外五更風○韻 吹○夢○無○踪○叶 画樓重上與誰同○叶 記得玉釵斜撥火○句 寶篆成空○叶 ◯回

首紫金峰 叶 雨潤煙濃 叶 一江春浪醉醒中 叶 留得羅襟前日淚 句 彈與征鴻 叶

【校】

［一］李校本在詞調下注曰：「賀方回名《曲入冥》，馬鈺名《煉丹砂》。」按：唐人《浪淘沙》本七言斷句，至南唐李煜始製兩段令詞，雖每段尚存七言詩兩句，其實因舊曲名，另創新聲也。賀鑄詞名《曲入冥》，李清照詞名《賣花聲》，史達祖詞名《過龍門》，馬鈺詞名《煉丹砂》。《欽定詞譜》云：「杜安世詞於前段起句減一字，柳永詞於前後段起句各減一字，均爲令詞，句讀悉同。即宋祁、杜安石仄韻詞，稍變音節，然前後第二句四字、第三句七字，其源亦出於李煜詞也。至柳永、周邦彦別作慢詞，與此截然不同，蓋調長拍緩，即古曼聲之意也。」

戀繡衾［一］

慢興　　陸游

不惜貂裘換釣篷 韻 嗟時人・誰識放翁 叶 歸棹借風輕穩 句 數聲聞・林外暮鐘 叶 ○幽棲莫笑蝸廬小 句 有雲山・煙水萬重 叶 半世向丹青看 句 喜如今・身在画中 叶

【校】

［一］按：韩滮词有「泪珠弹，犹带粉香」句，名《泪珠弹》。

杏花天［一］

春愁　　高觀國

遠山學得修眉翠韻　看眉展·春愁無際叶　雨痕半濕東風外叶　不管梨花有淚叶　○西園路·青蹊暗記叶　怕行人·鞦韆徑裏叶　一春多少相思意叶　説與新來燕子叶

【校】

［一］按：蔣氏《九宫譜目》入越調，辛棄疾詞名《杏花風》。此調微近《端正好》。今以六字折腰者爲《端正好》，六字一氣者爲《杏花天》。此調以此詞爲正體，若侯寘詞、盧炳詞之添字，皆變格也。又按：宋元人俱照此填，惟汪莘詞前段起句「殘雪林塘春意淺」，周密詞後段第三句「一色柳煙三十里」，平仄全異。謝懋詞後段起句「琵琶淚揾青衫淺」，句法全異。

摘紅英　一名《擷芳詞》，比《釵頭鳳》少三疊字[一]

張　翥

惜花

鶯聲寂韻　鳩聲急叶對　柳陰、、、一片梨雲濕叶　驚人困換韻　教人恨叶對　待到平明句　海棠應盡叶困　○青無力叶寂　紅無跡叶對　殘香賸粉那禁得叶寂　天難準叶困　晴難穩叶困對　晚風又起句　倚欄爭忍叶困

【校】

［一］按：此調即《擷芳詞》。《古今詞話》云：「政和間，京師妓之姥，曾嫁伶官，常入内教舞，傳禁中《擷芳詞》以教其妓。人皆愛其聲，又愛其詞，類唐人所作。張尚書帥成都，蜀中傳此詞，競唱之。卻於前段下添『憶憶憶』三字，後段下添『得得得』三字，又名《摘紅英》，殊失其義。不知禁中有『擷芳園』，故名『擷芳詞』也。」又按：程垓詞名《折紅英》，曾覿詞名《清商怨》，吕渭老詞名《惜分釵》，陸游因詞中有「可憐孤似釵頭鳳」句，改名《釵頭鳳》，《能改齋漫録》無名氏詞名《玉瓏璁》。

江月晃重山[一]

陸　游

芳草洲前道路句　夕陽樓上闌干韻對　碧雲何處望歸鞍叶　從軍客句　耽樂不思還叶○洞裏仙人種玉句　江邊楚客滋蘭叶對　鴛鴦沙暖鵜鴣寒叶　菱花晚句　不奈鬢毛斑叶

【校】

［一］按：調見楊慎《詞林萬選》。每段上三句《西江月》體，下二句《小重山體》。元好問詞與此平仄如一。

憶人人[一]

無名氏

密傳春信句　微粧曉景句　澹竚香苞欲綻韻　臨風雖未吐芳心句　奈暗露·盈盈粉面叶○何人月下句　一聲長笛句　即是飛英亂叶　憑欄無惜賞芳姿句　更莫待·傾筐已滿叶

【校】

［一］李校本在頁眉注曰：「按：《憶人人》即《鵲橋仙》，只後段第三句少一字。」按：此調有兩體。

五十六字者始自歐陽修，因詞中有「鵲迎橋路接天津」句，取爲調名。周邦彦詞名《鵲橋仙令》，《梅苑》詞名《憶人人》。韓淲詞取秦觀詞句，名《金風玉露相逢曲》，張輯詞有「天風吹送廣寒秋」句，名《廣寒秋》。元高拭詞注仙吕調。八十八字者始自柳永，《樂章集》注云歇指調。

芳草渡[一]

歐陽修

梧桐落○句　蓼花秋○韻　煙初冷○句　雨纔收○叶　蕭條風物正堪愁○叶　人去後○句　多少恨○句　在心頭○叶　◯　燕鴻遠○換韻　羌笛怨○叶遠　渺渺澄波一片○叶遠　山如黛○句　月如鈎○叶秋　笙歌散○叶遠　魂夢斷○叶遠　倚高樓○叶秋

【校】

［一］李校本在頁眉注曰：「按：此調有兩體，令詞始自歐公，慢詞始自周邦彦。」此調換頭及第六、七句俱間入仄韻，結處仍押前段平韻，蓋以平韻爲主。宋人填此調者多不押仄韻。

金蓮繞鳳樓[一]

宋徽宗

元宵

絳燭朱籠相隨映、韻　馳繡轂・塵清香襯、叶　萬金光射龍軒瑩、叶　遶端門・瑞雷輕振、叶　◯

元宵爲開勝景、叶　嚴敷坐・觀燈錫慶、叶　帝家華蓋乘春興、叶　褰朱簾・望堯瞻舜　叶

【校】

［一］按：調見《花草粹編》。此宋徽宗觀燈詞也，故名《金蓮繞鳳樓》。前後段字句整齊，惟後段起句較前段起句減一字，所謂换頭者，非添字即減字也。

思佳客　即《鷓鴣天》[一]

嚴　仁

春思

病去那知春事深　韻　流鶯喚起惜春心　叶　桐舒碧葉慳三寸　句　柳引金絲可一尋　叶對　◯憐

繡閣　句　對雲岑　叶對　苦無多力懶登臨　叶　翠羅衫底寒猶在　句　弱骨難支瘦不禁　叶對

【校】

[一] 李校本在詞調下注曰：「趙令時名《思越人》，賀鑄名《剪朝霞》，韓淲名《驪歌一疊》，盧祖皐名《醉梅花》。」按：賀鑄詞有「剪刻朝霞釘露盤」句，名《剪朝霞》。韓淲詞有「只唱驪歌一疊休」句，名《驪歌一疊》。盧祖皐詞有「人醉梅花臥未醒」句，名《醉梅花》。

秣陵砧　即《望遠行》第二體[一]

李後主

碧砌花光照眼明[二]韻　朱扉長日鎮常扃[三]叶　餘寒欲去夢難成[四]叶　爐香煙冷自亭亭叶

○遼陽月句　秣陵砧[五]叶對　不傳消息但傳情叶　黃金臺下忽然驚叶　征人歸日二毛生叶

【校】

[一] 李校本在詞調下注曰：「唐教坊曲名。」在頁眉注曰：「按：此調有兩體，令詞始自歐公，慢詞始自周邦彥。」按：令詞始自韋莊。慢詞始自柳永。

[二]「碧砌」，《花草粹編》作「遶砌」。

[三] 前段第二句，《花草粹編》作「朱扉鎮日長扃」。

[四]「餘寒欲去」，《花草粹編》作「夜寒不去」。

[五] 換頭兩短句，《花草粹編》作「殘月秣陵砧」。

十二峯　即《河傳》第三體[一]

李珣

去去韻何處叶迢迢巴楚叶山水相連換韻朝雲暮雨叶去依舊十二峯前叶連猿聲到客船叶連◯愁腸豈異丁香結換韻因離別叶結故國音書絕叶結想佳人・花下對明月叶結春風換韻恨應同叶風

【校】

[一] 李校本在詞調下注曰：「韋莊名《怨王孫》，張先名《慶同天》，李清照名《月照梨花》。」在頁眉注曰：「按：《詞譜》、《詞律》『明月』，『月』字連下讀，不叶韻。」

金鳳鈎[一]

晁補之

春辭我句向何處韻怪草草・夜來風雨叶一簪華髮句少歡饒恨句無計殢春且住叶

〇春回常恨尋無路 叶 試向我・小園徐步 叶 一欄紅藥 句 倚風含露 句 春自未曾歸去 叶

【校】

[一]李校本在頁眉注曰：「按：此平仄整齊，觀晁詞別首亦然，不可亂注。」按：見晁補之《琴趣外篇》。此調微近《夜行船》，其實不同也。或以此詞近《夜行船》史達祖詞體，然前段起句作三字兩句，實與史詞不同。

倚東風　即《上樓曲》[一]

張元幹

樓外夕陽明遠水 韻 樓中人倚東風裏 叶 何事有情怨別離 換韻 低鬟背立君應知 叶離 〇東望雲山君去路 換韻 斷腸迢迢盡愁處 叶路 明朝不忍見雲山 換韻 從今休傍曲欄干 叶山

【校】

[一]按：即《上樓曲》，調見《蘆川詞》。因詞中有「樓外」、「樓中」二句，故名。此詞七言八句，前後

段上二句近《玉樓春》，下二句換平韻，當是《玉樓春》偷聲變體，但宋元人無填此者，只有張詞別首可校。

憶黛眉　即《夜行船》第一體[一]　　史達祖

正月十八日聞賣杏花有感

不剪春衫愁意態 韻 過收燈・有些寒在 叶 小雨空簾 句 無人深巷 句 已早杏花先賣 叶

○白髮潘郎寬沈帶 叶 怕看山・憶他眉黛 叶 草色拖裙 句 煙光染鬢 句 長記故園挑菜 叶

【校】

[一] 李校本在頁眉注曰：「按：吳文英、周密、黃機、高觀國諸詞俱如此填。」按：黃公紹詞名《明月棹孤舟》。《詞律》以《夜行船》混入《雨中花》。此與歐陽修「憶昔西都歡縱」詞同，惟前段起句七字，前後段第三句俱作四字兩句，兩結句俱六字異。按：吳文英、周密、黃機、高觀國諸詞俱如此填。

惜春客　一名《玉樓春》、《木蘭花令》[一]

劉克莊

感懷

年年躍馬長安市 韻 客裏似家家似寄 叶 青錢換酒日無何 句 紅燭呼盧宵不寐 叶 ○易挑錦婦機中字 叶 難得玉人心下事 叶 男兒西北有神州 句 莫滴水西橋畔淚 叶

【校】

[一] 李校本在頁眉注曰：「按：此詞是《玉樓春》，□《木蘭花》已收毛詞，不應混入。」

步蟾宮[一]

無名氏

東風捏就腰肢細 韻 繫六幅·裙兒不起 叶 看來只慣掌中擎 句 怎教在·燭花影裏 叶 ○更闌應是鉛華退 叶 暗蹙損·眉峰雙翠 叶 夜深着緉小鞋兒 句 斜靠着屏風立地 叶

【校】

[一] 按：韓淲詞名《釣臺詞》，劉擬詞名《折丹桂》。此調以此詞爲正體。前後段第三句俱七字，較

楊无咎詞各減一字，與蔣捷詞三首同。

明月棹孤舟　即《夜行船》第二體[一]　歐陽修

憶昔西都懽縱 韻 自別後有誰能共 叶 伊川山水洛川花 句 細尋思・舊遊如夢 叶 ◯記・今日相逢情愈重 叶 愁聞唱画樓鐘動 叶 白髮天涯逢此景 句 倒金樽・殢誰相送 叶

【校】

[一] 李校本在頁眉注曰：「『鐘』字宜平，謝绛詞『白髮天涯』句作『相看送到斷腸時』，平仄全異。」

按：第一體見前。

虞美人　第一體[一]　李後主

感舊

春花秋月何時了 韻 往事知多少 叶 小樓昨夜又東風 換韻 故國・不堪回首月明中 叶風 ◯雕

闌玉砌應猶在 換韻 只是朱顏改 叶在 問君那有許多愁[二] 換韻 却似一江春水向東流[三] 叶愁

【校】

[一] 按：唐教坊曲名。《碧雞漫志》云：「《虞美人》舊曲三，其一屬中呂調，其一屬中呂宮，近世又轉入黃鐘宮。」《樂府雅詞》名《虞美人令》。周紫芝詞有「只恐怕寒，難近玉壺冰」句，名《玉壺冰》。張炎詞賦柳兒，因名《憶柳曲》。王行詞取李煜「恰似一江春水向東流」句，名《一江春水》。

[二] 「那有」，《草堂詩餘》作「能有」。

[三] 「却似」，《草堂詩餘》作「恰似」。

翻香令[一]

蘇軾

燒香

金爐猶煖麝煤殘 韻 惜香更把寶釵翻 叶 重聞處 句 餘熏在 句 這一番・氣味勝從前 叶

○背人偷蓋小蓬山 叶 更將沈水暗同然 叶 且圖得 句 氤氳久 句 爲情深・嫌怕斷頭煙 叶

【校】

［一］李校本在頁眉注曰：「『更』字作『愛』字。按：平仄無別首可校，宜遵之。」此調始自蘇軾，取詞中第二句「惜香愛把寶釵翻」句爲名。

南鄉子　第二體［一］

周邦彥

曉景

晨色動粧樓 韻 短燭熒熒悄未收 叶 自在開簾風不定 句 颼颼 叶 池面冰澌趁水流 叶

早起怯梳頭 叶 欲綰雲鬟又却休 叶 不會沉吟思底事 句 凝眸 叶 兩點春山滿鏡愁 叶

【校】

［一］按：唐教坊曲名。此詞有單調、雙調。單調者始自歐陽炯詞，馮延巳、李珣俱本此添字。雙調者始自馮延巳詞，歐陽修本此減字，王之道、黃機、趙長卿俱本此添字也。

鵲橋仙[一]

秦觀

七夕

纖雲弄巧句 飛星傳恨句對 銀漢迢迢暗度韻 金風玉露一相逢句 已勝却・人間無數叶 ○柔情似水句 佳期如夢句對 忍顧鵲橋歸路叶 兩情若是久長時句 又豈在・朝朝暮暮叶

【校】

[一]李校本在詞調下注曰：「或加『令』字。《梅苑》詞名《憶人人》，張輯詞名《廣寒秋》。」在頁眉注曰：「按：此調有二體，五十六字始自歐公，八十八字始自柳永。」

醉蘆花[一]

程靳山

秋山青句 秋水緑韻 漁翁時把一竿竹叶 釣魚沽酒入蘆花句 飲罷蘆中歌一曲叶 ○醉棹輕移江上行句 倦邀明月蘆中宿叶 簪纓白首遭流離句 何如・此翁自得無榮辱叶

【校】

〔一〕按：此調是高濂自度曲。

荷葉鋪水面〔一〕　康伯可

春光艶冶○句　遊人踏緑苔○韻　千紅萬紫競香開○叶　煖風拂鼻○句　籟蘤地·暗香透滿懷○叶　○荼蘼似錦裁○叶　嬌紅間緑白○句　只怕迅速春回○叶　悮落在塵埃○叶　折向鬢雲間·金鳳釵○叶

【校】

〔一〕按：調見《花草翠編》。

一斛珠　一名《落葉魄》〔一〕　黄庭堅

吴閶留別

蒼顔華髮○韻　故山歸計何時決○叶　舊○交○新○貴○音○書○絶○叶　惟○有○佳○人○句　猶○作○殷○勤○別○叶　○離

亭欲去歌聲咽 叶 瀟瀟細雨涼生頰 叶 淚珠不用羅巾裛 叶 彈在羅衣 句 圖得見時説 叶

【校】

［一］李校本在詞調下注曰：「張先名《怨東風》，黄庭堅名《醉落魄》。」在頁眉注曰：「按：《醉落魄》誤作《落葉魄》。」按：《宋史·樂志》名《一斛夜明珠》，屬中吕調。《尊前集》注商調，金詞注仙吕調，蔣氏《九宫譜目》入仙吕引子。晏幾道詞名《醉落魄》，此與李煜「晚妝初過」詞同，惟換頭句平仄異。因宋詞如此填者甚多，金元曲子注仙吕調者正與之合。

梅花引

一名《貧也樂》。又一體，俱叶平韻，平仄亦稍異［二］

高憲

槐堂夢 韻 鼓笛弄 叶 馳驟百年塵一鬨 叶 陶淵明 換韻 張季鷹 叶明 一杯濁酒 句 焉知身後名 叶明 〇有溪可漁林可繳 換韻 須信在家貧也樂 叶 熊門春 換韻 淠江雲 叶春 幾時作個 句 山間林下人 叶春

【校】

［一］李校本在詞調下注曰：「又一體二百十四字，名《小梅花》。」按：此調有兩體，五十七字者，《中原音韻》注越調。高憲詞有「須信在家貧也樂」句，名《貧也樂》。一百十四字者，即五十七字體再加一疊，賀鑄詞名《小梅花》。又按：此詞前段三仄韻、三平韻，後段兩仄韻、三平韻，宋詞只有賀鑄「城下路」詞一首。

夜遊宮［一］

陸游

宮詞

獨夜寒侵翠被 韻 奈幽夢・不成還起 叶 欲寫新愁淚濺紙 叶 憶承恩 句 歎餘生 句 今至此 叶

蔌蔌燈花墜 叶 問此際・報人何事 叶 咫尺長門過萬里 叶 恨君心 句 似危欄 句 難久倚 叶

【校】

［一］李校本在詞調下注曰：「賀鑄更名《新念別》。」在頁眉注曰：「按：此調起句，毛滂云『長記勞君送遠』，賀鑄云『湖上蘭舟暮發』，『勞』字、『蘭』字平聲，『送』、『暮』字仄聲，正與『寒』字、『翠』

字同。至『新愁』,『新』字;『何事』,『何』字,宜遵之。」按:宋詞填此調者,其字句韻悉同,所小異者,惟句中平仄耳。陸游此與毛滂「長記勞君送遠」詞同,惟前段第二句不作上三下四句法異。賀鑄「湖上蘭舟暮發」詞前段第二句「揚州夢斷燈明滅」、周邦彥「客去車塵」詞前段第二句「空階暗雨苔千點」,正與此同。

踏莎行 即《柳長春》[一]

張仲宗

芳草平沙句 斜陽遠樹韻對 無情桃葉江頭渡叶 醉來扶上木蘭舟句 將愁不去將人去叶

○薄劣東風句 夭斜落絮叶對 明朝重覓吹笙路叶 碧雲香雨小樓空句 春光已到銷魂處叶

【校】

[一] 按:曹冠詞名《喜朝天》,越長卿詞名《柳長春》,《鳴鶴餘音》詞名《踏雪行》。曾覿、陳亮詞添字者,名《轉調踏莎行》。此調以此詞爲正體,若曾詞、陳詞之添字、攤破句法、轉換宮調,皆變體也。宋元人填此調者,其字句韻悉同,惟每句平仄小異。

小重山　一名《小沖山》[一]

汪藻

月下潮生紅蓼汀韻殘霞都歛盡句四山青叶柳梢風急墮流螢叶隨波去句點點亂寒星叶

◯別語寄叮嚀叶如今都間隔句幾長亭叶夜來秋氣入銀屏叶梧桐雨句還恨不同聽叶

【校】

[一] 按：李邴詞名《小沖山》。姜夔詞名《小重山令》。韓淲詞有「點染煙濃柳色新」句，名《柳色新》。此調以此詞爲正體，宋元詞俱照此填。若趙詞之添字、《梅苑》詞之減字、黄詞之押仄韻，皆變體也。

紅窗影[一]

周邦彥

幾日來句真個醉韻不知道・窗外亂紅句已深半指叶花影被風搖碎叶◯擁春醒乍起叶有個人人句生得濟楚叶來向耳邊[二]句問道・今朝醒未叶情性兒・慢騰騰地叶惱得人・又醉叶

【校】

[一]按：此調見《片玉詞》，即《紅窗迥》。

[二]「耳邊」，《片玉詞》作「耳畔」。

惜分釵 一名《玉瓏璁》[一]

即事

高憲

桃花路○韻 楊柳渡○叶 一見魂驚幾回顧○叶 眼青青○換韻 臉盈盈○叶青 口○邊○欲○笑○句 齒○上○吞○聲○叶青 輕○輕○叶青 ◯人去也○換韻 情難捨○叶也 無限芳心春引惹○叶也 枕兒單○換韻 被兒寒○叶單 愁○難○擺○脫○句 病○害○今○番○叶單 看○看○叶單

【校】

[一]李校本在頁眉注曰：「按：《惜分釵》本名《擷芳詞》。」按：此即《摘紅英》，與《摘紅英》調重出。

七娘子[一]

吳鼎芳

綵雲飛去鸞絲斷韻　無言遍倚屏山扇叶　暖受人憐句　寒將人賺叶　番愁粉怨啼粧面叶

○韶光過盡閒葱蒨叶　秋光又送蘆花雁叶　南浦遙看句　西樓頻上句　天涯只在心窩嵌叶

【校】

［一］按：雙調五十八字，前後段各五句，四仄韻，此與毛滂六十字者異，前後第二句各減一字。

繫裙腰[一]

魏夫人

燈花耿耿漏遲遲韻　人別後句　夜涼時叶　西風瀟灑夢初回叶　誰念我句　欹單枕句　皺雙眉叶　○錦屏繡幌與秋期叶　腸欲斷句　淚偷垂叶　月明還到小窗西叶　我恨你句　我憶你句　你怎知叶

【校】

［一］按：調見張先詞集。宋媛魏氏詞名《芳草渡》。此詞句讀整齊，惟前後段第四句不用韻，與張先「清霜蟾照夜云天」詞異。

記紅集卷二

豐南吳綺薗次、岑山程洪丹問選定
吳興茅䕃天石較

中調

庭院深深　即《臨江仙》第三體[一]

鹿虔扆

宮词

金鎖重門荒院靜[二]句　綺窗愁對秋空韻　翠華一去寂無踪叶　玉樓歌吹句　聲斷已隨風叶
煙月不知人事改句　夜闌還照深宮叶　藕花相向野塘中叶　暗傷亡國句　清露泣香紅叶

【校】

[一] 按：唐教坊曲名。《花庵詞選》云：「唐詞多緣題所賦，《臨江仙》之言水仙，亦其一也。」李煜

詞名《謝新恩》。賀鑄詞有「人歸落雁後」句，名《雁後歸》。韓淲詞有「羅帳畫屏新夢悄」句，名《畫屏春》。

[二]「荒院」，《花間集》、《花庵詞選》、《草堂詩餘》、《花草粹編》皆作「荒苑」。

臨江仙　第四體[一]

晏幾道

憶舊

鬬草堦前初見句　穿針樓上曾逢韻對　羅裙香露玉釵風叶　靚粧眉沁綠句　羞艷粉生紅[二]叶對　◯流水便隨春遠句　行雲終與誰同叶對　酒醒長恨錦屏空叶　相尋夢裏路句　飛雨落花中叶對

【校】

[一] 按：《臨江仙》第三體見前。

[二]「羞艷」，《元獻遺文》作「羞態」。

百花時　即《憶江南》[一]

馮延巳

今日相逢花未發　韻　正是去年　句　別離時節　叶　東風次第有花開　換韻　恁時須約却重來　叶開　○重來不怕花堪折　叶發　秪怕明年・花發人離別　叶發　別離若向百花時　換韻　東風彈淚有誰知　叶時

【校】

［一］按：即《憶江南》，見前《謝秋娘》、《望江南》。

少年心[一]

閨怨

黃庭堅

對景惹起愁悶　韻　染相思・病成方寸　叶　是阿誰・先有意　句　阿誰薄倖　叶　陡頓恁・少喜多嗔　平叶　○合下休傳音問　叶　你有我・我無你分　叶　合歡桃核　句　真堪人恨　叶　心兒裏・有兩箇人人　平叶

【校】

［一］按：調見《山谷詞》。有兩體，一名《添字少年心》。

感皇恩［一］

王通叟

野馬踏紅塵句長安重到韻人面依前似花好叶舊歡才展句又被新愁分了叶未成雲雨夢・巫山曉叶〇千里斷魂句關山古道叶回首高城比天杳叶滿懷離恨句付與落花啼鳥叶故人何處也・青春老［二］

【校】

［一］李校本詞牌下注曰：「唐教坊曲名。黨懷英名《疊蘿花》。」按：陳暘《樂書》云：「祥符中，諸工請增龜茲部如教坊，其曲有雙調《感皇恩》。」

［二］此處漏標一韻。

唐多令[一]

吳文英

惜別

何處合成愁韻 誰人心上秋[二]叶 縱・芭蕉不雨也颼颼叶 都道晚涼天氣好句 有明月・怕登樓叶 年事夢中休叶 花空煙水流叶 燕辭歸客尚淹留叶 垂柳不縈裙帶住句 謾長是・繫行舟叶縱字襯

【校】

[一]李校本詞牌下注曰：「見杜安世《壽域詞》。其調近《散天花》。」頁眉注曰：「平仄宜遵之。」按：一作《糖多令》。周密因劉過詞有「二十年重過南樓」句，名《南樓令》。張翥詞有「花下鈿箜篌」句，名《箜篌曲》。此與劉過「蘆葉滿汀洲」詞同，惟前段第三句多一襯字異。

[二]「誰人」，《夢窗稿丁稿》卷四、《花庵詞選》、《絕妙好詞》、《花草粹編》皆作「離人」。

朝玉階[一]

杜安世

簾捲春寒小雨天韻 牡丹花落盡句 悄庭軒叶 高堂雙燕舞翩翩叶 無風輕絮墜句 暗苔

錢叶　擬將幽怨寫香牋叶　中心多少事句　語難傳叶　思量真箇惡因緣叶　那堪長夢見句　在伊邊叶

【校】

［一］李校本詞牌下注曰：「一名《餹多令》、《南樓令》。張翥名《箜篌曲》。」按：見杜安世《壽域詞》。其調近《散天花》，然換頭句平仄自不同也。《壽域集》杜詞二首，平仄如一，別無宋詞可校。

鳳棲梧　一名《蝶戀花》、《鵲踏枝》、《黄金縷》、《一籮金》[一]

春暮　歐陽修

庭院深深深幾許韻　楊柳堆煙句　簾幙無重數叶　金勒雕鞍遊冶處[二]叶　樓高不見章臺路叶　雨横風狂三月暮叶　門掩梨花[三]句　無計留春住叶　淚眼問花花不語叶　亂紅飛過秋千去叶

【校】

［一］李校本詞牌下注曰：「唐教坊曲名。（一名）《明月生南浦》、《魚水同歡》、《細雨吹池沼》。」

又在頁眉注曰：「按：李石詞名《一籮金》，此刻『羅』字，誤。」按：此即《蝶戀花》，本名《鵲踏枝》，宋晏殊詞改今名。馮延巳詞有「楊柳風輕，展盡黃金縷」句，名《黃金縷》。趙令畤詞有「不捲珠簾，人在深深院」句，名《捲珠簾》。司馬槱詞有「夜涼明月生南浦」句，名《明月生南浦》。韓淲詞有「細雨吹池沼」句，名《細雨吹池沼》。賀鑄詞名《鳳棲梧》，衷元吉詞名《魚水同歡》，沈會宗詞名《轉調蝶戀花》。

[二]「金勒」，《六一詞》、《花庵詞選》作「玉勒」。

[三]「梨花」，《六一詞》、《花庵詞選》、《草堂詩餘》作「黃昏」。

釵頭鳳[一]

陸游

憶舊

紅酥手 韻 黃縢酒[二] 叶對 滿城春色宮牆柳 叶 東風惡 換韻 歡情薄 叶惡 一懷愁緒 句 幾年離索 叶對 錯錯錯 叶 ◯春如舊 叶手 人空瘦 叶手對 淚痕紅浥鮫綃透 叶手 桃花落 叶惡 閒池閣 叶惡 山盟雖在 句 錦書難託 叶惡對 莫莫莫 叶惡

【校】

［一］李校本在頁眉注曰：「按：《釵頭鳳》，即《擷芳詞》。」此即《擷芳詞》，又名《摘紅英》、《折紅英》。《摘紅英》已見前，此重出。

［二］「黄藤」，《花庵詞選》作「黄縢」。

一剪梅［一］

蔣捷

一片春愁帶酒澆［二］韻　江上舟搖叶　樓上帘招叶　秋娘容與泰娘嬌［三］叶　風又飄飄叶　雨又蕭蕭叶　◯何日雲帆卸浦橋［四］叶　銀字箏調［五］叶　心字香燒叶　流光容易把人拋叶　紅了櫻桃叶　緑了芭蕉叶

【校】

［一］李校本词牌後注曰：「韓淲名《臘梅香》。李清照名《玉簟秋》。」按：周邦彦詞起句有「一剪梅花萬樣嬌」句，取以爲名。韓淲詞有「一朵梅花百和香」句名《臘梅香》。李清照詞有「紅藕香殘玉簟秋」句，名《玉簟秋》。

[二]「帶酒澆」,《竹山詞》、《花草粹編》作「待酒澆」。

[三]「容與」,《竹山詞》作「度與」。「泰娘嬌」,《花草粹編》作「泰娘嬌」。

[四]後段起句,《竹山詞》、《花草粹編》作「何日歸家洗客袍」。

[五]「箏調」,《竹山詞》、《花草粹編》作「笙調」。

望遠行　第二體[一]

韋莊

欲別無言倚畫屏韻　含恨暗傷情叶　謝家庭樹錦鷄鳴叶　殘月照邊城叶　人欲別句　馬頻嘶換韻對　緑槐千里長堤叶　出門芳草路萋萋叶　雲雨別來易東西叶　不忍別君後句　却入舊香閨叶

【校】

[一]李校本在頁眉注曰:「按:令詞始此,平仄宜遵之。」按:唐教坊曲名。令詞始自韋莊,慢詞始自柳永。此詞前後段换韻,前段第二句、第四句各五字,後段結多五字兩句,與李璟、李珣諸家不同。

後庭宴[一]　　無名氏

千里故鄉○句十年華屋○韻對亂魂飛過屏山簇○叶眼重眉褪不勝春○句菱花知我銷香玉○叶◯雙雙燕子歸來○句應解笑人幽獨○叶斷歌零舞○句遺恨清江曲○叶萬樹緑低迷○句一庭紅撲簌○叶

【校】

［一］李校本在頁眉注曰：「《庚溪詩話》云：『宋宣和中掘地得石刻唐詞，調名《後庭宴》。』平仄無別首可校。」按：此詞前段近《踏莎行》，後段字句又與前段不同。《庚溪詩話》定爲唐詞。

鞓紅[一]　　無名氏

粉香猶嫩○句衾寒可慣○韻怎奈何春心已轉○[二]叶玉容別是○句一般閒婉○叶悄不管桃紅杏淺○叶◯月影簾櫳○句金堤波面○○○○叶漸細細香風滿院○○○○○○叶一枝折寄○句故人雖遠○句輒莫使江南信斷○叶

【校】

［一］李校本在頁眉注曰：「平仄無別首可校，不宜亂注。」按：調見《梅苑》。此調起結近《鵲橋仙》詞，然中三句句讀實與《鵲橋仙》不同。

［二］「奈何」，《欽定詞譜》作「奈向」。

合歡羅勝 即《臨江仙》第五體[一]

賀鑄

立春

巧剪合歡羅勝子 句 釵頭春意翩翩 韻 艷歌淺笑拜嫣然 叶 願郎宜此酒 句 行樂駐華年 叶 〇未至文園多病客 句 幽襟淒斷堪憐 叶 舊遊夢掛碧雲邊 叶 人歸落雁後 句 思發在花前 叶

【校】

［一］《臨江仙》調已見前。

散天花[一]　舒亶

雲斷長空落葉秋[二]韻　寒江煙浪盡[三]句　月隨舟叶　西風偏解送離愁叶　聲聲南去雁句　下汀洲叶　○無奈多情去後留[四]叶　驪歌齊唱罷句　淚爭流叶　悠悠別恨幾時休叶　不堪殘酒醒句　凭危樓叶

【校】

[一]李校本在頁眉注曰：「按：此與《朝玉階》同，惟後段起句稍異平仄。按此平仄整齊，宜遵之。『去復留』誤作『去後留』。」

[二]「落葉秋」，《樂府雅詞》、《花草粹編》作「葉落秋」。

[三]「煙浪盡」，《樂府雅詞》作「煙浪靜」。

[四]「去後留」，《樂府雅詞》、《花草粹編》作「去復留」。

最多情　即《遐方怨》第二體[一]　顧敻

簾影細句　簟紋平韻對　象紗籠玉指句　縷金羅扇輕叶　嬌紅雙臉似花明[二]叶　兩條眉黛

遠山橫 叶 ○鳳簫歇 句 鏡塵生 叶對 遼塞音書絶 句 夢魂長暗驚 叶 玉郎經歲負娉婷 叶
教人爭不恨多情[三] 叶

【校】

[一] 按：《遐方怨》爲唐教坊曲名。此調有兩體，單調者始於溫庭筠，雙調者始於顧夐、孫光憲，惟《花間集》有之，宋人無填此者。此與孫光憲「紅綬帶」詞同。

[二] 「嬌紅」，《花間集》、《花草粹編》作「嫩紅」。

[三] 「多情」，《花間集》、《花草粹編》作「無情」。

青杏兒[一]

趙秉文

風雨替花愁 韻 風雨罷 句 花也應休 叶 勸君莫惜花前醉 句 今年花謝 句 明年花謝 句
白了人頭 叶 ○乘興兩三甌 叶 揀溪山·好處追遊 叶 但教有酒身無事 句 有花也好 句
無花也好 句 選甚春秋 叶

【校】

［一］李校本在詞調下注曰：「即《攤破南鄉子》，又名《閒閒令》。」又在頁眉注曰：「按：此調即是黄山谷《似娘兒》。《詞律》收入《促拍醜奴兒》，非。」按：趙長卿詞名《青杏兒》，又名《似娘兒》。《翰墨全書》黄右曹詞有「壽堂已慶靈椿老」句，名《慶靈椿》。《中州樂府》趙秉文詞有「但教有酒身無事」句，名《閒閒令》。

定風波［一］　第一體　第二體同，唯中間不用仄韻

辛棄疾

暮春漫興

少日春懷似酒濃 韻 插花走馬醉千鍾 叶 老去逢春如病酒 換韻 唯有 叶酒暗韻連下 茶甌香篆小薰籠［二］ 叶濃 〇卷盡殘花風未定 換韻 休恨 叶定 花開原自要春風 叶濃 試問春歸誰得見 換韻 飛燕 叶見暗韻連下 來時相遇夕陽中 叶濃

【校】

［一］按：李珣詞名《定風流》，張先詞名《定風波令》。

〔二〕「小薰籠」，一作「小簾櫳」。

攤破南鄉子〔一〕

程垓

休賦惜春詩 韻 留春住 句 說與人知 叶 一年已負東風瘦 句 說愁說恨 句 數期數刻 句 只望歸時 叶 ◯莫怪杜鵑啼 叶 真個也・喚得人歸 叶 歸來休恨花開了 句 梁間燕子 句 且教知道 句 人也雙飛 叶

【校】

〔一〕李校本在詞調下注曰：「趙長卿名《青杏兒》、《似娘兒》，黃右曹名《慶令靈椿》。」按：《慶令靈椿》，衍「令」字。黃右曹詞有「壽堂已慶靈椿老」句，故名《慶靈椿》。

漁家傲〔一〕

邊愁

范仲淹

塞下秋來風景異 韻 衡陽雁・去無留意 叶 四面邊聲連角起〔二〕 叶 千嶂裏 叶 長煙落日孤

城閉 叶 ○濁酒一盃家萬里 叶 燕然未勒歸無計 叶 羌笛悠悠霜滿地[三] 叶 人不寐 叶 將軍白髮征夫淚 叶

【校】

[一] 李校本在頁眉注曰：「調始自晏。」按：此調始自晏殊，因詞有「神仙一曲漁家傲」句，取以爲名。如杜安世詞三聲叶韻，蔡伸詞添字者，皆變體也。外有「十二月鼓子詞」，其十一月、十二月起句俱多一字。歐陽修詞云：「十一月，新陽排壽宴。十二月，嚴凝天地閉。」歐陽原功詞云：「十一月，都人居暖閣。十二月，都人供暖箑。」此皆因月令，故多一字，非添字體也。

[二] 「四面」，《草堂詩餘》作「四向」。

[三] 「羌笛」，《花庵詞選》作「羌管」。

鬢雲鬆　即《蘇幕遮》第二體[一]　范仲淹

懷舊

碧雲天 句 黃葉地 韻對 秋色連波 句 波上寒煙翠 叶 山映斜陽天接水 叶 芳草無情 句 更

在斜陽外 叶 ○黯鄉魂 句 追旅思 叶對 夜夜除非 句 好夢留人睡 叶 明月樓高休獨倚 叶 酒入愁腸 句 化作相思淚 叶

【校】

［一］李校本在頁眉注曰：「『連波』，『連』字不用仄。」又於詞調下注曰：「唐教坊曲名。」按：即《蘇幕遮》，唐教坊曲名。《唐書・宋務光傳》：此見都邑坊市，相率爲渾脱隊，駿馬戎服，名「蘇幕遮」。又按：張説集有《蘇幕遮》七言絶句，宋詞蓋因舊曲名，另度新聲也。周邦彦詞有「鬢雲鬆」句，更名《鬢雲鬆令》。此調只有此體，宋元人俱如此填。

金蕉葉 第二體［一］

柳　永

厭厭夜飲平陽第 韻 添銀燭・旋呼佳麗 叶 巧笑難禁 句 艷歌無間聲相繼 叶 准擬幕天席地 叶 ○金蕉葉泛金波霽 叶 未更闌・已盡狂醉 叶 就中有箇 句 風流暗向燈光底 叶 惱遍兩行珠翠 叶

【校】

［一］李校本在頁眉注曰：「此調始自柳永，平仄悉宜遵之。」按：此調始自柳永，因詞中有「金蕉葉泛金波齊」句，取以爲名。袁去華、蔣捷詞皆從柳詞減字。

破陣子　一名《十拍子》［一］　晏殊

春景

燕子來時新社句　梨花落後清明韻　池上碧苔三四點句　葉底黃鸝一兩聲叶　日長飛絮輕叶　○巧笑東鄰女伴句　采桑徑裏逢迎叶　疑怪昨宵春夢好句　元是今朝鬭草贏叶　笑從雙臉生叶

【校】

［一］李校本在詞調名下注曰：「唐教坊曲名。」按：一名《十拍子》。陳暘《樂書》云：「唐《破陣子樂》，屬龜兹部，秦王所製，舞用二千人，皆畫衣甲，執旗旆。外藩鎮春衣犒軍設樂，亦舞此曲，兼馬軍引入場，尤壯觀也。」又按：唐《破陣樂》乃七言絕句，此蓋因舊曲名另度新聲。

明月逐人來[一]　　張元幹

花迷珠翠○韻　香飄羅綺○叶對　簾旌外・月華如水○叶　熛紅影裏○句　誰會王孫意○叶　最樂昇平景致○叶　◯長記宮中五夜○句　春風鼓吹○叶　遊仙夢輕寒半醉○叶　鳳幃未暖○句　歸去薰濃被○叶　更問陰晴天氣○叶

【校】

［一］李校本在頁眉注曰：「按：《詞律》『五夜』二字屬下句；『天氣』，『天』字可仄。」按：《能改齋漫録》云，李持正自撰譜，蓋因詞有「皓月隨人近遠」句，故名。此調自此詞外，只有李持正詞可校。

甘州遍[一]　　毛文錫

春光好○句　公子愛閒遊○韻　足風流○叶　金鞍白馬○句　雕弓寶劍○句　紅纓錦襜出長楸○叶　◯花蔽膝○句　玉銜頭○叶對　尋芳逐勝歡宴○句　絲竹不曾休○叶　美人唱○句　揭調是甘州○叶　醉紅

樓○叶　堯年舜日○句　樂聖永無憂○叶

【校】

［一］按：唐教坊大曲有《甘州》。凡大曲多遍，此則《甘州曲》之一遍。按：《花間集》毛詞別首與此平仄如一，惟後段第四句「往往路人迷」，上「往」字仄聲。第七句「鳳凰詔下」，「鳳」字仄聲。

獻衷心［一］　歐陽炯

見・好花顏色○句　爭笑東風○韻　雙臉上○句　晚粧同○叶　閉小樓深閣○句　春景重重○叶　三五夜○句　偏有恨○句　月明中○叶　◯情未已○句　信曾通○叶　滿衣猶自染檀紅○叶　恨・不如雙燕○句　飛舞簾櫳○叶　春欲暮○句　殘絮盡○句　柳條空○叶

【校】

［一］李校本在詞調下注曰：「唐教坊曲名。」按：調見《花間集》。宋元人無照此填者。在唐詞中亦只有顧敻添字一體。

舞春風　即《瑞鷓鴣》第二體[一]　晏殊

詠紅梅

越娥紅淚泣朝雲 韻 越梅從此學妖顰 叶 臘月初頭 句 庚嶺繁開後 句 特染妍華贈世人 叶 ◯ 前溪昨夜深深雪 句 朱顏不掩天真 叶 何時驛使西歸 句 寄與相思客 句 一枝新 叶 報道江南別樣春 叶

【校】

[一] 李校本在頁眉注曰：「按：《鷓鴣天》原本七言八句律詩，因唐人歌之，遂成詞調。」又在詞調下注曰：「陳彭年名《桃花落》。」按：《苕溪詞話》云：「唐初歌詞，多五言詩，或七言詩，今存者止《瑞鷓鴣》七言八句詩，猶依字易歌也。」馮延巳詞名《舞春風》，尤袤詞名《鷓鴣詞》，丘處機詞名《拾菜娘》，《樂府紀聞》名《天下樂》。《梁溪漫録》詞有「行聽新聲太平樂」句，名《太平樂》；有「猶傳五拍到人間」句，名《五拍》。此皆七言八句也。至柳永有添字體，自注般涉調，有慢詞體，自注南吕宮，皆與七言八句者不同。

緱山月[一]

梁寅

急雨響巖阿○韻　陰雲斷薜蘿○叶　山○中○春○去○更○寒○多○叶　縱柴門不閉○句　花滿逕○句　蒼苔潤○句　少人過○叶　◯蘭舟曾記蘭汀宿○句　牽恨是煙波○叶　而今林下和樵歌叶　看・風風雨雨○句　從造物○句　時時變○句　總心和○叶

【校】

[一] 李校本在頁眉注曰：「按：宋人無此調。」按：蔣氏《九宮譜目》入正宮引子。《九宮譜》所載元詞，前後段第三句校此詞各多一字，第五、六、七句作四字兩句，換頭作六字句，雖句讀小異，其源實出於此詞也。但宋人無填此調者，故可平可仄，無從參校。

侍香金童[一]

蔡伸

寶馬行春○句　緩步隨油壁[二]○韻　念一瞬・韶光堪重惜○叶　還是去年同醉日○叶　客裏情懷○句　倍添悽惻○叶　◯記・南城錦逕○句　名園曾遍歷○叶　更柳下・人家似織○叶　此際凭闌愁脉

脉叶　滿目江山句　暮雲空碧叶

【校】

[一]按：據《開天遺事》，王元寶常於寢帳床前，雕矮童二人，捧一寶博山爐，自暝焚香徹曉，調名取此。《梅苑》無名氏「寶臺蒙繡」詞即詠其事也。此與《梅苑》詞同，惟前段第三句八字，後段第三句七字異。

[二]「緩步」，《友古詞》作「緩轡」。

醉春風　一名《怨東風》[一]　趙德仁

春閨

陌上清明近韻　行人難借問叶　風流何處不歸來[二]句　悶悶悶叶疊三字　回雁峰前句　戲魚波上句　試尋芳信叶　〇夜永蘭膏燼叶　春睡何曾穩叶　枕邊珠淚幾時乾句　恨恨恨叶　惟有窗前句　過來明月句　照人方寸句

【校】

[一]李校本在頁眉注曰：「此調惟趙鼎詞可校。『借問』，『借』字須用仄。後段趙詞第二句云『羅巾空淚粉』，『睡』字、『曾』字亦可用仄。」按：趙鼎詞名《怨東風》。此調只有趙鼎詞可校，趙詞前段第三句「魚書蝶夢兩消沈」，「蝶」字仄聲；第五句「結盡丁香」，「結」字仄聲；後段第二句「羅巾空淚粉」，「巾」字平聲，「淚」字仄聲；第三句「欲將遠意托湘弦」，「遠」字仄聲；第六句「晝簾悄悄」，上「悄」字仄聲。

[二]「不歸來」，《樂府雅詞》作「不來歸」。

麥秀兩岐[一]　和凝

涼簟鋪斑竹 韻 鴛枕並紅玉 叶 臉蓮紅 句 眉柳綠 叶對 胸雪宜新浴 叶 澹黃衫子裁春縠 叶 異香芬馥 叶 〇羞道交回燭 叶 未慣雙雙宿 叶 樹連枝 句 魚比目 叶對 掌上腰如束 叶 嬌嬈不爭人拳跼 叶 黛眉微蹙 叶

【校】

［一］李校本在頁眉注曰：「《詞譜》云：『此調見《尊前集》。句短韻促，無他首可校，其平仄當遵之。』」又在詞調下注曰：「唐教坊曲名。」

品令［一］

黄庭堅

咏茶

鳳舞團團餅○韻 恨分破・教孤另○叶 金渠體淨○叶 隻輪慢碾○句 玉塵光瑩○叶 湯響松風○句 早減二分酒病○叶 ◯味濃香永○叶 醉鄉路○句 成佳境○叶 恰如燈下故人○句 萬里歸來對影○叶 口不能言○句 心下快活自省○叶

【校】

［一］按：《欽定詞譜》云：「此即『急雨驚秋』詞體，惟前段第六、七句仍照《梅苑》詞，於結句多一字作七字句異。此亦襯字，采以備體。」

澹黃柳[一]

姜夔

空城曉角 句 吹入垂楊陌 韻 馬上單衣寒側側[二] 叶 看盡鵝黃嫩緑 句 都是江南舊相識 叶 〇正岑寂 叶 明朝又寒食 叶 強攜酒小橋宅 叶 怕梨花落盡成秋色 叶 燕燕飛來 句 問春何在 句 惟有池塘自碧 叶

【校】

[一]李校本在頁眉注曰：「此白石自製曲，平仄宜遵之。」

[二]「寒側側」，《白石道人歌曲》、《花庵詞選》、《絶妙好詞》皆作「寒惻惻」。

芭蕉雨[一]

程垓

雨過涼生藕葉 韻 晚庭消盡暑 句 渾無熱 叶 枕簟不勝香滑 叶 爭奈寶帳情生 句 金樽意愜 叶 〇玉人何處夢蝶 叶 思・一見冰雪 叶 須寫個・帖兒丁寧説 叶 試問道・肯來麼 句 今夜小院無人 句 重樓有月 叶

【校】

[一] 李校本在頁眉注曰：「此調儘見此詞，可平可仄者不知何據。」按：調見程垓《書舟詞》。

春到也 即《酷相思》[一]

程垓

月挂霜林寒欲墜韻 正・門外催人起叶 奈・別離如今真箇是叶 欲住也・留無計叶 欲去也・來無計叶 ◯馬上離情衣上淚[二]叶 各自空憔悴[三]叶 問・江路梅花開也未叶 春到也・須頻寄叶 人到也・須頻寄叶

【校】

[一] 按：調見《書舟詞》。此調只有此詞，前後段兩結句例用疊韻，填者須遵之。

[二] 「離情」，《花草粹編》作「離魂」。

[三] 「各自空憔悴」，《書舟詞》作「各自供憔悴」。《花草粹編》作「各自個、供憔悴」。

解佩令[一]　蔣　捷

春詞

春晴也好韻　春陰也好叶　着些兒·春雨越好叶　春雨如絲句　繡出花枝紅裊叶　怎禁他·孟婆合皂叶　○梅花風小叶　杏花風小叶　海棠風·驀地寒峭叶　歲歲春光句　被二十四風吹老叶　楝花風·爾須慢到叶被字襯

【校】

[一]李校本在頁眉注曰：「《詞譜》、《詞律》上句『小』字作『悄』字。」按：調見《小山樂府》。按《楚辭》「捐予佩兮澧浦」，《韓詩外傳》「鄭交甫遇漢皋神女解佩」，調名取此。此與史達祖「人行花塢」詞同，惟前段第二、第三句用疊韻，第五句減一字，後段第二句仍用韻，不疊上韻異。

漢上襟　一名《喝火令》[一]　黃庭堅

晚見情如舊[二]句　交疎分已深韻　舞時歌處動人心叶　煙水幾年魂夢[三]句　無處可追尋叶

叶 ○昨夜燈前見 句 重題漢上襟 叶 便愁雲雨又難禁 叶 曉也星稀 句 曉也月西沉 叶 曉也雁行低度 句 不會寄芳音 叶

【校】

[一]李校本在詞調下注曰：「調見《琴趣外篇》。」又在頁眉注曰：「平仄不宜亂注。」按：後段句法，若准前段，則第四句應作「星月雁行低度」，今疊用三「曉也」字，攤作三句，當是體例應然，填者須遵之。

[二]「晚見」，《山谷詞》、《花草粹編》作「見晚」。

[三]「幾年」，《山谷詞》、《花草粹編》作「數年」。

厭金盃[一]

賀鑄

風軟香遲 句 花深漏短 韻對 可憐宵·画堂春半 叶 碧紗窗影卷 叶 帳、蠟、幃紅[二] 句 鴛枕畔 叶 密寫烏絲一段 叶 ○采蘋溪晚 叶 拾翠洲空[三] 句對 儘愁倚·夢雲飛觀 叶 木蘭艇

子句幾日渡江來句心目斷叶桃葉青山隔岸叶

【校】

[一]李校本在詞調下注曰：「調見《東山樂府》。一名《獻金杯》。」又在頁眉注曰：「此詞無他首可校注，可平可仄者不知何本。按：『碧紗窗影』，《詞譜》作四字句，『卷』字屬下五字句，此『卷』字注『叶』，愚謂此處不應再用韻也。」

[二]「幃紅」，《花草粹編》作「燈紅」。

[三]李校本在此夾批曰：「此二句誤倒。」即應爲「拾翠洲空，采蘋溪晚」。「洲空」，《花草粹編》作「沙空」。

聲聲令[一]

春思　俞克成

簾移碎影句香褪衣襟韻對舊家庭院嫩苔侵叶東風過盡句暮雲鎖句緑窗深叶怕對人·閒枕剩衾叶◯樓底輕陰叶春信斷句怯登臨叶斷腸魂夢兩沉沉叶花飛水遠句

便從今○叶　莫追尋○叶　又怎禁○○○・驀地上心○○○○叶

【校】

［一］李校本在詞調下注曰：「一名《勝勝令》。」又在頁眉注曰：「按：前後段結句『剩』字、『上』字必須用仄。曹勛云『愁緒怎禁，應倚夜深』，『怎』字、『夜』字多仄。」按：此與曹勛詞俱用閉口韻，惟後段起句及第六句俱用韻異。

錦纏道［一］

宋　祁

燕子呢喃○句　景色乍長春晝○句　覩園林・萬花如綉○叶　海棠經雨胭脂透○○○○○○○叶　柳展宫眉○句　翠拂行人首○叶　◯向・郊原踏青○句　恣歌攜手○叶　醉醺醺○句　尚尋芳問酒○叶　牧童遥指孤村○［二］句　道○・杏花深處○○○○句　那里人家有○○○○○叶

【校】

［一］李校本在詞調下注曰：「《全芳備祖・樂府》名《錦纏頭》。江衍詞名《錦纏絆》。」又在頁眉注

曰：「此本沈天羽《續草堂詩餘》，句讀今依《詞譜》、《詞律》正之，『問』字屬下，『道』字屬上。」按：《欽定詞譜》云：「按沈際飛《續草堂詩餘》，後段第三句作『尚尋芳問酒』，將下句『問』字移入上句，妄爲增損，不知此調前後段第三句，例作七字上三下四句法，後段第四句，例作八字上三下五句法、不押韻，有《全芳備祖》無名氏詞可校也，故此詞可平可仄悉參無名氏詞。」

[二]「尚尋芳」幾句，《草堂詩餘》、《花草粹編》作「尚尋芳酒，問牧童、遥指孤村」。

行香子[一]

冬思　　蘇軾

攜手江村韻　梅雪飄裙叶　情何限・處處消魂叶　故人不見句　舊曲重聞叶　向・望湖樓句　孤山寺句　湧金門叶

◯尋常行處句　題詩千首句　繡羅衫・與拂紅塵叶　別來相憶句　知有何人[二]叶　有・湖中月句　江邊柳句　隴頭雲叶

【校】

[一] 按：此調以晁詞、蘇詞爲正體，所辨者在前後段起二句或押韻或不押韻耳。蘇軾此詞與晁補之

詞同，惟前段起句押韻異。若杜安世詞之或添字、或減字，趙長卿詞之減字，李清照詞之添字，皆變體也。

[二]「知有」，《東坡詞》、《花庵詞選》作「知是」。

風中柳 一名《玉蓮花》、《謝池春》、《賣花聲》[一]

孫夫人

閨情

銷減芳容句 端的爲郎煩惱韻 鬢慵梳・宮粧草草叶 別離情緒句 待歸來都告叶 怕傷郎又還休道叶 ◯利鎖名韁句 幾阻當年歡笑叶 更那堪・鱗鴻信杳叶 蟾枝高折句 願從今須早叶 莫辜負・鳳幃人老叶

【校】

[一]按：此調即《賣花聲》，又名《謝池春》，重出。

看花回[一]

柳永

警悟

屈指勞生百歲期韻 榮瘁相隨叶 利牽名惹逡巡過句 奈兩輪玉走金飛叶 紅顏成白首

句 極品何爲○ 叶 ◯塵事常多雅會稀○ 叶 忍不開眉○ 叶 画堂歌管深深處○ 句 難忘酒盞花枝○ 叶 醉鄉風景好○ 句 攜手同歸○ 叶

【校】

［一］李校本在頁眉注曰：「此調有兩體，六十六字始自柳永，一百一字始自黃庭堅。」按：琴曲有《看花回》，調名本此。此調有兩體，六十八字者始自柳永，只有柳永另一首可校。一百一字者始自黃庭堅，有周邦彥、蔡伸、趙彥端諸詞可校。此與其「玉墄金階舞舜千」詞同，惟後段第四句六字異。

青玉案 第一體　第二體同，惟後段二句作八字[一]　賀鑄

姑蘇橫塘路小築

淩波不過橫塘路○ 韻 但目送芳塵去○ 叶 錦瑟華年誰與度○ 叶 月樓花院○[二] 句 綺窗朱戶○[三] 叶 惟有春知處 叶 ◯碧雲冉冉蘅皋暮○ 叶 綵筆空題斷腸句○[四] 叶 試問閒愁知幾許○[五] 叶

一川煙草句滿城風絮叶對梅子黃時雨叶

【校】

[一] 李校本在詞調下注曰：「韓淲詞名《西湖路》。」按：漢張衡詩「何以報之青玉案」，調名取此。韓淲詞有「蘇公堤上西湖路」句，名《西湖路》。此調以賀詞、蘇軾詞及毛滂詞、史達祖詞爲正體，若張炎詞之疊韻，李彌遜、吳潛、胡銓詞之添字，李清照詞之句法小異，曹組詞之句法小異又添字，毛滂詞別首之攤破句法，趙長卿詞之減字，趙詞別首之句讀參差，皆變體也。但諸詞中，有前段第二句六字折腰，後段第二句或七字、或六字、或八字者。有前段第二句七字，後段第二句或七字、或八字者。有前段第二句六字不折腰，後段第二句或七字、或八字者。亦有前段第二句五字者。又有前後段第五句或押韻，或不押韻者。

[二]《樂府雅詞》、《花庵詞選》皆作「月臺花榭」。

[三]《樂府雅詞》、《花庵詞選》皆作「瑣窗朱戶」。

[四]「空題」，《樂府雅詞》、《花庵詞選》皆作「新題」。

[五]「知幾許」，而《樂府雅詞》、《花庵詞選》皆作「都幾許」。

鳳凰閣［一］　葉清臣

傷春

遍・園林緑暗 句 渾如翠幄 韻 下無一片是花萼 叶 可恨狂風橫雨 句 忒煞情薄 叶 盡底把・韶華送卻 叶 ◯楊花無奈 句 是處穿簾透幕 叶 豈知人意正蕭索 叶 春去也 句 這般愁・没處安著 叶 怎奈向・黃昏院落 叶

【校】

［一］李校本在詞調下注曰：「張炎名《數花風》。」又在頁眉注曰：「此詞平仄整齊，宜遵之，不可亂注。」按：此與柳永「匆匆相見」詞同，惟前段起句添一字，第二句減二字，後段第四句作六字折腰句法異。此詞後段結句「怎奈向」，與前段「盡底把」三字相對，諸家並無用平聲者。

兩同心　又一體用仄韻［一］　晏幾道

楚鄉春晚 句 似入仙源 韻 拾翠處・閒隨流水 句 踏青路・暗惹香塵 叶對 心心在・柳外

青帘 句 花下朱門 叶 ◯對景且醉芳樽 叶 莫話銷魂 叶 好意思・曾同明月 句 惡滋味・最是黄昏 叶對 相思處・一紙紅牋 句 無限啼痕 叶

【校】

［一］按：此調有三體，仄韻者創自柳永，《樂章集》注大石調。平韻者創自晏幾道。三聲叶韻者創自杜安世。按：此調平韻者，只有晏詞及黄詞三首，所不同者，前段起句或用韻、或不用韻耳。

殢人嬌［一］

蘇軾

玉都尉席上贈侍人

滿院桃花 句 盡是劉郎未見 韻 于中更・一枝纖軟 叶 仙家日月 句 笑・人間春晚 叶 濃睡起 句 驚飛亂紅千片 叶 ◯密意難窺 句 羞容易見 叶對 平白地・爲伊腸斷 叶 問君終日 句 怎・安排心眼 叶對 須信道 句 司空自來見慣 叶

【校】

〔一〕李校本在頁眉注曰：「此調應收毛詞六十四體。」

天仙子　第一體〔一〕

張先

送春

水調數聲持酒聽 韻 午醉醒來愁未醒 叶 送春春去幾時回 句 臨晚鏡 叶 傷流景 叶對 往事後期空記省 叶 ◯沙上並禽池上暝 叶 雲破月來花弄影 叶 重重簾幙密遮燈 句 風不定 叶 人初靜 叶對 明日落紅應滿徑 叶

【校】

〔一〕按：《選聲集》此詞爲《天仙子》第二體。又按：唐教坊曲名。據段安節《樂府雜録》，《天仙子》本名《萬斯年》，李德裕進，屬龜茲部舞曲。因皇甫松詞有「懊惱天仙應有以」句，取以爲名。此詞有單調、雙調兩體。單調始於唐人，或押五仄韻，或押四仄韻，或押兩仄韻三平韻，或押五平韻。雙調始於宋人，兩段俱押五仄韻。

佳人醉[一]

柳永

暮景蕭蕭雨霽○韻雲澹天高風細○叶正・月華如水○叶金波銀漢○句瀲灧無際○叶冷浸書帷夢斷○句却・披衣重起臨軒砌○叶◯素光遥指○叶因念翠眉[二]・音塵何處[三]○句相望同千里○叶儘凝睇○叶厭厭無寐○叶漸曉雕闌獨倚○[四]叶

【校】

[一]李校本在頁眉注曰：「平仄亦無別首可校。按：《詞譜》『起』字是韻，爲前段。『臨軒砌』爲後段起句。『因念翠眉』爲四字句，『音塵』上有『窅隔』二字，爲六字句。」按：汲古閣本《樂章集》，前段於「臨軒砌」句分段，後段第四句少二字。

[二]「翠眉」，《花草粹編》作「素娥」。

[三]《花草粹編》「音塵」前有「窅隔」二字，作「窅隔音塵」。

[四]「雕闌」，《樂章集》、《花草粹編》作「雕檻」。

惜黃花[一]

史達祖

涵秋寒渚 韻 染霜丹樹 叶對 尚依稀 句 是來時・夢中行路 叶 時節正思家 句 遠道仍懷古 叶對 更對着・滿城風雨 叶 ○黃花無數 叶 碧雲欲暮 叶對 美人兮 句 美人兮・未知何處 叶 獨自捲簾櫳 句 誰爲開樽俎 叶對 恨不得・御風歸去 叶

【校】

[一] 李校本在頁眉注曰：「『來』字不應注仄。」

江城子 第四體。一名《江神子》[一]

秦　觀

離別

西城楊柳弄春柔 韻 動離憂 叶 淚難收 叶 猶記多情曾爲繫歸舟[二] 叶 碧野朱橋當日事 句 人不見 句 水空流 叶 ○韶華不爲少年留 叶 恨悠悠 叶 幾時休 叶 飛絮落花・時候一登樓 叶 便做春江都是淚 句 流不盡 句 許多愁 叶

【校】

[一] 李校本在頁眉注曰：「『緐』字誤。」按：《江城子》第一體《水晶簾》見前。此調見《梅溪詞》。宋元人罕填此。

[二] 「緐」，誤，應爲「繫」。

連理枝 一名《小桃紅》、《紅娘子》、《灼灼花》[一]

劉 過

曉日紗窗靜[二] 韻 戲弄菱花鏡 叶 翠袖輕勻 句 玉纖彈去 句 小粧紅粉 叶 画・行人愁外兩青山 句 與・尊前離恨 叶 ◯宿酒醺難醒 叶 笑記香肩並 叶 暖借香腮[三] 句 碧雲微透 句 暈眉斜印 叶 最・多情生怕外人猜 句 拭・香津微揾 叶

【校】

[一] 按：單調，始自唐人，即《昭陽怨》，見前。雙調始自宋人，程垓詞名《紅娘子》。劉過詞名《小桃紅》，又名《灼灼花》。

[二] 「曉日」，《龍洲詞》、《花草粹編》作「晚入」。

[三]「香腮」,《龍洲詞》、《花草粹編》作「蓮腮」。

月上海棠[一]

陸游

蘭房繡戶厭厭病韻　歎春酲・和悶甚時醒叶　燕子空歸句　幾曾傳・玉關邊信叶　傷心處句　獨展團窠瑞錦叶　◯薰籠消歇沉煙冷叶　淚痕深・展轉看花影叶　漫擁餘香句　怎禁他・峭寒孤枕叶　西窗曉句　幾聲銀瓶玉井叶

【校】

[一]李校本在詞調下注曰:「陸詞名《玉關遙》。」又在頁眉注曰:「按:此調有二體,七十字見《梅苑》,九十一字見白石詞。遍閲諸詞,兩結句平仄悉同,不可擅改。」按:曹勛詞名《月上海棠慢》。此調七十字者,以此詞爲正體,雙調七十字,前後段各六句,四仄韻,若段克己「小樓舞徹雙垂手」詞之減字、添字,皆變格也。陸游有別詞可校。

且坐吟[一]

韓 玉

閒院落○韻 悞了清明約○叶 杏○花○雨○過○胭○脂○綽○叶 緊了○秋○千○索○叶 鬭草人歸朱戶悄[二]○句 掩・梨花寂寞○叶 ◯書萬紙○句 恨憑誰託○叶 纔封了・又揉却○叶 冤家何處貪歡樂○叶 引得我・心兒惡○叶 怎生全不思量著○叶 那人人情薄○叶

【校】

[一]按：詞牌名應爲《且坐令》。李校本在頁眉注曰：「此詞無別首可校。按：『鬭草人歸』至『寂寞』十二字，《詞譜》、《詞律》作四字句三句。『朱戶』，『戶』字是『門』字。」

[二]「朱戶」，《東浦詞》、《花草粹編》作「朱門」。

西施 第一體[一]

柳 永

柳街燈市好花多○韻 盡讓美璚娥○叶 萬嬌千媚○句 的的在層波[二]○叶 取次梳粧○句 自有天然態○句 愛・淺画雙蛾○叶 ◯斷腸最是金閨客○句 空憐愛○句 奈伊何○叶 洞房咫尺○句 無

計枉朝珂叶　有意憐才句　每遇行雲處句　幸・時恁相過叶

【校】

［一］李校本在頁眉注曰：「『黗黗』與『的的』同。」按：《花草粹編》柳詞別首「自從回步百花橋」，惟兩三字平仄小異，其餘並同。

［二］「黗黗」，《樂章集》作「的的」。

千秋歲　第一體　第二體同，惟三四句合作七字［一］　　秦　觀

春景

水邊沙外韻　城郭輕寒退［二］叶　花影亂句　鶯聲碎叶對　飄零疎酒盞句　離別寬衣帶叶對

人不見句　碧雲暮合空相對叶　〇憶昔西池會叶　鵷鷺同飛蓋叶　攜手處句　今誰在叶

日邊清夢斷句　鏡裏朱顏改叶對　春去也句　落紅萬點愁如海叶

【校】

[一] 李校本在詞調下注曰：「一名《千秋節》。」

[二] 「輕寒」，一作「春寒」。

離亭燕[一]

孫浩然

一帶江山如画 韻 風物向秋瀟灑 叶 水浸碧天何處斷 句 霽色冷光相射 叶 蓼嶼荻花洲 句 掩映竹籬茅舍 叶 ○雲際客帆高挂[二] 叶 煙外酒旗低亞 叶 多少六朝興廢事 句 盡入樵漁閒話 叶 悵望倚層樓 句 寒日無言西下[三] 叶

【校】

[一] 按：調始張先，因詞中有「隨處是離亭別宴」句，取以爲名。

[二] 「雲際」，《攻媿集》卷十作「天際」。

[三] 「寒日」，《攻媿集》卷十作「紅日」。

憶帝京[一]

黃庭堅

鳴鳩乳燕春閒暇 韻 化作緑陰槐夏 叶 壽酒舞紅裳 句 爐鴨飄香麝[二] 叶對 醉此洛陽人 句
佐郡深儒雅 叶 ◯況座上・玉麟金馬 叶 更莫問・鶯老花謝 叶 萬里相依 句 千金爲壽 句
未厭玉燭傳清夜 叶 不醉欲言歸 句 笑殺高陽社 叶

【校】

[一] 按：調見《樂章集》。此調以此詞和柳永「薄衾小枕天氣」詞爲正體，故黃庭堅「薄妝小靨」詞與此同，黃庭堅另一首「銀燭生花」詞之添字，變格也。

[二] 「爐鴨」，《山谷詞》、《花草粹編》作「睡鴨」。

隔浦蓮

一作《隔浦蓮近拍》[一] 周邦彦

新篁搖動翠葆 韻 曲徑通幽窈 叶 夏果收新脆[二] 句 金丸落 句 驚飛鳥 叶 濃靄迷岸草 叶
蛙聲鬧 叶 驟雨鳴池沼 叶 ◯水亭小 叶 浮萍破處 句 簷花簾影顛倒[三] 叶 綸巾羽扇 句

醉臥北窗清曉○[四] 叶 屏裏吳山夢自到○ 叶 驚覺 叶 依前身在江表○[五] 叶

【校】

[一]李校本在頁眉注曰：「『依然』誤作『依前』。《詞律》亦作『依前』。」按：唐《白居易集》有《隔浦蓮》曲，調名本此。一名《隔浦蓮》，又名《隔浦蓮近》。此詞以此調及趙詞爲正體，宋元人俱照此填，若吳文英詞、陸游詞、彭元遜詞之少押一韻，皆變格也。

[二]「新膽」，《片玉詞》、《花庵詞選》、《花草粹編》作「新脆」。

[三]「簷花簾影」，《片玉詞》、《花庵詞選》、《花草粹編》作「簾花簷影」。

[四]「醉臥」，《片玉詞》、《樂府雅詞》、《花庵詞選》作「困臥」。

[五]「依前」，《樂府雅詞》、《花庵詞選》作「依然」。

隔簾聽[一]

柳永

咫尺鳳衾鴛帳○ 句 欲去無因到○ 韻 蝦鬚窣地重門悄○ 叶 認繡履頻移○ 句 洞房杳杳○ 叶 強語

笑叶 逞如簧・再三輕巧叶 〇梳粧早叶 琵琶閒抱叶 愛品相思調叶 聲聲似把芳心告叶 隔簾贏得句 斷腸多少[二]叶 恁煩惱叶 除非共伊知道叶

【校】

[一] 李校本在詞調下注曰：「唐教坊曲名。」

[二] 「隔簾」兩句，《花草粹編》作「隔簾聽、贏得斷腸多少」。

師師令[一]

張　先

香鈿寶珥韻 拂・菱花如水叶 學粧皆道稱時宜句 粉色有天然春意叶 蜀綵衣長勝未起叶 縱・亂霞垂地[二]叶 〇都城池苑誇桃李叶 問・東風何似叶 不須團扇障清歌[三]句 唇一點・小於朱蕊叶 正值殘英和月墜叶 寄・此情千里叶

【校】

[一] 李校本在詞調下注曰：「楊慎《詞品》：『李師師，汴京名妓，張先爲製新詞名《師師令》。』」又

在頁眉注曰：「按：前段起句『寶』字、第二句『如』字，後段第四句『朱』字，結句『千』字，平仄不可擅改。」按：其前後段第二句、結句俱作上一下四句法，不可泛作五言。

[二]「亂霞」，《花草粹編》作「亂雲」。

[三]「團扇」，《安陸集》、《花草粹編》作「回扇」。

風入松[一]

于國寶

題酒肆

一春常費買花錢[二] 韻 日日醉湖邊 叶 玉驄慣識西湖路 句 驕嘶過・沽酒樓前 叶 紅杏香中歌舞 句 緑楊影裏秋千 叶對 ◯暖風十里麗人天 句 花壓鬢雲偏 叶 画船載得春歸去 句 餘情付・湖水湖烟 叶 明日重扶殘醉 句 來尋陌上花鈿 叶

【校】

[一] 李校本在詞調下注曰：「韓滮名《遠山横》。」按：古琴曲有《風入松》。唐僧皎然有《風入松》歌，見《樂府詩集》，調名本此。亦名《風入松慢》。韓滮詞有「小樓春映遠山横」句，名《遠山横》。

［二］「常費」，《花草粹編》作「長費」。

碧牡丹［一］

張先

步障搖紅綺［二］韻　時月沈烟砌［三］叶　緩板香檀句　唱徹伊家新製叶　怨入眉頭句　斂·黛峰橫翠叶　芭蕉寒雨聲碎［四］叶　〇鏡華翳叶　閒照孤鸞戲叶　思量去時容易叶　鈿合瑤釵句　至今冷落輕棄叶　望極藍橋句　但·暮雲千里叶　幾重山句　幾重水叶

【校】

［一］此與晏幾道「翠袖疏紈扇」詞同，惟兩結句各攤破句法作三字兩句異。宋有程垓、晁補之兩詞可校。

［二］「步障」，《花草粹編》作「步帳」。

［三］「時月」，《安陸集》、《花草粹編》作「曉月」。

［四］此處應爲三字兩句，作「芭蕉寒，雨聲碎」。

河滿子[一]　　孫洙

秋怨

悵望浮生急景。韻淒涼寶瑟餘音。叶對楚客多情偏怨別。句碧山遠水登臨。叶目送連天衰草。句夜來幾處疎砧[二]叶○黃葉無風自落。句秋雲不雨長陰。叶對天若有情天亦老。句搖搖幽恨難禁。叶惆悵舊歡如夢。句覺來無處追尋。叶

【校】

[一]按：唐教坊曲名。一名《何滿子》。白居易詩注：「開元中，滄州歌者姓名。」元稹詩云：「便將何滿爲曲名，御府新題樂府纂。」又《盧氏雜説》：「唐文宗命宮人沈翹翹舞《河滿子》詞。」又屬舞曲。

[二]「夜來」，《花庵詞選》、《花草粹編》作「夜闌」。

百媚孃[一]　　張先

題荷

珠閣五雲仙子。韻未省有誰能似。叶百媚等應天乞與[二]句淨飾艷粧俱美。叶取次芳華皆

可意[三]　叶　何處無桃李　叶　◯蜀被錦紋鋪水　叶　不放綵鸞雙戲　叶　樂事也知存後會　叶　爭奈眼前心裏　叶　緑皺小池紅疊砌　叶　花外東風起　叶

【校】

[一] 李校本在頁眉注曰：「《詞律》云：『會字不是叶。』愚謂非但『會』字是叶，即前段『與』字亦用韻。」按：調見張先詞集，取詞中「百媚算應天乞與」句爲名。按此調十二句，每句第二字多用去聲，取其聲之激越也。惟前段第一句「閣」字，第四句「飾」字入聲。第二句「省」字上聲。至兩結句第二字去聲，尤不可誤。

[二] 《安陸集》亦作「等應」，而《花草粹編》作「算應」，應爲「算應」。

[三] 「皆可意」，《花草粹編》作「俱可意」。

傳言玉女[一]

胡浩然[二]

元宵

一夜東風　句　不見柳梢殘雪[三]　韻　御樓烟煖　句　對・鰲山綵結　叶　簫鼓向晚[四]　句　鳳輦初

回宮闕○叶千門燈火○句九逵風月[五]○叶○繡閣人人○句乍嬉遊○句困又歇○叶艷粧初試○句把珠簾半揭○叶嬌羞向人[六]○句手撚玉梅低説○叶相逢長是[七]・上元時節○叶

【校】

[一]按：據《漢武内傳》：帝閒居承華殿，忽見一女子曰：「我墉宮玉女王子登也。至七月七日，王母暫來。」言訖，不知所在。世所謂傳言玉女也。調名取此。此調以此詞爲正體，後段第二句六字折腰，楊无咎、趙善扛、黄機、石孝友諸詞俱與此同，若曾覿詞之句法小異，袁裪詞之減字，皆變格也。

[二]《詩餘圖譜》署無名氏。作者署胡浩然，不知何據。《樂府雅詞》、《花庵詞選》、《花草粹編》作晁叔用（沖之）。

[三]「不見」，《樂府雅詞》、《花庵詞選》作「吹散」。

[四]《選聲集》原作「向曉」，據《樂府雅詞》、《花庵詞選》改作「向晚」。

[五]「九逵」，《樂府雅詞》作「九街」，《花庵詞選》作「九衢」。

[六]「嬌羞」，《樂府雅詞》、《花庵詞選》作「嬌波」。

[七]「長是」，《樂府雅詞》作「常是」。

剔銀燈[一]

毛滂

同公素賦，侑歌者以七急拍七拜勸酒

簾下風光自足韻　忽到席間屏曲[二]叶　瑤甕酥融句　羽觴蟻鬪句　花映酃湖寒緑叶　汨羅愁獨叶　又何似·紅圍翠簇叶　〇聚散悲歡箭速叶　不易一盃相屬叶　頻剔銀燈句　別聽牙板句　尚有龍膏堪續叶　羅熏繡馥叶　錦瑟畔·低迷醉玉叶

【校】

[一]李校本在詞調下注曰：「或加『引』字。」又在頁眉注曰：「『忽』字上少一『春』字。」按：此調以毛滂此詞和柳永「何事春工用意」詞、杜安世「好事爭如不遇」詞爲正體，若范仲淹詞、袁長吉詞之添字，皆變格也。此詞前後段第二句俱六字，杜安世「昨夜一場」詞正與此同。

[二]「忽到席間屏曲」，《東堂詞》作「春忽到席間屏曲」。《花草粹編》作「春到席間屏曲」。

下水船[一]

賀鑄

芳草青門路韻 還拂京塵東去叶 回想當年句 離聲送君南浦叶 愁幾許叶 尊酒留連薄暮叶 簾捲津樓烟雨叶 ○凭欄語叶 草草蘅皋賦叶 分首驚鴻不駐叶 燈火虹橋句 難尋弄波微步叶 漫凝佇叶 莫怨無情流水句 明日扁舟何處叶

【校】

[一] 李校本在詞調下注曰：「唐教坊曲名。」按：據唐王保定《摭言》：裴庭裕，乾寧中在内庭，文書敏捷，號「下水船」。調名取此。此調除賀鑄此詞外，另有黄庭堅「總領神仙侣」詞及晁補之「百紫千紅翠」、「上客驪駒繫」詞二首。黄、賀二詞字句並同，賀詞前段第六句押韻，與黄詞稍異。若晁作「百紫千紅」詞之句讀參差，「上客驪駒」詞之添字，皆變格也。

緑芙蓉 即《碧牡丹》第二體[一]

程垓

睡起情無着韻 曉雨盡句 春寒弱叶 酒盞飄零句 幾日頓疎行樂叶 試數花枝句 問・

此情何若叶　爲誰開句　爲誰落叶　〇正愁・却不是花情薄叶　花元笑人蕭索叶　舊觀千紅句　至今冷夢難託叶　燕麥春風句　更・幾人驚覺叶　對花羞句　爲花惡叶

【校】

［一］按：《碧牡丹》第一體見前。此與晏幾道「翠袖疏紈扇」詞同，惟前段第二句添一字作三字兩句，兩結句各攤破句法作三字兩句異。宋詞有張先、晁補之兩詞可校。

千年調［一］

辛棄疾

卮酒向人時句　和氣先傾倒韻　最要然然可可句　萬事稱好叶　滑稽坐上句　更對鴟夷笑叶　寒與熱句　總隨人句　甘國老叶　〇少年使酒句　出口人嫌拗叶　些箇和合道理［二］句　近日方曉叶　學人言語句　未會十分巧叶　看他們句　得人憐句　秦吉了叶

【校】

［一］李校本在詞調下注曰：「曹組名《相思會》。」

〔二〕「些箇」，《稼軒詞》、《花草粹編》作「此箇」。

瑞雲濃〔一〕

楊无咎

睽離謾久句 年華誰信曾換韻 依舊當時似花面叶 幽懽小會句 記・永夜盃行無算叶 醉裏屢忘歸句 任・虛簷月轉叶 ◯能變新聲句 隨語意・悲歡感怨叶 可更餘音寄羌管叶 倦遊江湖句 問似伊・阿誰曾見叶 度已無腸句 爲伊可斷叶

【校】

〔一〕李校本在頁眉注曰：「此詞無別首可校。」按：調見《逃禪詞》。

越溪春〔一〕

歐陽修

三月十三寒食日句 春色遍天涯韻 越溪閬苑繁華地句 傍禁垣・珠翠烟霞叶 紅粉牆頭句 鞦韆影裏句 臨水人家叶 ◯歸來曉・駐香車叶 銀箭透窗紗叶 有時三點兩點雨霽

句　朱門柳絮風斜[二]叶　沉麝不燒金鴨冷句　籠月照梨花叶

【校】

[一]按：調見《六一居士詞》，因詞中有「春色遍天涯，越溪閬苑繁華地」句，取以爲名，蓋賦越溪春色也。

[二]「柳絮」，《六一詞》、《花草粹編》作「柳細」。

蕊珠閑[一]

趙彥端

浦雲融句　梅風斷句　碧水無情輕度韻　有嬌黃・上林梢句　向春欲舞叶　綠煙迷晝句　淺寒欺暮叶對　不勝小樓凝佇叶　〇倦遊處叶　故人相見易阻叶　花事從今堪數叶　片帆無恙句　好在一篙新雨叶　醉袍宮錦句　画羅金縷叶對　莫教恨傳幽句叶

【校】

[一]李校本在頁眉注曰：「《詞譜》云『有嬌黃上林梢』疑有脫誤。」按：調見《介庵詞》。

于飛樂[一]

別調　　　毛滂

記憎騰。濃睡裏。句一片行雲。韻未多時。夢破雲驚。叶聽轆轤。聲斷也。句井底銀瓶。叶不如羅帶。句等閒便。結得同心。叶〇繫画船。楊柳岸。句曉月亭亭。叶記陽關。斷韻同聲。叶被西風。吹玉枕。句酒魄還清。叶有些言語。句獨自箇。説與誰應。叶

【校】

［一］按：史達祖詞名《鴛鴦怨曲》。此詞較晏幾道「曉日當簾」詞多一句，前後段第五句以下與晏詞第四句以下同，校張先「寶奩開」詞前段俱同。平仄有毛詞别首可校。

荔枝香[一]

和周清真韻　　　方千里

勝日登臨幽趣。韻乘興去。叶翠壁古木千章。句林影生寒霧。叶空濛冷濕人衣。句山路元

無雨 叶 深澗陡 句 瀉飛泉[二] 句 溜甘乳 叶 ○漁唱晚 句 看小棹・歸前浦 叶 笑指官橋 句 風颭酒旗斜舉 叶 還脫宮袍一醉 句 芳杯倒鸚鵡 叶 幸有雕章蠟炬 叶

【校】

[一] 李校本在詞調下注曰：「或加『近』字。」按：《唐史・樂志》：「帝幸驪山，貴妃生日，命小部張樂長生殿，奏新曲，未有名，會南方進荔枝，因名《荔枝香》。」《碧雞漫志》：「今歇指調、大石調，皆有近拍，不知何者爲本曲。」又按：《荔枝香》有兩體，七十六字者始自柳永，《樂章集》注歇指調，有周邦彦、方千里、楊澤民、陳允平及吳文英詞可校。七十三字者始自周邦彦，有方千里、楊澤民、陳允平和詞及袁去華詞可校，一名《荔枝香近》。此和周邦彦詞，亦與柳永「甚處尋訪賞翠」詞同，惟前段起句用韻小異。

[二] 「深澗」兩句，方千里《和清真詞》作「深澗、斗瀉飛泉」。

祝英臺近[一]

辛棄疾

春晚

寶釵分 句 桃葉渡 韻 煙柳暗南浦 叶 陌上層樓[二] 句 十日九風雨 叶 斷腸點點飛紅 句

都無人管句倩誰勸[三]·流鶯聲住叶○鬢邊覰句試把花卜歸期句纔簪又重數叶羅帳燈昏句哽咽夢中語叶是他春帶愁來句春歸何處叶又不解[四]·帶將愁去叶

【校】

[一]李校本在詞調下注曰：「辛詞名《寶釵分》，韓淲名《燕鶯語》，又名《寒食詞》。」又在頁眉注曰：「詞中『暗』字、『九』字、『夢』字，遍閱諸詞家，從無用平者，此注可平，非。『何處』『何』字一定用平，『却』字誤作『又』字。」

[二]「陌上層樓」，《稼軒詞》、《花庵詞選》、《絕妙好詞》作「怕上層樓」。

[三]「倩誰勸」，《稼軒詞》作《更誰勸》，《花庵詞選》作「倩誰喚」。

[四]「又不解」，《稼軒詞》、《絕妙好詞》作「却不解」。

撲蝴蝶[一]

無名氏

烟條雨葉句緑遍江南岸韻思歸倦客句尋芳來較晚叶岫邊紅日初斜句陌上飛花正滿叶對淒涼數聲羌管叶○怨春短叶玉人應在句明月樓中画眉懶叶鸞牋錦字句多

少魚雁斷○ 叶 恨○隨○去○水○東○流○ 句 事○與○行○雲○共○遠○ 叶對 羅○衾○舊○香○猶○煖○ 叶

【校】

［一］李校本在詞調下注曰：「或加『近』字。」又在頁眉注曰：「按：『正滿』，『正』字，後段『共遠』，『共』字，必須用仄。此注可平，非。」

側犯[一]

方千里

四山翠合○ 句 一○溪○碧○繞○秋○容○靚○ 韻 波定○ 叶 見・鷺立魚跳動平鏡○ 叶 修、篁、散、步、屧○ 句 古、木、通、幽、徑○ 叶 風靜○ 叶 烟霧直○ 句 池塘倒晴影○ 叶 ◯流年舊事○ 句 老矣塵心瑩○ 叶 還暗省○ 叶 點吳霜○ 句 顦顇媿潘令○ 叶 夢憶江南○ 句 小園路迥○ 叶 愁聽○ 叶 葉落轆轤全井○[二] 叶

【校】

［一］李校本在頁眉注曰：「按：『散』字，後段『媿』字，定用仄。此注可平，非。『金井』，誤刻『全井』。」按：陳暘《樂書》云：「唐自天后末年，《劍氣》入渾脫，始爲犯聲。明皇時，樂人孫處秀，

善吹笛，好作犯聲，時人因爲新意而效之，因有犯調。」姜夔詞注云：「唐人《樂書》，以宮犯羽者爲犯。」此調創自周邦彥，調名或本於此。按：此詞與周詞同，惟後結作兩字一句、六字一句，又多押一短韻異。

［二］「全井」，誤，應爲「金井」。

鳳樓春［一］

歐陽炯

鳳髻緑雲叢韻　深捲房櫳［二］叶　錦書通叶　夢中相見覺來慵叶　匀面淚句　臉珠融叶　因想玉郎何處去句　對·淑景誰同叶　◯小樓中叶　春思無窮叶　倚欄顒望句　闇牽愁緒句　柳花飛起東風叶　斜日照簾櫳［三］叶　羅幃香冷錦屏空叶　海棠零落句　鶯語殘紅叶

【校】

［一］李校本在詞調下注曰：「唐教坊曲名。」又在頁眉注曰：「按：『照簾櫳』，『櫳』字誤多。《詞綜》亦然。《詞律》云：『前已叶房、櫳，此處不宜復叶。』」按：此調見《花間集》，惟歐陽炯一詞，無別首宋詞可校。

［二］「深捲」，《花間集》作「深掩」。

［三］「斜日照簾櫳」，《花草粹編》亦作「簾櫳」，《詞綜》仍之，然《花間集》無此字，又重押韻，不可從。

御街行［一］

秋日懷舊

范仲淹［二］

紛紛墜葉飄香砌韻　夜寂靜句　寒聲碎叶　真珠簾捲玉樓空句　天澹銀河垂地叶　年年今夜句　月華如練句　長是人千里叶　○愁腸已斷無由醉叶　酒未到句　先成淚叶　殘燈明滅枕頭欹句　諳盡孤眠滋味叶　都來此事句　眉間心上句　無計相回避叶

【校】

［一］李校本在詞調下注曰：「一名《孤雁兒》。」按：此調以此詞及柳永「燔柴煙斷星河曙」詞爲正體，若柳詞別首之句讀參差，張先、高觀國及無名氏詞之添字，皆變格也。此詞前後段第二句，較柳詞添一字，俱作六字折腰句法。

［二］原刻無作者名。據《范文正公集》補。

一叢花[一]

張先

別懷

傷高懷遠幾時窮[二]韻　無物似情濃叶　離心正引千絲亂[三]句　更南陌・飛絮濛濛叶　嘶騎漸遥句　征塵不斷句　何處認郎蹤叶　◯雙鴛池沼水溶溶叶　南北小橈通[四]叶　梯橫画閣黄昏後句　又還是・斜月簾櫳[五]叶　沉恨思量[六]句　不如桃杏句　猶解嫁春風叶

【校】

[一]按：調見《東坡詞》，有歐陽修、晁補之、秦觀、程垓詞可校。此調只有此體，宋詞俱照此填，惟句中平仄小異。

[二]「傷高懷遠」，《安陸集》注曰：「一作『春』。」《花草粹編》作「傷春懷遠」。

[三]「離心正引千絲亂」，《安陸集》、《花草粹編》作「離愁正恁牽絲亂」。

[四]「小橈」，《安陸集》注曰：「一作『小橋』。」《花草粹編》作「小橋」。

[五]「斜月」，《安陸集》注曰：「一作『新月』。」《花草粹編》作「新月」。

[六]「思量」，《安陸集》、《詩餘圖譜》、《花草粹編》作「細思」，又，《安陸集》注曰：「一作『思量』。」

粉蝶兒[一]　辛棄疾

賦落梅

昨日春如・十三女兒學繡 韻 一枝枝・不教花瘦 叶 甚無情 句 便下得雨僝風僽 叶 向園林・鋪作地衣紅縐 叶 ○而今春似・輕薄蕩子難久 叶 記前時・送春歸後 叶 把春波都釀作一江醇酎 叶 約清愁 句 楊柳岸邊相候 叶

【校】

[一] 李校本在頁眉注曰：「『花』字、『風』字不宜注仄。」按：調見毛滂《東堂詞》。因詞有「粉蝶兒，這回共花同活」句，取以爲名。此調以此毛滂「雪遍梅花」詞爲正體，辛棄疾、蔣捷詞俱照此填，若曹詞之攤破句法，乃變格也。

金人捧露盤　一名《上西平曲》[二]　程垓

惜春

愛春來 句 憂春去 句 爲春忙 韻 旋點檢雨障雲妨 叶 遮紅護緑 句 翠幃羅幙任高張 叶 海

棠明月句杏花天・更惜濃芳叶○喚鶯吟句招蝶拍句迎柳舞句倩桃粧叶盡呼起・萬籟笙簧叶一觴一詠句儘教陶寫繡心腸叶笑他人世句漫嬉游・擁翠偎香[三]叶

【校】

[一]李校本在頁眉注曰：「按：前後段結句作七字一句、四字一句。」按：一名《銅人捧露盤》。程垓詞名《上平西》，張元幹詞名《上西平》，又名《西平曲》。劉昂詞名《上平南》。又按：此詞雙調七十九字，前段八句四平韻，後段九句四平韻，與高觀國「念瑤姬」詞同，惟前段起句不押韻異。

踏青遊[一]

蘇　軾

贈妓崔念四

識箇人人句正年年歡會韻似賭賽・六隻渾四叶向巫山句重重去叶如魚水句兩情美叶同倚画樓十二叶倚画樓・又還重倚[二]叶○兩日不來句時時在人心裏叶擬問卜・常占歸計叶拚・三八清齊句望・永同鴛被叶驀然被人驚覺句夢也有頭無尾叶

【校】

[一] 李校本在詞調下注曰：「吳虎臣云：『政和間一貴人，不欲書名，嘗遊崔妓廿四之館，因其行第，作《踏青詞》，都下盛傳，即此詞。』」又在頁眉注曰：「按：蘇軾《能改齋漫録》作無名氏。」又曰：「『正年年』句作『恰止二年歡會』。『倚畫樓』句作『倚了又還重倚』六字句。『驀然』句作『驀然被人驚見』六字句。」又在詞尾注曰：「按：《詞統》亦載東坡詞而坡集無之。」按：《能改齋漫録》非蘇軾作，注中所云係誤記。

[二] 「倚画樓又還重倚」，《花草粹編》作「倚了又還重倚」。

瑤堦草[一]

程垓

空山子規叫 句 月破黃昏冷 韻 簾幕風輕 句 綠暗紅又盡 叶 自從別後 句 粉香猶膩[二] 句 一春成病 叶 那堪晝閒夜永 叶 ◯恨難整 叶 起來無語 句 綠萍破處池光靜 叶 悶理殘粧 句 照花獨自憐瘦影 叶 睡來又怕 句 飲來越醉 句 醒來却悶 叶 看・誰似我孤另 叶

【校】

［一］李校本在頁眉注曰：「『淨』字誤作『靜』字。」按：調見《書舟詞》。《欽定詞譜》云：「《花草粹編》本前段第三句作『又還簾幕風輕』，多二字，後段第八句作『醒來越悶』，今從本集訂正。其字句平仄無別首宋詞可校。」

［二］「粉香猶膩」，《書舟詞》作「粉銷香膩」，《花草粹編》作「粉銷香減」。

柳初新［一］

柳永

早春

東郊向曉・星杓亞○韻 報帝里・春來也○叶 柳擡烟眼○句 花勻露臉○對句 漸覺緑嬌紅姹○叶 粧點層臺芳榭○叶 運神功・丹青無價○叶 ◯別有堯堦試罷○叶 新郎君・成行如画○叶 杏園風細○句 桃花浪煖○句對 競喜羽遷鱗化○叶 遍九陌將遊冶○［二］叶 驟香塵・寶鞍嬌馬○［三］叶

【校】

［一］李校本在頁眉注曰：「按：《詞譜》：『遍九陌』下多一『相』字。」按：宋周密《天基聖節樂

次》：「第十三盞，鬅箑起《柳初新慢》。」此詞前段第六句六字，後段第六句七字，沈會宗「楚天來駕」詞正與此同。

[二]「遍九陌將遊冶」，《樂章集》作「遍九陌相將遊冶」。

[三]「嬌馬」，《樂章集》作「驕馬」。

鬭百花[一]

柳永

春恨

煦色韶光明媚句　輕靄低籠芳樹韻　池塘淺蘸烟蕪句　簾幕閒垂風絮叶　春睡厭厭[二]句
拋擲鬭草工夫句　冷落踏青心緒叶　終日扃朱戶叶　○遠恨綿綿句　淑景遲遲難度叶　年
少傅粉句　依前醉眠何處叶　深院無人句　黃昏乍折鞦韆[三]句　空鎖滿庭花雨叶

【校】

[一]按：晁補之詞一名《夏州》。此調以此詞爲正體，柳永「滿搦宮腰」詞，晁補之「小小盈盈」詞，又「臉色朝霞」詞，正與此同。若柳詞別首之少押兩韻，晁詞別首之多押一韻，皆變格也。

[二]「春睡」,《樂章集》作「春困」。

[三]「乍折」,《樂章集》作「乍拆」。

最高樓[一]

辛棄疾

長安道 句 投老倦遊歸 韻 七十古來稀 叶 藕花雨濕前湖夜 句 桂枝風澹小山時 叶對 怎消除 句 須殢酒 句 更吟詩 叶對 ◯也莫向·竹邊孤負雪 換韻 也莫向·柳邊辜負月 叶對 閒過了 句 總成痴 叶歸 種花事業無人問 句 惜花情緒只天知 叶對 笑山中 句 雲出早 句 鳥歸遲 叶對

【校】

[一] 李校本在詞調下注曰:「有押仄聲韻。」按:此調押平聲韻,或押仄聲韻,但宋金元詞押平韻者居多,其中有前段起句三字、第三句五字者,有前段起句三字、第三句六字者,有前段起句四字、第三句六字者,例於後段第一、二句俱間押仄韻,此爲定格。或後段第一、二句三聲叶韻,或第一句押平韻、第二句不押韻,或第一句不押韻、第二句仍押平韻,或第一、二句俱不押韻,均屬變格。若全

押仄韻，則惟無名氏一詞，見之《梅苑》，宋金元無填此體者。此調前段起句三字，第三句五字者，以此詞爲正體，辛詞五首並同，宋金元詞俱照此填，若方岳詞、司馬昂父詞之添字，元詞之減字，皆變格也。

新荷葉[一]

楊无咎[二]

欲暑還涼 句 如春有意重歸 韻 春若歸來 句 任他鶯老花飛 叶 輕雷澹雨 句 似曉風[三]・欺得單衣 叶 簷聲驚醉 句 起來新綠成圍 叶 ○回首分攜 句 光風冉冉菲菲 叶 曾幾何時 句 故山疑夢還非 叶 鳴琴再撫 句 將清恨・都入金徽 叶 永懷橋下 句 繫船溪柳依依 叶

【校】

[一] 李校本在詞調下注曰：「趙抃詞名《折新荷引》，又名《泛蘭舟》。」又在頁眉注曰：「『澹』字宜仄。『橋』字宜平。」按：蔣氏《九宮譜》作正宮引子。趙抃詞名《折新荷引》，又因詞中有「畫橈穩，泛蘭舟」句，或名《泛蘭舟》，然與仄韻《泛蘭舟》調迥別。此詞與黃裳「落日銜山」詞同，惟換頭句押韻異。辛棄疾詞四首、趙詞二首皆如此填。

[二]按：作者應爲趙彦端。趙彦端《介庵詞》載此詞。

[三]「曉風」，《介庵詞》、《花草粹編》皆作「晚風」。

拂霓裳[一]

晏　殊

笑秋天[二]韻　晚荷花上露珠圓叶　風日好句　數行新雁貼寒烟叶　銀簧調脆管句　瓊柱撥清絃叶對　捧觥船叶　一聲聲齊唱太平年叶　◯人生百歲句　離別易句　會逢難叶　無事日句　剩呼賓友啟芳筵叶　星霜催緑鬢句　風露損朱顔叶對　惜清歌[三]叶　又何妨沉醉玉樽前叶

【校】

[一]李校本在詞調下注曰：「唐教坊曲名。」又在頁眉注曰：「『笑』字，《詞譜》作『樂』字。『歡』字誤作『歌』字。」按：此調以此詞爲正體，晏詞別首「慶生辰」詞正與此同。若「喜秋成」詞之添一襯字、押韻異同，亦變格也。此調前後段第五、六句例作五言對句，《珠玉集》三首皆然。

[二]「笑秋天」，《花草粹編》作「樂秋天」。

［三］「清歌」，《珠玉詞》、《花草粹編》作「清歡」。

南州春色［一］

汪梅溪

清溪曲 句 一株梅 韻 無人修采 句 獨立古牆隈 叶 莫恨東風吹不到 句 着意挽春回 叶 一任天寒地凍 句 南枝香動 句 花傍一陽開 叶 ◯更待明年首夏 句 酸心結子 句 天自栽培 叶 金鼎調羹 句 仁心猶在 句 還種取・無限根荄 叶 管取南州春色 句 都自此中來 叶

【校】

［一］按：調見元陶南邨《輟耕録》，因詞中有「管取南州春色」句，取以爲名。《花草粹編》采之《輟耕録》，爲汪梅溪作，元人也。其名無考。

瓜茉莉［一］

秋夜

柳永

每到秋來 句 轉・添甚況味 韻 金風動 句 冷清清地 叶 殘蟬噪晚 句 甚聒得・人心欲碎

叶 更休道・宋玉多悲 句 石人也須下淚 叶 ◯衾寒枕冷 句 夜迢迢・更無寐 叶 深院靜 句 月明風細 叶 巴巴望曉 句 怎生捱 句 更迢遞 叶 料可兒・只在枕頭根底 叶 等人睡・來夢裏 叶

【校】

［一］李校本在頁眉注曰：「此調無別首可校，平仄宜依之。」按：調見《花草粹編》，《樂章集》不載。

驀山溪［一］

易祓

春景

海棠枝上 句 留得嬌鶯語 韻 雙燕幾時來 句 並飛入・東風院宇 叶 夢回芳草 句 綠遍舊池塘 句 梨花雪 句 桃花雨 叶對 畢竟春誰主 叶 ◯東郊拾翠 句 襟袖沾飛絮 叶 寶馬趂雕輪 句 亂紅中・香塵滿路 叶 十千斗酒 句 相與買春閑 句 吳姬唱 句 秦娥舞 叶對 拚醉青樓暮 叶

【校】

［一］李校本在詞調下注曰：「《翰墨全書》名《上陽春》。」按：《欽定詞譜》云：「此詞雙調八十二字，前後段第七、八句及換頭句皆押韻。宋詞填此調者，其字句並同，惟押韻各異。程垓詞前後段起句及第七、八句俱不押韻，宋人如此者甚多，自應編爲正體。」吳綺反以易祓詞爲正體，失察。此詞前後段第八句押韻，其兩起句不押韻，宋詞惟此一首。

早梅芳［一］

周邦彦

晚別

花竹深 句 房櫳好 韻對 夜寂無人到［二］ 叶 隔牎寒雨 句 向壁孤燈弄餘照 叶 淚多羅袖重 句 意密鶯聲小 叶對 正·魂驚夢怯 句 門外已知曉 叶 ◯去難留 句 語未了［三］ 叶對 早促登長道 叶 風披霜霧［四］ 句 露洗初陽射林表 叶 亂愁迷遠覽 句 苦語縈懷抱 叶對 漫回頭 句 更堪歸路杳 叶

【校】

〔一〕李校本在詞調下注曰：「或加『近』字。」又在頁眉注曰：「按：『門外已知曉』句，周詞別首云『滿座歎清妙』，後段第二句云『會散了』，平仄同。」按：雙調八十二字，前後段各九句、五仄韻。此調以此詞爲正體，周詞別首「繚墻深」詞，陳允平和詞二首正與此同。若李之儀詞、無名氏詞之句讀異同，皆變格也。

〔二〕「夜寂」，《片玉詞》、《花草粹編》作「夜闃」。

〔三〕「語未了」，《片玉詞》、《花草粹編》作「話未了」。

〔四〕「霜霧」，《片玉詞》、《花草粹編》作「宿霧」。

柳腰輕〔一〕

柳永

英英妙舞腰肢軟韻　章臺柳句　昭陽燕叶對　錦衣冠蓋句　綺堂筵宴〔二〕叶對　是處千金爭選叶　顧香砌・絲竿初調句　倚輕風・珮環微顫叶　○乍入霓裳促遍叶　逞盈盈・漸催檀板叶　慢垂霞袖句　急趨蓮步句對　進退奇容千變叶　笑何止〔三〕・傾國傾城句　暫回眸・萬人腸斷叶

【校】

［一］按：調見《樂章集》，注中呂宮。因詞有「英英妙舞腰肢軟，章臺柳，昭陽燕」句，取以爲名。調近《柳初新》，但《柳初新》調後段第六句押韻，此不押韻，又此二首柳詞所注宫調不同，自應各爲一體。

［二］「筵晏」，《樂章集》、《花庵詞選》作「筵宴」。

［三］「笑何止」，《花庵詞選》作「算何止」。

迷仙引［一］　失名［二］

才過笄年句 初綰雲鬟句 便學歌舞韻 席上尊前句 王孫隨分相許叶 算・等閑酬一笑句 但・千金慵覷［三］叶 常只恐・容易蕣華偷換句 光陰虛度叶 ◯已受君恩顧叶 好與花爲主叶 萬里丹霄句 何妨攜手同去［四］叶 永棄却・烟花伴侶叶 免教人・見妾朝雲暮雨叶

【校】

［一］李校本在頁眉注曰：「《詞譜》『攜手同去』作『攜手同歸去』。」按：此調見《樂章集》。

[二] 作者應爲柳永。

[三] 「但千金」，《花草粹編》作「便千金」。

[四] 「同去」，《樂章集》作「同去去」，《花草粹編》作「同歸去」。

洞仙歌[一]

蘇軾

夏夜

冰肌玉骨句 自清涼無汗韻 水殿風來暗香滿句 繡簾開・一點明月窺人句 人未寢句 欹枕釵横鬢亂叶 ◯起來攜素手句 庭戶無聲句 時見疎星渡河漢叶 試問夜如何句 夜已三更句 金波漾・玉繩低轉叶 但屈指・西風幾時來句 又不道・流年暗中偷換叶

【校】

[一] 李校本在詞調下注曰：「或加『令』字。又名《羽仙歌》、《洞中仙》。唐教坊曲名。」又在頁眉注曰：「『流年』是分句。」按：唐教坊曲名。此調有令詞，有慢詞。令詞自八十三字至九十三字，共三十五首。康與之詞名《洞仙歌令》，潘牥詞名《羽仙歌》，袁易詞名《洞仙詞》。《宋史・樂志》名《洞中仙》，

注林鐘商調，又歇指調。金詞注大石調。慢詞自一百十八字至一百二十六字，共五首。柳永《樂章集》「嘉景」詞注般涉調，「乘興閒泛蘭舟」詞注仙呂調，「佳景留心慣」詞注中呂調。

滿路花[一]

朱敦儒[二]

風情

簾烘淚雨乾 句 酒壓愁城破 韻對 冰壺防飲渴 句 培殘火 叶 朱消粉退 句 絕勝新梳裹 叶 不是寒宵矬[三] 叶 日上三竿 句 殢人猶要同臥 叶 ◯如今多病 句 寂寞章臺左 叶 黃昏風弄雪 句 門深鎖 叶 蘭房密愛 句 萬種思量過 叶 也須知有我 叶 着甚情悰 句 你但忘了人呵 叶呵上聲

【校】

[一] 李校本在詞調下注曰：「一名《促拍滿路花》。周邦彥名《歸去難》，袁去華名《一枝花》。」又在頁眉注曰：「按：此調有平仄韻兩體。」按：即《促拍滿路花》。此調有平韻、仄韻二體。平韻者始自柳永，《樂章集》注仙呂調。仄韻者始自秦觀，或名《滿路花》，無「促拍」二字。秦觀詞一名《滿園花》，周邦

彥詞名《歸去難》，袁去華詞名《一枝花》，牛真人詞名《喝馬一枝花》。又按：此調押仄韻者有兩體。前後段起句押韻者以秦詞爲正體。前後段起句不押韻者以周詞爲正體。若袁詞之句讀參差，牛詞之添字，皆變格也。周邦彥此詞與秦詞同，惟前後段起句不押韻異。

［二］此詞收入《片玉詞》，作者應爲周邦彥。

［三］「矬」，《片玉詞》、《草堂詩餘》、《花草粹編》作「短」。按：「短」不韻。

千秋萬歲［一］

李冠

杏花好句 子細君須辨韻 比早梅深句 夭桃淺句 把鮫綃淡拂鮮紅面叶 蠟融紫萼重重現叶 烟外悄句 風中笑句 香滿院叶 ◯欲綻全開俱可羨叶 粹美妖嬈無處選叶 徐卿卿似尋常見［二］叶 倚天真句 艷冶輕朱粉句 分明洗出胭脂面叶 追往事句 遶芳樹句 千千遍叶

【校】

［一］按：《高麗史·樂志》名《千秋歲令》。李冠詞名《千秋萬歲》。此與王安石「別館寒砧」詞相

似，惟前段起句三字，第二句五字，第三句上四下三作折腰句法，前後段第四句各添一襯字異。

[二]「徐卿卿」，《欽定詞譜》作「除卿卿」。

促拍滿路花[一]

趙師俠

信豐黃師尹跳珠亭

栽花春爛熳句疊石翠巑岏韻小亭相對倚句數峰寒叶主人尋勝句接竹引清泉叶鑿破蒼苔地句一掬泓澄句六花凝是深淵叶◯向閑中・百慮翛然叶情事寄鳴絃叶爐香陪茗椀忘言叶噴珠濺雪句歷歷聽潺湲叶塵世知何計句不老朱顏句靜看日月跳丸叶

【校】

[一] 李校本在詞調下注曰：「即《滿路花》。」又在頁眉注曰：「『忘言』上脫落一『可』字。」按：《滿路花》已見前，此重出。又按：「促拍」，原文誤作「捉拍」。

江城梅花引[一]

康與之[二]

娟娟霜月冷侵门 韻 怕黄昏 叶 又黄昏 叶 手撚一枝独自對芳樽 句 酒又不禁花又惱 句 漏聲遠 句 一更更 叶 總斷魂 叶 ○斷魂斷魂不堪聞 叶四字重 被半溫 叶 香半薰 叶 睡也睡也睡不穩 叶四字重 誰與溫存 叶 惟有床前·銀燭照啼痕 叶 一夜爲花憔悴損 句 人瘦也 句 比梅花 句 瘦幾分 叶

【校】

[一] 李校本在頁眉注曰：「康與之，《詞譜》作程垓。按：《詞律》注云：『此詞誤刻。《書舟詞》中名曰《攤破江城子》。』按：『魂』字是兩疊。按：此『睡也睡也』四字句，『睡不穩』屬下作七字句。」按：万俟詠《梅花引》句讀與《江城子》相近，故可合爲一調。程垓詞換頭句藏短韻者名《攤破江城子》。江皓詞三聲叶者四首，每首有一「笑」字，名《四笑江梅引》。周密詞三聲叶韻者名《梅花引》，全押平韻者名《明月引》。陳允平詞名《西湖明月引》。此調有三體：換頭句藏短韻者，以程詞爲正體，趙汝茪詞多押一韻，蔣捷詞添一襯字。換頭句不藏短韻者，以吴文英詞爲正體，周密詞少押一韻，陳允平詞減一字。後段第一句，第三、四句叶三仄韻者，以王觀詞爲正體，周密詞少叶一仄韻，李獻能詞少叶兩仄韻，

又兩結句各減一字。又按：此詞換頭句藏兩短韻，即疊前段結句韻腳，沈伯時《樂府指迷》所謂句中韻也，不可截然分作三句，填者辨之。後段第四句「睡也睡也」、第五句「睡不穩」三字連用疊字仄韻，此亦體例所關，不得混注可平。

[二]《花草粹編》作者爲程垓。

離別難[一]

薛昭蘊

寶馬曉鞴雕鞍 韻 羅幃乍別情難 叶 那堪春景媚 換韻 送君千萬里 叶媚 半粧珠翠落 句 露華寒 叶鞍 紅蠟燭 換韻 青絲曲 叶燭 偏能鈎引淚闌干 叶鞍 ○良夜促 叶燭 香塵緑 叶燭 魂欲迷 換韻 檀眉半斂愁低 叶迷 未別心先咽 換韻 欲語情難説 叶咽 出芳草 句 路東西 叶迷 搖袖立 換韻 春風急 叶立 櫻花楊柳雨淒淒 叶迷

【校】

[一]李校本在詞調下注曰：「唐教坊曲名。」按：段安節《樂府雜録》云：「天后朝，有士人妻配入掖庭，善吹觱篥，乃撰此曲，蓋五言八句詩也。」白居易集亦有七言絶句詩。薛詞見《花間集》，乃借舊曲

名另倚新聲者，因詞有「羅幃乍別情難」句，取以爲名。宋柳永詞則又與薛詞不同。此詞以兩平韻爲主，前段間押兩仄韻，後段間押三仄韻。

玉人歌[一]

楊　炎[二]

風西起韻又·老盡籬花句寒輕香細叶漫題紅葉句句裏意誰會叶長天不恨江南遠句苦恨無書寄叶最相思句盤橘千枚句膾鱸十尾叶◯鴻雁阻歸計叶算愁滿離腸句十分豈止叶倦倚闌干句顧影在天際叶淩烟圖画青山約句總是浮生事叶判從今·買取朝醒夕醉叶

【校】

[一] 李校本在頁眉注曰：「此調只有此詞，平仄無可參校。又按：此詞與《探芳信》通首皆同，只『漫題』句多一字。」按：調見《西樵語業》。

[二] 《欽定詞譜》作者署「楊炎昶」，皆誤，應爲楊言正。據《四庫全書·〈西樵語業〉提要》云：「臣等謹按：《西樵語業》一卷，宋楊炎正撰。炎正，字濟翁，廣陵人。陳振孫《書録解題》載：『《西樵語業》

一卷，楊炎正濟翁撰。』馬端臨《文獻通考》引之，誤以正字爲止字。毛晉刻《宋六十家詞》，遂誤以楊炎爲姓名，以止濟翁爲別號。」

惜紅衣[一]

吳興荷花　姜夔

枕簟邀涼 句 琴書換日 句 睡餘無力 韻 細灑冰泉 句 并刀破甘碧 叶 牆頭喚酒 句 誰訊問[二]·城南詩客 叶 岑寂 叶 高樹晚蟬 句 說西風消息 叶 ◯虹梁水陌 叶 魚浪吹香 句 紅衣半狼藉 叶 維舟試望 句 故園渺天地[三] 叶 可惜柳邊沙外 句 不共美人遊歷 叶 問·甚時同賦 句 三十六陂秋色 叶

【校】

[一] 李校本在詞調下注曰：「白石自度曲。」又在頁眉注曰：「『故國』誤作『故園』。按：《詞譜》『維舟試望故國』爲六字句，『國』字注韻。『天北』誤作『天地』。」又在詞尾注曰：「按：李萊老一首，『故國』句亦用韻。」按：此姜夔自度曲，取詞內「紅衣半狼藉」句爲名。此調始於此詞，自應以此

詞爲正體，若李萊老「笛送西泠」詞之添一襯字，張炎「兩剪秋痕」詞、吳文英「鷺老秋絲」詞之句讀小異，皆變格也。

〔二〕「訊問」，《花庵詞選》、《絕妙好詞》作「問訊」。

〔三〕「故園渺天地」，《花庵詞選》、《絕妙好詞》作「故國渺天北」。

石湖仙〔一〕

姜夔

松江煙浦韻是·千古三高句遊衍佳處叶須信石湖仙侶叶鴟夷翩然引去〔二〕叶浮雲安在句我自愛·綠香紅舞叶容與叶看世間·幾度今古叶○盧溝舊曾駐馬句將黃花〔三〕·閒吟秀句叶見說吳兒〔四〕句也學綸巾欹雨〔五〕叶玉友金蕉句玉人金縷叶緩移箏柱叶聞好語叶明年定在槐府叶

【校】

〔一〕按：姜夔自度曲，壽范成大作也。成大號石湖，故以「石湖仙」命調。此姜自度曲，有宮調，且宋人中亦無填此調者，其平仄當依之。

［二］「鴟夷」，《白石道人歌曲》作「似鴟夷」，上句作「須信石湖仙」，無「侶」字。

［三］「將黃花」，《白石道人歌曲》、《花庵詞選》作「爲黃花」。

［四］「吳兒」，《白石道人歌曲》作「燕兒」，《花庵詞選》作「燕歌」。

［五］「也學綸巾欹雨」，《白石道人歌曲》作「亦學綸巾欹羽」。

雪獅兒［一］

程垓

斷雲低晚句　輕烟帶暝句　風驚羅幙韻　數點梅花句　香倚雪窗搖落叶　紅羅對謔［二］叶　正酒面·瓊酥初削叶　雲屏煥［三］句　不知門外句　月寒風惡叶　◯迤邐慵雲半掠叶　笑盈盈閒弄句　寶箏絃索叶　暝極生春句　已向橫波先覺叶　花嬌柳弱叶　漸倚醉·要人摟着叶　低告托叶　早把被香熏却叶

【校】

［一］李校本在頁眉注曰：「『煖』誤作『煥』。」按：調見《書舟詞》。另有張雨詞，故此詞可平可仄應參張詞。

[二]「紅羅」，《書舟詞》、《花草粹編》作「紅爐」。

[三]「雲屏煥」，《書舟詞》、《花草粹編》作「雲屏暖」，應從《書舟詞》。

愁春未醒[一]

吳文英

東風未起句 花上纖塵韻 無影峭雲濕句 凝酥深塢洗梅清叶 釣捲愁絲冷句 浮虹氣句 海空明叶 若耶門閉句 扁舟去懶句 客思鷗輕叶 ○幾度問春句 倡紅冶翠句 空媚陰晴叶 看真色・千巖一素句 天澹無情叶 醒看重開[二]句 玉鈎簾外曉峰青叶 相扶輕醉句 越山更上句 臺最高層[三]叶

【校】

[一]李校本在詞調下注曰：「一名《採桑子慢》、《醜奴兒慢》、《疊青錢》。」又在頁眉注曰：「按：《詞律》云：『影』字是起韻，爲六字句。『峭雲』至『深塢』爲一句。『梅清』上脫一『乍』字，當四字句。『釣倦柔絲』爲一句，『冷浮』至『空明』爲一句，則與潘元質《愁春未醒》同。」按：一名《醜奴兒慢》。潘元質詞有「愁春未醒」句，亦名《愁春未醒》。辛棄疾詞名《醜奴兒近》。《花草粹編》無名氏詞名《疊青錢》。

[二]「醒看」,《夢窗稿丙稿》同,《夢窗稿乙稿》作「醒眼」。

[三]後段兩結句,《夢窗稿丙稿》同,《夢窗稿乙稿》作「越王臺上、更最高層」。

魚游春水[一]

盧申之

離愁

離愁禁不去 韻 好夢別來無覓處 叶 風翻征袂 句 觸目年芳如許 叶 軟紅塵裏鳴鞭鐙 句 拾翠叢中勾伴侶 叶對 都負歲時 句 暗關情緒 叶對 ○昨夜山陰杜宇 叶 似把歸期驚倦旅 叶 遙知樓倚東風 句 凝顰暗數 叶 寶香拂拂遺鴛錦 句 心事悠悠尋燕語 叶對 芳草暮春[二] 句 亂花微雨 叶對

【校】

[一]按:《復齋漫録》:「政和中,一中貴使越州回,得詞於古碑,無名無譜,録以進御,命大晟府填腔,因詞中語,賜名《魚游春水》。」此詞與無名氏「秦樓東風里」詞同,張元幹、馬莊父、盧祖皐詞悉與之同,若趙聞禮詞之多押兩韻,乃變格也。

[二]「暮春」,《花庵詞選》作「暮寒」。

一枝花[一]

辛棄疾

醉中作

千丈擎天手 韻 萬卷懸河口 叶 黃金腰下印 句 大如斗 叶 任・千騎弓刀[二] 句 揮霍遮前後 叶 百計千方久 叶 似・鬬草兒童 句 贏箇他家偏有 叶 ○算枉了・雙眉長皺 叶 白髮空回首 叶 那時間・說向山中友 叶 看・丘隴牛羊 句 更辨賢愚否 叶 且自栽花柳 叶 怕有人來 句 但只道・今朝中酒 叶

【校】

[一] 李校本在詞調下注曰：「即《滿路花》。」按：此與《滿路花》調重出。

[二]「任千騎」，《稼軒詞》、《花草粹編》作「更千騎」。

探芳信[一]

蔣捷

菊

翠吟悄[二] 韻 似有人 句 黃裳孤佇埃表 叶 漸老侵芳歲 句 識君恨不早 叶 料應陶令吟魂

在句 凝此秋香妙叶 傲霜姿句 尚想前身句 倚窗餘傲叶 ○回首醉年少叶 控駿馬蓉邊[三]句 紅䩞茸帽叶 澹泊東籬句 有誰肯夢飛到叶 正襟三誦悠然句句 聊遣花微笑叶 酒休賒句 醒眼看花正好叶

【校】

[一] 李校本在詞調下注曰：「張炎名《西湖春》，又名《玉人歌》。」按：調見《梅溪詞》。

[二] 「翠吟俏」，《竹山詞》作「醉吟嘯」。

[三] 「蓉邊」，《竹山詞》作「花邊」。

八六子[一]

秦　觀

春思

倚危亭韻 恨如芳草句 萋萋剗盡還生叶 念・柳外青驄別後句 水邊紅袂分時句對 愴然暗驚叶 ○無端天與娉婷叶 夜月一簾幽夢句 春風十里柔情叶對 怎奈向歡娛漸隨流

水○句 素絃聲斷○句 翠綃香減○句對 那堪·片片飛花弄晚○句 濛濛殘雨籠晴○叶對 正銷凝○叶 黃鸝又啼數聲○

【校】

［一］李校本在詞調下注曰：「秦詞名《感黃鸝》。」又在頁眉注曰：「『奈回首』誤作『怎奈向』。」按：秦觀詞末句「黃鸝又啼數聲」，故又名《感黃鸝》。此詞前結四字句，後段第七句不押韻，第八句減一字，與晁補之「喜秋晴」詞異。

謝池春慢［一］

張先

繚牆重院○句 時聞有·啼鶯到○韻 繡被掩餘寒○句 画幕明新曉○叶對 朱檻連空闊○句 飛絮舞多少［二］○叶對 徑沙平［三］○句 煙水渺○叶對 日長風靜○句 花○影○閒○相○照○叶 ○塵香拂馬○句 逢謝女·城南道○叶 秀艷過施粉○句 多媚生輕笑○叶對 鬬色鮮衣薄○句 碾玉雙蟬小○叶對 歡難偶○句 春過了○叶對 琵琶流怨○句 都入相思調○叶

【校】

［一］按：調見《古今詞話》，張先玉仙觀道中逢謝媚卿作，蓋慢詞也，與六十六字《謝池春》令詞不同。此調前後段第三、四、五、六句並作五言對偶，當是體例。此詞有李之儀詞可校。

［二］「舞多少」，《安陸集》作「無多少」，《花草粹編》作「知多少」。

［三］「徑沙平」，《安陸集》、《花草粹編》作「徑莎平」。

醉翁操［一］

蘇軾

琅然韻 清圜叶 誰彈叶 響空山叶 無言叶 惟翁醉中知其天叶 月明風露娟娟叶 人未眠叶 荷蕢過山前叶 日有心哉此賢叶 ◯醉翁嘯詠句 聲和流泉叶 醉翁去後句 空有朝吟夜怨叶 山有時而童顛叶 水有時而回川叶 思翁無歲年叶 翁今爲飛仙叶 此意在人間叶 試聽徽外三兩絃叶

【校】

［一］李校本在頁眉注曰：「按：此本琴曲，蘇詞不載。」按：琴曲，屬正宮。蘇軾自序：「琅邪幽

谷，山川奇麗，泉鳴空澗，若中音會。醉翁喜之，把酒臨聽，輒欣然忘歸。既去十餘年，好奇之士沈遵聞之往遊，以琴寫其聲，曰《醉翁操》。然有聲而無詞，好事者倚其聲製曲，粗合拍度，而琴聲爲詞所繩約，非天成也。後三十年，翁既捐館舍，遵亦歿，有廬山玉澗道人崔閒，妙於琴，恨此曲之無詞，乃譜其聲，而請東坡居士補之云。」此本琴曲，故蘇詞不載，自辛棄疾編入詞中，復遂沿爲詞調，在宋人中，亦只有辛詞一首可校。此詞以元、寒、刪、先四韻同用，辛詞以東、冬、江三韻同用，猶遵古韻。

轆轤金井 一名《四犯剪梅花》[一]

劉過

翠眉重拂句後房深句自喚小蠻嬌小[二]韻繡帶羅垂句報・濃粧纔了叶堂虛夜悄叶但夜約・鼓簫聲鬧叶一曲梅花句樽前舞徹句梨園新調叶◯高陽醉山未倒[三]叶看・鞵飛鳳翼句釵痕微掉叶秋滿東湖句更・西風涼早叶桃源路杳叶記渌水・泛舟曾到叶桂子香濃句梧桐影轉句月寒天曉叶

【校】

[一] 李校本在詞調下注曰：「盧祖皋名《月城春》。又名《錦園春》、《三犯錦園春》。」又在頁眉注

曰：「『掃』字誤作『拂』字。『高陽醉』下脱落『玉』字。」按：調見《龍洲詞》。前後段首句不押韻者名《四犯剪梅花》，押韻者名《轆轤金井》。盧祖皐詞名《月城春》。又名《錦園春》，一名《三犯錦園春》。此詞與劉過別一首「水殿風涼」詞同，惟前段起句及換頭句皆押韻異。

[二]「小變嬌小」，《龍洲詞》同，而《龍洲集》作「小鑾嬌少」，《花草粹編》作「小鑾嬌小」。

[三]「山末倒」，《龍洲詞》、《花草粹編》同，而《龍洲集》作「山來倒」。

記紅集卷三

豐南吳綺薗次、岑山程洪丹問同選定

吳興茅麐天石較

長調

意難忘[一]

佳人　　周邦彦

衣染鶯黃韻　愛停歌駐拍句　勸酒持觴叶　低鬟蟬影動句　私語口脂香叶對　蓮露滴[二]句　竹風涼叶　拚劇飲淋浪叶　夜漸深籠燈就月句　子細端相叶　○知音見說無雙叶　解移宮換羽句　未怕周郎叶　長顰知有恨句　貪耍不成粧叶對　些個事句　惱人腸叶　試說與何妨叶　又恐伊尋消問息[三]句　瘦減容光叶

【校】

[一] 按：此調只有此體，宋元詞俱如此填。此詞前後段第四、五句例作五言對偶，第七句例作上一下四句法。

[二]「蓮露滴」，《片玉詞》、《詩餘圖譜》、《花草粹編》皆作「簷露滴」，《樂府雅詞》作「蓮露冷」，《花庵詞選》作「荷露滴」。

[三]「尋消問息」，《片玉詞》作「尋消聽息」。

金盞倒垂蓮[一]

晁補之

諸阮英遊 句 盡・千鍾飲量 句 百丈詞源 韻 對舞春風 句 螺髻小雙蓮 叶 念兩處・登高臨遠 句 又傷芳物新年 叶 此淚不待桓伊 句 危柱哀弦 叶 ◯身閒 叶 未應無事 句 趂・栽梅徑裏 句 插柳池邊 叶 野鶴飄飄 句 幽興在青田 叶 也莫話・書生豪氣 句 更銘功業燕然 叶 畢竟得意何如 句 月下花前 叶

【校】

[一] 李校本在詞調下注曰：「有用仄韵。」又在頁眉注曰：「『此景』誤作『此淚』。按：兩收各十

字，應爲『此景不待』、『畢竟得意』分句，作上四下六。觀別作用『只有一部』、『後會一笑』可知。」又在詞尾注曰：「《詞律》云：『此景不待』、『畢竟得意』皆仄，入、去是定格，學者弗誤。」

法曲獻仙音[一]

感懷

周邦彦

蟬咽涼柯句 燕飛塵幕句對 漏閣籤聲時度叶 倦脫綸巾句 困便湘竹句 桐陰半侵朱戶叶 向抱影凝情處句 時聞打窗雨叶 ◯耿無語叶 嘆文園・近來多病句 情緒懶句 尊酒易成間阻叶 縹緲玉京人句 想依然・京兆眉嫵叶 翠幕深中句 對徽容・空在紈素叶 待・花前月下句 見了不教歸去叶

【校】

[一] 李校本在詞調下注曰：「姜夔名《玉女鏡心》。」又在頁眉注曰：「『歸』字恐未必用仄聲。」按：陳暘《樂書》云：「法曲興於唐，其聲始出清商部，比正律差四律，有鐃鈸鐘磬之音，《獻仙音》其一也。」又云：「聖朝法曲樂器有琵琶、五弦箏、箜篌、笙、笛、觱篥、方響、拍板，其曲所存，不過道調《望瀛》、小

石《獻仙音》而已，其餘皆不復見矣。」《樂章集》注小石調。姜夔詞注大石調。周密詞名《獻仙音》。姜夔詞名《越女鏡心》。按唐張籍酬朱慶餘詩有「越女新妝出鏡心」句，姜詞調名本此。又按：大石調《獻仙音》詞以此詞及姜詞二首爲正體，若李彭老「雲木槎枒」詞之句讀小異，乃變格也。

東風齊着力[一]

胡浩然

除夕

殘臘收寒句　三陽初轉句　已換年華韻　東風律管[二]句　迤邐到山家叶　處處笙簧鼎沸句
會佳宴・坐列仙娃叶　花叢裏・金爐滿爇句　龍麝烟斜叶　◯此景轉堪誇叶　深意祝句
壽山福海增加叶　玉觥滿泛句　且・莫厭流霞叶　幸有迎春壽酒句　銀餅浸・幾朵梅花叶
休辭醉句　園林秀色句　百草萌芽叶

【校】

[一]按：調見《草堂詩餘》，胡浩然「除夕」詞也。按《禮記・月令》：「孟春之月，東風解凍。」又唐人曹松《除夜》詩：「殘臘即又盡，東風應漸聞。」故云「東風齊着力」。

［二］「東風」，《草堂詩餘》、《花草粹編》作「東君」。

如魚水［一］

柳　永

輕靄浮空句　亂峰倒影句　瀲灩十里銀塘韻　繞岸垂楊叶　紅樓朱閣相望叶　芰荷香叶　雙雙戲鸂鶒鴛鴦叶　乍雨過蘭芷汀洲句　望中依約似瀟湘叶　◯風澹澹句　水茫茫叶　動、一片晴光叶　画舫相將叶　盈盈紅粉青商叶　紫薇郎叶　修禊飲句　且樂仙鄉叶　便歸去句　偏歷鑾坡鳳沼句　此景也難忘叶

【校】

［一］李校本在頁眉注曰：「《詞譜》『動』字上多一『搖』字。」

惜秋華［一］

吳文英

細響殘蛩句　傍燈前・似説深秋懷抱韻　怕上翠微句　傷心亂烟殘照叶　西湖鏡掩塵沙翳

東・視叶老人故上江○叶帽烏萸紅句入漸涼淒句喚鴻新叶[二]擾雲鬟秦影曉句

雨・城滿又句昏黃濕淚娘秋叶到愁將乍句斷杵鄰・趂夢晚叶好娟然依句色秀籬

叶少多船画蓉芙看叶了閒叶小風輕

【校】

[一]李校本在頁眉注曰：「按：『西湖』句當六字句，『翳』字屬下。」按：吳文英自度曲。此調見《夢窗詞》，凡五首，句讀韻脚互有異同。此詞雙調九十三字，前段八句四仄韻，後段九句六仄韻。此與「思涉西風」詞同，惟前段第八句不押短韻，後段第三句亦減一字異。

[二]「西湖」兩句，一作六七兩句，即「西湖鏡掩塵沙，翳曉影、秦鬟雲擾」。

[三]「新鴻」三句，一作二九兩句，即「新鴻，喚淒涼、漸入紅萸烏帽」。

西子粧[一]

吳文英

流水麴塵句艷陽醅酒句對画舸遊情如霧韻笑拈芳草不知名句淩波斷橋西堍[二]叶

垂楊漫舞叶　總不解・將春繫住叶　問[三]・彩繩纖手句　如今何許叶　○歡盟悞叶　一箭流光句　又趁寒食去叶　不堪衰鬢看飛花[四]句　傍緑陰・冷烟深樹叶　玄都秀句叶　記前度・劉郎曾賦叶　最傷心句　一片孤山細雨叶

【校】

[一] 李校本在詞調下注曰：「或加『慢』字，夢窗自製曲。」又在頁眉注曰：「如『纖』、『深』等須用平聲，『秀』字、『細』字須用仄聲。」又：「按：『問彩繩』上脱落『燕歸來』三字。」按：此調始自此詞，有張炎詞一首可校。

[二] 「淩波」，《欽定詞譜》作「乍淩波」。

[三] 《夢窗稿甲稿》「問」字前有「燕歸來」。

[四] 「看飛花」，《夢窗稿甲稿》作「著飛花」。

滿江紅[一]

辛棄疾

遊南巖和范先之韻

笑拍洪崖句問千丈翠巖誰削韻依舊是・西風白鳥句北村南郭叶似整復斜僧屋亂句欲吞還吐林烟薄叶對覺・人間萬事到秋來句都搖落叶○呼斗酒句同君酌叶更小隱句尋幽約叶且・丁寧休負句北山猿鶴叶有鹿從渠求鹿夢句非魚定未知魚樂叶對正・仰看飛鳥卻應人句回頭錯叶

【校】

［一］李校本在詞調下注曰：「有平韻。」又在頁眉注曰：「『南』字斷不可用仄聲。」按：此調有仄、平韻兩體，仄韻詞宋人填者最多，其體不一。平韻詞只姜夔詞一體，宋元人俱如此填。

尾犯[一]

柳永

夜雨滴空階句孤館夢回句情緒蕭索韻一片閒愁句想丹青難貌叶秋漸老・蛩聲正

苦○ 句 夜○將○闌○・燈○花○旋○落○ 叶對 最無端處・總把良宵○ 句 抵恁孤眠却[二] 叶 ○佳人應怪我○ 句 別後寡信輕諾○ 叶 記得當初○ 句 剪香雲爲約○ 叶 甚時向深閨幽處 句 按新詞・流霞共酌○ 叶 再同歡笑○ 句 肯把金玉珍珠博○ 叶

【校】

[一]李校本在詞調下注曰：「秦觀名《碧芙蓉》。」又在頁眉注曰：「按：『夢』字、『旋』字、『共』字皆去聲字，不可注平。」按：調見《樂章集》，「夜雨滴空階」詞注正宮，「晴煙冪冪」詞注林鐘商。秦觀詞名《碧芙蓉》。此調九十四字者以此詞爲正體，秦觀、吳文英、趙以夫諸詞俱如此填。若蔣詞之後段第二句添一字、結句句法不同，乃變體也。

[二]「抵恁」，「抵」字誤。《樂章集》、《草堂詩餘》、《花草粹編》皆作「秪恁」。

玉漏遲[一]

宋祁

杏香飄禁苑○ 句 須知自古○ 句 皇都春早○[二] 韻 燕子來時○ 句 繡陌漸熏芳草○[三] 叶 蕙圃夭桃

過雨句弄碎雨紅篩清沼[四]叶深院悄叶緑楊影裏[五]句鶯聲低巧[六]叶○早是賦得多情句更對景臨風[七]句鎮辜歡笑叶數曲闌干句故人謾勞登眺[八]叶天際微雲過盡[九]句亂峰鎖・一竿斜照[一〇]叶歸路杳[一一]叶東風淚零多少叶

【校】

[一]李校本在頁眉注曰：「『碎影』誤作『碎雨』，『巷陌』誤作『影裏』，『故國』誤作故人。」按：此詞前段起句不押韻，北宋詞俱照此填。

[二]第一韻三句，《花草粹編》作「杏香消散盡，須知自昔，都門春早」。

[三]「漸薰芳草」，《花草粹編》作「亂鋪芳草」。

[四]「弄碎雨紅篩清沼」，《草堂詩餘》作「弄碎影紅篩清沼」，《花草粹編》作「弄笑臉紅篩碧沼」。

[五]「緑楊影裏」，《花草粹編》作「緑楊巷陌」。

[六]「鶯聲低巧」，《花草粹編》作「鶯聲爭巧」。

[七]「更對景臨風」，《花草粹編》作「更遇酒臨花」。

[八]「故人」，《花草粹編》作「故國」。「謾勞」，《草堂詩餘》作「漫勞」。

[九]「天際微雲過盡」，《花草粹編》作「漢外微雲盡處」。

[一〇]「一竿斜照」，《花草粹編》作「一竿修竹」。

[一一]「歸路杳」，《花草粹編》作「問琅玕」。

雪梅香[一]

柳永

景蕭索句危樓獨立面晴空韻動悲秋情緒句當時宋玉應同叶漁市孤烟裊寒碧句水村殘葉舞愁紅叶對楚天闊浪句浸斜陽・千里溶溶叶〇臨風叶想佳麗別後愁顏句整斂眉峰[二]叶可惜當年句頓乖雨跡雲蹤叶媚態妍姿正歡洽[三]句落花流水忽西東叶對無憀恨句相思意盡句分付征鴻叶

【校】

[一]李校本在頁眉注曰：「按：《詞律》以『楚天闊』爲一句，『浪浸斜陽』爲一句。又按：『相思意盡』，《詞譜》作『盡把相思』。」按：調見《樂章集》。此詞前段第五句、後段第七句例作拗體。

[二]「整斂眉峰」,《樂章集》作「鎮斂眉峰」。

[三]「媚態妍姿」,《樂章集》作「雅態妍姿」。

掃花遊[一]

綠陰　　王沂孫

捲簾翠逕 句 過・幾陣殘寒 句 幾番風雨 韻 問春住否 叶 但・匆匆暗裏 句 換將花去 叶 亂碧迷人 句 總是江南舊樹 叶 謾凝佇 叶 念昔日・採香人 句 更何許 叶 ◯芳徑攜酒處 叶 又・蔭得青青 句 嫩苔無數 叶 故林晚步 叶 想參差・漸滿野塘山路 叶 倦枕閑床 句 正好微熏院宇 叶 送淒楚 叶 怕涼聲・又催秋暮 叶

【校】

[一]李校本在頁眉注曰:「前段結二句應作五字一句、四字一句。按:方千里云:『縱百種避愁,愁早知處。』周邦彥云:『問一葉怨題,今到何處。』楊无咎云:『偏徙倚舊時,曾並肩處。』句法、平仄如一。」按:即《掃地遊》,調見《清真詞》,因詞有「占地持杯,掃花尋路」句,取以爲名。

天香 第一體[一]

王 充[二]

冬景

雪瓦鴛鴦[三]句 風簾翡翠句對 今年又是寒早[四]韻 矮釘明窗句 側開朱戶句對 斷莫亂教人到叶 重冷未解[五]句 雲共雪·商量不少[六]叶 青帳垂氈句 要密縫·放圍宜小[七]叶 ○呵梅弄粧試巧叶 繡羅衣·瑞雲芝草叶 伴我語時同語句 笑時同笑叶 已被金樽勸酒[八]句 又·唱箇新詞故相惱叶 盡道窮冬句 元來恁好叶

【校】

[一] 李校本在頁眉注曰：「前段結二句，《詞譜》作『青帳垂氈要密，紅爐圍炭宜小』六字二句。」按：《法苑珠林》云：「天童子，天香甚香。」調名本此。此與賀鑄「煙絡橫林」詞同，惟前段第七句、後段第五句俱不押韻異。《花草粹編》後段第六句脫一「個」字。

[二] 作者應爲王觀。

[三] 「雪瓦」，《樂府雅詞》、《草堂詩餘》、《花草粹編》作「霜瓦」。

[四] 「又是寒早」，《樂府雅詞》作「早是寒少」，《花草粹編》作「較是寒早」。

[五]「重冷未解」，《樂府雅詞》、《草堂詩餘》、《花草粹編》作「重陰未解」。

[六]「商量不少」，《樂府雅詞》作「商量不了」，《花草粹編》作「商量未了」。

[七]「青帳垂氈，要密縫放圍宜小」《樂府雅詞》、《花草粹編》作「青帳垂氈要密，紅爐圍炭宜小」，「要密」從上句。《草堂詩餘》作「青帳垂氈要密，紅牕放圍宜小」。

[八]「金尊勸酒」，《樂府雅詞》作「金尊勸倒」。

露華[一]　　張炎

亂紅自雨 句 正翠蹊誤曉 句 玉洞明春 韻 蛾眉澹掃 句 背風不語盈盈 叶 莫恨小溪流水 句 引劉郎・不是飛瓊 叶 羅扇底 句 從教淨洽 句 遠障歌塵 叶 ◯ 一掬瑩然生意 句 伴壓架酴醾 句 相惱芳吟 叶 玄都觀裏 句 幾回錯認梨雲 叶 花下可憐仙子 句 醉東風・猶自吹笙 叶 殘照晚 句 漁翁正迷武陵 叶

【校】

[一]按：唐李白《清平調》詞「東風拂檻露華濃」，調名本此。按此調有仄韻、平韻兩體，周密平韻

詞名《露華慢》。此調押平聲韻者只此一體，句讀與仄韻詞同，惟前後段第七句各添一字，周密、張炎、王沂孫詞俱如此填。

白雪[一]

楊无咎

纔收雨脚[二]句 雲乍斂句 依舊又滿長空韻 絳蠟烟低[三]句 薰爐燼冷句對 寒衾擁盡重重叶 隔簾櫳叶 聽撩亂・撲漉春蟲叶 晚來見[四]・玉樓珠殿句 恍若在蟾宮叶 〇長愛越水泛舟句 藍關立馬画圖中叶 悵望幾多時候[五]句 無句可形容叶 誰與問・已經三白句 或是報年豐叶 未應真箇句 情多老却天公叶

【校】

[一] 李校本在詞調下注曰：「楊自製曲。」按：調見《逃禪集》，楊无咎自製曲。題本賦雪，故即以《白雪》名調。汲古閣本後段第四句缺一字，又結句或作「掃除陰翳，惟祈紅日生東」。

[二] 「纔收」，《逃禪詞》誤作「蟾收」。

[三] 「絳蠟烟低」，《逃禪詞》作「紋蠟焰低」。

［四］「晚來」，《逃禪詞》作「曉來」。

［五］「時候」，《逃禪詞》作「詩思」。

燭影搖紅［一］

春恨　趙長卿

梅雪飄香句　杏花開艷燃春晝韻　銅駝烟澹曉風輕句　搖曳青青柳叶　海燕歸來未久叶　向雕梁・初成對偶叶　日長人困句　綠水池塘句　清明時候叶　◯簾幙低垂句　麝煤烟噴黃金獸叶　天涯人去杳無憑句　不念東陽瘦叶　眉上新愁壓舊叶　要消遣・除非殢酒叶　酒醒人靜句　月滿南樓句　相思還又叶

【校】

［一］按：宋吳曾《能改齋漫錄》：王都尉詵有《憶故人》詞，徽宗喜其詞意，猶以不豐容宛轉爲恨，乃令大晟樂府别撰腔，周邦彥增益其詞，而以首句爲名，謂之《燭影搖紅》。按：王詵詞本小令，原名《憶故人》，或名《歸去曲》，以毛滂詞有「送君歸去添淒斷」句也。若周邦彥詞，則合毛、王二體爲一闋。

元趙雍詞更名《玉珥墜金環》，元好問詞更名《秋色横空》。

鳳凰臺上憶吹簫[一]

李清照

閨情

香冷金猊 句 被翻紅浪 句對 起來慵自梳頭 叶 任·寶奩塵滿 句 日上簾鉤 叶 生怕離懷別苦 句 多少事欲説還休 叶 新來瘦 叶 非干病酒 句 不是悲秋 叶 ○休休 叶 這回去也千萬遍陽關 句 也則難留 叶 念·武陵人遠 句 烟鎖秦樓 叶 惟有樓前流水 句 應念我·終日凝眸 叶 凝眸處 句 從今又添 句 一段新愁 叶

【校】

[一] 按：《列仙傳拾遺》云：「蕭史善吹簫，作鸞鳳之聲。秦穆公有女弄玉，善吹簫，公以妻之，遂教弄玉作鳳鳴。居十數年，鳳凰來止，公爲作鳳臺，夫婦止其上。數年，弄玉乘鳳，蕭史乘龍去。」調名取此。《高麗史·樂志》一名《憶吹簫》。又按：此詞雙調九十五字，前段十句四平韻，後段十一句五平韻。此詞與晁詞同，惟前後段第四句各減二字，換頭句藏短韻，後段結句添二字作四字兩句異。趙文

「白玉搓成」詞前後段第四、五句「羨司花神女，有此清閒」、「怪天上冰輪，移下塵寰」，換頭句「憑闌。幾回澹月」，後結三句「聊寄與，詩人案頭，冰雪相看」，正與此同。

水調歌頭[一]

蘇軾

丙辰中秋，大醉，有懷子由

明月幾時有 句 把酒問青天 韻 不知天上宮闕 句 今夕是何年 叶 我欲乘風歸去 句 又恐瓊樓玉宇[二] 句 高處不勝寒 叶 起舞弄清影 句 何似在人間 叶 ○轉朱閣 句 低綺戶 句 照無眠 叶 不應有恨 句 何事長向別時圓 叶 人有悲歡離合 句 月有陰晴圓缺 句 此事古難全 叶 但願人長久 句 千里共嬋娟 叶

【校】

［一］李校本在詞調下注曰：「毛滂名《元會曲》。」按：張榘詞名《凱歌》。《水調》乃唐人大曲，凡大曲有歌頭，此裁截其歌頭，另倚新聲。蘇軾此詞雙調九十五字，前段九句四平韻、兩仄韻，後段十句四平韻、兩仄韻，前段五、六，後段六、七，間入兩仄韻。

〔二〕「又恐」,《花庵詞選》作「只恐」。

滿庭芳　一名《瀟湘夜雨》〔一〕

春遊

秦觀

曉色雲開〔二〕句　春隨人意　句對　驟雨纔過還晴〔三〕韻　高臺芳榭〔四〕句　飛燕蹴紅英　叶　舞困榆錢自落　句　鞦韆外・綠水橋平　叶　東風裏・朱門映柳　句　低按小秦箏　叶　○多情　叶　行樂處　句　珠鈿翠蓋　句　玉轡紅纓〔五〕叶對　漸・酒空金榼〔六〕句　花困蓬瀛　叶　荳蔻梢頭舊恨　句　十年夢・屈指堪驚　叶　憑欄久・疎烟澹日〔七〕句　微映百層城〔八〕叶

【校】

〔一〕李校本在詞調下注曰:「(一名)《鎖陽臺》、《滿庭霜》、《滿庭花》。有用仄韻。」按:此調有平韻、仄韻兩體。平韻者,周邦彥詞名《鎖陽臺》。葛立方詞有「要看黃昏庭院,橫斜映霜月朦朧」句,名《滿庭霜》。晁補之詞有「堪與瀟湘暮雨,圖上畫扁舟」句,名《瀟湘夜雨》。韓淲詞有「甘棠遺愛,留與話桐鄉」句,名《話桐鄉》。吳文英詞因蘇軾詞有「江南好,千鍾美酒,一曲滿庭芳」句,名《江南好》。張野詞名《滿庭花》。《太平樂府》注中吕宫，高拭詞注中吕調。仄韻者，《樂府雅詞》名《轉調滿庭芳》。又按：後段，《詩餘圖譜》作九句三仄韻，《選聲集》後段作九句四仄韻。後段前九字，《詩餘圖譜》作四五兩句，第二字「情」不叶韻；而《選聲集》作二七兩句，「情」字入韻。

[二]「曉色」，《淮海詞》作「晚色」，《選聲集》作「晚見」。

[三]「纔過」，《淮海詞》作「方過」。

[四]「高臺」，《草堂詩餘》作「古臺」。

[五]「玉轡」，《草堂詩餘》作「金轡」。

[六]「金榼」，《草堂詩餘》作「醽醁」。

[七]「澹日」，《草堂詩餘》作「淡月」。

[八]「微映百層城」，《淮海詞》作「寂寞下蕪城」。

玉女迎春慢[一]

彭巽吾

淺入新年[二]句　逢人日句　拂拂澹烟無雨韻　葉底妖禽自語叶　小啄幽香還吐叶　東風辛苦叶　便怕有・踏青人誤叶　清明寒食句　消得渡江句　黃翠千縷叶　○看臨小帖宜春句

填輕暈濕 句 碧生花霧[三] 叶 爲説釵頭裊裊 句 繫着輕盈不住 叶 問郎留否 叶 似昨夜•教成鸚鵡 叶 走馬章臺 句 憶得画眉歸去 叶

【校】

[一]按：調見鳳林書院元詞。此詞無別首可校，其平仄須遵之。

[二]「淺入」，《歷代詩餘》、《欽定詞譜》作「纔入」。

[三]「碧生花霧」，《歷代詩餘》、《欽定詞譜》作「碧花生霧」。

漢宮春 第一體[一]

辛棄疾

立春

春已歸來 句 看•美人頭上 句 裊裊春旛 韻 無端風雨 句 未肯收盡餘寒 叶 年時燕子 句 料今宵•夢到西園 叶 聊共賞[二]•黄柑薦酒 句 更傳青韭堆盤 叶 ○却笑東風從此 句 便•薰梅染柳 句 更没些閒 叶 閒時又來鏡裏 句 轉變朱顏 叶 清愁不斷 叶 問何人•會

解連環叶　生怕見・花開花落句　朝來塞雁先還叶

【校】

[一]李校本在詞調下注曰：「或加『慢』字，有用仄韻。」按：《高麗史・樂志》名《漢宮春慢》。此調有平韻、仄韻兩體，平韻詞八首，仄韻詞兩首，皆以前後段起句用韻、不用韻辨體。又按：此詞雙調九十六字，前段九句四仄韻，後段九句五仄韻。此詞全押仄韻，其句讀與張先平韻體同。有《樂府雅詞》一首可校，雖用韻多少不同，均爲此調正體。

[二]「聊共賞」，《稼軒詞》作「渾未辯」。

倦尋芳[一]　王雱

春景

露晞向曉[二]句　簾幙風輕句　小院閒晝韻　翠徑鶯來句　驚下亂紅鋪綉叶　倚危樓[三]句　登高榭句　海棠着雨胭脂透[四]叶　算韶華句　又・因循過了句　清明時候叶　〇倦游燕・風光滿目句　好景良辰句　誰共攜手叶　恨被榆錢句　買斷兩眉長鬭叶　憶得高陽人散後

叶

落花流水依然舊[五] 叶 這情懷 句 對東風・盡成消瘦 叶

【校】

[一] 李校本在詞調下注曰：「或加『慢』字。」按：王雱詞注中吕宫。潘元質詞名《倦尋芳慢》。此詞雙調九十六字，前段十一句四仄韻，後段十句五仄韻。前段第六句作三字兩句，後段第六句押韻，宋詞無如此填者。

[二] 「向曉」，《樂府雅詞》作「向晚」。

[三] 「危樓」，《樂府雅詞》作「危墻」，《草堂詩餘》作「危欄」。

[四] 「着雨」，《樂府雅詞》作「經雨」。

[五] 「依然舊」，《樂府雅詞》、《草堂詩餘》、《花草粹編》作「仍依舊」。

玉簟涼[一]

史達祖

秋是愁鄉 韻 自・錦瑟斷絃 句 有淚如江 叶 平生花裏活 句 奈・舊夢難忘 叶 藍橋雲正緑[二] 句 斜抱月[三] 句 幾夜眠香 叶 河漢阻 句 但・鳳音傳恨 句 闌影敲涼 叶 ○新粧 叶

蓮嬌試曉句　梅瘦破春句　因甚却扇臨窗叶　紅巾銜翠翼句　早·弱水茫茫叶　柔情各自未剪[四]句　問此去·莫負王昌叶　芳信準句　更擬尋[五]·紅杏西廂叶

【校】

[一]李校本在頁眉注曰：「『藍橋雲』字下脱落一『樹』字。」按：調見《梅溪詞》。

[二]「雲正緑」，「雲」字後脱「樹」字。《梅溪詞》作「雲樹正緑」。

[三]「斜抱月」，《梅溪詞》作「料抱月」。

[四]「柔情」，《梅溪詞》作「柔指」。

[五]「更擬尋」，《梅溪詞》作「更敢尋」。

黄鸝遶碧樹[一]

周邦彦

雙闕籠佳氣句　寒威日晚句　歲華將暮韻　小院閒庭句　對·寒梅照雪句　澹烟凝素叶　忍當迅景句　動無限傷春情緒叶　猶賴是·上苑風光漸好句　芳容將煦叶　○草莢蘭芽漸

吐叶 且尋芳・更休思慮叶 這浮世・甚驅馳利禄句 奔競塵土叶 縱有魏珠照乘句 未買得流年住叶 爭如剩引榴花[二]句 醉偎瓊樹叶

【校】

[一]李校本在頁眉注曰：「平仄宜遵之。」按：調見《清真樂府》。但方千里、楊澤民、陳允平皆無和詞，宋人亦無填此調者，其句讀、平仄宜依之。

[二]「剩引榴花」，《清真集》作「盛飲流霞」。

聲聲慢 第四體 又一體平韻[一]

李清照

秋閨

尋尋覓覓句 冷冷清清句 淒淒慘慘戚戚韻 乍暖還寒句 時候最難將息叶 三杯兩盞淡酒句 怎敵他・晚來風急叶 雁過也句 正傷心句 却是舊時相識叶 ◯滿地黄花堆積句 憔悴損句 如今有誰堪摘叶 守着窗兒句 獨自怎生得黑叶 梧桐更兼細雨句 到黄昏・

點點滴滴 叶 這次第 句 怎一個・愁字了得 叶

【校】

［一］李校本在詞調下注曰：「晁補之詞名《勝勝慢》，吳文英詞名《人在樓上》。」按：此調有平韻、仄韻兩體，平韻者以晁補之、吳文英、王沂孫詞爲正體，仄韻者以高觀國詞爲正體。

帝臺春

李景元［一］

芳草碧色 韻 萋萋遍南陌 叶 飛絮亂紅［二］ 句 也似知人 句 春愁無力 叶 憶得盈盈拾翠侶 句 共攜賞鳳城寒食 叶 到今來 句 海角逢春 句 天涯行客［三］ 叶 〇愁旋釋 叶 還似織 叶 淚暗拭 叶 又偷滴 叶四句對 漫・倚遍危闌［四］ 句 儘黃昏 句 也只是暮雲凝碧 叶 拚則而今已拚了 句 忘却怎生便忘得［五］ 叶對 又還問鱗鴻 句 試重尋消息 叶

【校】

［一］李校本在姓名下注曰：「（『景元』）一作『甲』。」按：此詞雙調九十七字，前段十句五仄韻，後

段十一句七仄韻。此調惟此一詞，平仄宜遵之。

［二］「飛絮」，《樂府雅詞》、《花庵詞選》作「暖絮」。

［三］「天涯行客」，《樂府雅詞》作「天涯爲客」，《花庵詞選》作「天涯倦客」。

［四］「漫倚遍危闌」，《草堂詩餘》作「漫遍倚危闌」，《樂府雅詞》作「漫佇立倚遍危闌」。

［五］「忘却」，《樂府雅詞》、《花庵詞選》作「忘則」。

慶清朝慢［一］

王觀

春遊

調雨爲酥句 催冰做水句對 東風分付春還［二］韻 何人便將輕暖句 點破殘寒叶 結伴踏青去好句 平頭鞋子小雙鸞叶 烟柳外［三］句 望中秀色句 如有無間叶 〇晴則個句 陰則個句 餖飣得天氣句 有許多般叶 須教撩花撥柳［四］句 爭要先看叶 不道吳綾繡襪句 香泥斜沁幾行斑叶 東風巧句 盡收翠緑句 吹在眉山叶

【校】

［一］李校本在詞調下注曰：「或無『慢』字。」按：一作《慶清朝》。此調前後段第四、五句，惟王詞作上六下四，宋人如此填者甚少。史達祖詞作上四下六，曹勛詞、李清照詞前段用王詞體，後段用史詞體，而宋人依史詞體者爲多。

［二］「東風」，《草堂詩餘》、《花草粹編》同，而《花庵詞選》、《選聲集》作「東君」。

［三］「烟柳外」，《花庵詞選》作「烟郊外」。

［四］「撩花撥柳」，《花庵詞選》作「鏤花撥柳」。

洗清秋　即《八聲甘州》[一]　柳　永

秋怨

對瀟瀟・暮雨灑江天 句 一番洗清秋 韻 漸・霜風淒緊 句 關河冷落 句 殘照當樓 叶 是處紅衰緑減[二] 句 苒苒物華休 叶 惟有長江水 句 無語東流 叶 ○不忍登高臨遠 句 望・故鄉渺邈 句 歸思難收 叶 歎・年來踪跡 句 何事苦淹留 叶 想佳人・粧樓顒望 句 誤幾回・天際識孤舟[三] 叶 爭知我・倚欄杆處 句 正恁凝愁 叶

【校】

[一] 李校本在詞調下注曰：「張炎名《瀟瀟雨》，白樸名《讌瑶池》。」按：《碧雞漫志》云：「《甘州》，仙吕調，有曲破，有八聲，有慢，有令。」按此調前後段八韻，故名「八聲」，乃慢詞也，與《甘州遍》之曲破，《甘州子》之令詞不同。《樂章集》亦注仙吕調。周密詞名《甘州》。張炎詞因柳詞有「對瀟瀟暮雨灑江天」句，更名《瀟瀟雨》。白樸詞名《宴瑶池》。此調以此詞爲正體，若張詞之添聲，劉過詞之減字，皆變體也。此詞後段第六句作上三下四句法，宋詞俱照此填，惟程垓詞「縱使梁園賦猶在」句法異。

[二] 「緑減」，一作「翠減」。

[三] 「孤舟」，《花草粹編》作「歸舟」。

瑶臺第一層[一]

張元幹

江左風流鍾間氣句 洲分二水長韻 鳳凰臺畔句 投懷玉燕句 照社神光叶 荳花初秀句 雨散暑空句 洗出秋涼叶 慶生旦句 正·圓蟾呈瑞句 仙桂飄香叶 ○肝腸叶 掞文摛錦句 駕雲乘鶴下鵷行叶 紫樞將命句 紫微如綍句 常近君王叶 舊山同梓里句 荷月

旦句久已平章叶九霞觴叶薦・刀圭丹餌句衮繡朝裳叶

【校】

［一］李校本在頁眉注曰：「按：《詞譜》作『荳花』、『初秀』兩分句。『肝腸』，《詞譜》作『眉揚』。『駕雲』句作『看乘雲駕鶴下鵷行』，多一『看』字。」按：宋陳師道《後山詩話》：「武才人出慶壽宮，裕陵得之。會教坊獻新聲，爲作詞，號《瑤臺第一層》。」此詞與「寶曆祥開」詞同，惟後段第三句添一字異。

醉蓬萊　一名《雪月交光》［一］　葉夢得

問・春風何事［二］句斷送繁紅［三］句便拚歸去韻牢落征途句笑・行人羈旅叶一曲陽關句斷雲殘靄句做・渭城朝雨叶欲寄離愁句緑陰千轉句黃鸝空語［四］叶◯遥想湖邊句浪搖空翠句絃管風高［五］句亂花飛絮叶曲水流觴句有・山翁行處［六］叶翠袖朱欄句故人應也句弄・画船烟浦叶會寫相思句尊前爲我句重翻新句叶

【校】

[一]李校本在詞調下注曰：「(一名)《冰玉風月》。」按：《樂章集》注林鐘商。趙磻老詞有「璧月流光，雪消寒峭」句，名《雪月交光》。韓淲詞有「玉作山前，冰爲水際，幾多風月」句，名《冰玉風月》。此詞與柳永「漸亭皋葉下」詞同。

[二]「春風」，《石林詞》作「東風」。

[三]「繁紅」，《石林詞》作「殘紅」。

[四]「黃鸝空語」，《樂府雅詞》作「黃鶯空語」。

[五]「絃管風高」，《樂府雅詞》作「絃管高風」。

[六]「山翁」，《石林詞》作「山公」。

夏初臨[一]

送春　　楊孟載

瘦綠添肥 韻 病紅催老 句對 園林昨夜春歸 叶 天氣清和 句 輕羅試着單衣 叶 雨餘門掩斜暉 叶 看翩翩[二]・乳燕高飛[三] 叶 荷錢猶小 句 芭蕉漸長 句 新竹成圍 叶 ○何郎粉澹

句

荀令香消 句對 紫鸞夢遠 句 青鳥書稀 叶對 新愁舊恨 句 在他紅藥欄西 叶 猶記當時 句 水晶簾一架薔薇[四] 叶 有誰知 叶 千山杜宇[五] 句 無數鶯啼 叶

【校】

[一]李校本在詞調下注曰：「一名《燕春臺》。」按：此調始自張先，春宴詞也。因黄裳有夏宴詞，劉涇改名《夏初臨》。此調後段第七句不押韻，第十句五字，凡調名《燕春臺》者俱如此填。

[二]「翩翩」，《眉庵集》作「翻翻」。一作「梅梁」。

[三]「高飛」，《眉庵集》作「交飛」。

[四]「薔薇」，《眉庵集》作「荼蘼」。

[五]「杜宇」，《眉庵集》作「杜鵑」。

雨中花慢 第一體[一]　辛棄疾

再用韻別吳子似

馬上三年 句 醉帽吟鞍 句 錦囊詩卷長留 韻 悵・溪山舊管 句 風月新收 叶 來便關河杳

杳○[二] 句 去應日月悠悠○ 叶對 笑・千篇索價○ 句 未抵蒲桃○ 句 五斗涼州○ 叶 ◯停雲老子○ 句
有酒盈尊○ 句 琴書端可消憂○ 叶 渾未解 句 傾身一飽○ 句 淅米矛頭○ 叶 心似傷弓塞雁○ 句
身如喘月吳牛○ 叶對 晚○天○涼○夜○[三] 句 月○明○誰○伴○ 句 吹○笛○南○樓○ 叶

【校】

[一] 李校本在詞調下注曰：「有用仄韻。」按：此詞有平韻、仄韻兩體。平韻者始自蘇軾，仄韻者始自秦觀。柳永平韻詞，《樂章集》注林鐘商。此詞雙調九十七字，前後段各十句，四平韻。辛棄疾別一首「舊雨常來」、吳禮之「眷濃恩重」詞、蘇軾「十載尊前」詞，俱與此同。

[二] 「來便」，《稼軒詞》、《花草粹編》作「明便」。

[三] 「晚天」，《稼軒詞》、《花草粹編》、《選聲集》作「曉天」。

雙雙燕[一]

詠燕　　史達祖

過春社了○ 句 度・簾幙中間○ 句 去年塵冷○ 韻 差池欲住○ 句 試入舊巢相並○ 叶 還○相○雕○梁○藻○

井叶又軟語・商量不定叶飄然快拂花梢句翠尾分開紅影叶○芳徑叶芹泥雨潤叶愛・貼地爭飛句競誇輕俊叶紅樓歸晚句看足柳昏花暝叶應是棲香正穩叶便忘了・天涯芳信叶愁損翠黛雙蛾句日日畫欄獨凭叶

【校】

[一] 李校本在頁眉注曰：「『雨』字不可注平。」按：調見《梅溪集》，詞詠雙燕，即以爲名。此詞平仄，與吳文英「小桃謝後」詞同，惟前段第二句、後段第三句句法參差。

孤鸞[一]

朱敦儒

天然標格韻是・小萼堆紅句芳姿凝白叶澹佇新粧句淺照壽陽宮額[二]叶東君想留厚意句倩年年與傳消息叶昨夜前村雪裏句有一枝先折叶○念故人・何處水雲隔叶縱・驛使相逢句難寄春色叶試問丹青手句是怎生描得叶曉來一番雨過句更那堪數聲羌笛叶歸去和羹未晚句勸行人休摘叶

【校】

［一］按：調見朱敦儒《太平樵唱》。此詞前後段結句例作上一下四句法。

［二］「淺照」，《草堂詩餘》、《花草粹編》作「淺點」。

晝夜樂［一］

柳永

憶別

洞房記得初相遇韻 便只合·長相聚叶 何期小會幽歡句 變作別離情緒叶 況值闌珊春色暮叶 對滿目·落花狂絮［二］叶 直恐好風光句 盡·隨伊歸去叶 ◯一場寂寞憑誰訴叶 算前言·總輕負叶 早知恁地難拚句 悔不當初留住叶 其奈風流端正外句 更別有·繫人心處叶 一日不思量句 也攢眉千度叶

【校】

［一］按：此調創自柳永。有前後段第五句俱押韻者，有前段第五句押韻、後段第五句不押韻者。此詞後段第五句不押韻，黃庭堅詞正與此同。

[二]「落花狂絮」,《樂章集》、《花草粹編》作「亂花狂絮」。

玉井蓮[一]

陸游

誰道秋期遠○韻 更旬浹雙星相見○叶 雨足西簾○叶 正・玉井蓮開○句 壽筵初展○叶 麈尾呼風祛暑靜○[二]句 那更着・綸巾羽扇○叶 殢清歌○句 不記杯行○句 任深任淺○叶 ○湖邊小池苑叶 漸・苔痕竹色○句 青青如染○叶 辨橘中荷屋○句 晚芳自占○叶 蝸角虛名身外事○句 付骰子紛紛戲選○叶 喜時平・公道開明○句 話頭正轉○叶

【校】

[一]按：此即《水晶簾》,調見《翰墨全書》。作者或爲無名氏,《放翁詞》中不載此詞。

[二]「暑靜」,《花草粹編》作「暑淨」。

芰荷香[一]

趙彥端

燕初歸○韻 正・春陰暗澹○句 客意淒迷○叶 玉觴無味○句 晚花雨退凝脂○叶 多情細柳○句

對沈腰・渾不勝衣叶 垂別袖・忍見離披叶 江南陌上句 强半紅飛叶 ◯樂事從今一夢句 縱・錦囊空在句 金碗誰揮叶 舞裙歌扇句 故應閑瑣幽閨叶 練將詩就句 算艤舟・寧不相思叶 腸斷莫訴離杯句 青雲路穩句 白首心期叶

【校】

［一］按：宋人填此調者句讀悉同，惟換頭句或七字、或六字。万俟詠詞換頭句七字，朱敦儒、曹勛、趙以夫詞俱如此填。此詞換頭句減一字，與万俟詞異。

珍珠簾［一］　吴文英

春日客龜溪，過貴人家，隔壁聞簫鼓聲，疑是按舞，竚立久之

蜜沉爐暝餘烟裊韻 佇立行人官道叶 麟帶壓愁香句 聽舞簫雲渺叶 恨縷情絲春絮遠句 悵夢隔・銀瓶難到叶 寒峭叶 有・東風垂柳句 學得腰小叶 ◯還近綠水清明句 歎・孤身如燕句 將花頻繞叶 細雨濕黃昏句 半醉歸懷抱叶 蠹損歌紈人去久句 慢淚

沾·香蘭如笑 叶 書杳 叶 念·客枕幽單 句 看春漸老 叶

【校】

［一］按：即《真珠簾》，調見《放翁詞》。此詞雙調一百一字，前後段各十句，六仄韻，與陸游「山村水館參差路」詞同，惟换頭第二句不押韻異。

揚州慢［一］

姜夔

感舊

淮左名都 句 竹西佳處 句對 解鞍少駐初程 韻 過·春風十里 句 盡薺麥青青 叶 自戎馬窺江去後［二］ 句 廢池喬木 句 猶厭言兵 叶 漸黃昏·清角吹寒 句 都在空城 叶 ○杜郎俊賞 句 算如今［三］·重到須驚 叶 縱·荳蔻詞工 句 青樓夢好 句對 難賦深情 叶 二十四橋仍在 句 波心蕩·冷月無聲 叶 念·橋邊紅藥 句 年年知爲誰生 叶

【校】

[一]按：姜夔自度曲。此詞創自姜夔，應以此詞爲正體。趙以夫、李萊老詞俱如此填，若吴元可、鄭覺齋詞之句讀小異，乃變格。

[二]「戎馬」，《白石道人歌曲》作「胡馬」，《絶妙好詞》作「鎧馬」。

[三]「算如今」，《白石道人歌曲》、《絶妙好詞》作「算而今」。

八節長歡[一]

毛滂

名滿人間韻 記黄金殿句 舊賜清閒叶 才高鸚鵡賦句 風凛惠文冠叶對 波濤何處試蛟鰐句 到白頭・猶守溪山叶 且做龔黄樣度句 留與人看叶 ◯桃溪柳曲陰圓[二]叶 離唱斷句 旌旗却捲春還叶 繻袴寄餘温句 雙石畔句 唯聞吏膽長寒叶 詩翁去句 誰細遶・屈曲闌干叶 從今後・南來幽夢句 應隨月度雲湍[三]叶

【校】

[一]按：調見《東堂詞》。此詞平仄可以參考毛滂別首「澤國秋深」詞，惟前段第八句句法不同。

[二]「桃溪柳曲」，《花草粹編》作「桃蹊柳曲」。

[三]「雲湍」，《花草粹編》作「雲端」。

燕山亭[一]

宋徽宗

見杏花作

裁剪冰綃 句 輕疊數重 句 冷澹胭脂勻注 韻 新樣靚粧 句 艷溢香融 句 羞殺蕊珠宫女 叶

易得凋零 句 更多少·無情風雨 叶 愁苦 叶 閒院落淒涼[二] 句 幾番春暮 叶 ◯憑寄離恨重重 句 這雙燕·何曾會人言語 叶 天遥地遠 句 萬水千山 句 知他故宫何處 叶 怎不思量 句 除夢裏·有時曾去 叶 無據 叶 和夢也有時不做[三] 叶

【校】

[一]李校本在詞調下注曰：「『燕』，一作『宴』。」又在頁眉注曰：「『也』字不可用平。」按：此調只此一體，有曾覿、毛幵、王之道、張雨諸詞可校。

[二]「閒院落」，《花草粹編》作「問院落」。

[三]「有時不做」，《花草粹編》作「新來不做」。

新雁過粧樓[一]

吳文英

夢醒芙蓉韻　風簷近句　渾疑珮玉丁東叶　翠微流水句　都是惜別行蹤叶　宋玉秋花相比瘦句　賦情更苦似秋濃叶　小黃昏句　紺雲暮合句　不見征鴻叶　○宜城當時放客句　認・燕泥舊跡句　返照樓空叶　夜闌心事句　燈外敗壁寒蛩叶　江寒夜楓怨落句　怕・流作題情腸斷紅叶　行雲遠句　料・澹蛾人在句　秋香月中叶

【校】

[一]李校本在詞調下注曰：「張炎名《瑤臺聚八仙》。陳允平名《八寶妝》，一名《百寶妝》。」按：一名《雁過妝樓》，此詞雙調九十九字，前段九句五平韻，後段十句四平韻。此與吳另首「閬苑高寒」詞同，惟前段第七句不用韻異。

紫玉簫[一]

晁補之

羅綺叢中句　笙歌筵裏[二]句對　眼狂初見輕盈[三]韻　無花解比句　似・一鈎新月句　雲際初生叶　算不虛傳[四]句　都占與[五]・第一佳名叶　鄉歸去[六]句　那知有人句　別後牽情叶

○襄王自是春夢句　休・漫説東牆句　事更難憑叶　誰教慕宋句　要題詩・曾倚寶柱低聲叶　似瑤臺曉句　空暗想・衆裏飛瓊叶　餘香冷句　猶在小窗句　一到魂驚叶

【校】

[一]李校本在頁眉注曰：「『傳』字，《詞譜》作『得』字。『卿歸去』，『卿』字誤作『鄉』字。」按：「卿」，一作「輕」。

[二]「筵裏」，《无咎詞》作「隊裏」。

[三]「初見」，《无咎詞》、《樂府雅詞》、《花草粹編》作「初認」。

[四]「虛傳」，《无咎詞》、《樂府雅詞》、《花草粹編》作「虛得」。

[五]「都占與」，《无咎詞》作「郎占與」。

[六]「鄉歸去」，《无咎詞》、《花草粹編》作「卿歸去」，《樂府雅詞》作「輕歸去」。應從《无咎詞》、《花

草粹編》作「卿歸去」。

瑤臺聚八仙[一]

張炎

秋月娟娟[二]韻 人正遠·魚雁待拂吟箋叶 也知遊事[三]句 多在第二橋邊叶 花底鴛鴦深處睡[四]句 柳陰澹隔裏湖船叶 路綿綿叶 夢吹舊曲[五]句 如此山川叶 ○平生幾兩謝屐句 便·放歌自得[六]句 直上風烟叶 峭壁誰家句 長嘯竟落松前叶 十年孤劍萬里句 又何似·畦分抱瓮泉叶 中山酒句 且·醉飡石髓句 白眼青天叶

【校】

[一]李校本在詞調下注曰：「即《新雁過妝樓》。」按：此調與《新雁過妝樓》重出。

[二]「秋月娟娟」，《山中白雲詞》作「秋水涓涓」。

[三]「遊事」，《山中白雲詞》注曰：「一作『遊意』。」

[四]「深處睡」，《山中白雲詞》作「深處影」，並在「影」字後注曰：「一作『睡』。」

[五]「舊曲」，《山中白雲詞》作「舊笛」。

［六］「便放歌」，《山中白雲詞》作「任放歌」。

垂楊［一］

陳允平

銀屏夢覺韻　漸・淺黃嫩緑句　一聲鶯小叶　細雨輕塵句　建章初閉東風悄叶　依然千樹長安道叶　翠雲鎖・玉窗深窈叶　斷橋人・空倚斜陽句　帶・舊愁多少叶　○還是清明過了叶　任・烟縷露條句　碧纖青嫋叶　恨隔天涯句　幾回惆悵蘇堤曉叶　飛花滿地誰爲掃叶　甚薄倖・隨波縹緲叶　啼鵑不喚春歸・人自老［二］叶

【校】

［一］按：調見陳允平《日湖漁唱》，本詠垂楊，即以爲名。此調另有白樸詞可校，故可平可仄可參白詞句法相同者。

［二］第八句，周密《絶妙好詞》作「縱啼鵑、不喚春歸，人自老」，《欽定詞譜》從之。

花影來　即《玉蝴蝶》[一]第三體

無名氏女郎

爲甚夜來添病句强臨寶鑑句憔悴嬌慵韻一任釵橫鬢亂句永日薰風叶惱脂消・榴
紅徑裏句羞玉減・蝶粉叢中叶對思悠悠句垂簾獨坐句倚遍熏籠叶○朦朧叶玉人
不見句羅裁囊寄句錦寫牋封叶約在春歸句夏來依舊各西東叶粉牆花・影來疑是
句羅帳雨・夢斷成空叶對最難忘句屏邊瞥見句野外相逢叶

【校】

［一］按：《玉蝴蝶》小令始於溫庭筠，長調始於柳永。

陌上花[一]

張翥

關山夢裏歸來句還又歲華催晚韻馬影雞聲句諳盡倦游荒館[二]叶綠箋密記多情事[三]
句一看一回腸斷叶待殷勤寄與舊遊鶯燕句水流雲散叶○滿羅衫・是酒香句痕凝處
句唾碧啼紅相半叶只恐梅花句瘦倚夜寒誰暖叶不成便沒相逢日句重整釵鸞箏雁

叶 但何郎・縱有春風詞筆句 病懷渾嬾叶

【校】

[一]李校本在頁眉注曰：「『酒』字宜斷句，『香』字宜連下。」按：《東坡詞話》云：「錢塘人好唱《陌上花》、《緩緩曲》，蓋吳越王遺事也。」調名取此。

[二]「倦游」，《蛻巖詞》、《花草粹編》作「倦郵」。

[三]「綵箋」，《蛻巖詞》、《花草粹編》作「緑箋」。

閨怨無悶[一]

程垓

天與多才句 不合更與句 殢柳憐花情分韻 甚・總爲才情句 惱人方寸叶 早是春殘花褪叶 也不料・一春都成病叶 自失笑句 因甚腰圍半減句 淚珠頻搵叶 ◯難省叶 也怨天句 也自恨叶 怎免千般思忖叶 倩人説與句 又却不忍叶 拚了一生愁悶叶 又只恐・愁多無人問叶 到這裏・天也憐人句 看他穩也不穩叶

【校】

[一] 按：此調見程垓《書舟詞》，爲其自度曲。

高陽臺[一]

皎　然[二]

紅入桃腮句青回柳眼句對韶華已破三分韻人不歸來句空教草怨王孫叶平明幾點催花雨句夢半闌・欹枕初聞叶問東君句因甚將春句老却閒人叶○東郊十里香塵[三]叶旋・安排玉勒句整頓雕輪叶趁取芳時句去尋島上紅雲[四]叶朱衣引馬黃金帶句算到頭・總是虛文[五]叶莫閒愁句一半悲秋句一半傷春叶

【校】

[一] 李校本在詞調下注曰：「劉鎮詞名《慶春澤慢》，王沂孫詞名《慶春宮》。」又在頁眉注曰：「又按：《慶春宮》，王沂孫另有一首二字體與此字句全異。」按：此詞雙調九十九字，前段九句四平韻，後段九句五平韻。此與劉鎮「燈火烘春」詞異，劉詞前後段各十句四平韻，前段結兩句作七四字，後段前兩句作七六字，首句多一字且不押韻。另，宋詞多作一百字。

［二］按：《陽春白雪》作者署爲王觀。

［三］「香塵」，《花草粹編》作「香塵滿」。

［四］「去尋」，《草堂詩餘》作「共尋」。

［五］「虛文」，《草堂詩餘》作「虛名」。按：「虛名」誤，不押韻。

三姝媚［一］

史達祖

烟光搖縹瓦 韻 望•晴簷風裊［二］ 句 柳花如灑 叶 錦瑟横牀 句 想•淚痕塵影 句 鳳絃常下 叶 倦出犀帷 句 頻夢見王孫驕馬 叶 諱道相思 句 偷理綃裙 句 自驚腰衩 叶 ○惆悵南樓遙夜 叶 記•翠箔張燈 句 枕肩歌罷 叶 又入銅駝 句 遍•舊家門巷［三］ 句 首詢聲價 叶 可惜東風 句 將•恨與閑花俱謝 叶 記取崔徽模樣 句 歸來暗寫 叶

【校】

［一］李校本在頁眉注曰：「按：『晴簷』句，遍閱諸家，四字多用平聲。《詞律》云『此定格也』。此『裊』字誤。《詞譜》作『晴簷多風』。」按：調見《梅溪集》。此詞雙調九十九字，前段十一

句五仄韻，後段十句五仄韻。此調以史詞爲正體，如吳文英詞之添字，薛夢桂詞之句讀不同，皆變體也。

［二］「風裊」，《花草粹編》作「多風」。

［三］「遍舊家門巷」，《花草粹編》作「過舊家門巷」。

丁香結[一]

方千里

和周清眞韻

烟濕高花句　雨藏低葉句對　爲誰翠消紅隕韻　歎·水流波迅叶　撫艷景句　尚有輕陰餘潤叶　乳鶯啼處路句　思歸意·淚眼暗忍叶　青青榆莢滿地句　縱買閒愁難盡叶　◯勾引叶　正·記著年時句　乍怯春寒陣陣叶　小閣幽窗句　殘粧膩粉叶　黛眉曾暈叶　迢遞夢魂萬里[二]句　恨斷柔腸寸叶　知·何時重見句　空爲相思瘦損叶

【校】

［一］按：調見《清眞集》。古詩有「丁香結恨新」，調名本此。此調只有此體，吳文英及周邦彥、楊

澤民、陳允平和詞俱如此填。此詞前結作兩個六字句，陳詞之「蓮塘風露漸入，粉黯紅衣落盡」，與此同；若周詞、吳詞作四字一句、八字一句，句法與此異。

[二]「夢魂」，方千里《和清真詞》作「魂夢」。

月華清[一]

蔡伯堅

樓倚明河句 山蟠喬木句對 故國秋光如水韻 常記別時句 月冷半山環珮叶 到而今・桂影重尋[二]句 端好在・竹西歌吹叶 如醉叶 望・白蘋風裏句 關山無際叶 ◯可惜瓊瑤千里叶 有・少年玉人句 吟嘯天外叶 脂粉清輝句 冷射藕花冰蕊叶 念老去・鏡裏流年句 定解道人生適意[三]叶 誰會叶 更・微雲疎雨句 空庭鶴唳叶

【校】

[一]按：調見《空同詞》。此調只有一體，宋元人俱照此填。有洪瑹、馬莊父、朱淑真、《高麗史・樂志》詞可校。

[二]「重尋」，《中州樂府》作「尋人」。

[三]「定解道」，《中州樂府》作「空解道」。

芳草[一]

韓縝

鎖離愁句連綿無際句來時陌上初熏韻繡幃人念遠句暗垂珠露句泣送征輪叶長行長在眼句更重重・遠水孤雲叶但望極・樓高盡日句目斷王孫叶○消魂叶池塘別後句曾行處・緑妒輕裙叶恁時攜素手句亂花飛絮裏句緩步香茵叶朱顏空自改句向年年・芳意長新叶遍緑野・嬉遊醉臥[二]句莫負青春叶

【校】

[一]李校本在詞調下注曰：「晁補之名《鳳簫吟》。」此調前段起句不用韻者以韓詞爲正體。前段起句用韻者以晁詞爲正體。

[二]「醉臥」，《花草粹編》作「醉眼」。

瑣窗寒[一]

周邦彦

暗柳啼鴉句單衣佇立句小簾朱戶韻桐花半畝句靜瑣一庭愁雨[二]叶灑空堦・更闌未休句故人剪燭西窗語叶似・楚江暝宿句風燈零亂句少年羈旅叶○遲暮叶嬉遊處句正・店舍無烟句禁城百五叶旗亭喚酒句付與高陽儔侶叶想東園・桃李自春句小唇秀靨今在否叶到歸時・定有殘英句待客攜樽俎叶

【校】

[一] 李校本在詞調下注曰：「一名《鎖寒窗》。」調見《片玉集》，蓋寒食詞也。因詞有「靜鎖一庭愁雨」及「故人剪燭西窗雨」句，取以爲名。此調以此詞及張炎詞爲正體，若張詞別首及楊无咎詞之添字，程先詞之減字，皆變體也。此詞前結五字一句、四字兩句，方千里、楊澤民、陳允平和詞及吳文英、王沂孫、錢抱素詞皆依此填。

[二] 「靜瑣」，《草堂詩餘》、《選聲集》皆作「靜鎖」。

金菊對芙蓉[一]

康與之

秋怨

梧葉飄黃句萬山空翠句對斷霞流水爭輝韻正·金風西起句海燕東歸叶凭欄不見南來雁句望故人·消息遲遲叶木樨開後句不應誤我句好景良時叶〇只念獨守孤幃叶把·枕前囑付句一旦分飛叶上·秦樓遊賞句酒殢花迷叶誰知別後相思苦句悄爲伊·瘦損香肌叶花前月下句黃昏院落句珠淚偷垂叶

【校】

［一］按：此調雙調九十九字，前段十句四平韻，後段十句五平韻。只此一體，宋詞俱如此填。

東風第一枝[一]

呂聖求[二]

梅花

老樹渾苔句橫枝未葉句對青春肯誤芳約韻背陰未返冰魂句陽稍已含紅萼[三]叶對

佳人寒怯句　誰驚起·曉來梳掠叶　是·月斜牕外棲禽[四]句　霜冷竹間幽鶴叶對　〇雲澹·粉痕漸薄叶　風細細·凍香又落叶對　叩門喜伴金樽句　倚闌怕聽画角叶對　依稀夢裏句　見半面[五]·淺窺珠箔叶　問·甚時重寫鸞箋[六]句　去訪舊遊東閣叶

【校】

[一]按：此詞雙調一百字，前段九句四仄韻，後段八句五仄韻。此詞與史達祖「草腳愁蘇」詞同，惟前段第二句押韻異。此調以此詞爲正體，若吴文英詞之多押三韻，《梅苑》詞之少押一韻，句讀参差，皆變體也。

[二]按：此詞又見張翥《蛻巖詞》。

[三]「楊稍」，《蛻巖詞》作「楊梢」，應從《蛻巖詞》。

[四]「牕外」，《蛻巖詞》作「花外」。「棲禽」，《蛻巖詞》作「幺禽」。

[五]「見半面」，《蛻巖詞》無「見」字。

[六]「問甚時」，《蛻巖詞》無「問」字。

十月桃[一]

失　名[二]

年華催晚 句 聽樽前・偏唱衝煥欺寒[三] 韻 樂府誰知 句 分付點化金丹 叶 中原舊遊何在 句 頻入夢・老眼空潸 叶 撩人冷蕊 句 渾自當時[四] 句 無語低鬟 叶 ○有多情多病文園 叶 向・雪後尋春 句 醉裏凭闌 叶 獨步羣芳 句 此花風度天然 叶 羅浮澹粧素質 句 呼翠鳳 句 飛舞斕斑 叶 參橫月落 句 留恨醒來 句 滿地香殘 叶

【校】

[一] 李校本在詞調下注曰：「調見《樂府雅詞》，賦十月桃，即以爲名。《梅苑》無名氏詠十月梅，即名《十月梅》。」又在頁眉注曰：「按：此詞張元幹作。」按：此調有《樂府雅詞》及《梅苑》二詞可互校。

[二] 作者應爲張元幹。

[三] 「衝煥」，應爲「衝暖」。《盧川歸來集》、《盧川詞》作「衝暖」。

[四] 「渾自」，《盧川歸來集》、《盧川詞》作「渾似」。

解語花[一]

元宵　　周邦彦

風銷焰蠟○[二] 句 露浥洪爐○[三] 句對 花市光相射○ 韻 桂華流瓦○ 叶 纖○雲○散○[四] 句 耿○耿○素○娥○欲○下○ 叶 衣裳澹雅 叶 看楚女・纖腰一把○ 叶 簫鼓喧 句 人影參差○ 句 滿路飄香麝○ 叶 ◯因念帝城放夜○[五] 叶 望・千門如晝○ 句 嬉笑遊冶○ 叶 鈿○車○羅○帕○ 叶 相○逢○處○ 句 自○有○暗○塵○隨○馬○ 叶 年光是也○ 叶 唯只見・舊情衰謝○ 叶 清漏移○ 句 飛蓋歸來○ 句 從舞休歌罷○ 叶

【校】

[一] 按：此調以秦觀「膽含月影」詞及此詞爲正體，雙調一百字，前段九句六仄韻，後段九句七仄韻，楊澤民、吴文英、方千里、陳允平、王行諸詞，俱如此填。

[二]「焰蠟」，《片玉詞》作「絳蠟」。

[三]「洪爐」，應爲「紅蓮」。《片玉詞》作「紅蓮」。

[四] 此處不應斷句，應用「・」。後段「相逢處」亦應用「・」。

[五]「帝城」，《片玉詞》作「都城」。

五福降中天[一]

沈端節

月朧烟澹霜鞣滑[二]句　孤宿莫林荒驛韻　遶樹微吟句　巡簷索笑句對　自分平生相得叶　冰池半釋叶　正・節物驚心句　淚痕沾臆叶　流水濺濺照影句　古寺滿春色叶　○沉嘆今年未識叶　暗香微動處句　人初寂叶　酷愛芳姿句　最憐幽韻句對　來款禪房深密叶　他時悵恨[三]句　却月淩風[四]句　信音難的叶　雪底幽期句　爲誰還露立叶

【校】

[一] 李校本在詞調下注曰：「即《齊天樂》。」又在頁眉注曰：「此詞只『流水濺濺』句、『人初寂』句不同。」按：調見《花草粹編》，一作《五福降中天慢》。此詞見《克齋詞》，此詞雙調一百字，前段十句五仄韻，後段十一句五仄韻，無他首宋詞可校，平仄宜遵之。《花草粹編》載江致和「喜元宵三五」詞，雙調八十六字，前後段各八句，四平韻，與此詞完全不同。

[二] 「霜鞣」，《克齋詞》作「霜蹊」。

[三] 「悵恨」，《克齋詞》作「恨悵」。

[四] 「却月」句，一作五字句，上句「恨」字屬下。

春夏兩相期[一]

蔣捷

聽深深・謝家庭館○句 東風對語雙燕○韻 似說朝來○句 天上婺星光現○叶 金裁花誥紫泥香○句 繡裹藤輿紅茵軟○叶對 散蠟宮輝○句 行鱗廚品○句 至今人羨○叶 〇西湖萬柳如線○叶 料・月仙當此○句 小停飆輦○叶 付與長年○句 教見海心波淺○叶 縈雲玉佩五侯門○句 洗雲華桐三春○苑[二]叶對 慢拍調鶯○句 急鼓催鸞○句 翠陰生院○叶

【校】

[一] 李校本在頁眉注曰：「只有此詞，平仄無可校。」按：調見《竹山詞》。此詞雙調一百字，前段九句五仄韻，後段十句五仄韻。又按：原書調名「兩」字，誤作「雨」字。今據《竹山詞》、《花草粹編》改。

[二] 「洗雲華桐」，《竹山詞》作「洗雲華洞」，《花草粹編》作「洗雪華桐」。

琵琶仙[一]

姜夔

吳興感遇

雙槳來時○句 有人似・舊曲桃根桃葉○韻 歌扇輕約飛花○句 蛾眉正奇絕○叶 春○漸○遠○・汀○洲○

自緑 句 更添了幾聲啼鴂 叶 十里揚州 句 三生杜牧 句 前事休説 叶 ○又還是・宮燭分烟 句 奈愁裏・匆匆換時節 叶 都把一襟芳思 句 與・空堦榆莢 叶 千萬縷・藏鴉細柳 句 爲玉尊起舞回雪 叶 想見西出陽關 句 故人初別 叶

【校】

[一] 李校本在詞調下注曰：「姜自度黄鐘商曲。」又在頁眉注曰：「平仄無別首可証。」

彩雲歸

柳永

蘅皐向晚艤輕航 韻 卸雲帆・水驛魚鄉 叶 當暮天霽色如晴晝 句 江練靜・皎月飛光 叶 那堪聽 句 遠村羌管 句 引・離人斷腸 叶 此際浪萍風梗[二] 句 度歲茫茫 叶 ○堪傷 叶 朝歡暮散 句 被多情・賦與淒涼 叶 別來最苦襟袖 句 依約尚有餘香 叶 算得伊・鴛衾鳳枕 句 夜永爭不思量 叶 牽情處 句 惟有臨歧 句 一句難忘 叶

【校】

［一］「此際」後，《花草粹編》多一「恨」字。汲古閣刻本《樂章集》無「恨」字。

換巢鸞鳳［一］

梅意　史達祖

人若梅嬌韻正・愁橫斷塢句夢繞溪橋叶倚風融漢粉句坐月怨秦簫叶對相思因甚到纖腰叶定知我今・無魂可銷叶佳期晚句謾幾度・淚痕相照本韵仄叶〇人悄以下皆仄叶天眇眇叶花外語香句時透郎懷抱叶暗握荑苗句乍嘗櫻顆句對猶恨侵階芳草叶天念王昌忒多情句換巢鸞鳳教偕老叶温柔鄉醉句芙蓉一帳春曉叶

【校】

［一］李校本在頁眉注曰：「按：此調梅溪自製曲。前段用平韻，結句用仄韻。後段全叶仄韻，蓋本部三聲叶也。平仄無別首可校。又：『溫柔鄉』句，《詞譜》『鄉』字斷句，『醉』字屬下，作七字句。」

按：調見《梅溪詞》，史達祖自製曲，因詞中有「換巢鸞鳳教偕老」句，取以爲名。或云前段用平韻，後段叶仄韻，「換巢」之義，疑出於此。此詞前段用平韻，結句叶仄韻，後段全叶仄韻，蓋本部三聲叶也。或以後段第五句「暗握荑苗」，「苗」字點作平韻，不知此句與「乍嘗櫻顆」句對，無押韻之理。此調只有史詞一體，無別首宋詞可校。

渡江雲[一]

周邦彦

晴嵐低楚甸句暖回雁翼句陣勢起平沙韻驟驚春在眼句借問何時句委曲到山家叶塗香暈色句盛粉飾・爭作妍華叶千萬絲句陌頭楊柳句漸漸可藏鴉叶〇堪嗟叶清江東注句画舸西流句指・長安日下叶愁宴闌・風翻旗尾句潮濺烏紗叶今朝正對初弦月句傍水驛・深艤蒹葭叶沈恨處句時時自剔燈花叶

【校】

[一]李校本在詞調下注曰：「周密詞名《三犯渡江雲》。」又在頁眉注曰：「按：此調後段第四句例用仄韻，亦是三聲叶，宋元人俱照此填，惟陳允平有全叶平韻、全叶仄韻二體。」按：此調以此詞爲正體，若陳詞之全押平韻、全押仄韻，皆變體也。

念奴嬌　第八體　一名《百字令》、《酹江月》、《大江東去》、《壺中天》、《無俗念》、《淮甸春》、《湘月》[一]

辛棄疾

春恨

野塘花落句又匆匆・過了清明時節韻剗地東風欺客夢句一枕雲屏寒怯叶曲岸持觴句垂楊繫馬句此地曾輕別叶樓空人去句舊遊飛燕能説叶〇聞道綺陌東頭句行人長見句簾底纖纖月叶舊恨春江流未斷句新恨雲山千疊叶料得明朝句尊前重見句鏡裏花難折叶也應驚問句近來多少華髮叶

【校】

[一]李校本在詞調下注曰：「戴復古詞名《大江西上曲》，姚述堯詞名《太平歡》。韓淲詞名《壽南枝》，又名《古梅曲》。米友仁詞名《白雪詞》。《翰墨全書》詞名《慶長春》，又名《杏花天》。張翥詞名『令』字又作『謠』字。」又在頁眉注曰：「按：此調有用平韻者，陳允平、張元幹、葉夢得多有之。」按：姜夔詞名《湘月》。張輯詞有「柳花淮甸春冷」句，名《淮甸春》。丘處機詞名《無俗念》。遊文仲詞名《千秋歲》。此調有平韻、仄韻二體。

玉燭新[一]

周邦彦

早梅

溪源新蠟後[二] 韻 見數朵江梅 句 剪裁初就[三] 叶 暈酥破玉芳英嫩[四] 句 故把春心輕漏 叶 前村昨夜 句 想弄月・黄昏時候 叶 孤岸峭 句 疎影横斜 句 濃香暗沾襟袖 叶 ○樽前賦與多才 句 問・嶺外風光 句 故人知否 叶 壽陽漫鬭 叶 終不似 句 照水一枝清瘦 叶 風嬌雨秀 叶 好亂插繁花盈首 叶 須信道・羌管無情 句 看看又奏 叶

【校】

[一] 李校本在頁眉注曰：「『暈酥』句，《詞譜》作四字句，『芳英嫩』三字屬下，此照《圖譜》分句，非。」按：調始《清真樂府》。《爾雅》云：「四時和，謂之玉燭。」取以爲名。此調以此詞爲正體，若楊无咎「荒山藏古寺」詞之多押兩韻，乃變格也。

[二] 「新蠟」，應爲「新臘」。《梅苑》、《草堂詩餘》、《花草粹編》作「新臘」。

[三] 「剪裁」，《梅苑》作「裁剪」。

[四] 「破玉」，《片玉詞》、《梅苑》、《草堂詩餘》作「砌玉」。

疎簾澹月　即《桂枝香》第二體[一]

金陵懷古　王安石

登臨送目韻正・故國晚秋句天氣初肅叶瀟灑澄江似練[二]句翠峰如簇叶征帆去棹殘陽裏句背西風・酒旗斜矗叶綵舟雲澹句星河鷺起句画圖難足叶○念往昔・豪華競逐[三]叶嘆・門外樓頭句悲恨相續叶千古憑高句對此謾嗟榮辱叶六朝舊事隨流水句但寒烟衰草凝緑叶至今商女句時時猶唱句後庭遺曲叶

【校】

[一]按：調見《樂府雅詞》。張輯詞有「疎簾淡月」句，又名《疎簾淡月》。雙調一百一字，前後段各十句、五仄韻。此調以此詞及陳亮「天高氣肅」詞爲正體，若張輯詞之多押兩韻，張炎詞之句讀小異，周密詞之減字，黄裳詞之句讀不同，皆變格也。

[二]「瀟灑澄江」，《花草粹編》同，《臨川文集》、《樂府雅詞》、《花庵詞選》作「千里澄江」。

[三]「豪華競逐」，《花庵詞選》、《花草粹編》同，《臨川文集》、《樂府雅詞》作「繁華競逐」。

木蘭花慢[一]

蔣　捷

詠冰

傍・池闌倚遍句　問山影・是誰偷韻　但・鷺斂瓊絲句　鴛藏繡羽句對　礙浴妨浮叶　寒流暗叶　暗銜片響句　似犀椎帶月靜敲秋叶　因念涼荷院宇句　粉丸曾泛金甌叶　○

粧樓叶　曉澀翠罌油叶　倦鬟理還休叶　更・有何意緒句　憐他半夜句　瓶破梅愁叶　紅稠[二]暗叶　淚乾萬點句　待穿來・寄與薄情收叶　只恐東風未轉句　誤人日望歸舟叶

【校】

[一]按：此調押短韻者以柳永「坼桐花爛漫」詞與「倚危樓佇立」詞爲正體，若蔣捷此詞之句讀小異，曹勛「斷虹收霽雨」詞之句讀參差，皆變格也。

[二]「紅稠」，《竹山詞》作「紅裯」。

大江西上曲[一]

戴復古

寄李實父[二]提刑，時郊後兩相皆乞歸

大江西上鬱孤臺○ 句 八境人間圖画○ 韻 地湧千峰搖翠浪○ 句 兩派玉虹如瀉○ 叶 彈壓江山○ 句 品題風月○ 句對 四海金王謝[三] 叶 風流人物○ 句 如公一世雄也○ 叶 ○ 一片憂國丹心○ 句 彈絲吹笛○ 句 未必能陶寫○ 叶 西北風塵方澒洞○ 句 宰相閒歸緑野○ 叶 月斧爭鳴○ 句 風斤運巧○ 句對 不用修亭榭○ 叶 紫樞黃閣○ 句 要公整頓天下○ 叶

【校】

[一] 李校本在詞調下注曰：「即《念奴嬌》。」按：此調與《念奴嬌》重出。

[二] 「李實父」，《石屏詩集》作「李實夫」。

[三] 「金王謝」，《石屏詞》作「今王謝」。

夜合花[一]

史達祖

柳○鏁○鶯○魂○ 句 花○翻○蝶○夢○ 句對 自知愁染潘郎○ 韻 輕○衫○未○攬○ 句 猶○將○淚○點○偷○藏○ 叶 念前事○ 句

怯流光 叶 早去窺春[二]・酥雨池塘 叶 向銷凝裏 句 梅開半面 句 情滿徐粧 叶 ○風絲一寸柔腸 叶 曾在歌邊惹恨 句 燭底縈香 叶 芳機瑞錦 句 如何未織鴛鴦 叶 人扶醉 句 月依牆 叶對 是當初・誰敢疎狂 叶 把閑言語 句 花房夜久 句 各自思量 叶

【校】

[一] 按：調見《琴趣外篇》。按：夜合花，合歡樹也，唐韋應物詩「夜合花開香滿庭」，調名取此。此詞前後段第六句俱作三字兩句，較晁補之「百紫千紅」詞添二字。換頭句第二句六字，第三句四字，較晁詞添一字。史詞別首「冷截龍腰」詞、周密「月地無塵」詞，俱與此同。

[二] 「早去窺春」，《梅溪詞》作「早去春窺」，《花草粹編》作「早春窺」。

四代好[一]

程垓

翠幙東風早 韻 蘭窗夢・又被鶯聲驚覺 叶 起來空對 句 平階弱絮 句 滿庭芳草 叶 厭厭未欣懷抱 叶 記柳外人家曾到 叶 凭画欄 句 那更春好花好 叶 酒好人好 叶 ○春好尚恐

闌珊 句 花好又怕飄零難保 叶 直饒酒好 叶 酒未抵意中人好 叶 相逢盡拚醉倒 叶 況人與才情未老 叶 又豈關春去春來 句 花愁花惱 叶

【校】

［一］李校本在詞調下注曰：「即《宴清都》。」又在頁眉注曰：「按：《詞譜》後段『酒未抵』，『酒』字下多一『好』字，作八疊好字韻。」按：《宴清都》調始《清真樂府》，程垓詞名《四代好》。此詞與何籀「細草沿階軟」詞同，惟後段第三、四句，第六、七句各攤破四字兩句作二字一句、六字一句異。又後段五疊「好」字韻，亦屬遊戲之筆，非定格。

曲遊春［一］

王竹澗［二］

千樹玲瓏草［三］ 句 正・蒲風微過 句 梅雨新霽 韻 客裏幽懷 句 算・無春可到 句 和愁都閉 叶 萬種人生計 叶 應不似・午天閒睡 叶 起來踏碎松陰 句 蕭蕭欲動疑水 叶 ○借問歸舟歸未 叶 望・柳色烟光 句 何處明媚 叶 抖擻人間 句 除・離情別恨 句 乾坤餘幾 叶 一笑晴鳬起 叶 酒醒後・闌干獨倚 叶 時見雙燕飛來 句 斜陽滿地 叶

【校】

［一］按：調見周密《蘋洲魚笛譜》。

［二］《花草粹編》定此詞作者爲趙功可。

［三］「玲瓏草」，《花草粹編》作「籠芳草」。

氏州第一［一］

周邦彦

波落寒汀句村渡向晚句遥看數點帆小韻亂葉翻鴉句驚風落雁［二］句對天角孤雲縹緲叶宫柳蕭疎甚句尚掛微微殘照叶景物關情句川途换目句頓來催老叶◯漸解狂朋歡意少叶奈猶被·思牽情繞叶座上琴心句機中錦字句對覺醉縈懷抱［三］叶也知人懸望久句薔薇謝·歸來一笑叶欲夢高唐句未成眠句霜空已曉叶

【校】

［一］李校本在詞調下注曰：「調始《清真樂府》，一名《熙州摘遍》。」又在頁眉注曰：「『翻』字不可注仄。按：《詞律》『宫柳』句作四字句，『甚』字屬下句，作六字句。」頁眉又注曰：「『知人』，『人』字宜

豆；『未成眠』，『眠』字亦宜豆，非句也。」又在「一笑」之「一」字旁注曰：「不宜平。」在「已曉」之「已」字旁注曰：「不宜平。」按：此調創自此詞，方千里、趙文、邵亨貞詞，俱照此填。

[二]「落雁」，《片玉詞》、《草堂詩餘》、《花草粹編》作「破雁」。

[三]「覺醉縈懷抱」，《片玉詞》、《草堂詩餘》、《花草粹編》作「覺最縈懷抱」。

晝錦堂[一]

周邦彦

雨洗桃花○句　風飄柳絮句對　日日飛滿雕簷○韻　懊○惱○一○春○幽○恨句　盡○屬○眉○尖○叶　愁聞雙飛新燕語○句　更堪孤枕宿醒忺○[二]叶對　雲鬟亂○句　獨步画堂○句　輕風暗觸珠簾○叶　○多厭○叶　晴晝永句　瓊戶悄○句　香銷金獸慵添○叶　自○與○蕭○郎○別○後句　事○事○俱○嫌○叶　短歌新曲無心理○句　鳳簫龍管不曾拈○叶對　空惆悵○句　長是每年三月[三]句　病酒懨懨叶

【校】

[一]按：此調有平韻、仄韻兩體。平韻者見周邦彦《片玉集》，仄韻者見陳允平《日湖漁唱》。此調押平聲韻者以此詞爲正體，雙調一百二字，前段十句四平韻，後段十一句五平韻。吳文英詞悉照此填。

若蔣捷詞之換頭叶仄韻，宋自遜詞、孫惟信詞之句讀異同，皆變體也。

［二］「宿酲忺」，《片玉詞·補遺》作「宿酲歡」。

［三］「長是」，《片玉詞·補遺》作「常是」。

安公子［一］

陸　游

風雨初經社韻　子規聲裏春光謝叶　最是無情句　零落盡·薔薇一架叶　況我今年句　憔悴幽窗下叶　人盡怪·詩酒消聲價叶　向藥爐經卷句　忘却鶯窗柳榭叶

○萬事收心也叶　粉痕猶在香羅帕叶　恨月愁花句　爭信道·如今都罷叶　空憶前身句　便面章臺馬叶　因自來·禁得心腸怕叶　縱·遇歌逢酒句　但說京都舊話叶

【校】

［一］按：唐教坊曲名。《碧雞漫志》云：「據《理道要訣》，唐時《安公子》在太簇角。今已不傳，其見於世者，中呂調有《安公子近》，般涉調有《安公子慢》。」按柳永「長川波瀲灩」詞自注中呂調，「遠岸收殘雨」詞自注般涉調，但蔣氏《十三調》譜采柳永「長川波瀲灩」詞，又注正宮。此詞與柳永「遠岸收殘雨」詞同，惟前後段第三、四句減一字俱作四字一句、七字一句，第五、六句減一字俱作四字一句、五字一句異。

瑤花　一作《瑤花慢》[一]　張天雨

篩冰爲霧句　屑玉成塵句對　借・阿姨風力韻　千巖競秀句　怎一夜・換作連城之璧叶　先生閉戶句　怪短日・寒駒催隙叶　想平沙・鴻爪成行句　恰似醉時書跡叶　○未隨埋没雙尖句　便澹掃蛾眉句　與鬬春色叶　裁詩白戰句　驢背上・馱取灞橋吟客叶　掀鬢自笑[二]句　儘未讓・諸峰頭白叶　看洗出・宮柳梢頭句　已借澹黄塗額叶

【校】

[一]按：調見《夢窗詞》，一名《瑤華慢》。此與周密「朱鈿寶玦」詞同，惟前段起句不用韻異。

[二]「掀鬢自笑」，《花草粹編》作「撚鬢自笑」。

花犯[一]　周邦彦

粉牆低句　梅花照眼句　依然舊風味韻　露痕輕綴句　疑淨洗鉛華句　無限清麗[二]叶　去年勝賞曾孤倚叶　冰盤共宴喜[三]叶　更可惜雪中高樹句　香篝熏素被叶　○今年對花太匆

匆[四]句 相逢似有恨句 依依愁碎[五]叶 凝望久[六]句 青苔上・旋看飛墜叶 將相見脆圓薦酒句 人正在・空江烟浪裏叶 但夢想一枝瀟灑句 黄昏斜照水叶

【校】

[一]李校本在詞調下注曰：「調始《清真樂府》。周密詞名《繡鳳鸞花飛》。」按：一説周密詞名《繡鸞鳳花犯》。

[二]「清麗」，《片玉詞》、《花草粹編》作「佳麗」。

[三]「共宴喜」，《片玉詞》作「同燕喜」，《樂府雅詞》、《花庵詞選》作「同宴喜」。

[四]「太匆匆」，《片玉詞》、《樂府雅詞》、《草堂詩餘》、《花草粹編》作「最匆匆」。

[五]「依依愁碎」，《片玉詞》作「依依愁顇」，《樂府雅詞》作「依依愁瘁」，《草堂詩餘》作「依依憔悴」。

[六]「凝望久」，《片玉詞》作「吟望久」。

齊天樂 一名《如此江山》[一]

史達祖

秋興

闌干只在鷗飛處[二]韻 年年怕吟秋興叶 斷浦沉雲句 空山掛雨句對 中有詩愁千頃叶

波聲未定○叶　望・舟尾拖涼○句　渡頭籠暝○叶　正好登臨○句　有人歌罷翠簾冷○叶　◯悠然魂墮故里○句　奈○閒○情○未○了○句　還○被○吹○醒○叶　拜月虛簷○句　聽蛩壞砌句對　誰復能憐嬌俊叶　憂心耿耿○叶　寄・桐葉芳題○句　冷楓新咏○叶　莫○遣○秋○聲○句　樹○頭○喧○夜○永○叶

【校】

[一]李校本在詞調下注曰：「周邦彦詞有『緑蕪凋盡臺城路』句，名《臺城路》。沈端節詞名《五福降中天》。」按：周密《天基節樂次》：「樂奏夾鐘宮，第一盞，觱篥起《聖壽齊天樂慢》。」姜夔詞注黃鐘宮，俗名正宮。張輯詞有「如此江山」句，名《如此江山》。此詞雙調一百二字，前段十句六仄韻（第一韻「處」字誤，實爲五仄韻），後段十一句五仄韻，與周邦彦「緑蕪凋盡」詞同。

[二]「處」字不叶韻，誤標爲韻。

南浦[一]

旅況　魯逸仲

風悲画角○句　聽・單于三弄落譙門○韻　投宿駸駸征騎○句　飛雪滿孤村○叶　酒市漸閑燈火○

句　正敲窗亂葉舞紛紛　叶　送・數聲驚雁　句　下離烟水　句　嘹唳度寒雲　叶　○好在半朧溪月
句　到如今・無處不銷魂　叶　故國梅花歸夢　句　愁損緑羅裙　叶　爲問暗香閑艷　句　也相思・
萬點付啼痕　叶　算翠屏應是　句　兩眉餘恨倚黄昏　叶

【校】

［一］李校本在頁眉注曰：「按：此調有平仄韻兩體，平韻只有魯逸仲詞一首，宋人多仄韻也。平韻無别首可校。此調何不□張玉田一體。」按：唐《教坊記》有《南浦子》曲，宋詞蓋借舊曲名，另倚新聲也。

兜上鞋兒[一]

鄭雲娘

朦朧月影　句　黯澹花陰　句對　獨倚等多時[二]　韻　只怕寃家乖約　句　又恐他・側畔人知　叶
千回作念　句　萬般思想　句　心下暗猜疑　叶　驀地得來廝見　句　風前語顫聲低[三]　叶　○輕移
蓮步　句　暗卸羅襦[四]　句對　攜手過廊西　叶　正是更闌人静　句　向粉郎・故意矜持[五]　叶　片

時雲雨句幾多歡愛句依舊兩分飛[六]叶報道·情郎且住句待奴兒上鞋兒叶

【校】

[一]按：調見《雲娘傳》。

[二]「獨倚」，《花草粹編》作「獨立」。

[三]「風前」句，《花草粹編》作「風露下語顫聲低」。

[四]「羅襦」，《花草粹編》作「羅衣」。

[五]「故意」，《花草粹編》作「恣意」。

[六]「兩分飛」，《花草粹編》作「兩分離」。

水龍吟

一名《小樓連苑》、《海天闊處》、《龍吟曲》[一]　蘇軾

楊花

似花還似非花句也無人惜從教墜韻拋家傍路句思量却似[二]句無情有思叶縈損柔腸句困酣嬌眼句對欲開還閉叶夢·隨風萬里句尋郎去處句又還被鶯呼起叶○不

恨此花飛盡叶恨西園落紅難綴叶曉來雨過句遺踪何在句一池萍碎叶春色三分句二分塵土句一分流水叶細・看來不是句楊花點點句是・離人淚叶

【校】

［一］李校本在詞調下注曰：「曾覿詞名《豐年瑞》，吕渭老詞名《鼓笛慢》，方味道詞名《莊椿歲》。」

按：史達祖詞名《龍吟曲》。楊樵雲詞因秦觀詞起句，更名《小樓連苑》。

［二］「却似」，《東坡詞》、《花庵詞選》作「却是」。

柳色黃［一］

賀鑄

薄雨催寒句斜照弄晴句對春意空闊韻長亭柳色纔黃句遠客一枝先折叶烟橫水際句映帶幾點歸鴉［二］句東風消盡龍沙雪叶還記出門時［三］句恰・而今時節叶○將發叶畫樓芳酒句紅淚清歌句對頓成輕別叶已是經年句杳杳音塵都絶叶欲知方寸句共有幾許清愁句芭蕉不展丁香結叶枉望斷天涯句兩・厭厭風月叶

【校】

[一] 按：賀鑄詞有「長亭柳色才黃」句，名《柳色黃》。謝懋詞名《石州引》。此調以此詞爲正體，若蔡松年、張炎、張雨詞之攤破句法，王之道詞之句讀全異，皆變格也。此詞前後段兩結句例作上一下四句法，填者辨之。

[二] 「歸鴉」，《花草粹編》作「歸鴻」。

[三] 「還記出門時」，《花草粹編》作「還記出關來」。

拜星月慢[一]

愁怨　　周邦彦

夜色催更句清塵收露句對小曲幽坊月暗韻竹檻燈牕句識・秋娘庭院叶笑相遇句似覺瓊枝玉樹[二]句暖日明霞光爛叶水盼蘭情句總・平生稀見叶〇画圖中・舊識春風面叶誰知道・自到瑤臺畔叶眷戀雨潤雲溫句苦・驚風吹散叶念荒寒・寄宿無人館叶重門閉・敗壁秋蟲歎叶怎奈向・一縷相思句隔・溪山不斷叶

【校】

[一]按：一作《拜新月》。此調始自此詞，應以此詞爲正體，吴文英詞照此填。若周密「膩葉陰清」詞之句讀小異，陳允平「漏閣閒簽」詞、彭泰翁「霧滑舠稜」詞之減字，皆變格也。

[二]「似覺」句，《片玉詞》多二字，作「似覺瓊枝玉樹相倚」。

瑞鶴仙[一]

白玉蟾

秋歸

殘蟾明遠照韻　政一番霜訊[二]句　四山秋老叶　孤村帶晴曉叶　有・鳴鞭歸騎句　亂林啼鳥叶　青帘縹緲叶　懶行時・持杯自笑叶　甚年來・破帽雕裘[三]句　慣得澹烟芳草[四]叶

○多少叶　客愁羈思句　雨泊風餐句　水邊雲杪叶　西窗政好[五]叶　疎竹外句　粉牆小叶　念・歸期相近句　夢魂無奈句　不爲羅輕寒悄叶　怕無人・料理黄花句　等閒過了叶

【校】

[一]李校本在詞調下注曰：「一名《一捻紅》。」又在「秋」字旁注「不可仄」，在「啼」字旁注「不可

仄」，在「縹」字旁注「不可平」，在「自」字旁注「不可平」，在「芳」字旁注「不可仄」，在「雲」字旁注「不可仄」，在「政」字旁注「不可平」，在「過」字旁注「不可平」。

[二]「政一番」，一作「正一番」。

[三]「雕裘」，《歷代詩餘》作「凋裘」。

[四]「芳草」，一作「荒草」。

[五]「政好」，《歷代詩餘》作「正好」。

臺城路[一]

張炎

朗吟未了西湖酒 句 驚心又歌南浦 韻 折柳官橋 句 呼船野渡 句對 還聽垂虹風雨 叶 漂流最苦 叶 況・如此江山 句 此時情緒 叶 怕有鴟夷 句 笑人何事載詩去 叶 ○荒臺秖今在否 叶 再休登高望遠[二] 句 都是愁處 叶 暗草埋沙 句 明波洗月 句對 誰念天涯羈旅 叶 荷陰未暑 叶 快・料理歸程[三] 句 再盟鷗鷺 叶 只有空山[四] 句 近來無杜宇 叶

【校】

[一]李校本在詞調下注曰：「即《齊天樂》，不應另立。」按：此調與《齊天樂》重出。

[二]「再休登高望遠」，《山中白雲詞》、《花草粹編》作「登臨休望遠」。

[三]「料理歸程」，《山中白雲詞》在句後注曰：「一作『飛珮歸來』。」

[四]「只有」，《山中白雲詞》作「只恐」，並在「恐」字後注曰：「一作『有』。」

雨霖鈴[一]

柳　永

秋別

寒蟬凄切 韻 對・長亭晚 句 驟雨初歇 叶 都門暢飲無緒[二] 句 方留戀處[三] 句 蘭舟催發 叶 執手相看淚眼 句 竟・無語凝咽 叶 念去去・千里烟波 句 暮靄沉沉楚天闊 叶 ○多情自古傷離別 叶 更那堪・冷落清秋節 叶 今宵酒醒何處 句 楊柳岸曉風殘月 叶 此去經年 句 應是・良辰美景虛設[四] 叶 便縱有・千種風情 句 更與何人說 叶

【校】

[一] 李校本在詞調下注曰：「一名《雨霖鈴慢》，唐教坊曲名。」又在頁眉注曰：「《明皇雜録》：『帝幸蜀，初入斜谷，霖雨彌日，棧道中聞鈴聲，采其聲爲《雨霖鈴》曲。』宋詞蓋借舊曲名，另倚新聲也。」按：調見柳永《樂章集》，屬雙調。此調以此詞爲正體，王安石「孜孜矻矻」詞正與此同。若王庭圭「瓊樓玉宇」詞、黃裳「天南遊客」詞之句讀小異，乃變格也。

[二] 「暢飲」，《樂章集》、《草堂詩餘》作「帳飲」。

[三] 「凝咽」，《樂章集》作「凝噎」。

[四] 「美景」，《樂章集》、《草堂詩餘》、《花草粹編》作「好景」。

湘江靜[一]

史達祖

暮草堆青雲浸浦韻　記匆匆・倦篙曾住[二]叶　漁榔四起句　沙鷗未落句　怕愁沾詩句叶

碧袖一聲謌句　石城愁[三]句　西風隨去叶　滄波蕩晚句　菰蒲弄秋句　還重到斷魂處叶

○酒易醒句　思正苦叶　想空山・桂香懸樹叶　三年夢冷句　孤吟意短句　屢烟鐘津鼓叶

屐齒厭登臨句　移橙後句　幾番涼雨叶　潘郎漸老句　風流頓減句　閒居未賦叶

【校】

[一] 李校本在詞調下注曰：「一名《瀟湘靜》。」又在頁眉注曰：「『移橙後』三字豆，非句也。」按：此調史詞外有無名氏詞，故此詞可平可仄可參之。但無名氏詞後段第五句「白」字入聲，第七句「莫」字入聲，俱應爲以入作平。

[二]「曾住」，《梅溪詞》、《花草粹編》作「曾駐」。

[三]「石城愁」，《梅溪詞》、《花草粹編》作「石城怨」。

綺羅香[一]

史達祖

春雨

做冷欺花 句 將烟困柳 句對 千里偷催春暮 韻 盡日冥迷 句 愁裏欲飛還住 叶 驚粉重・蝶宿西園 句 喜泥潤・燕歸南浦 叶對 最妨他・佳約風流 句 鈿車不到杜陵路 叶 ◯沉沉江上望極 句 還被春潮急[二] 句 難尋官渡 叶 隱約遙峰 句 和淚謝娘眉嫵 叶 臨斷岸・新綠生時 句 是落紅・帶愁流處 叶對 記當日門掩梨花 句 剪燈深夜語 叶

【校】

[一]按：調始《梅溪詞》。此調以此詞爲正體，陳允平、王沂孫、張槃、張翥諸詞俱如此填。若張炎詞之多押一韻，或減一字，皆變格也。

[二]「春潮急」，《絕妙好詞》作「春潮晚急」。

陽春[一]

楊无咎

蕙風輕 句 鶯語巧 句對 應喜乍離幽谷 韻 飛過北窗前 句 迎清曉 句 丽日明透翠幃縠 叶 篆臺分馥 叶 初睡起・横斜簪玉 叶 因甚自覺腰肢瘦 句 新來又寬裙幅 叶 ○對清鏡・無心欣梳裹 叶 誰問著・餘酲帶宿 叶 尋思前懽往事 句 似驚回好夢難續 叶 花亭徧倚檻曲 叶 厭滿眼爭春几木 叶 盡顛顇・過了清明候 句 愁紅慘緑 叶

【校】

[一]李校本在詞調下注曰：「一名《陽春曲》。」又在頁眉注曰：「『芬馥』，『芬』字誤，應爲『分』字。『凡』字誤作『几』。」按：「芬馥」，應不誤。此調宋人填者甚少，其可平可仄，有史達祖一詞可校。

春雲怨〔一〕

上巳

馮偉壽

春風惡劣韻把·數枝香錦句和鶯吹折叶雨重柳腰嬌困句燕子欲扶扶不得叶軟日烘烟句乾風收霧句對芍藥荼蘼弄顔色叶簾幙輕陰句圖書清潤句日永篆香絶叶◯盈盈笑靨宫黄額叶試·紅鸞小扇句丁香雙結叶團鳳眉心倩郎貼叶教洗金罍句共看西堂句醉花新月叶曲水成空句麗人何處句往事暮雲萬葉叶

【校】

〔一〕李校本在詞調下注曰：「調見馮艾子《雲月詞》。」又在頁眉注曰：「此馮艾子自度曲，平仄宜遵之。」

絆春思　即《喜遷鶯》第三體　一名《鶴沖天》〔一〕

暮春

史達祖〔二〕

游絲纖弱韻謾·着意絆春句春難憑託叶水煖成紋句雲晴生影句對芳草漸侵裙幄

叶 霞添牡丹新艷[三] 句 風擺秋千閒索 叶 對此景 句 動高歌一曲 句 何妨行樂 叶 〇行樂

叶 君聽取・鶯囀緑窗 句 也・似來相約 叶 粉壁題詩 句 香街走馬 句對 爭奈鬢絲輸却 叶

夢回晝長無事 句 聊倚闌干斜角 叶 翠深處 句 看・悠悠幾點 句 楊花飛落 叶

【校】

[一] 按：即《喜遷鶯》。此調有小令、長調兩體。小令起於唐人，《太和正音譜》注黄鐘宮。因韋莊詞有「鶴沖天」句，更名《鶴沖天》。和凝詞有「飛上萬年枝」句，名《萬年枝》。馮延巳詞有「拂面春風長好」句，名《春光好》。宋夏竦詞名《喜遷鶯令》。晏幾道詞名《燕歸來》。李德載詞有「殘臘裏、早梅芳」句，名《早梅芳》。長調起於宋人，《梅溪集》注黄鐘宮。《白石集》注太簇宮，俗名中管高宮。江漢詞一名《烘春桃李》。又按：此詞換頭句用短韻，餘與康與之「秋寒初勁」詞同。按康詞換頭句本押韻，此用短韻疊上，句末即不更押。

[二] 按：此詞又見蔣捷《竹山詞》，《歷代詩餘》、《欽定詞譜》皆定作者爲蔣捷。

[三] 「霞添」，《竹山詞》作「露添」。

霓裳中序第一[一]

詹玉

詠古鏡

一規古蟾魄 韻 瞥過宣和幾春色 叶 知那箇・柳鬆花怯 叶 曾・搽玉團香[二] 句 塗雲抹月 叶對 龍章鳳刻 叶 是如何・女兒消得[三] 叶 便孤了・翠鸞何限 句 人・更在天北 叶 ○磨滅 叶 古今離別 叶 幸相從・薊門仙客 叶 蕭然林下秋葉 叶 對・雲澹星疎 句 眉清影白[四] 叶對 佳人已傾國 叶 漫贏得[五]・痴銅舊画 句 興亡事・道人知否 句 見了也華髮 叶

【校】

[一]按：唐白居易《霓裳羽衣舞歌》云：「散序六奏未動衣，陽臺宿雲慵不飛。中序擘騞初入拍，秋竹吹裂春冰拆。」自注云：「散序六遍無拍，故不舞。中序始有拍，亦名拍序。」宋沈括《筆談》云：「《霓裳曲》凡十二疊，前六疊無拍，至第七疊方謂之疊遍，自此始有拍而舞。」按此知《霓裳曲》十二疊，至七疊中序始舞，故以第七疊爲中序第一，蓋舞曲之第一遍也。按：此調始自姜夔「亭皋正望極」詞，周密「湘屏展翠疊」、尹煥「青顰粲素靨」二詞皆從此添字。填此調者應以此詞爲正體，而《記紅集》則以

晚於姜夔之元人詹玉詞爲例詞，不妥。

〔二〕「搽玉」，《花草粹編》作「磋玉」。

〔三〕「女兒」，《花草粹編》作「兒女」。

〔四〕「眉清」，《花草粹編》作「眉青」。

〔五〕「漫贏得」，《花草粹編》作「贏得」。

西湖月〔一〕

黃蓬甕

湖光冷浸玻璃句　蕩・一晌薰風句　小舟如葉韻　藕花十丈句　雲梳霧洗句　翠嬌紅怯叶對　壺觴圍坐處句　正・酒醁吹波紅映頰叶　尚記得・玉臂生涼句　不放汗香輕浹叶　◯殢人小摘牆榴句　爲・碎掐猩紅句　細認裙褶叶　舊游如夢句　新愁如織叶對　淚珠盈睫叶　秋娘風味在句　怎・得對銀缸生笑靨叶　消瘦沈約詩腰句　彷佛堪撚叶

【校】

〔一〕李校本在詞調下注曰：「調見鳳林書院元詞，黃子行自度曲。」又在頁眉注曰：「按：此調只有黃詞二首，前段「十丈」，「十」字，別首用「朱」字；「壺」字，用「玉」字；「玉」字，用「飛」字；「不」字，用「長」字。後段「殢」字用「還」字；「認」字，用「闌」字；「佛」字，用「深」字，餘皆同。」

春從天上來[一]

吳彥章

感舊[二]

海角飄零 韻 嘆漢苑秦宮 句 墜露飛螢 叶 夢回天上 句 金屋銀屏 叶 歌吹競舉青冥 叶 問・當時遺譜 句 有絕藝鼓瑟湘靈 叶 促哀彈 句 似・林鶯嚦嚦 句 山溜冷冷 叶 ◯梨園太平樂府 句 醉・幾度春風 句 鬢髮星星 叶 舞破中原 句 塵飛滄海 句 风雪萬里龍庭 叶 寫・胡笳幽怨[三] 句 人憔悴・不似丹青 叶 酒微醒 叶 對一軒涼月[四] 句 燈火青熒 叶

【校】

[一] 李校本在詞調下注曰：「調見《中州樂府》吳激詞。」又在頁眉注曰：「『泠』字誤作『冷』字。」

按：此調以此詞爲正體，若張翥詞之多押一韻，張炎詞之添字，周伯陽詞之減字，皆變格也。

[二] 詞題，《花庵詞選》作「會寧府遇老姬，善鼓瑟，自言梨園舊籍」。

［三］「胡笳」，《花庵詞選》作「寒笳」。

［四］「一軒涼月」，《中州樂府》作「對一窗涼月」。

合歡帶［一］

杜安世

樓臺高下玲瓏韻　鬬芳樹·綠陰濃叶　芍藥孤棲香艷晚句　見櫻桃·萬顆初紅叶　巢喧乳燕句　珠簾鏤曳句　滿戶香風叶　罩紗幃·象牀犀枕句　晝眠才是朦朧［二］叶　○起來無語更兼慵叶　念分明·事成空叶　被你厭厭牽繫我句　怪纖腰·繡帶寬鬆叶　春來早是句　分飛兩處句　長恨西東叶　到如今·扇移明月句　簟鋪寒浪與誰同叶

【校】

［一］按：此調只有柳永「身材兒」詞及杜詞兩體，其平仄亦不甚異同。此詞與柳詞校，前段起句減一字作六字句，結作七字一句、六字一句，後段第一、二句減一字作七字一句押韻，第三句添一字作七字句，結添一字作七字句異。

［二］「才是」，《花草粹編》作「才似」。

風裏楊花　即《花心動》〔一〕

謝逸

閨情

風裏楊花輕薄性○句銀燭高燒心熱○韻香餌懸鉤○句魚不輕吞○句辜負釣兒虛設○叶桑、蠶、到老絲長絆○句針刺眼・淚流成血○叶思量起○句拈枝花朵○句果兒難結○叶◯海樣情深忍撇○叶似・夢裏相逢○句不勝懽悅○叶出水雙蓮○句摘取一枝○句可惜並頭分折○叶猛、期月滿會姮娥○句誰知是・初生新月○叶折翼鳥○句甚日于飛時節○叶

【校】

〔一〕李校本在詞調下注曰：「曹勛名《花心動》，曹冠詞名《桂飄香》，《鳴鶴餘音》詞名《上昇花》。」按：《欽定詞譜》云：「此詞前段第一、二句作七字一句，與諸家不同。因宋人傳誦已久，謂其得風人比興遺意，采以備體。」

瀟湘逢故人慢〔一〕

王安禮

薰風微動○句方・榴花弄色〔二〕○句萱草成窩〔三〕○韻翠帷敞輕羅○叶試冰簟初展○句幾尺湘波○

叶　疎簾廣廈○　句　稱瀟湘一枕南柯○　叶　引○多○少○・夢○魂○歸○緒○[四]　句　洞○庭○雨○棹○烟○簑○　叶　◯驚回處○

句　閑晝永○　句　更時時[五]・燕雛鶯友相過○　叶　正、緑、影、婆、娑　叶　況・庭、有、幽、花○　句　池、有、新、荷○　叶

青梅煮酒○　句　幸隨分・贏取高歌○[六]　叶　功名事・到頭終在○[七]　句　歲華忍負清和　叶

【校】

[一]按：調見《花庵詞選》。此調只有王詞及錢應金詞兩體，故此詞可平可仄，可參錢詞句法同者。

[二]「榴花」，《樂府雅詞》作「櫻桃」。

[三]「成窩」，《樂府雅詞》作「成窠」。

[四]「夢魂」，《樂府雅詞》作「夢中」。

[五]「更時時」，《樂府雅詞》作「但時時」。

[六]「贏取」，《樂府雅詞》作「贏得」。

[七]「到頭終在」，《樂府雅詞》作「到頭在」。

歸朝歡[一]

馬莊父

聽得提壺沽美酒（韻）人道杏花深處有（叶）杏花狼藉鳥啼風（句）十分春色今無九（叶）麝煤銷永晝（叶）青烟飛上庭前柳（叶）畫堂深（句）不寒不暖（句）正是好時候（叶）〇團圓寶月憑纖手（叶）暫借歌喉招舞袖（叶）珍珠滴破小槽紅（句）香肌縮盡纖羅瘦（叶）投分須白首（叶）黃金散與親和舊（叶）且銜杯（句）壯心未落（句）風月長相守（叶）

【校】

［一］李校本在詞調下注曰：「辛棄疾詞名《菖蒲緑》。」按：辛棄疾詞有「菖蒲自照清溪緑」句，名《菖蒲緑》。此調以此詞和柳永「別岸扁舟三兩只」詞爲正體，蘇軾、張先、嚴仁、辛棄疾、詹正諸詞俱如此填。若王之道詞之多押一韻，乃變格也。

永遇樂[一]

蔣捷

緑陰

清逼池亭（句）潤侵山閣（句對）雲氣凝聚（韻）未有蟬前（句）已無蝶後（句對）花事隨逝水（叶）西

園文徑[二] 句 今朝重到 句 半礙醉筇吟袂 叶 除非是・鶯身瘦小 句 暗中引雛穿去 叶
○梅簷溜滴 句 風來吹斷 句 放得斜陽一縷 叶 玉子敲枰 句 香綃落剪 句 聲度深幾許 叶
層層離恨 句 淒迷如此 句 點破謾煩輕絮 叶 應難認・爭春舊館 句 倚紅杏處 叶

【校】

[一] 李校本在詞調下注曰：「晁補之詞名《消息》。又有平韻體，始自南宋陳允平創爲之。仄韻始自北宋。」按：周密《天基節樂次》云：「樂奏夾鐘宮，第五盞，觱篥起《永遇樂慢》。」此調有平韻、仄韻兩體。仄韻者始自北宋，《樂章集》注林鐘商。晁補之詞名《消息》，自注越調。平韻者始自南宋，陳允平創爲之。此調押仄韻者，雙調一百四字，前後段各十一句四仄韻，宋詞俱如此填。

[二] 「文徑」，《竹山詞》作「支徑」。

解連環[一]

周邦彦

怨別

怨懷難託[二] 韻 嗟・情人斷絕 句 信音遼邈 叶 縱妙手能解連環[三] 句 似・風散雨收 句 霧

輕雲薄叶 燕子樓空句 暗塵鎖・一牀絃索叶 想・移根換葉句 盡是舊時句 手種紅藥叶

○汀洲漸生杜若叶 料・舟移岸曲[四]句 人在天角叶 記得當日音書[五]句 把・閒語閒言句 盡總燒却[六]叶 水驛春回句 望寄我・江南梅萼叶 拚今生・對花對酒句 爲伊淚落叶

【校】

[一]李校本在詞調下注曰：「調始自柳永，名《望梅》。後因周詞，名《解連環》。張輯詞名《杏梁燕》，一名《玉解環》。」又在頁眉注曰：「『記得』上脫落一『慢』字。又按：《片玉詞》此句亦作六字，方千里、楊澤民和詞同，但此句正對前段『總妙手』句，宜用七字。」又依次在「難」旁注「不可仄」，在「斷」旁注「不可仄」，在「遼」旁注「不可仄」，在「雲」旁注「不可仄」，在「絃」旁注「不可仄」，在「換」旁注「不可平」，在「汀」旁注「不可仄」，在「漸」、「杜」旁注「不可平」，在「在」旁注「可平」，在「梅」旁注「不可仄」，在「對」旁注「不可平」，在「爲」旁注「去聲」，在「淚」旁注「不可平」。按：此詞雙調一百六字，前段十一句五仄韻，後段十句五仄韻，與柳永「小寒時節」詞同，惟後結作七字一句、四字一句異。宋、元詞俱如此填。

[二]「難託」，《片玉詞》作「無託」。

［三］「縱妙手」，《花草粹編》作「憶妙手」。

［四］「舟移」，《片玉詞》作「舟依」。

［五］「記得」，《花庵詞選》作「謾記得」，《草堂詩餘》作「漫記得」。

［六］「盡總燒却」，《片玉詞》、《花庵詞選》、《草堂詩餘》作「待總燒却」。

夢橫塘[一]

劉一止

浪痕經雨 句 鬢影吹寒 句對 晚來無限蕭瑟 韻 野色分橋 句 剪不斷・前溪風物 叶 船繫朱藤 句 路迷烟寺 句對 遠鷗浮没 叶 聽・疎鐘斷鼓 句 似近還遙 句 驚心事 句 傷羈客 叶 ○新醅旋壓鵝黃 句 拚・清愁在眼 句 酒病縈骨 叶 繡閣嬌慵 句 爭解説・短封傳憶 叶 念誰伴・塗粧綰髻 叶 嚼蘂吹花弄秋色 叶 恨對南雲 句 此時淒斷 句 有何人知得 叶

【校】

［一］按：調見《苕溪詞》。

花發沁園春[一]

黄昇

芍藥

曉燕傳情 句 午鶯喧夢 句對 起來檢校芳事 韻 荼蘼褪雪 句 杨柳吹绵 句對 迤邐麥秋天氣 叶 翻堦傍砌 叶 看芍藥·新粧嬌媚 叶 正·鳳紫勻染綃裳 句 猩紅輕透羅袂 叶 ◯晝暝朱闌困倚 叶 是·天姿妖嬈 句 不減姚魏 叶 隨蜂惹粉 句 趂蝶棲香 句 引動少年情味 叶 花濃酒美 叶 人正在翠紅圍裏 叶 問·誰是第一風流 句 折花簪向雲髻 叶

【校】

[一] 按：此調有平韻、仄韻兩體，俱見花庵《絶妙詞選》，與《沁園春》不同。此調押平韻者有此詞及劉圻父「換譜伊涼」詞，故此詞可平可仄可參劉詞。

飛雪滿羣山[一]

張槃

暖日烘晴 句 梅梢春動 句 曉窗客夢方還 韻 江天萬里 句 高低烟樹 句 四望猶擁螺

鬢叶是・誰邀滕六句釀薄暮・同雲沍寒叶却元來是句鈴閣露黛句俄忽老青山叶◯都盡道・年來須更好句無緣農事句雨澀風慳叶鵝池夜半句銜枚飛渡句看樽俎・折衝間叶儘・青油談笑句瓊花霧・盃深量寬叶功名做了句雲臺寫作画圖看叶

【校】

［一］按：調見《友古詞》。因詞有「長記得、扁舟尋舊約」句，更名《扁舟尋舊約》。此與蔡伸「冰結金壺」詞同，惟後段第二句減一字異。前後段第七句俱作上一下四句法，與蔡詞亦不同。又按：當代秘長青《詞律校勘記》：張榘詞「盡清遊談笑」句，「清遊」作「青油」，應從秦巘校本更正。

折紅梅［一］

紅梅　杜安世

喜輕澌初綻［二］句微和漸入句郊原時節叶春消息句夜來陡覺句紅梅數枝爭發叶

玉溪珍舘 句 不似個・尋常標格 叶 化工別與 句 一種風情 句 似・匀點胭脂 句 染成香雪 叶 ◯重吟細閲 叶 比繁杏夭桃 句 品流终別 叶 可惜彩雲易散 句 冷落謝池風月 叶 憑誰説向 句 三弄處龍吟休咽 叶 大家留取 句 時倚闌干 句 聞有花堪折 句 勸君須折 叶

【校】

[一]按：調見杜安世《壽域詞》，此其自度曲。集中仄韻詞四首句讀悉同，惟平仄各異，此詞前後段第六句不押韻，與其「覩南翔征雁」詞異。

[二]「喜輕澌初綻」，《梅苑》作「喜冰澌初泮」，《花草粹編》作「喜輕澌初泮」。

夜飛鵲[一]

別情　　周邦彦

河橋送人處 句 涼夜何期[二] 韻 斜月遠墮餘輝 叶 銅盤燭淚已流盡 句 霏霏涼露霑衣 叶 相將散・離會處[三] 句 探・風前津鼓 句 樹杪參旗 叶 驊騮會意[四] 句 縱揚鞭・亦自行遲 叶

○迢遞路回清野句　人語漸無聞句　空帶愁歸叶　何意重紅滿地[五]句　遺鈿不見句　斜徑都迷叶　兔葵燕麥句　向斜陽[六]・影與人齊叶　但・徘徊班艸句　唏噓酹酒句　極望天西叶

【校】

[一]按：調見《片玉詞》，一名《夜飛鵲慢》。此調以此詞爲正體，盧祖皋、吳文英、陳允平、張炎詞俱如此填。若趙以夫詞之句讀小異，乃變格也。

[二]「何期」，《片玉詞》、《花草粹編》作「何其」。

[三]「離會處」，《片玉詞》無「處」字。

[四]「驊騮」，《片玉詞》作「花驄」，《花草粹編》作「華驄」。

[五]「重紅滿地」，《片玉詞》作「重經前地」，《花草粹編》作「垂紅滿地」。

[六]「斜陽」，《片玉詞》、《花草粹編》作「殘陽」。

望海潮　第二體[一]　呂聖求

側寒輕雨[二]句　微燈薄霧句對　匆匆過了元宵韻　簾影護風句　盆池見日句對　青青柳葉柔

條叶 碧草皺裙腰叶 正・晝長烟暖句 蜂困鶯嬌叶 望處淒迷句 半篙緑水浸斜橋叶 ◯孫郎病酒無聊叶 記・烏絲酬語[三]句 碧玉風標叶對 新燕又雙句 蘭心漸吐句對 佳期趂取花朝叶 心事轉迢迢叶 但夢隨人遠句 心與山遙叶 誤了芳音句 小牕斜日到芭蕉[四]叶

【校】

[一]按：此詞雙調一百七字，前段十一句五平韻，後段十一句六平韻，與秦觀「梅英踈澹」詞同。按晁補之、劉一止、張翥、沈公述詞俱與此同，唯沈詞前段第八、九句「少年人，一一錦帶吳鈎」，句讀與此小異。

[二]「輕雨」，《聖求詞》作「斜雨」。

[三]「酬語」，《聖求詞》作「醉語」。

[四]「到芭蕉」，《聖求詞》作「對芭蕉」。

一萼紅[一]

尹磵民

感舊

玉搔頭韻 是・何人敲折句 應爲節秦謳韻 棐几朱絃句 剪燈雪藕句 幾回數盡更籌叶

草草又一番春夢句　夢覺了·風雨楚江秋叶　却恨閑身句　不如鴻雁句　飛過粧樓叶　◯　又是水枯山瘦句　歎·回腸難貯句　萬斛新愁叶　懶復能歌句　那堪對酒句　物華冉冉都休叶　江上柳·千絲萬縷句　惱亂人·更忍凝眸叶　猶怕月來弄影句　莫上簾鈎叶

【校】

［一］李校本在頁眉注曰：「按：此調有平仄兩體，平韻見姜夔詞，仄韻見《樂府雅詞》。」又曰：「《詞律》云：『更忍』句『更』字上脱落一字，然《詞綜》載李彭老詞云『數菖蒲老是來期』，亦同。」按：因無名氏詞有「未教一萼，紅開鮮蕊」句，取以爲名。又按：此調押平聲韻者以此詞及姜夔「古城陰」詞爲正體，王沂孫五首、張炎三首及周密、詹正詞，俱如此填。若李彭老詞之減字，劉天迪詞之少押一韻、句讀小異，皆變格也。

望湘人［一］

春思　　賀鑄

厭·鶯聲到枕句　花氣動簾句　醉魂愁夢相半韻　被惜餘薰句　帶驚剩眼句對　幾許傷春

春晚○叶 淚竹痕鮮○句 佩蘭香老○句對 湘天濃暖○叶 記小江・風月佳時○句 屢約非烟遊伴○叶 ○須信鸞絃易斷○叶 奈・雲和再鼓○句 曲終人遠○叶 認讀 羅襪無蹤○句 舊處弄波清淺○叶 青翰棹艤○句 白蘋洲畔○句 儘日臨臯飛觀○叶 不○解○寄○一○字○相○思○句 幸○有○歸○來○雙○燕○叶

【校】

［一］按：調見《東山樂府》。

薄倖［一］

賀鑄

春情

澹粧多態○韻 更滴滴［二］・頻回盼睞○叶 便認得・琴心先許○句 欲綰合歡雙帶○叶 記画堂・風月逢迎○句 輕顰淺笑嬌無奈○叶 向・睡鴨鑪邊○句 翔鴛屏裏○句對 羞把香羅偷解［三］○叶 ○自過了・燒燈後○句 都不見・踏青挑菜○叶 幾○回○憑○雙○燕○句 丁○寧○深○意○句 往○來○翻○恨○重○簾○礙○叶 約何時再○叶 正・春濃酒困○句 人閒晝永無聊賴○叶 懨懨睡起○句 猶有花稍日在［四］○叶

【校】

[一] 李校本在詞調下注曰：「調見《東山樂府》。」又在「眄」旁注「不可平」，在「先」旁注「不可仄」，在「憑雙」旁注「可仄」，在「睡」旁注「不可平」，在「花」旁注「不可仄」，在「日」字旁注「不可平」。按：此調以此詞爲正體，毛幵詞正與此同。若沈端節詞之多押一韻，又句讀小異，韓元吉詞之減字，皆變格也。

[二] 「滴滴」，《草堂詩餘》、《花草粹編》作「的的」。

[三] 「偷解」，《花庵詞選》作「暗解」。

[四] 「花稍」，《樂府雅詞》、《花庵詞選》、《草堂詩餘》、《花草粹編》作「花梢」。

暗香[一]

詠梅　姜夔

舊時月色 韻 算幾番 句 照我梅邊吹笛 叶 喚起玉人 句 不管清寒與攀摘 叶 何遜而今漸老 句 都忘却春風詞筆 叶 但怪得竹外疎花 句 香冷入瑶席 叶 ◯江國 句 正岑寂[二] 叶 歎寄與路遥 句 夜雪初積 叶 翠尊易泣 叶 紅蕚無言耿相憶 叶 長記曾攜手處 句 千樹壓西湖寒碧 叶 又片片吹盡也 句 幾時見得 叶

【校】

[一] 李校本在詞調下注曰：「張炎詠荷花名《紅情》。」按：宋姜夔自度仙吕宫曲，詠梅花作也。此調始自此詞，有趙以夫、吳文英、陳允平、張炎諸詞可校。

[二] 「岑寂」，《白石道人歌曲》、《花庵詞選》、《絶妙好詞》作「寂寂」。

高山流水[一]

吳文英

素絃一一起秋風 韻 寫柔情·多在春葱 叶 徽外斷腸聲 句 霜霄暗落驚鴻 叶 低顰處 句 剪緑裁紅 叶 仙郎伴 句 新製還賡舊曲 句 映月簾櫳 叶 似名花並蒂 句 日日醉春濃 叶 ◯吳中 叶 空傳有西子 句 應不解·換徵移宫 叶 蘭蕙滿 句 襟懷唾碧 句 總噴花茸 叶 後堂深·想費春工 叶 客愁重 叶 時聽蕉寒雨碎 句 淚濕瓊鍾 叶 恁風流 句 也稱金屋貯嬌慵 叶

【校】

[一] 李校本在頁眉注曰：「按：此調吳自製曲，無別首宋詞可校，平仄宜遵之。」又曰：「《詞律》『蘭蕙襟懷』斷句，『唾碧』至『花茸』爲一句，收十字作五字兩句，『稱』字去聲。又云『重』字去聲，不叶韻。」按：

調見《夢窗詞》。吳文英自度曲，贈丁基仲妾作也，妾善琴，故以《高山流水》爲調名。

疏影[一]

姜夔

詠梅

苔枝綴玉 韻 有・翠禽小小 句 枝上同宿 叶 客裏相逢 句 籬角黄昏 句 無言自倚修竹 叶 昭君不慣胡沙遠 句 但暗憶・江南江北 叶 想環珮[二]・月夜歸來 句 化作此花幽獨 叶 ○ 猶記深宮舊事 句 那人正睡裏 句 飛近蛾緑 叶 莫似春風 句 不管盈盈 句 早與安排金屋 叶 還教一片隨波去 句 又却怨・玉龍哀曲 叶 等恁時 讀 重覓幽香 句 已入小窗横幅 叶

【校】

[一] 李校本在詞調下注曰：「姜自度曲，張炎詞名《緑意》，彭元遜詞名《解佩環》。」又在頁眉注曰：「『珮環』，誤作『環佩』。」又依次在「綴」字旁注「不可平」，「言」字旁注「可仄」，「倚」字旁注「可平」，「江」字旁注「不可仄」，「飛」字旁注「不可平」，「近」字旁注「不可平」，「春」、「哀」、「横」字旁注「不可仄」。

按：此調創自姜夔，此調以此詞爲正體，若陳允平、張炎、張翥詞之押韻不同、句讀互異，皆變格也。

〔二〕「環珮」，《白石道人歌曲》、《花庵詞選》、《絕妙好詞》、《花草粹編》作「珮環」。

内家嬌　即《風流子》第二體〔一〕

史達祖

紅樓横落日 句 蕭郎去 句 幾度碧雲飛 韻 記·牕眼遞香 句 玉臺粧罷 句 馬蹄敲月 句 沙路人歸 叶四句對 如今但·一鶯通信息 句 雙燕説相思 叶對 入耳舊歌 句 怕聽金縷 句 斷腸新句 句 羞染烏絲 叶四句對 ○相逢南陌上 句 桃花嫩 句 嬌樣淺澹羅衣 叶 恰是·怨深腮赤 句 愁重聲遲 叶對 悵·東風巷陌 句 草迷春恨 句 軟塵庭戶 句 花悮幽期 叶四句對 多少寄來芳字 句 都待還伊 叶

【校】

〔一〕按：此調爲《風流子》，非《内家嬌》。《内家嬌》雙調一百六字，前段十句四仄韻，後段十句七仄韻。僅見柳永「熙景朝升」詞。此詞雙調一百十字，前段十二句四平韻，後段十句四平韻，與周邦彦「楓林凋晚葉」詞同。前段「蕭郎去」後，後段「桃花嫩」後，應用「·」，不應用「句」。

五綵結同心[一]

趙彥端

人間塵斷○句雨外風回○句對涼波自泛仙槎○韻非郭還非野○句閑鶯燕・時傍笑語清佳○叶銅壺花漏長如線○句金鋪碎・香煥簷牙[二]○叶誰知道・東園五畝○句種成國艷天葩○叶◯主人漢家龍種○句正・翩翩迥立○句雪貯烏紗○叶歌舞承平○句舊園紅袖○句詩興自寫春華○叶未知三斗朝天去○句定何似・鴻寶丹砂○叶且一醉・朱顏相慶○句共看玉井浮花○叶

【校】

[一]李校本在頁眉注曰：「按：此調有平仄兩體，平韻見趙彥端《介庵詞》，仄韻見《樂府雅詞》。」又曰：「此調叶平韻者只有此詞，無別首可校。」

[二]「香煥」，《介庵詞》作「香暖」。

玉山枕[一]

柳永

驟雨新霽○韻蕩原野・清如洗○叶斷霞散彩○句殘陽倒影○句對天外雲峰○句數朵相倚○叶露莎烟芰滿池塘○句見次第・幾番紅翠○叶當是時・河朔飛觴○句避炎蒸・想風流堪繼○

叶 ○晚來高樹清風起○ 叶 動簾幙・生秋氣○ 叶 画樓晝寂○ 句 蘭堂夜靜○ 句對 舞艷歌姝○ 句 漸任羅綺○ 叶 説閒時泰足風情○ 句 便爭奈・雅歡都廢[二]○ 叶 省教成幾闋新歌○ 句 盡新聲・好尊前重理○ 叶

【校】

[一] 按：此詞前後段結句俱作上一下四句法。

[二] 「雅歡」，《樂章集》作「雅歌」。

洞庭春色[一]

陸游

壯歲文章○ 句 暮年勳業○ 句對 自昔誤人○ 韻 算・英雄成敗○ 句 軒裳得失○ 句 難如人意○ 句 空喪天真○ 叶 請看邯鄲當日夢○ 句 待・炊罷黃粱徐欠伸○ 叶 方知道・許多時富貴○ 句 何處閑身○ 叶 ○人間定無可意○ 句 怎換得・玉鱠絲蓴○ 叶 且・釣竿漁艇○ 句 筆牀茶竈○ 句 閒聽荷雨○ 句 一洗衣塵 叶 洛水情關千古後○ 句 尚・棘暗銅駝空愴神○ 叶 便須更[二]・慕封侯定遠○

句　圖像麒麟　叶

【校】

[一]李校本在在詞調下注曰：「即《沁園春》。」又在頁眉注曰：「按：此調只後段『怎換得』句少一字，餘皆悉同。」按：此調即《沁園春》，重出。金詞注般涉調。蔣氏《十三調》注中呂調。張輯詞結句有「號我東仙」句，名《東仙》。李劉詞名《壽星明》。秦觀減字詞名《洞庭春色》。

[二]「便須更」，《放翁詞》、《花草粹編》作「何須更」。

惜餘春慢　一名《過秦樓》、《選宮子》[一]　魯仲逸

弄月餘花　句　團風輕絮　句對　露濕池塘春草　韻　鶯鶯戀友　句　燕燕將雛　句對　惆悵睡殘清曉　叶　還似初相見時　句　攜手旗亭　句　酒香梅小　叶　向登臨・長是傷春滋味　句　淚彈多少　叶　○因甚却・輕許風流　句　終非長久　句　又説分飛煩惱　叶　羅衣瘦損　句　繡被香消　句對　那更亂紅如掃　叶　門外無窮路岐　句　天若有情　句　和天須老　叶　念高唐・歸夢淒涼　句　何處

水流雲遶○ 叶

【校】

〔一〕李校本在在詞調下注曰：「曹勛詞名《轉調選冠子》，侯寘詞名《蘇武慢》。」又在頁眉注曰：「《選官子》誤作《選宫子》，魯逸仲誤作魯仲逸。」又曰：「《詞律》六：『念高唐』以《（詞）譜》作上七下六，雖亦可讀，但應照前結一五兩四爲是。」又依次在「春」、「鶯」字旁注「不可仄」，「戀」、「清」字旁注「不可平」。按：此調即《選冠子》，一名《選官子》，吴綺誤作《選宫子》。曹勛詞名《轉調選冠子》。魯逸仲詞名《惜餘春慢》。侯寘詞名《蘇武慢》，一名《仄韻過秦樓》。此詞與周邦彦「水浴清蟾」詞同，惟後段添二字、作四字兩句異。

輪臺子〔一〕

柳　永

一枕清宵好夢○ 句 可惜被・鄰雞喚覺○ 韻 匆匆策馬登途○ 句 滿目澹烟衰艸○ 叶 前驅風觸鳴呵○〔二〕 句 過霜林・漸覺驚棲鳥○ 叶 冒征塵遠況○ 句 自古淒涼長安道○ 叶 ◯行行又歷孤村○ 句 楚天闊・望中未曉○ 叶 念勞生・惜芳年壯歲○ 句 離多歡少○ 叶 歎・斷梗難停○ 句 暮雲漸

杳○叶　但黯黯銷魂句　寸腸誰表○[三]叶　恁驅驅・何時是了○叶　又爭似・却返瑤京○句　重買千金笑○叶

【校】

[一]李校本在在詞調下注曰：「按：此詞見《樂章集》，宋人無填此體者，其平仄無可參校。」

[二]「嗚呵」，應爲「嗚珂」，《樂章集》、《花草粹編》作「嗚珂」。

[三]「寸腸誰表」，《樂章集》、《花草粹編》作「寸腸憑誰表」。

紫萸香慢[一]

姚雲文

近重陽・偏多風雨○句　絕憐此日暄明○韻　問・秋香濃未○句　待攜客・出西城○叶　正自羈懷○○○○多○感○句　怕○・荒○臺○高○處○句　更○不○勝○情○叶　向・樽前又憶○句　漉酒插花人○叶　只坐上　已無老兵○叶　○淒清○叶　淺醉還醒○叶　愁不肯・與詩平○叶　記・長秋走馬[二]○句　雕弓榨柳○句　前事休評○叶　紫萸一枝傳賜○句　夢誰到・漢家陵○叶　儘烏紗○・便隨風去○句　要天知道○句

華髮如此星星 句 歌罷涕零 叶

【校】

[一] 李校本在頁眉下注曰：「調見鳳林書院元詞，姚自度腔，無他作可校。」

[二] 「長秋」，應爲「長楸」，《花草粹編》作「長楸」。

沁園春 第一體 第二體同，唯前段八句作七字、九句作八字[一]

黃　機

奉東章使君再遊西園

問訊西園 句 一春幾何 句 君今再遊 韻 記・流觴亭比[二] 句 偷拈酒戲 句 淩雲臺上 句 暗度詩鬮 叶四句對 略略花痕 句 差差柳意 句對 十日不來紅緑稠 叶 須重醉 句 便・功名了後 句 白髮爭休 叶 ◯定誰騎鶴揚州 叶 任書放・床頭醆瓮頭 叶 況・殷勤鶯燕 句 能歌更舞 句 輕狂蜂蝶 句 欲去還留 叶四句對 歲月易忘 句 姓名須載 句對 筆勢翩翩回萬牛 叶 歸來晚 句 有・燭明金剪 句 香煖珠籌 叶

【校】

[一]李校本在詞調下注曰：「张輯詞名《東仙》，李劉詞名《壽星明》。」自下闕「放」字以下，哈佛本原文殘缺，據李校本補。

[二]「亭比」，誤，應爲「亭北」。《竹齋詩餘》作「亭北」。

摸魚兒[一]　辛棄疾

春曉

更能消・幾番風雨 韻 匆匆春又歸去 叶 惜春長怕花開早 句 何況落紅無數 叶 春且住 叶 見説道・天涯芳草迷歸路[二] 叶 怨春不語 叶 算・只有殷勤 句 画簷蛛網 句 盡日惹飛絮 叶 ○長門事 句 準擬佳期又悮 叶 蛾眉曾有人妬 叶 千金縱買相如賦[三] 叶 脉脉此情誰訴 叶 君莫舞 叶 君不見・玉環飛燕皆塵土 叶 閑愁最苦 叶 休出倚危欄[四] 句 斜陽正在 句 烟柳斷腸處 叶

【校】

[一]李校本在詞調下注曰：「一名《摸魚子》，唐教坊曲名。晁補之詞名《買陂塘》，又名《陂塘柳》，或名《邁陂塘》。辛棄疾賦怪石詞名《山鬼謠》。李冶賦並蒂荷詞，名《雙蕖怨》。」又在頁眉注曰：「『出』字不如『去』字妙。」按：此調當以晁補之「買陂塘」詞、張炎「愛吾廬」詞及辛棄疾此詞爲正體，餘多變格。至若歐陽修詞、《梅苑》無名氏詞，又自成一體也。此詞與晁詞同，惟前段起句押韻異。此詞初刻本殘缺，據李校本補。

[二]「迷歸路」，《稼軒词》、《花庵詞選》、《絕妙好詞》作「無歸路」。

[三]「縱買」，《稼軒詞》作「曾買」。

[四]「休出」，《稼軒詞》、《花庵詞選》、《絕妙好詞》、《草堂詩餘》作「休去」。

賀新郎　第二體　一名《乳燕飛》、《賀新涼》、《金縷曲》[一]

盧祖皋

觀雪姑蘇臺

十項涵空碧 韻　畫圖中・崢嶸幻玉 句　零亂吹壁 叶　倚遍危闌吟不盡 句　把酒風前岸幘 叶　記當日・西湖爲客 叶　誰剪吳淞江上水 句　笑・乾坤奇事成兒劇[二] 叶　還照我 句　夜光白 叶　◯

崇臺目斷清無極 叶 引枝笻・瓊瑤步軟 句 印登臨屐 叶 娃館娉婷知何在 句 涙粉愁濃恨積 叶
故化作・飛花狼藉 叶 舊事悠悠渾莫問 句 有・玉蟾醉裏曾相識 叶 聊伴我 句 夜吹笛 叶

【校】

［一］李校本在詞調下注曰：「『曲』，或作『歌』，或作『詞』，蘇軾詞又名《風敲竹》，張輯詞名《貂裘換酒》。」又分別於「危」、「吹」旁注不可仄，在「伴」旁注「不可平」。按：葉夢得詞有「唱金縷」句，名《金縷歌》，又名《金縷曲》，又名《金縷詞》。蘇軾詞有「乳燕飛華屋」句，名《乳燕飛》；有「晚涼新浴」句，名《賀新涼》。上闋「還照我」之「還」字前所有文字，初刻本缺，據李校本補。

［二］「兒劇」，「劇」字義不通，且不押韻，應作「兒戲」。

夏雲峰［一］　　仲殊

傷春

天闊雲高 句 溪横水遠 句對 晚日寒生輕暈 韻 閒階靜楊花漸少 句 朱門掩・鶯聲猶嫩 叶
對 悔匆匆・過却清明 句 旋・占得餘芳 句 已成幽恨 叶 都・幾日陰沉 句 連宵慵困 叶

起來韶華都盡 叶 ○怨入雙眉閒鬭損 叶 怎·捨得情懷 句 看承全近 叶 深深態·無非自許 叶 厭厭意·終羞人問 叶對 爭知道夢裏蓬萊 句 待·忘了餘香 句 時傳音信 叶 縱·留得鶯花 句 東風不住 句 也則眼前愁悶 叶

【校】

［一］李校本在詞調下注曰：「即《金明池》。李彌遜詞名《昆明池》。」又在頁眉注曰：「按：《金明池》，秦淮海賦東京金明池，即以調爲題也。《夏雲峰》，有僧揮詞名。」按：此調與《金明池》重出。

金明池[一]

秦觀

春遊

瓊苑金池 句 青門紫陌 句對 似雪楊花滿路 韻 雲日澹·天低晝永 句 過三點兩點細雨 叶 好花枝·半出牆頭 句 似悵望·芳草王孫何處 叶 更·水遶人家 句 橋當門巷 句 燕燕鶯

鶯飛舞叶◯怎得東君長爲主叶把・緑鬢朱顏句一時留住叶佳人唱金衣莫惜句才子倒玉山休訴叶對況春來・倍覺傷心句念・故國情多句新年愁苦叶縱・寶馬嘶風句紅塵拂面句也只尋芳歸去叶

【校】

［一］李校本在頁眉注曰：「按：此即《夏雲峰》，不應收作兩調。」按：調見《淮海詞》，賦東京金明池，即以調爲題也。李彌遜詞名《昆明池》，僧揮詞名《夏雲峰》。此調始於秦觀此詞，雙調一百二十字，前段十句四仄韻，後段十一句五仄韻。

笛家［一］　柳永

花發西園句草薰南陌句對韶光明媚句乍晴輕煖清明後韻水嬉舟動句禊飲筵開句對銀塘似染句金堤如繡叶對是處王孫句幾多遊屐句往往攜纖手叶遣離人句對嘉景句觸目盡成感舊叶◯別久叶帝城當日句蘭堂夜燭句百萬呼盧句画閣春風

句 十千沽酒 叶四句對 未省・宴處能忘絃管 句 醉裏不尋花柳 叶 豈知秦樓・玉簫吹斷 句 前事難重偶 叶 空遺恨 句 望仙鄉 句 一晌淚沾襟袖 叶

【校】

［一］李校本在詞調下注曰：「一名《笛家弄慢》。」又在頁眉注曰：「此調只有朱雍詞可校，平仄悉同，不可亂注。」

春風裊娜[一]

馮偉壽

春恨

被梁間雙燕 句 話盡春愁 韻 朝粉謝 句 午花柔 叶對 倚紅闌 句 故與蝶圍蜂繞 句 柳綿無數 句 飛上搔頭 叶 鳳管聲圓 句 蠶房香煖 句對 笑挽羅衫須少留 叶 隔院蘭馨趁風遠 句 鄰牆桃影伴烟收 叶對 〇些子風情未減 句 眉頭眼尾 句 萬千事・欲說還休 叶 薔薇刺[二] 句 牡丹毬 叶對 殷勤記省 句 前度綢繆 叶 夢裏飛紅 句 覺來無覓 句 望中新緑 句 別後

空稠 叶四句對 相思難偶 句 嘆・無情明月 句 今年已見[三] 句 三度如鈎 叶

【校】

[一] 李校本在詞調下注曰：「調見《雲月詞》，馮艾子自度腔。」又在頁眉注曰：「平仄無別首可校。」

[二] 「薔薇刺」，《花庵詞選》、《花草粹編》作「薔薇露」。

[三] 「已見」，《花庵詞選》作「已是」。

瑞龍吟[一]

周邦彦

章臺路 韻 還見褪粉梅梢 句 試花桃樹 叶 愔愔坊陌人家 句 定巢燕子 句 歸來舊處 叶
○黯凝佇 叶 因念箇人癡小 句 乍窺門戶 叶 侵晨淺約宮黃 句 障風映袖 句 盈盈笑語 叶
○前度 暗叶 劉郎重到 句 訪鄰尋里 句 同時歌舞 叶 惟有舊家秋娘 句 聲價如故 叶 吟箋
賦筆 句 猶記燕臺句 叶 知誰伴名園露飲 句 東城閑步 叶 事與孤鴻去 叶 探春盡是・傷

離意緒○句　官柳低金縷○叶　歸期晚○句　纖纖池塘飛雨○叶　斷腸院落○句　一簾風絮○叶

【校】

[一]李校本在頁眉注曰：「『期』一作『騎』。」又在「笑」字旁注「不可平」。按：黄昇《花庵詞選》云：「此調前兩段雙拽頭，屬正平調，後一段犯大石調，『歸騎晚』以下仍屬正平調也。」此調以此詞爲正體，方千里、楊澤民、陳允平俱有和詞。吴文英別首及張翥詞俱照此填。

蘭陵王[一]

周邦彦

詠柳

柳陰直韻　烟○裏○絲○絲○弄○碧○叶　隋堤上・曾見幾番○句　拂水飄綿送行色○叶　登臨望故國○叶　誰識京華倦客○叶　長亭路○・年去歲來○句　應折柔條過千尺○叶　◯閒尋舊蹤跡○叶　又酒趁哀弦○句　燈照離席叶　梨○花○榆火○催○寒○食○叶　愁・一箭風快○句　半篙波暖句　回頭迢遞便數驛○叶　望人在天北○叶　◯悽惻○叶　恨堆積○叶　漸・別浦縈回○句　津堠岑寂○叶　斜○陽○冉○冉○春○無○極○叶　念・月榭攜手○句　露橋吹笛○叶　沉○思○前○事○句　似○夢○裏○句　淚○暗○滴○叶

【校】

[一] 李校本在詞調下注曰：「唐教坊曲名。」又在頁眉注曰：「『誰惜』，『惜』字叶。」又在「歲」、「過」字旁注「不可平」，「千」、「舊」字旁注「不可仄」。按：《碧雞漫志》云：「《北齊史》及《隋唐嘉話》稱，齊文襄之長子長恭封蘭陵王，與周師戰，嘗著假面對敵。擊周師金墉城下，勇冠三軍，武士共歌謠之，曰《蘭陵王入陣曲》。今越調《蘭陵王》，凡三段二十四拍，或曰遺聲也。此曲聲犯正宮，管色用大凡字，大一字、勾字，故一名《大犯》。」

大酺[一]

春寒　劉辰翁

任·鎖窗深句重簾閉句春寒知有人處韻當年笑花信句問·東風情性句是嬌是妬叶水柳成鬟句吹桃欲削句對知更海棠堪否叶相將燕歸又句看讀香泥半雪句欲歸還誤叶謾·低回芳草句依稀寒食句朱門封絮叶◯少年慣羈旅叶亂山斷句欹樹喚船渡叶正暗想·雞聲落月句梅影孤屏句更夢衾·千里似霧叶相如倦遊去叶掩四壁·

淒其春暮 叶 休回首・都門路 叶 幾番行曉 句 個個阿嬌深貯 叶 而今斷烟細雨 叶

【校】

［一］李校本在詞調下注曰：「調見《清真樂府》。」又在「鎖」、「笑」字旁注「不可平」，「人」、「花」、「深」字旁注「不可仄」，「草」字旁注「可平」。按：唐教坊曲有《大酺樂》，《羯鼓録》亦有太簇商《大酺樂》。宋詞蓋借舊曲名，自製新聲也。此調始自周邦彥「對宿烟收」詞，方千里、楊澤民、陳允平和詞與周詞同。劉辰翁此詞平仄與周詞多不同。

玉女搖仙佩［一］

柳　永

佳人

飛瓊伴侶 句 偶別珠宮 句 未返神仙行綴 韻 取次梳粧 句 尋常言語 句對 有得幾多姝麗 叶 擬把名花比 叶 恐・傍人笑我 句 談何容易 叶 細思算・奇葩艷卉 句 惟是深紅淺白而已 叶 爭如這多情 句 占得人間 句 千嬌百媚 叶 ○須信画堂繡閣 句 皓

月清風○句　忍把光陰輕棄○叶　自古及今○句　佳人才子○句　少得當年雙美○叶　且・恁相偎倚○叶　未消得憐我○句　多才多藝○叶　只願你・蘭心蕙性○句　枕前燈下○句　表余深意爲盟誓○叶　今生斷不孤衾被○叶

【校】

［一］李校本在頁眉注曰：「『深意』，『意』字叶。『鴛被』誤作『衾被』。」又在「伴」、「笑」、「艷」、「百」、「繡」、「蕙」字旁注「不可平」，「行」、「容」、「才」、「當」、「年」、「雙」字旁注「不可仄」。按：此調始於《樂章集》，平仄可參校朱雍「灰飛嶰谷」詞。

多麗　一名《緑頭鴨》［二］　張仲舉

湖景

鳳凰簫○韻　新聲遠度蘭橈○叶　漾東風・湖光十里○句　參差緑港紅橋○叶　暖、雲、蘸・鬱、金、衫、色○句　晴、烟、抹・翡、翠、裙、腰○叶對　罨画名園○句　鬧紅芳樹○句對　蒲葵亭畔綵繩搖○叶　滿鴛甃・落

英堪藉 句 猶作殢人嬌 叶 漬羅袂・莫揉痕退 句 生怕香消 叶 ◯憶當年・樽前扇底 句 多情治葉倡條 叶 浴蘭女・隔花偷盼 句 修禊客・臨水相招 叶對 舊約尋歡 句 新聲換譜 句對 三生夢裏可憐宵 叶 縱・留得楝花寒在 句 啼鴂已無聊 叶 江南恨 句 越王臺下 句 幾度回潮 叶

【校】

〔一〕李校本在詞調下注曰：「周格非詞名《龍頭泉》。」又在頁眉注曰：「按：此調有平仄兩體。《綠頭鴨》一作《鴨頭綠》。」又在「蘭」、「堪」字旁注「不可仄」。按：此調有平韻仄韻兩體。此調押平韻者，以晁端禮「晚雲收」詞爲正體，宋人多填此體。

六醜〔一〕

落花

周邦彦

正單衣試酒 句 悵客裏光陰虛擲 韻 願春暫留 句 春歸如過翼 叶 一去無跡 叶 爲問家何在

句 夜來風雨 句 送楚宮傾國 叶 釵鈿墮處遺香澤 叶 亂點桃蹊 句 輕翻柳陌 叶對 多情更誰追惜 叶 但蜂媒蝶使 句 時叩窗槅 叶 ○東園岑寂 叶 漸蒙籠暗碧[二] 句 靜遶珍叢 句 底成歎息 叶 長條故惹行客 叶 似牽衣待話 句 別情無極 叶 殘英小 句 強簪巾幘 叶 終不似・一朵釵頭顫裊 句 向人欹側 叶 漂流處 句 莫趁潮汐 叶 恐斷鴻・尚有相思字 句 何由見得 叶

【校】

[一] 李校本在頁眉注曰：「『靜繞』至『歎息』八字，《詞譜》作上五下三，正與方千里和詞『遠水沉雙鯉無信息』同此分句也。」又在「歎」、「見」字旁注「不可平」，「虛」、「巾」字旁注「不可仄」。按：調見《清真樂府》。此調以此詞爲正體，方千里、楊澤民、陳允平俱有和詞，若吳文英詞、詹正詞之句讀不同，皆變格也。

[二] 按：「碧」字押韻，此處漏標一韻。

六州歌頭[一]

張孝祥

長淮望斷 句 關塞莽然平 韻 征塵暗 句 朔風勁 句 悄邊聲 叶 黯消凝 叶 追想當年事 句 殆天數 句 非人力 句 洙泗上 句 弦歌地 句 亦羶腥 叶 隔水氈鄉落日 句 牛羊下・廄脫

縱橫○叶看名王宵獵○句騎火一川明叶笳鼓悲鳴○叶遣人驚○叶○念·腰間簡[二]○句匣中劍○句空埃蠹○句竟何成叶時易失○句心徒壯句歲將零○叶渺神京○叶千羽方懷遠○句靜烽燧○句且休兵○叶○冠蓋使○句紛馳鶩○句若爲情○叶聞道中原遺老○句常南望翠葆霓旌○叶使·行人到此○句忠憤氣填膺○叶有淚如傾○叶

【校】

[一]按：程大昌《演繁露》云：「《六州歌頭》，本鼓吹曲也，近世好事者倚其聲爲弔古詞，音調悲壯，又以古興亡事實文之，聞其歌，使人慷慨，良不與豔詞同科，誠可喜也。」按：此詞作三疊，與諸家不同，用韻、平仄、句讀亦多參差。

[二]按：「簡」字誤刻，應爲「箭」。

寶鼎硯[一]　　劉辰翁

元夕

紅粧春騎○句踏月花影○句千旗穿市○韻望不見璚樓歌舞○句習習香塵連步底○[二]叶簫聲

斷・約綵鸞歸去 句 未怕金吾呵醉 叶 甚輦路・喧填且止[三] 句 聽得念奴歌起 叶 ◯父老猶記宣和事 叶 抱銅仙清淚如水 叶 還轉盼沙河多麗 句 滉漾明光連邸第 叶 簾影動・散紅光成綺 句 月浸蒲桃十里 叶 看往來・神仙才子 句 肯把菱花撲碎 叶 ◯腸斷竹馬兒童 句 空見說三千樂指 叶 等多時・春不歸來 句 到春時欲睡 叶 又說向燈前擁髻 叶 暗滴鮫珠墜 叶 便當日親見霓裳 句 天上人間夢裏 叶

【校】

[一] 李校本在詞調下注曰：「李彌遜詞名《三段子》，陳合詞名《寶鼎兒》。」按：「寶鼎硯」誤，調名應爲「寶鼎現」。調見康與之《順庵樂府》。此詞三段一百五十八字，前段九句六仄韻，中段八句八仄韻，後段八句五仄韻。後段第四句作五字一句，又多押五韻，與康與之「夕陽西下」詞異。又按：漏標四韻，前段「止」字，中段「麗」字、「綺」字，後段「子」字皆應標韻。

[二] 「連步」，應爲「蓮步」。《須溪詞》作「蓮步」。

[三] 「喧填」，《須溪集》作「喧闐」。

哨遍　第一體[一]　　蘇軾

春情

睡起画堂句銀蒜押簾句珠幙雲垂地韻初雨歇句洗出碧羅天句正溶溶養花天氣叶一霎晴風回芳草句榮光浮動句卷皺銀塘水叶方·杏靨勻酥句花鬚吐繡句園林翠紅排比叶見·乳燕梢蝶過繁枝句忽一綫爐香惹遊絲句晝永人閑句獨立斜陽句晚來情味叶○便乘興攜將佳麗叶深入芳菲裏叶撥胡琴語叶輕櫳慢撚總伶俐[二]叶看緊約羅裙句急趨檀板句霓裳入破驚鴻起叶顰月臨眉句醉霞橫臉句對歌聲悠颺雲際叶任讀滿頭紅雨句落花飛墜叶漸·鵁鶄樓西玉蟾低句尚徘徊·未盡歡意叶君看今古悠悠句浮幻人間世叶這些百歲·光陰幾日句三萬六千而已叶醉鄉路穩不妨行句但人生·要適情耳叶

【校】

[一]李校本在詞調下注曰：「或作《稍偏》。」又在頁眉注曰：「『一霎晴風』，『晴』字，《詞譜》作『時』

字，並三字斷句。」又曰：「按：『繁枝』，『枝』字；『游絲』，『絲』字，是韻。」又曰：「按：『落花飛』，『飛』字是韻，連上作八字句，『墜』字誤多，各刻皆然，惟《詞譜》、《詞律》正之。『玉蟾低』，『低』字亦用韻。」按：雙調二百三字，前段十八句五仄韻、兩叶韻，後段十九句九仄韻、兩叶韻。吳綺前段漏標「枝」、「絲」兩叶韻，後段衍「墜」字且漏標「低」叶韻。

[二]「輕櫳」誤，應爲「輕攏」。

戚氏[一]

柳永

晚秋天 韻 一霎微雨灑庭軒 叶 檻菊蕭疏 句 井桐零亂惹殘烟 叶 淒然望江關 句 飛雲黯
淡夕陽間 叶 當時宋玉悲感 句 向此臨水與登山 叶 遠道迢遞 句 行人淒楚 句 倦聽隴水
潺湲 叶 正・蟬鳴敗葉 句 蛩響衰草 句 相應聲喧 叶 ○孤館度日如年 叶 風露漸變 句
悄悄至更闌 叶 長天靜 句 絳河清淺 句 皓月嬋娟 叶 思綿綿 叶 夜永對景 句 那堪屈指
句 暗想從前 叶 未名未祿 句 綺陌紅樓 句 往往經歲遷延 叶 ○帝里風光好 句 當年少日
句 暮宴朝歡 叶 況有狂朋怪侶 句 遇當歌・對酒競留連 叶 別來迅景如梭 句 舊遊似夢

句烟水程何限句念名利·憔悴長縈絆句追往事·空慘愁顔叶漏箭移稍覺輕寒叶聽嗚咽·画角數聲殘叶對閒窗畔句停針向曉句抱影無眠叶

【校】

[一]李校本在詞調下注曰：「丘處機詞名《夢遊仙》。」又在頁眉注曰：「『淒然』，『淒』字是叶；『望江關』，『關』字亦叶。」又曰：「《詞律》『那堪』二字屬上，作六字句，『堪』字注韻。愚謂照《詞譜》□□也。」按：此調宋人作者甚少。此詞三段二百十二字，前段十五句九平韻，中段十二句六平韻，後段十六句六平韻、兩叶韻。吴綺前段漏標「然」、「關」兩平韻，後段「限」、「絆」兩叶韻。

鶯啼序[一]

吴文英

殘寒正欺病酒句掩·沉香綉戶韻燕來晚·飛入西城句似説春事遲暮叶画船載清明過却句晴烟冉冉吴宮樹叶念·羈情句遊蕩隨風句化爲輕絮叶◎十載西湖句傍柳繫馬句趂·嬌塵軟霧叶溯紅漸·招入仙溪句錦兒偷寄幽素叶倚銀屏·春寬夢窄句斷紅濕·歌紈金縷叶瞑堤空句輕把斜陽句總還鷗鷺叶◎幽蘭旋老句杜若還生

句對 水鄉尚寄旅○叶 別後訪・六橋無信○句 事往花萎○[二]叶 瘞玉埋香○句 幾番風雨○叶 長波妒眄○句 遙山羞黛○句對 漁○燈○分○影○春○江○宿○叶 記當時・短楫桃根渡○叶 青樓彷彿句 臨分敗壁題詩○句 淚墨慘澹塵土○叶 ◯危亭望極○句 草色天涯○句 歎・鬢侵半苧叶 暗點檢・離痕歡唾○叶 尚染鮫綃○句 嚲鳳迷歸○句 破鸞慵舞○叶對 殷勤待寫○句 書中長恨○句 落霞遼海沉過鶩[三]○叶 謾相思・彈入哀箏柱○叶 傷心千里江南○句 怨曲重招○句 斷魂在否○叶

【校】

[一]李校本在詞調下注曰：「一名《豐樂樓》，見《夢窗乙稿》。」又在頁眉注曰：「『念羈情』至『輕絮』，此同《詞律》分句，然照《詞譜》上五下六爲定。」又在「病」、「事」、「夢」、「後」字旁注「不可平」，「金」、「無」、「羞」字旁注「不可仄」。

[二]「萎」字不押韻，此處誤標一韻。吴文英另二詞、黄公紹「銀雲卷晴縹緲」詞、趙文「初荷一番濯雨」詞此處皆不韻。

[三]「過鶩」，《詞綜》、《欽定詞譜》、《詞律》皆作「過雁」，且不標韻。按：吴文英另二詞、趙文詞此處皆不押韻，黄詞此處押韻。

詞韻簡卷之四

豐南吳綺薗次、岑山程洪丹問同選定
吳興茅麐天石較

㊣聲 東 字韻

東 涷蝀同峒銅桐筒筩童僮瞳曈朣艟潼橦中忠衷蟲沖种狆忡終螽崇漴嵩崧菘戎弓躬宮融瀜彤雄熊穹芎窮藭馮芃風楓豐灃渢充珫隆𪔵窿空公功工攻蒙饛濛幪朦曚矇艨夢甍籠聾礱朧櫳嚨曨龒洪紅鴻虹藂叢潨翁悤蔥聰驄璁通恫騣椶嵸豵總蓬篷菶烘 ○ 冬琮淙賨農儂宗鬆淞鐘鍾忪龍舂摏松衝罿艟容蓉溶鎔榕庸墉鏞傭封葑攻胸兇洶凶顒喁邕灉廱嗈壅饔雍醲濃穠重蝩穜從逢縫峯丰蜂鋒烽桻縱蹤茸蛩邛筇慵恭共供龔樅

㊤聲　董　字韻

董 蠓矇懞孔空總偬憁穗傱汞蓊滃琫唪菶籠動洞桶 ○ 腫踵種寵隴壟擁壅冗茸重冢奉捧勇湧甬踴俑慂恐拱栱珙竦悚聳洶詾

去聲　送　字韻

送 鳳貢贛灨弄哢囍凍棟蝀湅控鞚空糉偬甕洞恫慟痛諷仲夢瞢懜閧哄懞賵中衷衆 ○ 宋綜統用頌誦訟俸縫共葑供饔壅從縱憃種重

㊥聲　江　字韻

江 杠扛釭厖龙哤窻邦缸降洚瀧雙艭龎逢腔撞幢摏淙鬃 ○ 陽楊揚暘鍚颺羊洋佯徉痒詳祥翔庠良梁粱量糧涼香鄉商傷觴殤湯房魴防章彰鄣樟漳璋麞昌猖倡菖閶倀羌蜣慶姜薑僵橿疆韁長萇腸場張粻穰禳攘瀼勷方枋肪坊襄驤相湘廂箱緗將蔣漿螿創瘡亡忘芒望鋩娘牀莊裝妝常裳嘗償鱨霜鷞驦牆檣嬙薔戕鏘蹡將鶬槍搶蹌斨筐匡眶王央泱秧殃鴦彊芳妨狂唐塘棠堂郎廊榔浪蜋琅狼稂筤當簹璫鐺襠倉滄鶬蒼岡剛綱鋼亢桑喪康糠荒肓黃簧潢璜皇篁遑凰煌艎隍蝗徨惶光洸湯鏜汪行桁頏茫忙卬臧贓戕牂囊傍旁房彷彭昂藏杭航

㊤ 聲 講 字韻

㊦ 聲 絳 字韻

講 港棒蚌項 ◯ 養痒像橡象槳漿蔣兩魎鞅怏彊仰磢想蓊掌爽響饗蠁享敞氅襁繈鏹丈杖仗穰攘壤賞仿紡長網惘魍罔昉倣枉往搶上蕩簜盪碭顙磉廣榜曩瀼沆儻帑莽蟒漭茫黨讜党朗盎坱泱慷恍晃榥幌蒼

絳 洚降虹巷撞 ◯ 漾樣羕恙養瀁煬颺量兩緉諒掠狀讓餉向帳脹張漲悵暢鬯韔向嚮鄉長杖仗釀匠障瘴嶂上尚償壯怏唱刱創愴倉將醬仰訪妄望忘況貺兄誑王旺放舫妨相防宕碭踼浪閬吭沆桁行盎坱葬髒藏臟當亢抗忼伉謗榜湯盪儻曠壙纊喪傍徬廣

㊥ 聲 支 字韻

支 枝肢巵氏移栘簃扅酏貤訑匜蛇爲媯溈麾撝逶委倭萎縻糜醿墮睢觿鑴垂陲倕吹炊羸披陂羆碑隨隋虧窺奇碕錡琦騎岐跂蚑衹軝祁犧曦羲巇戲欹觭踦徛榿宜艤儀涯皮疲郫匙禔兒離离籬蘺醨漓褵璃罹麗驪纚鸝蠡疵玼貲訾觜髭羈羇奇畸剞卑錍脾裨崥施斯凘𩆎廝差螭魑彌瀰雌知漪猗椅馳池篪危釃襹蓰規劑厜衰脂衹夷姨陝痍彝寅夤師篩獅毗比魮咨粢姿資齎

饑肌鴟絺茨瓷資薺尼墀遲坻私屍尸鳲蓍耆伊咿黎黧犂蔾葵追蘒緌龜衰榱維濰惟遺壝纍絫綏睢逵馗夔騤眉嵋湄楣麋蘪悲帷錐騅萑隹誰邳丕秠椎槌鎚推蓷之芝頤宧圯台貽怡詒飴時塒鰣疑嶷思偲緦颸罳絲司期其淇祺麒騏棊綦璂旗蘄詩而欺僛姬其基朞箕居詞祠辭辤嫠釐氂漦犛貍菑椔緇輜淄嬉嘻禧熙醫噫癡笞持治蚩嗤鶿慈磁茲孜仔耔孳滋茲鼒○微薇煇暉揮翬褘徽韋幃圍闈違霏菲騑妃緋非扉飛肥淝腓威葳蝛祈頎旂畿碕機璣磯禨譏饑幾稀希欷豨晞衣依譩沂巍歸○齊蠐臍黎藜蔾梨犁黧鸝驪妻萋淒悽隄鞮氐羝低詆磾稊綈鶙荑啼蹄綈題提騠緹蹏嗁折篦鎞雞稽笄乩兮奚蹊鼷嵇倪蜺鯢輗猊霓麑醯西栖嘶撕犀梯鼙椑錍躋擠齎迷泥谿珪閨袿睽奎鑴攜觿蠵畦○灰豗虺恢詼魁隈椳煨回洄徊枚梅每媒禖煤莓瑰傀雷罍隤樻催崔縗堆鎚裴培陪杯桮醅坏胚嵬桅推蓷

（上）聲紙字韻

（去）聲寘字韻

紙抵砥只咫枳軹是諟氏靡彼被毀燬委跪詭傀髓瀡累技妓倚綺螘艤觜此泚蘂褫廌徙壐迆邐屣蓰釃纚鞞髀爾邇弭瀰敉婢侈哆弛豕紫訾捶箠揣企旨指厎視美鄙否兕几麂姊秭七比妣

粃軌宄匭晷簋矢洧痏鮪雉死履水壘藟誄欙揆癸否痞圮秠唯巋止芷趾沚時市恃徵喜紀已莒
以似姒巳祀汜耜史駛使耳珥駬里理裏俚鯉李枲始峙痔起芑杞屺士仕竢俟涘柹杷子秄梓齒
矣擬儗薿恥祉滓笫胏 ○ 尾亹扆豈幾蟣斐誹榧棐菲篚匪朏韙韡偉煒葦鬼虺卉螘顗 ○ 薺
醴禮澧蠡體涕濟泲邸氏柢抵觗詆底弟悌娣遞禰瀰泥洗泚啓棨綮稽徯米眯陛髀狴 ○ 賄悔
猥楒磊壘儡蕾罪浼痗每腿匯餒隗嵬璀漼琲

寘 忮觶避惴詈離荔豉積賜爲帔賁跛詖陂被累寄臂躄芰騎刺易義議儗譬漬呰智縋錘吹戲
企跂縊翅施啻委僞恚睡瑞諉至贄鷙摯位媚魅遂燧隧璲篲穗醉邃粹睟誶祟類淚祕閟毖費轡
饋簣蕢匱媿備糒帥喟觖嗜視利莉涖膩致輊躓質棄緻遲穉治寐冀驥覬塈洎悸翠二貳次佽懿
四泗駟肆恣季器鼻比睢畀庇萃瘁頪地肂勩贔示諡自墜出遺志誌織值植寺嗣笥思伺司試始
幟胾吏字孳餌珥使駛屣廁異食詒異施侍寺蒔置第事忌熾饎埴意薏記其亟 ○ 未味貴胃謂
渭彙蝟緯魏沸髴誹芾尉慰蔚畏諱卉蜚翡毅既溉氣乞餼愾欷塈暨璣 ○ 霽帝諦螮嚔劑齊薺
呰替涕薙第弟悌娣睇禘締逮棣踶題杕遞遰砌切妻細壻羿睨詣計繼繫薊髻係系禊契翳曀殪
縊謎閉嬖慧轊蕙惠桂嘒暳睥麗儷欐捩戾唳隸沴離盭荔泥祭際歲衛枘汭芮贅毳銳綴稅帨蜕
説弊幣斃敝薜橇篲蔽鱖蹶劂劌袂制淛製逝誓筮噬曳洩裔枻泄藝囈滯彘例厲勵厲糲礪憩揭

世勢貰瀱猘罽偈碣揥渫○貝沛霈肺旆茷會繪襘兌膾儈獪澮檜禬鄶最翽噦薈濊娧蛻昧沫
○隊霸憝佩背北倍焙孛琲拔妹韎痗瑁沕誨悔晦醋(一)配妃對碓敦倅退憒潰繢闠匯回內碎
誶纇酹耒擂礧輩磑

㊥聲魚字韻

魚漁初書舒紓居鶋据裾琚車渠鶏蕖磲籧蘧璩余畬餘妤與礜歟璵旟輿胥諝糈疽雎苴沮狙
趄鋤耡樗摴攄疎練蔬梳虛歔噓徐於淤豬瀦閭櫚廬蘆驢臚諸除滁篨儲躇屠如鴽茹蛆且墟嘘
袪袪菹蜍衻○虞麌娛愚禺嵎隅芻無蕪巫誣毋于盂竽雩杅釪吁訏盱癯瞿衢句劬儒嚅濡懦
繻醹須鬚需繻株誅蛛邾貙殊銖洙殳俞逾歈覦窬瑜榆褕渝愉臾腴諛萸區嶇驅軀珠朱趨鏤蔞
婁扶蚨夫符苻瓻雛敷孚郛俘桴諏娵膚夫趺鈇玞柎枹迂紆輸樞姝廚蹰拘駒俱毹模謨膜嫫母
酺蒲蒱胡鶘湖瑚醐乎壺瓠狐弧瓜菰呱觚罛辜鴣沽蛄姑酤徒荼峹途塗稌駼圖屠菟瘏奴孥帑
砮呼膴梧鼯吾吳娛租盧蘆顱瀘艫轤矑鑪櫨壚壚蘇酥穌徂烏洿杇逋晡枯麤鋪痡

(一)按：此字《選聲集》作「醋」。

㊤聲 語 字韻

㊦聲 御 字韻

語 齬敔圄圉禦籞吕侣旅膂穭紵羜佇宁抒杼與予渚煮汝茹暑鼠黍杵處貯楮褚醑諝湑胥女
敉許巨拒距炬鉅詎秬苣虡所糈楚礎阻俎詛沮咀舉莒筥敘漵藇嶼鱮緒序芧墅 ◯ 麌俁羽雨
宇瑀禹甫簠脯黼父斧俯腑府聚武鵡碔舞廡憮嫵膴甒侮父輔䩉腐弣拊撫柱詡栩訏昫煦咻豎
庾愈貐窳主麈齲傴拄乳窶數矩拒蒟踽取縷婁僂姥莽姆土吐稌杜䖶肚土魯櫓虜艣鹵覩堵賭
古鼓瞽估詁牯罟賈盬蠱股羖五伍午簿部祖組虎琥滸塢鄔弩砮努怒苦戶祜怙岵楛扈普浦溥
補圃譜

御 語慮濾據居倨踞鋸覷狙去署曙恕庶著翥疏飫箸著除遽醵詎絮助沮詛茹洳豫與譽預澦
蕷女處 ◯ 遇寓嫗嘔噢樹附袝駙鮒傅賻注鞋炷澍鑄馵屨句呴煦酗戍輸裕諭瘉籲孺乳赴仆
務霧婺瞀鶩騖足懼具颶雨羽聚數付傅賦娶趣注屬駐住屢暮墓募慕度鍍渡斁路潞璐露鷺賂
輅妒蠹兔吐顧雇固涸錮痼故酤誤捂梧晤悟寤忤護頀濩冱互嫭瓠訴泝素傃嗉愫塑祚胙阼怒
布圃汙惡堊怖鋪措醋庫袴胯步餔捕哺呼戽作

(平)聲[皆]字韻

[皆]階偕喈楷街鞵鮭牌簰柴祡釵差厓涯荄諧骸排俳乖懷豺儕埋霾齋揩 ○ 槐開哀埃娭臺薹菭駘鮐炱該垓陔荄才材財裁萊來棶崍騋倈栽哉災猜台胎邰顋鬛毸孩頦皚能

(上)聲[蟹]字韻

[蟹]獬澥解買廌豸灑躧妳矮擺掛枴駭楷 ○ 海醢愷鎧塏宰載待怠詒殆逮鼐乃改亥劾采彩綵寀茝在倍靉欸

(去)聲[泰]字韻

[泰]汰太蓋丐艾藹靄磆奈大害帶蔕酹外蔡賴瀨籟癩藾賚糲 ○ 懈廨解隘搤邂賣瘥稗粺眦派債曬灑怪壞噫瘵祭界疥芥价玠介戒誡屆犗械薤瀣蒯蕢喟拜湃壞聵憊韛鎩殺夬澮獪快噲邁勱敗嘬蠆喝餲呰 ○ 塊代黛袋岱埭逮隸瑇載縡再塞賽貸態欬慨嘅愾鎧槩剴溉礙愛曖靉耐鼐戴襶賚萊徠睞菜寀采在廢肺柿穢濊吠喙刈

平聲 真 字韻

真 振甄因茵姻湮堙諲禋闉辰宸晨臣辛新薪神人仁親申伸娠身呻紳賓儐濱鄰粼麟鱗燐轔璘珍陳塵津嗔瞋秦螓夤寅紉頻蘋顰嚬瀕嬪蠙銀垠齗鄞狺誾嚚巾龜筠囷民珉岷緡旻閩貧彬豳諄椿荀郇洵恂詢峋純蓴淳錞鶉脣漘春綸淪倫輪掄屯迍窀逡皴悛遵蹲僎匀畇旬徇巡循馴紃鈞均臻溱榛蓁莘侁詵駪墐醇 ○ 文紋雯聞雲紜芸耘云員鄖氳煴枌汾氛棼賁墳豶濆蕡焚分羣裙熏薰曛纁勳醺葷君軍芬雰紛殷慇磤濦㥯勤芹斤筋欣昕炘垠 ○ 冤渾昆鵾崐琨鯤褌温緼門捫孫蓀飧尊罇存蹲敦墩惇暾啍屯豚臀村盆奔賁論侖崙掄坤髠昏婚閽噴歕麐痕根跟恩吞

上聲 軫 字韻

去聲 震 字韻

軫 眕診袗疹鬒縝黰疢蜃賑腎哂矧忍眹緊盡儘牝臏窘菌囷引紖蚓敏泯愍閔憫黽隕殞準純尹允狁筍隼蠢惷盾楯 ○ 吻脗刎抆粉憤墳豶忿藴緼愠醖韞惲隱檼慇殷謹槿堇近齗听 ○ 焜混忖本畚盾遯損穩衮蓘鯀壼梱捆悃狠懇墾

[震]賑侲振信汛訊迅刃仞訒牣韌軔認軔紉衚吝遴磷粼藺擯儐鬢殯陣慎燼賮藎愸晉搢縉瑨進釁鎮僅饉殣墐瑾覲櫬襯齔疢趁印親純峻浚駿駿濬恂徇殉俊餕晙畯駿鵕瞬舜蕣閏潤順 ○ 問聞紊汶抆運鄆暈韻員訓糞僨奮忿醞愠緼藴郡分憤靳隱近 ○ 溷頓巽潠遜困嫩悶噴遯腯鈍褪寸坌論恨艮

(平)聲 [寒] 字韻

[寒]韓翰榦汗丹單簞鄲殫安鞍難餐灘攤嘆跚珊壇檀彈殘干竿玕奸肝乾闌蘭瀾看刊丸紈桓刓岏端剜湍酸團溥摶攢官倌棺觀冠鸞巒鑾欒歡驩寬鑽盤鞶磐瘢般蟠磻繁弁胖漫謾鏝澷瞞鬗潘 ○ 刪潸關彎灣闤寰鬟還鐶環鍰班斑扳頒般蠻蠻顏姦菅攀鰥綸頑山間蕑艱閒閑鷴嫺慳孱潺殷媥斕潺 ○ 先蹮前千芊阡箋戔湔濺韉天堅肩鶼賢弦絃舷烟咽燕蓮零憐田畋佃鈿賓㈠闐年顛巔滇牽汧妍研眠駢胼軿蠙緶淵蘮鵑涓蠲邊籩編玄縣僊鮮錢遷韆煎諓然延筵蜒綖氈鸇饘旃甄邅鱣潺孱羶埏禪蟬嬋單鋋澶纏躔瀍廛連漣聯篇翩偏平緜全泉宣瑄鐫嬛儇

㈠ 原作「寘」，應爲「賓」。

袄穿川沿鉛緣蝝捐鳶旋還璿娟悁船涎鞭箯編銓詮佺痊筌荃悛竣專甎圓員蜎湲乾犍虔愆褰搴騫權顴卷鬈拳孿椽傳卷棬嫣鄢焉 ○ 元黿沅蚖原嫄源洹垣袁猿轅園爰湲媛援煩蕃墦燔膰蹯繁蘩樊礬翻潘璠幡旛番反暄喧萱諼塤冤宛眢鴛鵷蜿言甗軒騫掀鞬犍藩

㊤聲 旱 字韻

旱 悍亶坦散繖饊袒但誕瓚稈侃衎罕嬾緩澣短斷盌算管痯盥館斡卵款煖篡纘鄹伴滿懣斷 ○ 綰版赧轡撰產滻限簡柬棧僝剗眼琖 ○ 銑跣毨腆覥殄沴典繭趼峴撚顯扁辮鉉泫琄畎匾犬獮鮮蘚癬衍演踐餞俴展輾闡淺遣蹇善膳鱔墠單翦戩輦巘讞甗件鍵辨辯湎緬沔澠褊雋吮兖臠孌轉卷蝡舛喘瑑篆選撰譔免冕俛勉 ○ 阮遠偃鰋蝘堰鼴楗鍵建謇巘幰晚輓反返阪圈菌苑宛婉琬晼綣飯

㊦聲 翰 字韻

翰 瀚旱悍閈汗扞炭歎按案旦彈憚幹榦骭旰岸諺看衎侃漢暵爛難攤粲璨燦散贊瓚讚鄹逭換喚渙煥奐漶鑽腕惋貫觀鸛灌爟痯館盥冠竄攛爨叚斷玩翫亂鍛彖算蒜幔漫謾縵曼半絆判泮洋胖畔叛 ○ 諫澗覵間晏鷃鴈贗訕汕潸慢嫚綰患擐宦豢幻慣丱鏟棧莧

瓣辦綻盼扳 ○ 霰先倩蒨茜絢洵眴眩袨衒縣電甸鈿殿瑱奠佃練鍊楝見牽硯宴燕醼嚥
薦片荐荐殿䡅線戰顫善繕膳禪擅彥諺唁譴繾遣絹狷援媛瑗院面眄麪瞑釧弗掾箭濺
搢扇煽卷眷倦戀孌變卞汴抃弁選饌撰纏傳賤餞羨偏輾羨衍轉囀傳便 ○ 願愿怨販券
勸綣萬蔓獻憲楦健遠

㊥平聲 蕭 字韻

蕭 簫瀟挑祧恌貂船刁琱凋鵰彫跳佻苕迢髫齠調蜩條鰷儵僥澆驍梟徼聊寮遼鷯僚獠
嘹撩鐐寥漻料膋堯嶢僥嘵幺怮宵逍銷消綃哨蛸霄儵超弨朝朝潮囂熇歊枵樵譙憔驕
嬌焦蕉噍膲椒饒橈嬈蕘燒遙飄鷂繇蘨謠搖瑤姚陶褕招昭韶飆標杓鑣穮儦瀌麃瓢剽
薸苗描貓要葽喓腰邀鴞喬橋僑鍬妖夭橇漂飄翹荍劭 ○ 肴爻淆崤殽交茭郊咬蛟鮫敎
膠巢漅鐃呶怓梢捎蛸弰鞘筲茅烋哮包苞枹胞泡拋敲墝勦鈔嘲啁跑庖咆炮匏麃坳 ○
豪濠毫嗥號勞醪牢高篙膏皐槹咎櫜鼛羔餻蒿撓薅毛芼髦旄弢洮挑叨韜滔謟慆絛綢
饕刀舠忉裯騷搔慅颾艘繅袍褒陶萄綯醄淘濤檮翿桃洮咷逃遭糟敖獒鼇熬螯鷔嗷璈
囂翺曹嘈艚螬槽漕廛猱操

㊤聲 篠 字韻

㊍聲 嘯 字韻

篠 鳥裊皦皎噭瞭眺蔦眺了繚僚蓼曉杳窅窈裹嫋嬲挑佻掉皛小兆旐肇趙夭沼昭少遶嬈繞擾縹標摽藐眇杪秒渺緲淼紹矯蹻糾表殍鷕悄愀勦湫 ○ 巧飽撓卯昴茆狡姣絞擾膠爪拗炒稍 ○ 皓浩顥灝皡鎬昊抱老潦獠橑討道纛稻腦惱瑙嫂燥掃禱擣島倒草早蚤藻澡棗皁造縞杲皓寶保堡葆褓媪懊襖夭考槁好

嘯 糶眺跳窕弔蔦釣叫噭徼溺調掉蓧銚竅料嘹肖鞘笑照詔鷂姚燿要約嶠轎橋召邵劭摽漂剽噍妙峭哨燎療螵瘳醮燋爝釂廟驃票少燒 ○ 效傚佼校効斅教校較覺窖孝罩笊豹爆敲磝巧貌砲稍哨櫂橈撓鬧鈔拗樂 ○ 號導道幬纛蹈悼盜到倒誥浩郜告膏傲驁鏊冒帽瑁娼毷毣眊勞澇操造慥糙暴瀑報鑿漕奥澳懊墺隩噪燥埽掃躁竈犒耗好

㊥聲 歌 字韻

歌 哥柯茄磋蹉瑳搓傞多娑駝酡紽佗跎迤馱鼉鹺莪娥蛾俄哦峨鵝羅蘿那難荷何苛河訶呵珂軻阿戈過莎蓑梭婆皤摩磨魔麼吪囮螺覼韡波番坡頗禾龢和科蝌窠薖窩挼

(上)聲【哿】字韻

【哿】舸瑳彈哆柁拕沱我硪娜旎儺荷可坷軻左果蜾裹朵鎖瑣墮垛惰妥坐麽蠃蓏蠡跛簸播火頗叵禍夥顆果砢邏儸炧

(去)聲【箇】字韻

【箇】賀荷佐作邏軻坷馱大餓奈那些娑過和挫剉課唾佗播簸磨愞坐座破臥貨惰磋蹉

(平)聲【麻】字韻

【麻】蟆車奢畬賒邪斜些爺遮嗟罝蛇華譁驊瓜騧媧蝸花誇拏嘉笳枷珈駕加葭佳猳家霞瑕椵蝦遐蕸葩丫鴉啞巴羓豝叉差艖沙紗衙牙芽涯茶衺斜闍娃蛙洼窪汙撾琶杷爬苴呀佳

(上)聲【馬】字韻

(平)聲【禡】字韻

【馬】者赭野冶也雅假椵賈斝灑啞夏廈下寫瀉且社捨姐把踝寡瓦若惹鮓苴哆打耍

【禡】罵駕架嫁稼價假斚亞婭罅嚇迓訝砑詫差咤奼詐蜡乍謝榭暇下夏夜射藉卸瀉柘炙蔗借

舍赦射麝貰霸壩灞杷怕華樺化胯跨罷 ○ 卦挂絓詿話畫炧

㊥平聲 庚 字韻

[庚]鶊賡更羹秔盲蝱橫璜黌鍠喤祊觵彭棚亨橕瞠鐺槍英霙瑛譻傖崢烹平評枰苹京驚荆明
盟鳴棖榮瑩兵兄卿生笙甥牲鼪猩檠擎勍鯨黥迎行珩桁衡蘅耕鏗硜硜萌氓甍紘閎宏嶸莖丁
罌嚶櫻鸚鶯攖錚琤鎗怦絣伻轟薨泓橙瞪爭箏清情晴精睛蜻鶄菁晶旌盈楹瀛嬴贏營塋嬰纓
瓔攖貞楨禎蟶偵成盛誠城呈珵程裎酲聲正鉦征鯖輕名洺令伶并併縈餳瓊惸嫇騂觪 ○ 青
鯖經涇形邢刑硎鉶陘娙庭廷蜓霆筳莛亭渟停釘玎丁馨星腥鯹惺醒娉婷靈醽欞蠕玲聆齡鈴
伶泠軨零鴒瓴翎令苓囹寧聽廳汀冥蓂螟溟銘鉼屏軿萍螢熒扃坰駉 ○ 蒸烝承丞懲澄凌淩
陵綾輘膺鷹應凭憑馮冰蠅繩澠乘塍升昇陞勝仍兢矜徵繒凝興稱偁登豋簦燈稜僧崩增憎矰
罾曾層嶒曾朋鵬弘肱薨能騰螣滕縢藤恒緪

㊤聲 梗 字韻

㊦聲 敬 字韻

[梗]骾哽綆鯁丙炳秉境儆警景影省眚永皿杏荇猛蜢艋打冷耿黽幸倖靜靚靖穽整逞騁郢餅

屏頸領嶺潁穎頃褧瘿井請晴 ○ 迥炯洞茗酩冥頂酊鼎梃挺艇莛町謦濘悻脛醒褧剄竝綮頞拯等肯

敬 竟鏡映競檠慶更賡命病平孟盟横柄詠泳行迎静迸硬勁政正倩鄭聖偵性姓令聘娉併屏淨靚穽請盛輕 ○ 徑經濘寧佞醒脛定廷釘訂飣定罄磬聽庭暝瞑瑩證烝孕賸媵乘應甑興勝瞪稱凭凝磴鐙凳贈亘恒組鄧蹬凌

平聲尤字韻

尤 肬訧郵憂優耰麀畱騮榴鶹瘤遛鏐流旒劉瀏秋楸鶖由油攸悠遊游蝣斿猶蕕猷輶櫄卣牛啾湫揫酋遒脩修羞抽瘳周賙州洲舟雔酬柔蹂揉收丘鳩捄不摎叟廋溲颼蒐涑騶鄒緅愁休庥咻貅囚紬籌儔疇幬稠裯調啁求絿捄球俅觩銶賕毬逑裘仇浮蜉桴罦罘涪謀牟辫眸侔蛑蟊矛㸸鍪侯篌猴餱鍭喉漚謳鷗甌歐區婁摟樓螻髏窶摳陬諏鯫偷頭骰投鉤勾溝韝篝緱兜裒掊抔幽呦斛彪滮瀌樛繆

㊤聲 有 字韻

有 右友柳瀏罶紐鈕杻狃忸丑肘朽九久玖韭首守手醜糗婦負阜缶否不蹂揉臼舅咎紂酉槱莠誘琇牖卣受綬壽滫帚酒厚后後母畝某牡瓿培蔀斗蚪陡耇苟笱狗枸垢偶嘔耦藕叟瞍藪籔吼剖掊嘔毆塿走口扣取趣糾赳

㊧聲 宥 字韻

宥 侑囿右祐又救灸疚究廄冑宙紬酎籀獸狩守首收晝咮臭袖岫祝舊柩瘦漱嗽皺縐甃覆副仆富畜溜霤罶秀琇繡宿僦驟㥮就鷲糅狃復覆伏柚槱授壽售候堠鍭后逅後吼蔻寇扣戊茂懋豆逗脰餖竇讀鬭耨奏走透漚彀穀冓覯遘構購媾姤詬句雊湊輳蔟漏鏤幼謬蹂揉肉糗

㊥聲 侵 字韻

侵 鬵尋燖潯鐔林淋琳霖臨琛郴斟箴鍼沈霃碪椹壬任妊紝深淫心愔琴芩黔禽檎吟欽嶔衾歆今襟禁金音陰森參岑涔簪擒

㊤聲 寑 字韻

㊧去聲 沁 字韻

寑 鋟朕廩懍凜衽飪恁稔枕沈嬸審淰諗瀋甚噤錦品稟飲吟

沁 浸祲鋟任衽妊紝鴆沈枕噤紟禁賃蔭喑窨飲滲闖讚讖吟臨甚深

㊥平聲 覃 字韻

覃 譚蟫潭鐔曇參驂南諵楠男諳菴含函涵嵐婪蠶簪貪探耽眈湛龕堪勘毿髟弇談惔甘柑泔擔甔三藍籃甝酣邯蚶憨 ○ 鹽餤惔阽閻檐廉鐮帘砭銛纖摻籤僉詹瞻譫占蟾苫痁幨襜韽蚺枏黏添炎霑覘淹閹崦尖蘄漸殲湛潛箝柑鉗黔鈐鍼猒甜恬謙兼蒹縑嫌餂拈嚴噞 ○ 咸鹹諴函緘椷摻杉喦碞喃諵讒饞銜巉鑱劖巖欃衫芟監凡帆颿嵌

㊤聲 感 字韻

㊧去聲 勘 字韻

感 灨霮萏慘憯坎頷欿撼憾敢覽欖攬毯菼膽澹憺啖淡槧闇 ○ 琰剡餤灩斂瀲蘞貶險玁颭

儉芡檢臉魘染冉苒閃陝諂奄晻掩崦渰漸剡忝餂點玷簟慊歉嗛儼 ○ 湛減斬黯摻檻濫艦范
範犯

[勘] 紺灨淦憾唅暗參瞰濫纜淡澹憺暫檐甔探三 ○ 艷灎爓贍厭饜砭窆驗噞閃掞塹壍斂瀲
占忝僭念店玷坫墊歉釅劒欠 ○ 陷蘸賺鑑監懺讒梵帆颿氾泛渢湛

㊇聲 [屋] 字韻

[屋] 牘犢瀆黷讀讟匵獨髑轂穀谷瀔斛槲哭禿速涑餗觫蔌樕祿碌錄琭盝鹿簏麓漉轆族蔟鏃
僕暴瀑扑濮樸卜木沐霂鞪鶩福幅輻蝠副復複蝮輹覆腹伏茯服箙菔鵩馥虙縮蹜翻謖六陸稑
蓼戮勠逐柚軸舳菊匊鞠掬鞫麴塾孰熟淑柷俶育鬻粥昱煜肉粥祝叔菽倏畜竹竺筑築朒蹴踧
蹙顣矗郁彧澳燠隩肅夙宿蓿目牧睦繆穆蓄 ○ 沃鋈毒纛篤督毒鵠酷僕告梏牿襮不燭屬矚
玉獄旭勗頊欋局跼蜀蠾觸辱溽褥束欲慾鵒浴躅録籙淥醁騄綠曲斸足贖幞促趗數俗續粟亍

㊇聲 [覺] 字韻

[覺] 角桷榷搉較珏嶽鷟樂鷟浞捉斮朔稍箾敕數斲斸琢涿掾啄卓倬踔剝駁爆駮邈雹璞樸確

埆殼濁濯鐲握幄渥喔犖學確齪 ○ 藥躍鑰籥瀹龠略掠腳屩酌灼妁勺斫弱嫋蒻若綽約葯却虐瘧杓汋削爵雀爝嚼鵲噱醵縛攫戄玃钁著躩謔鐸度莫幕漠膜瘼寞摸落硌洛酪絡珞樂駱託橐柝(一)拓擇籜魄作鑿錯各閣格恪諤鱷鶚鍔萼鄂齶愕噩粕膊薄惡堊泊箔礴郝壑熇嗃索鶴貉涸昨酢怍博搏鎛煿諾霍藿擢郭槨蠖臒穫鑊廓擴

入聲 質 字韻

質 鑕礩蛭隲日馹實秩帙姪膝悉壹一七漆匹吉暱逸佚軼溢鎰佾詰蛣扶咥慄溧篥栗窒疾嫉蒺失室唧蜜謐必蹕畢珌觱飶苾泌姞佶率帥蟀叱密弼佛乙鳦筆茁獝術述秫橘鷸遹聿霱卒恤戌律嵂黜怵术絀出櫛蝨瑟 ○ 陌莫貘百貊驀磔白帛舶百伯柏迫劇屐戟索愬柵窄隙綌額逆客坼拍䰍珀赫嚇格骼砉宅澤擇翟虢麥脈獲畫馘蟈幗摑賾擘檗責簀幘嘖策册核格覈翮隔膈鬲槅革謫摘厄扼軛搤啞昔惜腊舄積脊蹐踖鯽迹益嗌繹譯驛懌嶧斁易場蜴掖腋液奕亦射釋適螫尺赤斥石碩隻摭跖炙擲磧席蓆穸汐夕瘠厝籍藉耤辟擗闢役疫躃襞辟璧癖僻碧 ○ 錫

(一) 原作「拆」，應爲「柝」。

裼蜥淅析晳激擊澼瀝櫪靂歷曆櫟礫鬲的靮葯適鏑滴嫡蹢弔檄覡鶪霓鷁狄荻糴翟笛迪覿敵
滌踧逖剔惕摘趯俶績勣喫惄溺寂覓汨甓壁戚慼闃 ○ 職織直力飭敕鶒陟食蝕息熄寔湜殖
埴植識飾式軾拭極匿測惻億憶臆薏抑色嗇穡棘亟殛革弋翼翌翊即喞稷逼幅域蜮棫淢緎罭
閾洫愊側仄昃愎德得則勒肋忒慝克尅刻特螣黑默墨纆賊塞北蔔匐踣惑或國劾 ○ 緝葺十
什拾褶執汁習隰襲輯集入廿濕揖及笈蟄縶立笠粒急級給汲伋岌泣澀吸翕潝戢䚔邑裛浥唈
悒熠

入聲 物字韻

物 勿拂沸紼艴茀髴弗祓紱黻綍鬱熨尉罻蔚菀黦詘屈厥倔掘佛怫迄欻訖吃屹仡乞 ○ 月
刖軏筏伐閥罰越鉞樾粵曰厥劂蕨蹶闕髮發韈謁歇蠍猲訐揭竭碣沒骨汩滑勃孛浡渤咄柮突
勿笏惚兀杌窟搰矻訥窣猝崒捽齕核紇鶻卒 ○ 曷鞨毼褐喝怛闥撻達獺汰遏餲頞剌辢糲渴
葛割蔡躠薩末抹秣沫撥襏鉢拨括適闊活聒奪脫豁濊斡撮潑捋掇咄魃跋鈸拔茇 ○ 黠札拔
劼滑八察戞恝秸頡軋揠乙北殺鎩茁鎋刹獺刮刷哳刖撤 ○ 屑切竊結拮潔節血泬闋缺玦訣
決抉鴂觖觼譎穴絰姪咥垤耋軼跌迭瓞鐵襭頡涅截齧蜆臬蔑咽噎撆契蛣擎瞥蹩批薛躠泄洩

媟契褻列冽洌哲傑竭碣熱折浙舌揲折蘖孽櫱滅鼈絶橇雪悅閱爇吶説拙輟啜綴惙劣埒刷別孑桀揭訐茁設徹撤轍澈掣　○　葉接楫睫攝涉獵躐鬣捷鑷躡聶囁讋摺慴妾笈輒鮿饁曄厭壓靨帖貼協挾俠鋏頰莢篋愜牒疊鰈堞蝶渫諜喋蹀捻屧爕躞浹業脅怯劫袷浥裛拾

(入)聲[合]字韻

[合]閤鴿韐蛤答荅颯趿鞁沓踏遝雜匝拉納衲溘闔蓋盍臘蠟榻闒塔嗒榼邑　○　洽狹祫陜硤峽帢恰掐夾筴郟韐袷插鍤歃箑霎翣劄狎柙匣鴨押壓甲呷乏法霅喋